ヌマヌマ

はまったら抜けだせない現代ロシア小説傑作選

沼野充義・沼野恭子＝編訳

河出書房新社

はじめに――未来後の世界からの報告

ヌマヌマ[*1]は四十年近くずっと走ってきた。現代ロシア文学の最先端とともに。

現代ロシア文学の流れにとって決定的な転機となったのは、一九八五年にミハイル・ゴルバチョフがソ連共産党のトップになったときに始まった「ペレストロイカ」である。ロシア語で「立て直し」を意味するこの改革の動きは、政治・経済から社会や文化全般におよび、文学の制度にも決定的な変化をもたらした。それまでさまざまな形の検閲に縛られていたソ連文学が自由化し、建前上唯一正しいとされてきた「社会主義リアリズム」という創作方法が（失効の宣告が出たわけではなかったが）もはや現実的な意味を失った。

その結果、何が起こったか。まず、エヴゲーニイ・ザミャーチンのディストピア小説『われら』、

＊1　一九八一年三月十五日に結成された、ヌマ1（沼野充義）とヌマ2（沼野恭子）の二人組ユニット。いつもいっしょに仕事をしていたわけではなく、好みもかなり異なるが、だいたいにおいてほぼ同じ方向を向いて一緒に走ってきた。

ミハイル・ブルガーコフのSF的風刺小説『犬の心臓』からボリス・パステルナークの『ドクトル・ジバゴ』、アレクサンドル・ソルジェニーツィンの『収容所群島』まで、ソ連国内で封印されていた過去の問題作が次々に解禁、刊行された。ソ連に対して敵対的と見なされ、国内ではほぼ無視されてきた亡命ロシア文学がソ連国内でも出版されるようになり、ソ連「本国」の文学と合流し始めた。ウラジーミル・ナボコフが亡命地アメリカにあって英語で書いた『ロリータ』のロシア語版も、ソ連から「徒食者」として追放された詩人ヨシフ・ブロツキーの「形而上」的な詩も次々にソ連で読めるようになった。かつてソ連ではソルジェニーツィンの『収容所群島』やナボコフの『ロリータ』のような作品の国外出版本を密かに所持しているだけでも逮捕される危険があったことを考えると、この急激な変化は眩暈《めまい》がするほど、いや天地がひっくり返るほどのものだった。

　そして、ペレストロイカの時代に相応《ふさわ》しい、時局性を帯びた新たな政治的な文学も次々に書かれ、読書界を騒然とさせた。宗教や麻薬など、それまでのソ連では正面から扱えなかったテーマを大胆に取り上げたチンギス・アイトマートフの『処刑台』（一九八六）や、スターリンその人を登場させてスターリン時代批判を展開したアナトーリイ・ルィバコフの『アルバート街の子供たち』（一九八七）などがその代表的な作品である。

　現代ロシア文学に関心を持つ者にとって、同時代人としてこの急激な革命的変化を目撃し、月刊文芸誌にあふれ出るように掲載された問題作を追うことは、途方もなく大変な仕事であると同時に（いくら読んでも読み切れない！）、前代未聞の興奮と陶酔をもたらす喜びでもあった。

　ただし、ここでちゃぶ台返しみたいなことをあえてするが、ここまで述べてきた文学の「変化」は、今から振り返ると実は本質的なものではなかったと言わざるをえない。過去の禁止されていた文学や亡命文学については、すでに書かれていたものを追認したに過ぎないし、新たな時事的意味を持つ作品はその内容ゆえに読者に衝撃を与えたとはいえ、決して新しい文学的表現を切り開いたとは言えない。ペレストロイカとともに――いや、よく見てみるとその少し前から非公認、あるいは半ば非公認の形であれじつは先駆的に――質的に新しい文学、つまり社会主義リアリズムに縛られず、欧米のコマーシャリズムにも媚びを売らず、自律的な言葉によって、文学でなければできないものを作ろうとする動きが胎動していたということが大事なのだ。

　政治的な検閲も社会主義リアリズムの教義も大幅に緩んだことは、文学を、歓楽も恐怖も、道徳も不道徳も、政治もセックスも、宗教も背信も、それこそ「何でもあり」の目が回るような遊園地にした。表現は多様化し、むしろ「一つの様式」では括れないこと自体が、時代の様式になったと言ってもいい。変化は激しく迅速で、ジェットコースターに乗せられたような気分になったものだ。このジェットコースターは今でもまだ完全に止まってもいないし、どこかの終着駅についたというわけでもなく、その進んできた道を今の時点から振り返るのもまだ難しいが、新しく出てきたいくつかの顕著な傾向を思い出してみよう。

　まず、それまでの公認ソ連文学とは一線を画しながらも、反ソ的な政治小説でもなければ暴露文学でもない、漠然と「もうひとつの散文」と呼ばれる質的に新しい文学が台頭してきた。ペレストロイカの少し前から作品を発表していたタチヤーナ・トルスタヤは、人間の日常に潜む深淵を、詩的で時に残酷なまでに仮借なく描き出し、輝かしいほどの抒情に包まれながらも同時にグロテスクな恐怖に満ちた奇妙な世界を作りあげた。一九六〇年代にソ連文学のニューウェイヴの一人としてデビューしたアンドレイ・ビートフは、旧ソ連時代にはなかなか本領を発揮することができなかったが、ペレストロイカ後、複雑なメタフィクション的仕掛けを駆使し、文学と人生を渾然と融合させた小宇宙を創り出して新しい散文の牽引者《けんいんしゃ》の一人となった。ソ連では全く認められないままアメリカに亡命し、亡命地で人気を博すようになったセルゲイ・ドヴラートフは一九九〇年にニューヨークで客死したが、いかなるイデオロギーからも自由に飄々としたユーモアと苦いアイロニーをたたえたその「軽い」小説は、死後ロシアでこれまた新しい散文の代表としてブームを巻き起こした。

　そして、旧ソ連時代の人びとを縛るとともに生きる支えともなっていた価値観が、ソ連という国家の解体とともに崩壊したとき、文学の世界は自由になるとともに、不思議な浮遊状態に置かれた。それまで「くだらない」ものとして価値体系の一番下に置かれていた大衆的娯楽小説というジャンルから、ボリス・アクーニンのような博識の天才的エンターテイナーが浮かび上がり、歴史推理小説というジャンルで圧倒的な人気を誇るようになった。ベラルーシの女性ジャーナリスト、スヴェトラーナ・アレクシーヴィチは、ソ連体制の崩壊とともに価値のよりどころを失って急増した自殺者たちを証言文学の形で描き出した。そして一九七〇年代から「アングラ」で活動を続け、決して公認されることのなかったコンセプチュアリズムの前衛たちが表舞台に次々に躍り出てきた。旧時代の価値の上下関係が解体され、「いいも悪いもない、なんでもあり」のお祭りのような状態がもたらされた。いま現代ロシア文学の最前線と見なされる（デビュー当時は「ロシア文学のモンスター」と呼ばれた）ウラジーミル・ソローキンもこの流れから出てきた。それまで欧米諸国よりもずっと厳しく抑圧されていた性的表現も解放された。

　共産主義という「大きな物語」が砕け散った結果、無数のガラスの破片がそれぞれきらめきながら「小さな物語」たちとして競いあっているかのような状態になった。たしかに一九九一年の旧ソ連体制崩壊にともない、まず濃厚に漂い始めたのは、「何かの始まり」というよりは古い「何かの終わり」という気分だった。ちょうどフランシス・フクヤマの「歴史の終わり」理論がもてはやされていたころで、ソ連崩壊後のロシアでは新しく見えてきた光景を、「ポスト・ソヴィエト」「ポスト全体主義」など、徹底的に「何かの後」としてとらえることが流行した。共産主義が（大いなる失敗に終わったとはいえ）輝かしい未来を志向するユートピア的イデオロギーであったとすれば、新たに現出したのは「未来後」の光景であった。

「未来後」というのはアメリカに亡命した文芸理論家ミハイル・エプシュテインの用語である。つまり、一九九〇年代に入りロシアは、欧米から一周遅れなのかもしれないが（？）、ポストモダニズムの渦の中に飛び込んでいったのだ。そしてユートピア的未来の夢を蕩尽《とうじん》し、どこに向かったらよいかわからず居心地の悪い現在に宙吊りにされて耐えながら、新しい文学を生み出そうとしてきた。「いまさらポストモダン？　ロシアってやっぱり遅れているなあ！」と思う人もいるだろう。しかし、ロシアで巻き起こったのは、過激さと徹底性、そして思想的な文脈において、欧米のポストモダニズムに対して時間的に転倒した形で、ロシアこそがその「祖国」なのだと思わせるほどのムーヴメントだった。

　ところが、である。ポストモダンが花盛りになると、今度はそれを批判して、「まともなリアリズムに帰れ！」とか、それを乗り越えた「メタ・ポストモダンを目指せ！」とか、「新しい誠実さが必要だ」とか（ポストモダンはたしかに遊びすぎという面があったかもしれない）、逆のことを主張する立場もすぐに出てくるのが、ロシアらしい。男たちが現実離れした遊びにふけっているときも、概して女性作家たちは（リュドミラ・ペトルシェフスカヤやニーナ・サドゥールのように飛んでいる人もいるが）地に足をつけ真面目だった。かくして現代ロシア文学はいつまでも一つにまとまらず（もちろんそれでいいのだ）、多様性の中で変幻自在の新たな生を享受している。

　ヌマヌマは、古くは一九八〇年代の末、ペレストロイカの最中から二〇一〇年代にかけて、折に触れて気に入ったもの、これはすごいと思ったものを訳して文芸誌などに載せてきた。気がついたらこんなアンソロジーができていた、という感じだ。だから本書は、体系的な外観を目指したわけではないのだが、おのずと現代ロシア文学の多様性を強く反映するものになっている。ここでは、リアリズムの伝統を受け継ぐ作風から奔放な幻想・ファンタジーまで、個人の心理を繊細《せんさい》に掘り下げた作品からイデオロギーやテクノロジー信仰を大胆に解体するポストモダン的な実験まで、文壇の中心的存在から異端派まで、同居しがたいものが同居するものになった。現代ロシアで活躍が目立っている女性作家の紹介に力が入っている反面、マッチョでスキャンダラスな男性作家も登場する。エドワルド・リモーノフなどは、禁欲的なロシア古典文学に親しんできた読者から顰蹙《ひんしゅく》を買うことは間違いないので（それは主にヌマ1の責任なのだが）、あらかじめお詫びしておく。

ヌマヌマはもう四十年近く走ってきた。ヌマヌマがまだとても若かったころ、興味を持ち、会いに行き、翻訳まで手がけたソ連・ロシアの作家や詩人たちは当然仰《あお》ぎみるような年長の大家ばかりだった。ヴェニアミン・カヴェーリン、ブラート・オクジャワ、ワシーリイ・アクショーノフ、アンドレイ・ビートフ……。しかしその多くがすでに鬼籍に入り（ロシア文学の天国というものがあるのなら、みなそこで生前書けなかった素晴らしい作品を書き続けているだろう）、やがてふと気づくと新たに登場するロシア文学界の寵児たちはみなヌマヌマよりも若い、ときに息子や娘といってもいい世代になっている。そういう若い作家たちの翻訳紹介の仕事は、彼らと同じくらい若いロシア文学者の仕事になるべきだろう。とはいえ、ヌマヌマはまだ後続の走者たちに抜かれたような気がしていない。それはなによりもこのアンソロジーに収められた作家たちが（すでに亡くなっている人たちも含めて）自分の作品を通じて叫んでいることなのだ。えっ、聞こえない？〈追い抜けるものなら、追い抜いてごらん〉ヌマヌマは、まだまだ走り続ける。

（沼野充義・沼野恭子）

ヌマヌマ――はまったら抜けだせない現代ロシア小説傑作選　目次

ヌマヌマ——はまったら抜けだせない現代ロシア小説傑作選

空のかなたの坊や

ニーナ・サドゥール
沼野恭子 訳

地球の中心、地球の心臓部、マグマの深奥、私たちの世界の母。そこから生命《いのち》の暖かみがたちのぼり、青い空に昇っていく。もし地球がなかったら、私たちは凍りついてしまう。生命が息づいている私たちの町や村は青くて明るいけれど、もし地球の血潮が冷たくなったら、私たちは真《ま》っ暗闇《くらやみ》に、宇宙の恐るべき「万事休す」に陥ってしまうはず。そこには生もなければ、終わりも始めもない。私はいつもこういうことを考えている。

私が住んでいるのは、ロシアという厄介《やっかい》な国。ロシアでは冬、雪がたくさん降り、背の高いポプラがたくさんある。若いころはレーニンのことを心から信じていた。結婚式を挙げたときは、祖国のために戦って死んだ人たちを慰霊する「永遠の火」に詣《もう》でた。とはいえ結婚する前から、夜、地べたに寝そべって空を見上げるのが好きだった。「無限」は見えなかったけれど。

私が宇宙にまで達することができたのは息子のおかげ。生命の息吹く青い表皮を突きやぶって虚空を飛んだユーラは、神などどこにもいないことを悟った。ユーラは宇宙に行った初めての人間だもの。無限の闇。ただひたすら無限に広がる闇。そして他の恒星が放つぼんやりした光。私の愛する坊やは帰ってきて言った。「母さん、ほんとだったよ、神様なんてどこにもいない。ぼくたちが正しかったんだ」。偉業をなしとげたことを誇りに思う息子の青い目が笑っていた——なにしろ生命の存在する境界を越えた、世界史上初めての人間なんだもの。息子がどんなふうに姿を消したか、どうして身を滅ぼしたのか、だれにも言うまい。ただこう仄《ほの》めかすだけにしよう。あるとき、酒を飲む癖を自分に叩きこんだブレジネフに我慢できなくなって、ユーラはブレジネフの顔に唾《つば》を吐きかけてやった。そうしたらそれ以来、杳《よう》として行方が知れなくなったのだと。私のたったひとりの息子だというのに。

　雪のように白いほほえみが世界的な評判になっても、私の坊やユーラの心は温まらなかった。あまりの熱狂にタガがはずれて寒けがしたほどで、「宇宙の征服者」である英雄として剛胆な目に青ざめた笑いを浮かべていた。

　ユーラは星屑《ほしくず》にまみれて人々に暴言を浴びせるようになった。怒鳴って飛びかかっていき、真っ青になり、あたりを見まわすようになった。

　海に行っても狭苦しく感じるようになる。

　夜景にはどうしても耐えられなくなり、とうとう「全人民を幸福にしてやる」などと厚かましく息巻く老人の顔に唾を吐いてやったのである。自分の治める国民に向って幸福がどうのこうのとしゃあしゃあと嘘《うそ》をつくなんて、馬鹿げているし、卑劣だし、こすからいということがユーラにはわかっていたから笑ったのだ。空のかなたにはだれもいなくて、「私たちは地上の自国で永遠につづく人民の幸福をつくりあげましたよ」なんて報告する相手もいないということを、ユーラは自分の目で見てきたのだから。

　そこには闇また闇、無限の空虚しかなく、だれも私たちのことを見ている人などいない。あるのは地獄のような静寂、真空、光のない世界。そんな中にいたら心臓が破裂してしまうかもしれない。宇宙に行った名犬ベールカとストレールカの心臓が破裂したように。

黒々とした奈落以外に上から私たちを見おろしている者はいないのに、ロシア人民を騙《だま》している老人の顔にユーラが唾を吐きかけたら、腹黒い老人は真っ赤になり、ユーラを跡形もなく消してしまった。

あるのはただひとつ——孤高の地球だけ。ここでたまたま生命が芽生えただけのことで、宇宙広しといえども、地球以外で、生命とは何か、なぜ生命が必要なのかがわかっている者はだれもいない。

私たちは地球に住み、あくせく暮らしている。私たちと肩を並べて別の暖かい小さな生き物たちが棲んでいる。

私は今ひとり暮らし。息子が亡くなってから身を潜めている。私が何者かだれも知らない。楽《らく》でもなければ辛くもないし、恐ろしくもなければ楽しくもない。来る日も来る日もほほえみを浮かべて考えこんでいる——私には、地球の他の生きものが持っている貪欲《どんよく》さはない。ごくふつうの年金をもらって、それで食べたり暖を取ったりし、少しは新聞や雑誌も読むことができる。でも、空のかなたに何かあるようなことを窺《うかが》わせるような記事が載っていようものなら、容赦《ようしゃ》なくびりびり破くことにしている。そんなの嘘っぱちだから。

同じ共同アパートに住むオルロフが、自分に来た郵便物を私が破くと言って喚《わめ》きたてる。私は返事をしてやらない。オルロフは、アパートの外まわりの掃除をする庭番。地球の上っ面を引《ひ》っ掻《か》いているというわけ。平板な暮らしになりがちなので、深い静かな水槽に小さな魚たちを飼っている。この緑がかった四角い世界を共同台所に置くことには、私も文句をいわない。もちろん私が好きなのは、やさしげな水草がゆらゆら揺れ、色鮮やかな魚たちが泳ぎまわるところ。ちっちゃな鰓《えら》が息をしているように見えるのも好き。こういう魚たちは、私たちのような空気を必要とする生命とはかならずしも一緒ではないけれど、私たちはこうした小型水棲生物と一緒に自転していて、一度として水をこぼしたことはない。

でも、ときとして。でも私の心を乱す憂鬱《ゆううつ》。でもオルロフの不機嫌な目つきや仕事のある朝の彼のわびしげな様子。

隣の部屋に住んでいるこの冴《さ》えないくせにずる賢い男は、年齢からすれば私の息子くらいといってもおかしくない。オルロフがいたいけな赤ちゃんでおむつをして産院にいたとき、そしてどんな新生児もそうであるように神秘に包まれていたとき、私は強くて若い女で、将来に大きな夢を持っていた。人は輝かしい生涯を送るためにこの世に生まれてくるのだと思いこんでいた！　そうでなければ、生まれてこないほうがいい！　ところが、人生は思いどおりにいかないもの。私は焼けただれた過去を持つ中年女になり、オルロフは共同アパートで私の隣の部屋に住み、ケチな庭番として社会生活を送るようになった。若いのに年寄りじみていて、べたつく黒っぽいワインの匂いをぷんぷんさせている。もう禿げかかっている！

たとえば私がわざと共有スペースの窓に近づいてこれみよがしに空を見上げたりすれば、オルロフは意地悪そうにせせら笑い、エサを手にして、きらきら輝くちっぽけな魚たちの世界にわざと顔を近づけて屈みこむ。

空のかなたのことは知りたがらない。それで私は、心臓のあたりを手で押さえて自分の部屋に引きあげ、ベッドに腰かけて息子ユーリィ・ガガーリンの写真を見る。

ユーラ［ユーリィの愛称］の肖像に供えてある赤いバラの造花から埃《ほこり》を吹きはらう。シベリアイタチの毛でできた特別製の刷毛《はけ》があるので、どんなに奥まったところからだって埃を掻きだすことができる。バラを挿《さ》してある花瓶に水を注ぐ。たしかにこのバラは一度として生きた花だったことはないけれど、火のような色をした花びらがいつまでも褪《あ》せることなく輝きつづけているのだから、生花に勝《まさ》るとも劣らない。すると私の輝ける息子が、写真立てのガラスの向こうから私の顔を見て、笑いながら話しかけてくる。「真っ赤なバラをありがとう、母さん。もし母さんの心がまた果てしない涙にくれたのなら、怖がらないでそのことをみんなに言ってよ。ぼくは母さんの血を分けた息子なんだし、みんなのおかげで、みんなの探求心のおかげで、残酷にもぼくはあそこに行っていつまでも空虚に心焼かれることになったんだから。みんなが本当のことを知りたくて僕をあそこに飛ばしたんだから、大声でみんなに言ってやってよ」

　息子の言葉でガラスが曇《くも》るが、息子の吐く息の跡はすぐに消えていく。そしてすっかり消えてしまうと、肖像は冷たく傲慢《ごうまん》なガラスの輝きを放ち、火のように真っ赤なバラが「不朽の名誉」について騒ぎたてる！

　それで私はベッドから立ちあがり、台所に行くと、オルロフはすべてわきまえて「な、なんてこった！」と言う。彼は手にしていたものを落とすが、落ちたものには見向きもせず、目を細めてじろりと私を睨《にら》む。

　そして私が心臓のあたりから手をどけ、痛々しい悪意に満ち人を信じないオルロフに面と向かって、空のかなたには黒々とした無限が広がっていて、何もないし、どんな生物もいないと言ってやると、オルロフは自分の言い分をがなりたてる。SF小説を振りまわし、そこから引用するので、私はお返しにげらげら笑って本を引き裂いてやる。するとオルロフはいろいろな生物がいると言いだし、這《は》うもの、飛ぶもの、触角があるもの、くちばしがあるものなど真似してみせ、あちこちの惑星にいくらでも散らばっていて、私たちとまったく同じように生きているなどと言う！　私は悲しい顔をして、十把《じっぱ》ひとからげに否定してみせる。くちばしがあるのもないのも、何も存在しない。空のかなたに生物はいないのよ。

　たしかに私だって気に入っているものはある。とりわけ「フンチク」というのはおだんごみたいにまん丸で、青い目は楽しげだし、耳は小さくてバラ色。ものわかりが悪くて、なんでも百回ずつ教えてやらないといけない。「フンチク」が甘いもの好きの甘ったれという愛らしい生態だと聞いたときには、大笑いした。

でもそんなのは、私を笑わせようとしてオルロフが考えだしたおとぎ話だということくらいわかっている。

かわいそうではあったけれど、私は「フンチク」も認めず、悲しくあいまいに頭を振った。そうしてまたオルロフと怒鳴りあった。

どんよりしたモスクワの朝が暗くなるまで怒鳴りあった。私たちのまわりに生命があるのかないのかをめぐって。それから、ふたりともふらつきながら、それぞれの部屋に戻った。

翌日からオルロフはアル中の酒乱状態になった。そうなると、モスクワの灰色の日々が静かに続くのだった。そうした日々は、黒っぽいワインの錆《さび》くさい匂いでむせかえりそうになり、オルロフが夜中にあげる呻《うめ》き声《ごえ》でべたついた。

来る年も来る年もこんなふうに明け暮れていたが、あるとき、わが国のどこから降ってわいたのか小柄な浅黒い女が藪《やぶ》から棒《ぼう》にオルロフのもとに現れた。ぎざぎざと起伏に富んだ山々の稜線のむこうからやってきたという。すぐに私は何かを思いだしそうになり、心臓が締めつけられた。でもそれはほんの束《つか》の間《ま》のかすかな思い出だったので、はっきり何なのかはわからないまま、心臓は落ちつきを取り戻した。

山の女は、十歳の息子フェリクスの手を引いて連れてきた。本人はファイナ・ディルディバエワと名のった。

当局に手紙を書いて問い合わせたが、そんな苗字《みょうじ》の家族はどこにもいないという返事が返ってきた。いないというなら、いないのだろう。

私の食べ物が——ヌードルだけれど——消えてなくなるようになった。それで思いだしたのは、私自身が若いころある役所で働いて小金を貯め、ふてぶてしい大物になりかけて、キャンディやナイロンのストッキングを買っていたこと！　「赤いモスクワ」という香水まで買った！　お金がなくなると、今度はか細く滑らかになった。まるで水の力強い腕に抱かれ、食べるものがなくても平気で、気まぐれに漂うデリケートな海草のように。

　自分の現世の輝ける日々を思いだすとおかしくなってしまう。頭上の空がまだ完全無欠だったころのこと。

　ヌードルなどもちろん惜しくはない。ましてや小さな子供のためであれば、惜しくなどない。ふたりはヌードルを鍋から直接手でつかみ、そのまま食べている。白いヌードルが、ふたりの浅黒い指の間からぶらさがっている。ふたりは手を顔の上にあげ、ぶらさがるヌードルを頬張《ほおば》る。

　私の櫛《くし》には、逆に黒くて長い髪の毛が残るようになった。

　生きとし生けるものがすべて互いにひそかに惹《ひ》かれあっていることを私は知っている。わけのわからないこの奇跡――生命――のおかげで。だって、私たちの地球のまわりには、どこにも何もないのだもの。だから生きものは、生きものに惹かれるようになっているのだ。私はディルディバエワ母子とおしゃべりをする（当局はそんな人たちはいないと書いてきたけれど）。

　私は言った。

「ファイナ、あなたのフェリクスったら背中の下のほうまで髪を伸ばしてるけど、フェリクスは男の子じゃないの」

　ファイナは言う。

「私たち、明日レーニン廟《びょう》に行ってレーニンを見るの、フェリクスがとても行きたがってるから」

　私は言う。

「あなた、どこにも居住登録していないし働いてもいないでしょ。あの子は学校に行ってない。近所でもひとりぼっちよ。あの子の髪が長すぎて、他の子たち、ついていけないみたい」

　ファイナ。

「私は『コムソモーリスカヤ・プラウダ』って新聞で働いてる」

　私は言う。

「私の櫛についているのはだれの髪の毛？　あなたの、それともフェリクスの？」

　ファイナが言う。

「私には子供がいる。議員さんが部屋をくれることになってる。モスクワ市議会議員よ」

　私。

「オルロフはもうじき酒乱になるわよ」

　ファイナが答える。

「オルロフには牢屋に入ってもらう。だって私には子供がいるんですからね」

　小皿やお金がなくなるくらいならたいしたことはないけれど、あの人たちには私の部屋の鍵穴専用の尖《とが》った針金がある。鍵穴であれこれまわしていると、かちゃっと音がして、どうぞお入りくださいという状態になるらしい。

　夜遅く帰宅したとき、ふと自分の窓を見上げると、私の窓で見たこともない小さな火が揺らめいている。それはあの人たちが電灯を手にして小物をあれこれ漁っているところ。

　私は暗い中庭に立って自分の暗い窓を見た――暗がりからもうひとつの暗がりへと目を移したのだ。すると、そこ、高いところにある私の暗い窓辺で、火影《ほかげ》がどうしようもなく驚いたように走りまわっていた。

　その火影がひとりぼっちで憂鬱なことはわかっている。火影が暗くて曖昧《あいまい》なものに恐怖を感じることも。その光が貪欲に探っているのは、生きるうえでせめて何かないか、たとえ使い古しでもいいから何かないか探しているということも。でも空洞も、ものの輪郭も押し黙ったまま。いかめしく押し黙っている。

私は、火影が消え、宇宙にふさわしく窓が死んだようになるのを待つ。それから建物の中に入っていく。

葉っぱにちっちゃなイチゴのついているブローチがあった。イチゴのほうは、もう何年も前に取れてどこかに行ってしまった。スズメか何かが突《つつ》いたのだろう。

フェリクスが新しいブラウスを着たとき、胸についていたこのブローチがかすかに目配せしたので、私は言った。

「フェリクス、イチゴは赤かったから、スズメがついばんじゃったのよ」

ファイナが言い返す。

「あんたを精神病院に入れてやる」

フェリクスは、鳥のように目をきょときょとさせながら私を見て、十字マークがついた車が来るのを待っていた。でもそんな車が来るはずはない、十字マークがついているのだろうが、サイレンが鳴るのだろうが。なぜなら、ファイナには居住証明書がないのだし、オルロフが私を引き渡すわけがないもの。

オルロフ自身フェリクスには少しばかり困っている。フェリクスの身だしなみが悪いから。ところがファイナは、息子が変な格好で人を脅かすのが大好きで、まわりの人たちがフェリクスをぽかんと見ていると、しゃがれ声で笑うのだった。当のフェリクスは小さな肩を片方すくめて「ママ、キャンディちょうだい」と言う。フェリクスはだれかれかまわず困らせるが、そう仕向けているのはファイナ。あるときなど、フェリクスが襟《えり》の大きく開いた火のように真っ赤なブラウスを着て台所に出てきたので、オルロフはすっかり度肝《どぎも》を抜かれてしまった。フェリクスの黄色い鎖骨が襟ぐりから飛びだしていて、まるで泣いているように見える。オルロフが私のほうを憎らしげに見た。私は彼に教えてやった。「この人たち、ぎざぎざした尾根のむこうから来たでしょ、これまでテレビしか見てこなかったのよ。テレビって、だいたいオペラやバレエをやってる。で、オペラの『カルメン』が気に入ったのね。『カルメン』の音楽は情熱的だし、あの人たちだって情熱的な国の出だもの。だから、あの人たちが奇麗だなあと思う気持ちは『カルメン』にぴったりだった。だって『カルメン』ってほんとに素敵だもの、そうじゃない、オルロフ？」

「今度は『カルメン』か！」三人で鍋からじかにスープを啜《すす》っていた食卓から立ちあがってオルロフは言った。「今度は『カルメン』ってわけか、そうなんだな?!」

ファイナはしゃがれ声で笑い、椅子にすわったまま体を揺すって叫びだした。「ああ、もうだめ！　ああ、おかしくて死にそう！　もうだめ！　おかしくて死にそう！」などと。フェリクスはというと、母親を見ながら、身をすくめて小さな声できいきい言っている。私は自分の部屋に引き返してベッドに腰かけた。実際、フェリクスの真っ赤なブラウスにはぎくりとさせられた。何かがぼんやり頭に浮かんだ。住所不定のファイナに初めてドアを開けてやり、彼女が浅黒い顔をあげて「何か飲ませてください」とぼそぼそ言ったときもそうだった。あの真っ赤なブラウス、何かを、何かを思いだす……でも何だっけ？

オルロフと私の生活に新しく現れたこの人たちは、くだものを種ごと食べ、カランのお湯を直接ティーポットに入れる。オルロフは、ロシア人として、モスクワっ子として、正しい礼儀作法を知っているけれど、アル中で感覚がマヒしているものだから、どうでもいいらしい。フェリクスに「息子！　息子！」と怒鳴っているが、本当の息子でないことはだれでも知っている。

フェリクス自身も素直にオルロフの言うことを聞いてはいるものの、母と自分は、これまで何度もしてきたように、今度もまた出ていき、世界をうろつくことになると踏んでいる。フェリクスのほうが、母親のファイナよりもものごとがよくわかっているのではないかと思う。でもフェリクスは、そんなことを慌《あわ》てて言ったりはしない。それにしても、もし子供がいるからという理由で市議会議員がファイナに部屋をやるとしたら、ファイナはもうあちこちさまようことはなくなるはず。でも、そうなったらせめてフェリクスの髪を短く切らなくちゃ。モスクワでは、居住証明書がある場合、男の子は背中から長く垂れるほど髪を伸ばしてはいけないことになっているのだもの。

ふたりの肌の浅黒いこと……。浅黒い肌に私は不安を感じる。それほど黒く深い色合い。それで心が騒ぐのだ。

若いころ私は一度カフカスに行き、山を見たことがある。山を見ていたら胸が痛んだ。というのも、ロシアのおとなしい平原とは逆で、あそこの山々は空に達しようとしていたから。私は山に登りはじめた。特殊な技能や、スポーツにも匹敵する訓練が必要だなんて思いもよらなかった。頂上まで行きたいと思って登りだした。もうこれ以上行けないというところまで行ったとき、まわりを見まわして声をあげた。岩の上に立っていて、他には何もなかったのだ。どちらを向いても奈落。風が吹いて私を奈落の底に落とそうとしたけれど、私は岩に横たわり、うまくそこにいられるよう体を丸めて、最初は余裕があったが、やがてだんだん激しく大げさに助けを待つようになった。

そのときだった、山に住む人たちが現れたのは。山の人たちは私を岩からおろし、ぷうんと酸《す》っぱい匂いのするヤギの皮にくるんでくれた。ヤギ皮の内側はざらざらしていて肌にひっかき傷ができたけれど、いつまでもどっちを向いてもはてしない奈落というよりはまし。このヤギ皮にくるまれたまま下まで運ばれた。山の人たちは、歯を除いて頭のてっぺんから爪先まで黒かった。そのことに私はショックを受けた。岩の上にいるあいだ、まわりに見えていたのは青と白ばかりだった。ということは、空に近ければ近いほど人間は明るいはずなのに、山の人たちに会ってひどくがっかりしてしまった。まわりが青ばかりだというのに、どうしてわざわざあんなに黒くなったのか私にはわからない。

私はファイナに言った。

「お国の山には光があふれてる。とても青くて、とても白い。空の真下に住んでいるようなものよね」

ファイナに自分の田舎を思いださせてやりたかった。たいていの人は喜ぶものだとわかっていたし、それだけでなく、あれほど地上から遠くあれほど空に近いところで暮らしている人たちがどうしてあんなに黒い肌をしているのかファイナが教えてくれるのではないかと思ったから。ファイナは言った。

「私は『コムソモーリスカヤ・プラウダ』で働いている。あんたのこと、悪党だって書いてやる」

オルロフを見やると、エサと一緒に自分の顔を水中の友人たちのほうに傾けている。

「でもせめてフェリクスだけでも読み書きできるの？」と私は聞いた。

「だから言ったでしょ！」しゃがれ声でファイナが怒鳴った。「あの子はレーニン廟に行きたがってるんだってば！」

「ここから出てけ！」オルロフが水槽にむかって言い、それから私にむかって叫んだ。「自分の息子のユーラのところへでも行けよ！　おれたちに食事ぐらいさせろ！」

フェリクスは、日本の女のように小股で真っ先に飛びだしたが、きまり悪そうだった。本当は私のことを見るのが好きなくせに、恥ずかしがり屋なのだ。

私は言った。

「ご自由に。あなたたちとお付きあいしようと思ってるだけなんだから」

「あっち行ってくれ。おれたちと付きあわなくていい！」オルロフが怒鳴った。

オルロフが金切り声になると、まもなく酒乱が始まるものと決まっている。

「妻と息子に構うな！」オルロフはいきりたった。「付きあうならもっと前にすべきだったな！」ファイナとフェリクスは、二羽の小さな黒いチョウのようにオルロフの両肩にとまり、その浅黒い顔をオルロフの驚いたような青ざめた顔に押しつけている。

「わかったな？」オルロフが言った。

でも私は答えなかった。漠然とではあるけれど……心当たりが……突然ひらめくものがあった。フェリクスの真っ赤なブラウスを見たときやファイナに初めて会ったときのように、ぎくりとしたのだが、それもせっかくわかりかけたのに沈んで心の奥に紛れてしまい、わからなくてもどかしいという気持ちだけが残った。

「どうした、なに突っ立ってるんだよ？」オルロフがきいきい声で言った。「なんで目、剝《む》いてるんだよ」

私は片手を上にあげた――口をつぐむようにという合図である。彼らは口をつぐみ、私はゆっくり向きを変えて自分の部屋に行き、ベッドに腰かけた。ベッドにすわり、スプリングを揺らして跳ねてみたが、さっきの心当たりは戻ってこない。ユーラもガラスのむこうで黙っている。疲れて眠っているのだろう。私はユーラに少し腹を立てたが、敢えて起こそうとは思わなかったので、バラの水だけ換えた。新鮮な水をあげると、花瓶の表面に水滴が銀色に輝いてみえる。それが好き。

夜オルロフは黒いワインを持って風呂場に行き、鍵をかけてこもった。それほど長居しないことはわかっている。酒を飲むとオルロフは人と話がしたくなるのだ。やはり思ったとおりになった。目を輝かせ、生き生きして風呂場から出てきたオルロフは、唇にべたつく黒ワインをつけて、錆くさくむせかえりそうな匂いをすぐさまアパート中に発散させた。

ファイナは留守だった。モスクワ市議会議員のところに行っている。家にいるのはフェリクスだけ。でもフェリクスは自分の部屋に閉じこもって自分の髪で遊んでいる（玩具を欲しがらず、髪でしか遊ばない）。それで私が台所に行った。いつも私はオルロフとおしゃべりする。

オルロフはだんまりから始めた。鼻息を立て、息も荒く、胸を張り、指を鳴らし、鼻の孔《あな》を膨らませた。水槽の上に屈《かが》みこみ、じっと覗《のぞ》きこんで、水槽の中に「オーイ！」と呼びかけた。慣れた声に魚たちが集まってきて、オルロフとキスしあっているように見える。実際、魚たちはオルロフの吐くワインの息を吸いこんでいる。オルロフが前からそう仕込んでいるのだ。やがて魚たちが、フェリクスと同じような小刻みの動きをしながらあちこちに散っていったので、オルロフはもう一度自分のほうを見てもらおうと水槽をとんとん叩いた。

私は辛抱強く待った。私たちには話すことがあるのがわかっていたから。

オルロフは水槽から顔をあげて私のほうを見た。私はその視線をしかと受けとめてやった。すると、水槽から離れ、私のむかいにすわって黒ワインをコップになみなみと注いだ。オルロフが飲みほして黒ワインがその青ざめた顔を赤く染めるのを待つ。彼は三口飲んで、べたつくコップをきちんとテーブルに置いた。

「で？」オルロフが言った。

私はしばらく黙っていた。自分の態度を変える気はこれっぽっちもなかった。

ところが、オルロフが思いがけないことに、まったく別のことを話題にしてきた。

「ファイナがどういう人間かおれが知らないとでも思ってるのか？」

これには答えようがない。私が知っているのは、ディルディバエワ親子などというのはどこにも存在しないということだけ。当局に問い合わせたのだから。

「ファイナは住所不定で」オルロフが言った。「どこにも住むところがないんだ」

「もしもいろんな惑星に人を住まわせることができたらねえ……」

「うるさい！」オルロフはわめいた。「惑星のことなんか口にするな！　ファイナは、おれと結婚して居住証明書をもらいたがってる」

　私はそんなことに興味はない。

「だからおれはファイナと結婚する。　わかったな？」

「わかった」私は辛抱強く頷いた。

「わかってないだろう、オクチャブリナ！　何もわかってない！　居住証明書をもらったら、ファイナはおれを家から追いだす気だ」

　それこそ、わからないところ。

「なにくだらないこと言ってるの、オルロフ。自分の家じゃない。あなたと私で半分こでしょ」

「馬鹿だな、オクチャブリナ！」オルロフは怒鳴った。「半分こどころじゃない。ファイナは居住登録をしたら、おれとあんたをどこかにぶちこむ気でいる！　すごくずる賢い女なんだ。まあ、おれは酒飲みだし。あんたは言うまでもなくもっとひどいだろ！　ふたりともぶちこまれるさ。わかったな？」

　わかりましたよ。

「それならファイナと結婚しなければいいでしょ」私はしごくもっともな提案をした。

「結婚する」オルロフはそう言うと、黒ワインで顔が火のようにほてった。

　そしてまた、またしても、ひらめくものがあった。繋《つな》ぎとめておこうとしたけれどできなかったあのひらめき。

「ちょっと待って」私は言った。「ファイナとフェリクスはぎざぎざした尾根のむこうから来たのよね」

「まともな言葉しゃべれないのかよ?!」オルロフはかんしゃくを起こした。

「でも私、正しいこと言ってない？」私は驚いて言った。

「もっと単刀直入に言えよ、カフカス野郎だってことだろが？」

「オルロフ、そういう言葉《ことば》遣《づか》いをするの、好きじゃない。ほら、ほかにもあるでしょ。メス犬とか何とかって言うじゃない……。わかるでしょ」

「売女のことか？」オルロフがずばり言った。

「オルロフ！」

「わかった、わかった。先を続けろよ！　ぎざぎざした尾根のむこうから来た、と。それで？」

「山は空に届きたがってる」

「届きたがってるな」オルロフは同意した。

「でも届かないのよ！」

「それがどうした？　なに息巻いてるんだよ？　また発見でもしたのか？」

「そうなの！」私は叫んだ。

「で、どんな発見なんだ?!」オルロフも叫んだ。「今度は、山が何を吹きこんだんだよ？」

「若いときに山で道に迷ったことがあって……」

「そんなの知ってる、知ってる！　やっとのことで岩から降ろしてもらったんだろ……妊娠してたくせにな。まったく呆れたもんだ。いかれてたんじゃないのか！　身重なのに山登りだなんて！　よくやるよ！」

「あんなことしたのは、未来の私の坊やがなるべく空の近くに行けるようにしたかったからよ、オルロフ！　おかげでどんなすごいことになったか知ってるでしょ？」

「わかった、わかった。もういい加減にしてくれ、オクチャブリナ！」

「それなら話の腰を折らないで」

「折らない」オルロフは喜んで同意した。

「だからこういうこと。私を山のてっぺんからほっと息のつける谷あいまで運んでくれた人たちは、真っ黒だったの。わかる、歯以外、何もかも黒いの」

「まあ、カフカス野郎だからな」オルロフは賛同を示して言った。「でも、だから何だっていうんだ？　あそこじゃだれだってファイナみたいに黒いんだ」

「でも不思議だと思わない、空の近くにいる人たちがあんなふうに土みたいに黒いなんて！」

「おれには不思議でも何でもない」

「まあ、オルロフったら。よく考えてみなくちゃ！」と私は言った。「私、ひらめいたこと、まだとことんまでわかってないの」

「考えるんだな、オクチャブリナ。ひらめきがないと、あんたは退屈だろうからな」

　ここでオルロフは口をつぐみ、目を細めて、私の背中越しに遠くを見た。

　私も振りむくと――フェリクスだった。何の音も聞こえなかったが、フェリクスはもうだいぶ前から台所のドアのすぐそば、廊下の暗いところに立っていたらしい。ブラウスがずり落ちて、黄色っぽい丸い肩が露わになっている。もう一方の肩にてかてかした黒い髪がかかっていて、込みいった結い方でゆわえてある。フェリクスは眉をひそめて私たちを見つめていた。オルロフは顔をひきつらせた。

「まったくなんて奴だ」オルロフはかろうじて聞こえるくらいの声で言った。でも私は聞きとれたので驚いてフェリクスを見た。フェリクスは恥ずかしがって目を伏せてしまった。

「こっちにおいで、息子」オルロフが言った。フェリクスは行きたがらず、私には、フェリクスの背中が緊張しお尻が縮こまるのまで感じとれた。それでも少年は言いつけに背くこともできず、ちょこまか少しずつ近づいた。オルロフが戸棚の引出しを開けて、べとべとするキャンディをひとつかみ探ると、フェリクスはすぐさま両手をボートの形にして差しだしたが、ぴったりくっつけてなかったので両手の間からキャンディがいくつかこぼれ落ちた。オルロフが注意深くフェリクスを見ると、フェリクスが叫んだ。

「あ、落ちちゃった！」

フェリクスは落ちたキャンディを拾いあげて見せびらかした。オルロフは笑いだし、顎《あご》で示して言った。

「部屋に行っといで。『おやすみ、子供たち』がもうすぐ始まるよ」

フェリクスは頷いて行ってしまった。

「すっかり成長した息子に」オルロフが言った。「若い妻は情熱的な……」

「オルロフ！」私は怒鳴りつけてやった。

「なんだよ！『空のかなた』め！」オルロフは溜め息をついた。「空のかなたには何もないんだよ！」

「わかってる」私はかろうじて聞こえるくらいの息を吐きだした。

私は頷いた。

「無限が黒々と広がっているだけなんだ！」怒り狂ったようにオルロフが言った。

「なあ、なんだっておれに命令しようとするんだ？　おれはもう三十歳だ。まだ三十男なのに、もうおしまいだっていうのか？」

私は黙っている。

「答えろよ！　答える義務がある。オクチャブリナ！　おれに答える義務がある！」オルロフは怒り心頭に発していた。

そこで私は立ちあがった。またひらめいたのだが、今度はあまりに力強くて脳を焦がすほどだった。

「何かわかりかけてきた」と私は言った。

「そりゃ間違いなくそうだろう」オルロフはうなだれた。「あんたは一生そうやって、奇跡まで思いあたるんだろ。おれにはわからないっていうのか！」

「いえ、そうじゃないの」私は反論した。「奇跡なんてない！　部屋に行って考えてくる」

「行けばいいさ」オルロフは私が部屋に戻るのを認めた。

　そして私は戻ってベッドに腰かけ、スプリングを揺らして跳ねた。そうすればスプリングが小さな音を立て、あの信じられないほど浅黒い人たちのことを考える手助けをしてくれるだろう。

　……奈落の下で青に囲まれ、淡いバラ色の岩でかろうじて体温を保っていた私を見つけたとき、あの人たちは喉《のど》の音を響かせて叫び、そのひん曲がったような暗い言葉はナイフのように空に突き刺さった！　私を見つけたと口々に叫び、私が生きていることを喜んでいるようだった。彼らは叫びながら空を指したので、私は彼らの手の先を見ようと目を上げた——空は私たちのことを他人のように見ている。それで私は「すべて了解した」という印に頷き、まぶしくて目をつぶった。あの人たちは、酸っぱい匂いのするヤギの皮に私をくるんだ。中は暗かった。そして暖かかった。

　そこは暗くて暖かだったし、ヤギ皮からはヤギの匂いがした。ヤギは全身で人間を養ってくれている。そしてヤギは私を包んで運び、私が泣かないよう揺らしながらあやしてくれた。内側の暖かさと生きた暗闇で私をはぐくみ、耐えがたい青さをなるべく早く忘れるようにと自らの内部で私をあやしてくれたのだ。

　そして、ヤギが生命を活気づける内なる闇に私をくるんで運んでくれたのとちょうど同じように、このとき私も生命を活気づける内なる闇に息子をくるんで運んでいた。

　というのも、浅黒い顔の人たちが私を見つけたところでは、生命の暖かさが尽きていたからだ——上にあるのは空の膜だけで、そのむこうは……。

（私自身の暖かさとヤギの暖かさで二重に活気づけられていた息子は、やがてこの空の膜を突き破ることになる）

そして私たち、つまりヤギも、私も、私が胎内に宿していた子もみな、浅黒い顔の人たちが運んでくれたのだ！　背は高くないけれどがっしりした体格の肌の黒い人たちが、それだけの命を、破滅的な空の青みから活力を与える土の谷間の薄暗がりへといっぺんに運んでくれたのである。

　いやいや、そうではない、あの人たちがあんなに黒いのには何かわけがあるのだろう！　だって、あの青さの中、透明な風と奈落にさらされ、蒼白《あおじろ》く切りたった岩の上で命の長らえることがあり得るとしたら、あの人たちは明るく透明で軽やかでひょろっとしているはずだもの。この世に存在しない天使のように（ユーラが証明済みだもの！）、善や愛や不死に焦がれる人間のつくりだした天使のように。

　さらに長いこと私はベッドのスプリングで跳ねていたが、バネの音を聞いていると、納得できそうな考えがあれこれ浮かんだ。なんだか心当たりがし……ひらめきそうになる。なぜかフェリクスの真っ赤なブラウスが頭に浮かぶ……。フェリクスの真っ赤なブラウスが生きものか何かのように漂い震えている。

　だから私はファイナが姿を現したのに気づかなかった。考えごとにふけっていて、ふと目を上げたら前にファイナが立っていた。私の足拭《ラグ》きを踏み、全身びしょ濡れだった。洗濯しようと思って別にしておいた私のガウンを着ている。息遣いも荒く、胸のあたりでガウンをはだけている。

「モスクワ市議会に行ってきた」ファイナがしゃがれ声で言った。「もうすぐあんたを永久におっぽり出すって議員さんが言ってたからね！」

「議員は私のこと知らないでしょ」私は穏やかに反論した。

「私が知らせといたよ！」ファイナが目を細めて嫌な笑い方をした。

それで、議員さんはどこへ私を放りだすつもりなのか聞いた。ファイナは考えこんだ。黒くて油のようなファイナの目が私の部屋をじろじろ探り、息子ガガーリンの輝くばかりの顔に行き当たった。

「あそこよ!!」ファイナは恐ろしいしゃがれ声で叫んだ。そして笑いだした。

彼女の指はナイフのように私の宇宙飛行士の額にぴたりと向けられていた。私は恐ろしくてすくみあがった。小柄でたくましく浅黒い女性をまじまじと見つめていると、離れていても私の汗の臭いがした。もうだいぶ前からガウンを洗濯していなかったから。この女は立ったまま、びしょ濡れのてかてかした黒髪を濡れた灰色のタオルで拭いていた。唇が動いており、何かを私に告げている。ファイナの油のような黄色い体が、ガウンにあいた孔から見えた。浅黒い体だ。すると記憶の中に、ヤギ皮の酸っぱい臭いが蘇ってきた。

「でもあそこはいけない！」私は叫んだ。「あんただって知ってるでしょ」

ところがファイナは私の言うことを聞かない。私の褪せたピンクの足拭き《ラグ》の上で大声をあげたり笑ったり罵ったり跳んだり踊りまでした。自分の太腿《ふともも》を強く叩き、しゃがんだり吠えたりして、床で髪の毛を振りまわした。件《くだん》の議員はファイナと共謀して、黒々とした無限、恐ろしい「万事休す」へ私を追い払うつもりらしい。すでに人間がひとり、そう、私の息子ガガーリン、「空のかなたの坊や」が燃え尽きたあのかなたへ。

それで私はベッドから立ちあがり、片手を上にあげた——口をつぐむようにという合図である。ファイナは身をすくめて後ろにさがり、口をつぐんだ。そうしてから私は、ファイナがよく理解できるようはっきりわかりやすく言った。

「あそこはいけない。生命がないんだから。だれよりもわかってるはずでしょ！」

ファイナは跳びあがり、同じことを繰りかえし叫んだ。

「ああ、もうだめ！　ああ、おかしくて死にそう！」

　でも私がまた片手をあげると、ファイナはまた身をすくめて待ちかまえた。

「議員に伝えなさい」私は言った。「生命があるのは地球だけだっていうことはユーラが証明したって。私を空のかなたに放りだすかどうかは裁判所の仕事だって」

　ファイナは警戒して眉をひそめて私を見た。それから指を嚙んで、不安そうなその小さな目を私から逸らさずに考えだした。

　じっくり考えてから言った。

「それじゃ、あんただって、オルロフが私と結婚しないなんて言わないでよ。そんなふうに言うんだったら、ここからおっぽり出してやる。子供がいるんだからね」

「フェリクスは子供じゃない」自然にそういう答えが口をついて出た私は、自分でも驚いて眉を吊りあげた。なんでこんなこと言ったのかしら？

　ファイナは口を開け、空気を吸いこんで叫ぼうとしたが、私が手でドアを指したので、退散するしかなかった。

　彼女が出ていくとすぐ私はドアに飛びつき急いで鍵を閉めた。それから頭を抱えて言った。「まったく、私の頭ったら、何を考えつくのやら？　さあ、早くしなくちゃ！」

　どこか遠く台所のあたりでファイナが叫び、オルロフが怒鳴りだした。ふたりの叫び声は、はるか遠くの世界から聞こえてくるようだ。あのひらめきが何を言わんとしているのかわからなくちゃ。それは近くにあるのに、私の脳をからかって底に沈んでしまった。オルロフとファイナが私のドアをどんどん叩いても、私は返事をしなかった——邪魔しないでちょうだい！　私が片手を上にあげると、ドアのむこうなのに、彼らは察して口をつぐんだ。私はじっとすわって考えつづけた。

私の息子ガガーリンが、悲しい無重力からガラスのすぐそばに浮かびあがってきた。息子、空のかなたの坊やは私を見たけれど、どうあがいても私を助けることはできなかった。私はただガラスを撫でただけ。せめてほんの少しでも掌の暖かさが、容赦ないガラスを透かして私の星の坊やを温めてくれればと願って。

　ファイナが嘘をついてばかりいるということは見当がついた。だいたい市議会議員のような重要人物が会ってくれるはずがない。住所不定なのだから。「コムソモーリスカヤ・プラウダ」で働いているというのもあやしい。読み書きがよくできるようには見えないもの。でも、なぜそんな嘘をつくのかわかっている。同種族の浅黒い人たちから何らかの理由で引き離され（あるいは何かのせいで彼らに追いだされたのかも）、今度は、死ぬかもしれないという恐怖に追いたてられて放浪し、モスクワの有力な人たちや編集部とコネがあるかのような嘘をついているのだろう。ファイナだって生きたいのよ。地球の他の生きとし生けるものと同じように生きたいのだけれど、どう生きていけばいいのかわからず放浪し、議員だの編集部だのと嘘をついてしまう。私は、ガウンの下にファイナのしなびた胸がちらりと見えたのを思いだした。あの胸にはまだ母乳があるかもしれない。そしてファイナは青い空のもと、母乳を抱えて歩き、もうひとりちっちゃなフェリクスを産んで母乳を飲ませるための場所を探すだろう。でもファイナの頭の上にひろがるのは青い空だけ……。

　私は、抜き足差し足でそっと息子ユーリイ・ガガーリンに近づいて囁《ささや》いた。

「青い空が、あなたのせいで傷だらけになってしまったの、ユーラ。ごめんね、ユーラ、でもあなたの宇宙船がどうしようもなく空を刺し貫いたせいで、あいた孔から無限という毒がこちらに流れこんでくるの。ね、あのファイナったら、私を宇宙に追いやりたがってるけれど、宇宙のほうがファイナのおつむの上、議員の頭の上、地球のあらゆる生きものの頭の上にしたたり落ちてくる。あなたのしでかしたことってそういうことなのよ、ユーラ！」

　すると息子がほんのかすかに囁いた。

「わかってるよ、母さん、それにね、そのことは言わないことにしたんじゃないか」
そう、言わないことにしたんだった。でもファイナのみすぼらしい胸。私の破れたガウンでその胸を隠そうとするファイナ。でも宇宙の無限が、ガウンの上からだって母乳を燃やしてしまう。そしてまた私は「無限」の憂鬱に襲われた。そしてまた死を運命づけられている生きものすべてに対する悲しみで胸が押しつぶされそうになった。私の息子ユーリイ・ガガーリンのおかげで。息子の額を指してファイナは私に死を願った！　私のかわいそうな、かわいそうな空のかなたの坊や！　あなたの母はあなたのために脅かされている。そしてあなたの母は自分を脅かす人々に答える術《すべ》がない。

　そしてベッドで跳ねるのをやめ、考えるのもやめた。何も考えずにベッドに横たわると、目から涙が幾筋も流れて枕を濡らした。私の悲しみが胸から流れでるように。胸が軽く、空っぽになるように。そうしたら、新しい朝がやってくるまで眠れるのに。

　自分自身に言い聞かせた。「オクチャブリナ、新しい朝がやってくるまで眠りなさい。夜になったら、悲しみの涙が流れて、ひょっとすると、ひらめいては意識の底に沈む考えが何なのかついにはっきりわかるかもしれない。熱くぱっと燃えあがって緊張した脳を焦がしたかと思うと、熱い閃光を放ちながら消えていく……。でも地球の中心、地球の心臓部では耐えがたいほど赤々と心臓が燃えていて、フェリクスの赤いブラウスよりも熱く、そこには『無限』の冷たさが訪れることなどぜったいにない！　生まれ故郷地球の活力に満ちた心臓とともに、そこには不滅の生命がある。ヤギ皮と同じく、不滅の生命は、暖かく震えるものすべてをくるんで揺らしながらあやし、生きとし生けるものすべての生命を慈しんでいる！　すべて！　生きているものすべて！　なぜなら、かわいそうだから！」

　私はベッドから飛び起きて、ユーラの肖像が飾ってあるところに走り寄った。ガラスをそっと叩いた。

「何、母さん？」ユーラが言った。

「ユーラ、『逆向き』の人たちのこと、どんなことでもいいから何か知らない？」

息子ガガーリンは何も答えない。目を伏せたいのに「無限」に縛られていてできないのではないかと思えるほど。

「ユーラ、逆の方向に人生の道を見つけようとした人たちのことよ。空のかなたに送られたあなたとはちがって」

でも、また答えてくれなかった――人類史上初めて空のかなたに行った人間は。

「ユーラ、不滅の生命のための場所を見つけた人たちのことよ。地球の心臓の近くで！　その人たちが浅黒い肌をしてるのは、地球の心臓のすぐそばで暮らしているからなの。生命の源《みなもと》の間近に住んでるのよ」

「そんな人たちは知らない」ユーラがかろうじて聞こえる声で囁いた。

ユーラが嘘をついていることがわかった！　でもなぜ?!

「だってユーラ、空の傷口から宇宙の毒を持ちこんだのはあなたじゃない、地球がゆっくり破滅するよう運命づけたのはあなたじゃない！　ユーラ、ごまかそうったってだめよ、私はあなたの母さんなんだから！」

そして私の坊やは嘘がつけなかった。

ユーラは言った。

「宇宙船が必要なんだ」

「そう、そう、その調子！　言ってごらん、ユーラ！　宇宙船ね」

「エンジンが動くよう、エンジンの噴射口が炎をあげるよう見守っていなくちゃならないんだ」宇宙飛行士は囁いた。

「でも宇宙船はどこなの?」

でももう返事はなかった。どんなに頼んでも、ひざまずいても、すべての生きもののために宇宙船のことを教えてと乞い両手をユーラのほうにあげても、宇宙船がどこにあるのか答えてはくれず、沈黙したまま白い雪のようなほほえみを輝かせるばかり。

「ユーラ、ユーラ……」私はガラスをバラで撫でた。「ユーラ、でも破滅が地球にしたたり落ちて、宇宙がこの世界にあるたったひとつの生命のしずくを飲み干してしまう。ああ、ユーラ!」

ガラスのむこうで聞こえたのは溜め息だけ。雪のように白いほほえみだけ。私はバラを水に入れた。

するとまた溜め息が聞こえてきた——ほっとして溜め息をついたのだろうか。それとも私の空耳?

私は息子の素直な青い目をまじまじと見つめた。ガラスを通して息子は私に笑いかけている。私がバラを水からあげ……また元に戻すと、ほほえんでいるために見えている歯のあいだからかすかに溜め息がもれた……。バラですって?

火のように真っ赤な、けっして萎《しお》れることのないバラ? 細長い花瓶からバラをそっと取りあげて花の奥深くを覗きこんだ。カーブした花びらが何枚もきつく巻きついているその奥を。花びらの下の芯に、萎れることのない花を育む生命の熱気があることははっきりしている。真っ赤なバラ、真っ赤なバラ……。私は部屋を歩きだした。ベッドで跳ねてももう助けにならない。ここは何にも縛られない自由な動きが必要なのだ。大股で部屋中歩きまわりながら、赤いバラに助けを求めた!

青の恐怖から私を救いだしてくれたあの浅黒い人たちが、地球の心臓に到達する道を知っていることは言うまでもない——そこに住んでいるのだから。でも、いったい私は、私はどうやってそこにたどり着けばいいの？　ゆっくりとした死を運命づけられているすべての生きものたちはどうやったらそこにたどり着けるの？　頭上の空がもう今にも破れて、貪欲な宇宙の冷淡さや真空や暗闇がこちらになだれこんでくるだろう。ふと肖像を見てびっくりした。すっかり生気を失っている。『灯火《オゴニョーク》』誌から切りとられてガラス付きの額に入れられた写真のように平べったくなっている。

　まるで私の息子ではないみたい！　バラがなくなって、自分の生命の源を失ったのね！　情熱的な……火のように……真っ赤な……バラ。熱い生命の「母なるマグマ」――「ママ・マグマ」のよう。バラ！　バラはマグマが飛んできた火の粉なのね！

「このこと知ってたの?!」私はガガーリンにむかって叫んだ。

　知っていた、知っていたにちがいない。たまたま地表に届いたマグマのしずくに息を吹きこまれていたのね。マグマのおかげだけで生きていたくせに、私たちのだれにも何も言わなかった！　ああ、私は怒りのあまり茫然として全身が石のようになってしまった！

「ねえ！　自分ひとりが生きられればいいってことなのね！　地球全体が呻きながらゆっくり死にかけてるっていうのに！　自分で突き刺しておいて、自分だけ助かろうっていうの！　ああ、あんたなんか息子じゃない。違う！　勘当よ!!!」私は恐ろしい声で怒鳴った。

　痛みで悲鳴をあげながら肖像をつかみ、惜しげもなく投げつけて、粉々になるまで両足で踏みつけた。尖った星の屑になるまで。それがユーリイ・ガガーリンにはふさわしいのよ！

　でもバラは？　バラはどうやって私たちに救いの道を教えてくれるの？　血のように真っ赤なバラ……活力をもたらすマグマのしずく……フェリクスのブラウスの遠い親戚……『カルメン』……灼熱のマグマの色をしたブラウス。

　バラ・プラス・フェリクス……フェリクス・プラス・ブラウス……バラ・プラス・ブラウス・プラス・フェリクスは――『カルメン』！　ひとつになって宇宙船になる！　『カルメン』は炎をあ

げて私たちを深みへ、不滅の生命をつかさどる源泉へ連れていってくれる！　なんて簡単なこと！

バラ・プラス・フェリクス！

　でも気を静めなくちゃ。あの人たちを脅かしてはいけないもの！　あの人たちのために気を静めてうまく立ちまわらなくちゃ。

　私はバラを手にして、何の憂《うれ》いもなく部屋を見まわした。ここで生活を営んだ。ここで人類史上初めて空のかなたに行った英雄の思い出をはぐくんだ。ここで星屑になるまでその顔を踏みつけた。私はここから生きているものすべてを不滅の生命のもとへと連れていく。空のかなたの無限がひとしずくも私たちに降りかからないところへ。地球の内側に連れていく。そして私は大股で歩いて台所に行った。

　オルロフが低い声で唸ったが、私は言った。

「聞いて！」

　オルロフが叫んだ。

「オクチャブリナ、オクチャブリナ！」

　私が片手をあげても、オルロフは制止ものともせず私にむかって叫んだ。

「オクチャブリナ、お願いだ！　な、お願いだよ！」

　それで私は言った。

「よく聞いて！　みんな準備をするのよ！　地中に降ります！」

　ファイナが突然しゃがれ声で笑いだした。

　オルロフは、どうしたわけか今度はファイナにむかって叫んだ。

「黙れ、これでも母親なんだからな！」

　私は頷いた。オルロフはわかってくれた。そうよ、今じゃ私はあらゆる人々の母となって生命の源へ、地球の心臓部へ連れていくのだもの。

　オルロフの顔に涙が流れた。

　私は大きな声で厳しく言った。

「オルロフ！　もう時間がないんだから！　早く準備しなさい！　エンジンがかかり、噴射口から火を噴いている！」

「ユーラ、ユーラ！　縛っちゃいなさいよ！」ファイナがきいきい声で言った。

　でも私は勢いよくフェリクスのほうを向いた。フェリクスは顔をあげて私のほうを見たが、立ったまま私のヌードルを拳固で握っている。水草よりも頼りなげな髪が、むくんだ顔や凍えた鎖骨、胸、太腿をおおっている。それでも油のような黒い目は注意深く鋭い。というのも、フェリクスは逆向きの坊やだから。それに、フェリクスは自分が宇宙船だということもわかっている。

　そこで私は背中に隠していたバラを出してフェリクスの胸に投げつけて叫んだ。

「さあ、バラをお取り、『カルメン』！」

　その瞬間、先の尖ったバラの茎がフェリクスの胸に突き刺さって食いこんだ。その瞬間、マグマのようなブラウスが燃えだし、マグマのようなバラとひとつになった。そしてその瞬間、フェリクスのマグマのような胸が、真っ赤で熱い内臓を露わにした。このときからフェリクスはもう宇宙船になった。私は大きな声で「一！　二！……」と秒読みを始めた。「三」を数えたら全員がフェリクスにつかまるはず。噴射口はもう炎を噴きだしていたし、モーターは唸りだし、フェリクスは地球の中心にむかって沈みだした。そこで私は「三！」と叫んだ。私たちはみな彼のほうに突進してその体につかまった。ついに地球が呻き声をあげながらぽっかり口をあけ、私たちを愛《いと》しく熱い深奥へと入れてくれる。私たちは地球の心臓部にむかって下降しはじめた。地球の心臓は、私たちを出迎えて喜ばしげに燃えている。

私たちは猛スピードで下降し、私たちの宇宙船「カルメン」は摩擦熱で燃えていたが、もう近くまで来ている、近くまで、近くまで……。

そして、永遠に私たちを死と破滅から守るために、地球は開いていた口を私たちの上で閉じた。

ニーナ・サドゥール　Нина Садур

Photo by NumaNuma

一九五〇年ノヴォシビルスク生まれ。

「現代ロシアで最も謎《なぞ》めいた作家」、「魔女」などと言われることがある。本編を読めば、さもありなんと納得していただけるのではないだろうか。作品は、前衛的、不条理的、魔術的リアリズム的。

一九八〇年代のロシア演劇界では知る人ぞ知る「ニューウェーブの旗手」だった。代表作は戯曲『不思議な女』（一九八二）。「世界悪」と名指された女が、ジャガイモ畑にあいた穴に別の女を落とすと、他の人たちを載せたまま大地が剝《は》がれ宇宙のかなたに飛んでいってしまうという奇想天外な物語である。

ゴーゴリの『ヴィイ』を下敷きにした戯曲『パンノチカ』もあれば、やはりゴーゴリの『死せる魂』をパロディにした戯曲『兄弟チチコフ』もある。しかしサドゥールの、文字どおり天を衝き、地を裂く過激な想像力は、ゴーゴリの不可解な『鼻』さえはるかに上回る宇宙的なもののように思われる。

本編「空のかなたの坊や」（一九九二）も、息子である宇宙飛行士ガガーリンについて空へ天へと思索をめぐらせていた語り手が、マグマの燃えたぎる「地球の心臓部」にむかって沈み、ついには地球に呑《の》みこまれるという宇宙規模の想像力に支えられている。もちろん、頭の調子がおかしい女のたわごとだと解釈することもできよう。しかし、現実の出来事である可能性を否定しにくいのは、台所やトイレを共有する狭苦しい共同住宅《コムナールカ》での濃厚な人間関係など日常の細部が匂いたつように描かれているからだろう。日常のすぐ隣で虚無がぽっかり口を開けているかのようだ。

なお戯曲集『失神』（一九九九）では、この作品が同名のタイトルでラジオドラマ化され、短編集『永久凍土』（二〇〇二）では、小説のまま「ガガーリンの母」と改題されている。

バックベルトの付いたコート

ミハイル・シーシキン

沼野恭子 訳

その作家はある短編の中で自分自身の死を描いたが、それは生涯最後となるクリスマスから数えて半世紀も前のことだった。その短い物語の主人公は目立たなくて、落ちつきがなくて、だれにも必要とされなくて、おまけにとてつもなく不幸なことに天才で、世界の覇者ときていた。だれにも必要とされないことに疲れた主人公は、こんな具合に気苦労から逃れることになる――世界中に雪を降り積もらせ、雪だまりの中に倒れるのである。

とはいえ、自分自身の死を知っているのは作家の特権ではない。ただ作家はぎゅっと手を摑《つか》まれるだけなのだ。文字どおりの意味で。つまり、ある瞬間目の前に広がるものがあり、それを手が書き留めるということ。だれの身にも、そんなふうに何かがざっくり割れるようなときがあるものだ。生地にあいた穴。何かを伝える地点。そういうとき作曲家はメロディを、詩人は詩行を、愛する者は愛を、預言者は神を得るのである。

その瞬間、ありふれたものの中では交わるはずもなく別々に存在しているもの同士が出会う。見えるものと見えないもの、くだらないものと秘めたるものが。

過ぎ去ったことも、まだやってきていないことも、すべてが同時に起こる空間。そんな空間と調子を合わせて息をするようになるだろう。
現在が一緒に「かくれんぼ」をしたがり、過去や未来の陰に隠れてしまう。まるで、玄関の洋服掛けにかかっている毛皮コートのうしろに身を隠す子供のように。そうかと思うと今度は、汗だくになって飛びだしてきて嬉しそうに笑い声をたてる。ほら、ぼくここにいたんだよ、といわんばかり！　なんでなの、そばを通ったのに気がつかないなんて！　さあ今度はきみが鬼になって！

　こういうとき自分の死なんてつまらないものだということがわかる。というのは、自分はこれまで一度も生まれたことはなくいつだって存在していたという感覚が鮮やかにはっきり浮かんでくるからだ。不意に「生にしがみつく必要はない、自分自身が生なのだから」という悟《さと》りがやってくる。だから、森のはじっこにいてすえたような匂いを口に感じているのは私ではなく、宇宙が、私の鼻の孔を介して自分自身の匂いを嗅いでいるのだ。

　もしどれくらい生きたかということを何かで測れるとしたら、おそらくこうした邂逅《かいこう》がいくつ降りかかったかその数で測ることができるのではなかろうか。

　私は自分が初めてそうした経験をしたときのことを覚えている。十一歳のときだ。モスクワ郊外で燃える泥炭の匂い。一九七二年、霧の立ちこめる朝。あらゆるものが焼《や》け焦《こ》げたような臭気を発していた。畝《うね》の熱いイチゴさえ。母さんが休暇を利用してヴォルガ川上流の保養所に行くことになり、私を連れていってくれた。少年時代の私の旅。

　雨が降り続き、蚊《か》の多いじめじめした建物に泊まっていた私たち親子は、毎晩映画の上映会があるというのに初めのうち退屈だった。でも、やがて天候が回復し、新顔の保養客ヴィーチャおじさんが食堂に姿を現わすと、生活が一転した。ヴィーチャおじさんと泳いだり、ヴォルガ川でモーターボートを走らせたり、森に行ったり。おじさんは筋骨逞《たくま》しくて、金歯があり、いろいろな話をしてひっきりなしに母さんを笑わせる。少年の私にはおじさんの冗談は半分もわからないけれど、話し方《かた》が面白くてつい笑わずにはいられない。母さんの新しい知りあいが私は大好きになった。それに、おじさんが「中継車《トンワゲン》」で働いていると聞いてすっかり参ってしまった。きっと私はそのころからもう言葉の魅力に心奪われていたのだろう。

　ところで、先ほどからその少年のことを無断で「私」呼ばわりしているが、少年のほうで今のこの私を自分だと認めてくれるかどうかは甚《はなは》だ心許《こころもと》ない。何しろ今の私ときたら、いい年だし、髪は白いし、ふてぶてしい太鼓腹だし、どうしようもなくだらしない男なのだ。少年はひどく驚くだろう。ほんとにこれがぼくなの、と。そう聞かれて、まごつかずに答えられるかといったら、たぶん無理だろう。私の名前が少年と同じだからといって、そんなことには何の意味もない。

　ヴィーチャおじさんが話してくれたことの中でなぜかよく覚えているのは、子供のころ友達と川でスケートをしていたおじさんが、ときたま氷の中で動けなくなっているカエルを見つけたという話だ。おしっこをひっかけると、カエルは生き返って動きだしたとか。それから戦争の話。おじさんが言うには、懲罰隊に送られた兵士が生き延びられるのは怪我をした場合だけ。自分の落ち度を血で償えば、勲章と称号を返してもらえる。だから懲罰隊の兵士たちは自分で自分を撃つ。火薬の燃《も》え殻《がら》が残らないようにパンの塊を通して腕か足を撃ち抜いたという。

　母さんがダンス好きだったなんて夢にも思わなかったが、毎晩ヴィーチャおじさんと踊りに行くようになった。

　あるとき、どことなくいつもと違う声で母さんに話しかけられ、もしヴィーチャおじさんに父さんのことを聞かれたら死んだって言ってね、と言われた。

　びっくりした。

「でも、父さん死んでないじゃない。引っ越しただけでしょ」

　母さんは私の頭を胸にぎゅっと押しつけた。

「でもおまえはいい子だから、何でもわかってくれるよね」

何もわからなかったけれど頷いた。

そしてヴィーチャおじさんに父さんのことを聞かれるのを待ちかまえるようになった。

母さんが頬紅《ほおべに》をつけたり、白粉《おしろい》をはたいたり、アイシャドーや口紅を塗ったり、首に香水を振りかけたり、マニキュアを塗ったりするのを眺めるのは変な感じだった。マニキュアの匂いが鼻につんとくる。こんな母さんは見たことがなかった。

母さんは学校の教師で、ロシア語とロシア文学を教えていたが、そのころにはもうアルバート通り第五九番学校の校長になっていた。私は一年生のときから町を突っ切って母さんと一緒にその学校に通った――初めは、共同住宅住まいをしていたプレースニャ地区から通い、やがて新興住宅地マトヴェーエフスカヤ通りの二ＤＫのアパートに引っ越し、そこから通った。

母さんが子供を自分の学校に入れ手元に置いておきたがったのはわかるけれど、息子としてはかなり迷惑だった。母さんが手本にしていたのは退職した某数学教師で、その人もかつて自分が担当したクラスに息子がいた。息子はこの科目がだれよりもよくできたのにその人は息子を黒板のところに呼んで問題を解かせると、正しく解答したときでも必ず「席に戻りなさい、三点（可）」と言ったらしい。私が似たような目に遭ったのは、たとえばクラスがふたつに分けられて英語組とドイツ語組になったときだ。私は英語組に行きたかったし、行って当然だった。というのは、ドイツ語組というのは勉強のできない子たちに対する罰のようなものと思われていて、勉強しないとドイツ語組に行かされるよなどという言い方がされていたからだ。私は勉強ができたのに、よりによって行きたくないクラスに行かされたのは母さんのせいに決まっている。どの親からも後ろ指をさされたくなかったのだ。母さんにとっていちばん大事なのは学校で、私的なことや家族のことは二の次だったのだろう。

「母なる祖国が呼んでいる！」というポスターのもとで育った世代なのである。
もし学校を卒業してから私が軍事教練のある大学に行かなかったら、母さんは私をアフガニスタンにだって送りかねなかった。心の痛みは感じたにしても、同時に祖国に対する母親の義務を果たしたという達成感も感じたのではないだろうか。わからないけれど。ちなみに、たぶん今でも私は「存在しない国」の「存在しない軍隊」に所属する予備将校でいる。いつだったかコヴロフ郊外の軍宿営地で、祖国を血の最後の一滴を流してでも守ると誓ったからだ。祖国は崩壊寸前だったというのに。当時、赤旗にキスすることになっていたので、赤旗を唇にあてようとしたら、ぷうんと燻《くん》製《せい》の魚の匂いがしたことを覚えている。たぶんわれらが上官たちがビールのつまみに魚を食べてビロードの生地で手を拭いたのだろう。

もちろん生徒だったときは、母さんや先生たちがどれほど苦労しているかわかっていなかった。苦労というのは、一方で子供たちに「真実」を言うようにと教えながら同時に「嘘《うそ》」の世界に導かなければならないという如何《いかん》ともしがたい難題を突きつけられていたことだ。建前としては「本当のことを言わなければならない」ことになっていたが、「本当のことを言ったら大変なことになる」というのが本音だった。

教師たちが、自分自身でさえ信じていない嘘を教えていたのは、私たち生徒を愛し何とか救おうとしていたからにちがいない。彼らはもちろん、歪めて発せられた言葉を恐れていたけれど、それは自分たちのためというより私たちのために恐れていたのだった。国を挙げて命がけの言葉遊びがおこなわれていたからである。正しいことを言わなければならず、正しくないことを言ってはならない。境界線を引く者はいなかったが、だれもが境目のあることを自覚していた。教師たちは、正義を愛する青少年が愚行を演じないよう手助けしたい一心で、恐怖という名の活性化注射をしようとした。今はちょっと痛いけれど免疫がこれから一生もつからね、というわけである。

私たちの学校は、化学や英語の教育はたいしたことはなかったかもしれないが、そのかわり「口にすることと、考えたり行動したりすることは別」という難しい処世術の模範授業をしていたようなものだ。

　大人たちの神々はとっくの昔に葬られていたが、シャーマンの儀式では神々を崇めなければならなかったから、学校は、奴隷である子供たちに従順でいるようにと教えこんだ。何かを手に入れたければ、死んだ言語を用いて死んだ語句を発すべし。それを学ばなくてはならない。死んだ言語には、例によって死んだ生活が澱み腐っていた。

　そもそも良い教師でいるとはどういうことか？

　体制にかかわりなく良い教師とは、子供たちが生きていくのに役立つ資質を伸ばしてやるべきであり、「流れに逆らえ」などとは教えないものだ。というのも、子供たちの為になるのはまったく別の知識であり、子供たちは具体的にこの世をどう渡っていったらいいかその交通規則を知らないといけないからだ。反対車線に飛びだしたら事故に遭う。回れ右をして、みなと同じ方向に進まなければ。この世で何かを成し遂げ、たっぷり金を稼ぎ、家族や子供に何不自由ない生活をさせたいと思ったら、みなと同じ流れに身を任せなければならない。「相手が上司ならこちらがバカ、こちらが上司なら相手がバカ」とか、「まともな仕事で御殿は建たない」とか、「郷に入っては郷に従え」という言いまわしもあるではないか。

　よくない教師は「別の法則にのっとって生きるべし」と教える。人間としての尊厳を保つ法則だ。それは多くの場合、究極への道であり、最悪の場合は監獄か自殺に至る。そうでなければ、射殺されるのがおちだろう。

　つまり、よくない教師が良い教師で、良い教師がよくない教師ということなのだろうか。もっともロシアはいつだってそうだった。右派が左寄りで、左派が右寄り。自分の母国を愛しているなら母国に勝利を望むべきか、それとも敗北を望むべきかという問題を何世紀もかけて解明しようとしてきて、いまだに明らかにできていない。どこまでが父祖の国でどこから体制が始まるのかまったく曖昧《あいまい》で、なにもかもがそんなふうに一緒くたになっているのである。

たとえば、あの有名なアイスホッケーの試合を例にとろう。有刺鉄線のどちら側も、ソ連対カナダの試合をふたつの社会体制のぶつかりあうシンボリックな決戦と見ていた。ソヴィエト政権が終わりに近づいたころには、みなソ連と戦うカナダ・チームのほうを応援したが、一九七二年、世紀のスーパー試合がおこなわれたときは、私が先ほどから私自身だと言い張っている少年は、まだ「原罪」以前の明るい世界に住んでいて、「味方」のソ連チームを応援していた。

それにしても奇妙な大国だった。アイスホッケーの試合に勝てば体制の寿命が延び、負ければ縮むというのだから。「灯台もと暗し」でわからなかったが、最後の試合の残り三四秒でポール・ヘンダーソンが打ちこんだあの決勝ゴールは、試合結果をひっくり返しただけでなく、口ひげの皇帝がつくりあげた世界的な帝国にとっての「point of no return〔帰還不能点〕」となったのだった。あのときから帝国の崩壊は時間の問題にすぎなくなった。

ソ連の心臓部でわが国のホッケーチームを破った張本人ヘンダーソンが、どことなくロシア的と思える運命に翻弄されたのは面白い。ホッケーをやめて酒を飲みだし、やがて伝道師になったのである。

なぜホッケーの話をここに持ちだしたかというと、私たちの学校がちょうどカナダ大使館の向かいにあったからだ。大使館の前には、信じられないような外国のリムジンが、角を曲がってアメリカ映画からじかにうちのスタロコニューシェヌィ横町に入ってきたように停まっていた。リムジンの窓ガラスに顔をくっつけてダッシュボードをじっくり眺めることもできて、とくにスピードメーターの220という数字に感嘆した私たちネズミ色の制服を着た少年は、「キャデラック」より「マスタング」、あるいは「フォード」より「シヴォレー」が優れているのはどういうところか夢中で言いあったものだ。もっとも、それは大使館の扉近くのブースから飛びだしてきた警察官に追い払われるまでだったけれど。

カナダのホッケー選手たちのために大使館で歓迎パーティが催されることになった。学校の近くにカナダの選手たちが来るらしいという噂《うわさ》がまたたくまに広まり、私たちはアイドルを一目見ようと向かいの歩道に群がった。われらが神々は、テレビカメラが映しだす氷のスケートリンクから離れ背広とネクタイを身につけており、そういう格好をしているところを見るのは奇妙な感じがした。一九七二年の暖かい九月、アルバート通りにそびえる建物の二階の窓はいっぱいに開かれ、フィル・エスポジト、けんか太郎・キャッシュマン、フランク・マホヴリチとピーター・マホヴリチ兄弟の姿が見え隠れしている。私たちが熱狂的な叫び声をあげると、選手たちは窓から顔を出し、にこにこしながら手を振ったり親指を上に向けたりした。「よお、人生、捨てたもんじゃないぜ！」とでも言いたげに。

あれから何年も経つというのに、今でも歯の欠けたボビー・クラークの笑顔が目の前に浮かぶ。ボビーが窓から身を乗りだしてバッジを投げてよこした。他の選手たちもバッジやチューインガムを投げてよこす。クッキーのようなものまである。そのとき、まさかの出来事が起こった！　何でもいいからキャッチしようとしてどんなに頑張っても、私は運の強い奴に押しのけられ、そのまま何ももらえずに終わるところだった。ところが、そのとき奇跡が起こったのだ！　窓枠にもたれてほとんど寝そべるようにしていたボビー・クラークが、私のほうを指さしたのである。自分の目が信じられなかった。ボビーはしかと私を見て、私めがけてチューインガムを投げてくれた。私はそれをキャッチできた！　ボビーは笑いだし、また親指をあげてみせた。「よくやった！」と言いたげに。そのとき警察が追いたてに来た。チューインガムは友達と分けあったが、包み紙は長いこと大事にとっておいた。私が生涯で食べたなかでいちばん美味しいチューインガムだったなどと付け加える必要はあるまい。

翌日、私たちのクラスに母さんがやって来た。厳しい顔をしている。母さんは厳しくしようと思ったらいくらでも厳しくなれる人で、そうなると学校中のだれもが母さんのことを怖がった。

母さんはこう切りだした。あなたたちの行動は学校にとってもわが国全体にとっても恥ずかしく不名誉なことでした。外国の記者が写真を撮っていたので、あなたたちが誇りをかなぐり捨ててチューインガムを取りあっていた様子が世界中に知られてしまうでしょう。

みんな口をつぐんでいる。私はそんなふうに叱られる筋合いはないと感じた。そして我ながら思いがけないことに突然こう言ったのである。

「じゃ、どうしてわが国にはチューインガムがないんですか？」

母さんは答えた。

「わが国にないものはたくさんあります。でも、だからといって、人としての尊厳をなくしていいということにはなりません」

私はこのことを心に刻んだ。

母さんは学校では校長で「監獄システム」を代表する人間だったから、ずいぶんつらい思いもしただろう。母さんが多くの人を救ったり守ったりしたことも知っている。できる限りのことをしようと努力し、「カエサルのものはカエサルに[*1]」といった感じでプーシキンを子供たちに与えていたのだろう。この痛めつけられた国にあって、プーシキンは何世代ものうちに人間らしさを保つための鍵、秘かな符号となっていた。当時、多くの人が「悪ければ悪いほどいい、それだけ早くすべてに片がつく」と思っていたが、母さんのような人は、非人間的な生活になんとか人間性を添えようと心を砕いていた。自分自身は助かることができず、目いっぱい痛い思いをしたけれど。

十七歳になるころには親子関係はこじれてしまい、母さんと口をきくのをやめていた。きっぱりと。ひとつ屋根の下で暮らしていながら挨拶《あいさつ》もしなかった。母さんが党員だということにも、学校でブレジネフの『処女地』や『マーラヤ・ゼムリャー』について作文を書かされることにも我慢ならなかった。忌《い》まわしい体制と妥協せずに戦わなくちゃ、自分から、家族から、最も近しい人たちから始めなくちゃ、と思っていた。偽りの生活がいやだったのだが、自分がヒーローでも何でもなく洟垂《はなた》れ小僧にすぎないことが当時はわかっていなかった。私がむっつり押し黙っていたことも母さんの寿命を縮めたのではないかと思う。

さっき「母さんと口をきくのをやめていた」と書いてすぐにこの書き方はかならずしも正しくないと感じた。だから偽りなのだろう。

実際のところ母さんと挨拶さえしなくなったのは、ひょんなことからたまたま手に入ったシャラーモフの『コルィマ物語』やソルジェニーツィンの『収容所群島』を読んだためばかりではない。これらを読んで青臭かった世界が大きく様変わりしたのはたしかだけれど、もちろんそればかりではないのだ。仲違《なかたが》いしたのは私の初恋が一因だった。母さんは相手の女の子が気に入らなかったのである。少しも。

学校にいるときの母さんは全能の校長で、経験の浅い教師が担当するクラスが荒れていても一瞥《いちべつ》するだけでたちまち静かにすることができるのに、家で実の息子に対するとまるで無力だった。息子によかれと思っていたことは間違いない。でも思ったようにはいかなかった。そして、その女の子に関しては母さんのほうがもちろん全面的に正しかった。でもそれがわかったのはずっと後のこ

＊1　マタイによる福音書二二章の「皇帝のものは皇帝に、神のものは神に返しなさい」というイエスの言葉より。

と。

母さんの身が破滅したのは一九八二年、アンドロポフが政権についたときだった。アンドロポフがそのときすでに死の病に冒されていたことなどだれも知るよしはなく、みなが自分自身の恐怖にたじろいでいた。

それは、学校の上級生たちがヴィソツキー[*1]追悼の夕べを開こうとしたときだ。同僚たちは思いとどまらせようとしたが母さんは聞き入れず、許可を与えた。追悼の夕べが開かれ、生徒たちはヴィソツキーの歌をうたい、詩を朗読し、録音を聞いた。すると校長に対する密告がなされた。他の学校で真似事が起きないよう見せしめの鞭《むち》が振るわれたのだ。

私は当時すでに独り暮らしをしていたが、家に帰ったとき母さんの話を聞いた。呼びつけられ、ひどく乱暴な言い方をされ、怒鳴りつけられたという。何とかして釈明しよう、何とか説明しようとしたが、だれにも耳を貸してもらえなかったという。

人間としての尊厳を失わずに生き抜こうとしたのに、それがためにあっさり踏み倒されてしまったのである。

母さんはわっと泣きだした。私の前でそんなふうに泣くのは初めてだったのではないかと思う。何と声をかけたらいいかわからず、そばにいて肩をさすってやるばかりだった。

ふいに一年近くも口をきかないでいたことを謝りたいという気になったが、どうしても切りだせなかった。

母さんは職場から追いだされ、とうとうそのショックに耐えることができなかった。学校が母さんの人生のすべてだったから。

重い病気になった。初めは心臓、それから癌《がん》が見つかり、入院、手術の日々が始まった。

このころにはもう私自身、ペルヴォマイスカヤ通りの第四四四番学校で働くようになっていたので、授業を終えると母さんのところに行き、何時間も病室にいてノートをチェックしたり、母さんに飲み物を飲ませたり、おまるを取ってやったり、新聞を読んで聞かせたり、爪を切ってやったりして、ただただそばにいた。話すことといえば、もっぱら些細なことだった。というか、当時は大事に思えたけれど何年も経った今となっては大事だとは思えないことだ。私はずっと謝りたかったのだけれど、どういうわけかうまくいかなかった。

その後このときのことを長編『イズマイル攻略』に書いた。例えば、隣のベッドの患者のこと。化学療法のせいで髪の毛がなくなりベレー帽を脱ごうとしないため諷刺画に描かれた画家のように見える女性。それから、母さんの曲がった足指に生えた爪を切ろうとして、切り方が下手で病室に飛び散ったこと。病院のへこんだスプリングネットでは寝られないというのでベッドの上に敷く板を持ちこんだこと。

母さんが亡くなって数年してから書きあげたその小説は、初めのほうではロシア文学を引用したり関連づけたり絡ませたりしていたが、終わりのほうになると自分の体験したことだけになった。複雑なことから単純なことへ。何度も読みこんだ本の中身から多孔性ポリウレタンの詰まった母さんのブラジャーへ。母さんは胸を切開してからこのブラジャーをつけるようになった。古代スラヴ文学の詩句の組み合わせから母さんの死へ。痛みから逃れたい一心で母さんは死を待ち望んだ。

母さんの葬式にはとても大勢の人が来て、一緒に働いていた先生たちや以前の教え子たちが集まった。長い間教えていたので教え子が相当な数にのぼった。何か大事なことを人に教えることができるとしたら、それは自らの生そのもので伝えるしかない。

＊1　ウラジーミル・ヴィソツキー（一九三八―一九八〇）。タガンカ劇場の看板俳優で吟遊詩人。だみ声で社会を諷刺《ふうし》する歌をうたい当局からは睨まれていたが、人々の圧倒的な支持を受けていた。

棺に入れられた母さんの額に正教の紙片栄冠が載っていたのには驚いた。いったいどこからそんなものが現われたのだろう、教会とはいっさい無縁だったのに。神の存在などまったく心から信じていなかった。そういう世代だったのだ。だから私が生れたときも洗礼を受けさせようとしなかった。それも、ごたごたが起きるのを恐れたためではない。まだスターリンが霊廟に安置されていた一九六一年の初め、学校の党オルグだった母さんには、どうして洗礼をする必要があるのか心底わからなかっただけだ。祖母がウジェリナヤの教会で、母さんに内緒で私に洗礼を施した。そこの別荘《ダーチャ》でいつも夏を過ごしていたので。

それに子供心にも、教会に通うのは教区の学校に三年生までしか行かなかった私の祖母のような教養のない老婆だけだと合点していた。

でもその後、教会に通うのは老婆たちが若者たちより死を恐れているからだろうと思った。本当は逆で、若者たちのほうが死を恐れているということが、そのときはまだわかっていなかったのだ。

母さんが亡くなって初めて痛感したことがある。それは、親しい者同士、一度は腹を割っていちばん大事なことを話しあうべきだということ。たいていの場合、そういう話しあいはどんどん先に延びてしまう。朝の食卓や地下鉄の中でいちばん大事なことを切りだしたってうまくいくわけはないからだ。何か邪魔が入るに決まっている。母さんに謝らなければと思っていたのに、何年もそれができなかった。『イズマイル攻略』を書き始めたとき、歴史や国や運命や言葉についての小説になるだろうと思っていたのだが、蓋《ふた》を開けてみたら、そのいちばん大事な話しあいについて書いていた。

生きている間にはそうした話しあいはできないのかもしれない。大切なのは、まがりなりにも話しあいがあったということであり、生きているうちか死んでしまってからかということにはさほどの違いはないのではなかろうか。大切なのは、母さんが私の気持ちに耳を傾けてくれ赦してくれたということ。

手術と手術の合間に病院ではなく自宅でしばらく過ごしていたことがあり、そのとき母さんは一生かけてためてきた写真を整理した。アルバムを買ってきてと言い、それにカードを貼って写っている人の名前を一枚一枚書きこみ、ときには大きく空いているところにその人たちにまつわるエピソードを書き添えることもあった。孫たちのために残す「家族の記録」だったのだろう。

母さんが亡くなった後、何冊にも及ぶアルバムを自分の家に引き取ったのだが、スイスに引っ越したとき兄のところに全部預けてきた。アルバムはモスクワ郊外の兄の家に保管されていた。ところが、その家が火事で焼けてしまい、私たちの写真はみな灰になってしまった。

私の手元に残っているのは、子供のころの写真数枚だけ。

そのうちの一枚に私が写っているが、たぶん父さんが撮ったのだろう、まだプレースニャに住んでいたときのものだが、その年マトヴェーエフスカヤ通りに引っ越した。私は四年生。コートを着ていて、写っていないけれど腰のところにともぎれのバックベルトが付いている。兄のおさがりを着古していたのだが、このコートのことはよく覚えている。何でも兄のおさがりで我慢していた。コートのことが忘れられないのはどうしてかというと、母さんがしょっちゅうこの話をしていたからだ。話はとても短い。

マトヴェーエフスカヤ通りから学校に行くには、七七番のバスに乗ってドロゴミロフスカヤ通りまで行き、そこでトロリーバスに乗り換えてアルバートまで行くか、あるいは同じバスで反対方面にある鉄道駅まで行き、そこからキエフ駅まで行くかどちらかだった。その朝、母さんと私は鉄道駅に向かった。前の晩、初雪が降ったため、何千という足がプラットホームを踏み固めてスケートリンクのようになっている。電車が近づいてくると、だれもが我先に扉に殺到した。ぎゅうぎゅう詰めの満員電車が、人があふれんばかりの構内に突進して割りこんできた。プラットホームと扉との間に大きな隙間《すきま》があり、そのとき私は滑ってその隙間に落ちてしまったのだが、幸い母さんが私のバックベルトを摑んだのだった。

言ってみればこれだけの話で、とりたててどうということはない。でも、母さんにとってこの出来事はとても大切だったので、死ぬ直前にも思いだしていた。にこにこしながら、聞こえるか聞こえないかの声で囁《ささや》いた――そのころもう声が出なくなっていて、囁くことしかできなかったのだ。

「ベルトをひっぱりながら、びりっと破れたらどうしようってそればかり思ってたよ」

そしてチューリヒとローマで書いた長編『ホウライシダ』は、本当に母さんのことから、いや母さんの日記から始めた。最後の手術を受ける前に母さんがくれた日記だ。チェック柄の表紙の分厚いノート。どのページも黄ばんでいて、鉛筆でびっしり書きこまれている。しかも、私のよく知っている「四角四面」の字体ではなく、若い女の子らしい気楽な字体だった。日記をつけはじめたのは母さんが高校の最終学年のときで、それから数年間、大学生になってからも書いていた。一九四〇年代の終わりから一九五〇年代初めにあたる。

大学でいわゆる「コスモポリタン」が迫害され、最良の教授たちが姿を消したことがあったと話してくれたのを覚えているが、日記帳にはそういうことは一言も書いてなかった。ふつうの女の子のごく平凡な日記。だれかを好きになりたい、そういう恋愛感情はもうやってきたのか、本物なのかと自分の心に恐る恐る耳をすませている。と同時に喜びがみなぎっている。読んだ本、女友達、窓の外の太陽、雨から得た喜び。生きていれば望む以上のものが得られるにちがいないという若々しくおっとりした自信が、どのページにもみなぎっている。

人々をがんじがらめにしていた恐怖などかけらも見あたらない。まるで密告も、収容所も、逮捕も、行列も、貧困もいっさいなかったかのようだ。

あのとき読んで、日記を書いた女の子があまりに単純でどこを向いても何も見ていない、何も見えていないことに驚いた。

その女の子は「監獄の国」「闇の国」に生まれたというのに、それでもなお自分の人生を贈り物だと見なしていた。愛に包まれて自己実現を果たし、だれかに愛を与え、自分の幸せを世界と分けあうことができると考えていたのだ。

モスクワ郊外の家が火事になり母さんの日記も焼けてしまったことを知ったとき、自分が日記に取《と》り憑《つ》かれたと感じた。そしてあるとき、はっきりとわかったのだ。違う、これは、まわりで何が起こっているかわきまえていない馬鹿な若い女の子が単純だとか愚かだとかいう話ではない。これは、私たちがこの世をどんな地獄に変えてしまったにしろ、こういう女の子を過去も、現在も、未来も、この世に送り続ける方の知恵なのだ、と。

世界はいたるところ寒くて暗いけれど、そこに女の子が送りこまれ、愛し愛されたいという強い気持ちでもって、まわりを取り巻く「人の闇」を蠟燭《ろうそく》のように照らしているのだ。

母さんは歌うのが大好きだったが、声がよくないことを知っていたので人前で歌うのは恥ずかしがっていた。歌うとしたらひとりのときで、よく歌っていたのは子供のころ聞いた歌だったようだ。母さんのお気に入りはイザベラ・ユーリエワという歌手だった。父さんが、ロマンスを集めたユーリエワの古いレコードを何枚も持っていて、スタロコニューシェヌィ横町やプレースニャの地下にまだ一緒に住んでいたころ、よくそのレコードをかけていた。

そのころは疑いもなくこう思っていた。古いレコードで歌っているのはとっくに亡くなった人たちだろうと。当時の私には、スターリンだろうが、イワン雷帝だろうが、遠い過去の話だった。ところが、その後ふとしたことからイザベラが生きていて、またレコードを出そうとしたりテレビに出演しようとしたりしていることがわかった。その気さえあれば、俳優会館でひょっこり出会うことだってあり得るわけだ。もっとも私はついに生きたイザベラに会うことはなかったけれど。

この歌手が死んだとき、驚いたのは百年生きたということだ。一八九九年生まれで二〇〇〇年に亡くなったから、恐ろしく忌まわしいロシアの二〇世紀を最初から最後まで生き抜いたわけである。

母さんの日記のおかげで感じたことや思いいたったことを書いて本にしたいと思った。それでイザベラ・ユーリエワのことを書きはじめ、その結果『ホウライシダ』ができあがった。

イザベラがどんな生涯を送ったのかはほとんどわからない。日記も回想も残っていないので、わかっているのは大まかな経歴だけなのである。あのころはだれもが自分の来《こ》し方を恐れていた。過去に経験したことが将来死をもたらす危険なものになるかもしれず、どうなるかわかったものではなかったからだ。どんなことでも「危険」になり得た。だれかと待ち合わせたこと、言葉、手紙。だから、みな過去を消し去り、過去から逃れようとしたのである。

かき消された人生をイザベラに取り戻してやりたくて、彼女の日記や思い出を書くことにした。大事にしようと思ったのは、できるだけ作り事を持ちこまないということだ。たとえば、革命前のロストフに暮らしていた人々の回想記から虚構でない部分を取りだすこと。そして、タガンローク大通りハフラジェフ館のビリンスカヤ中学校で教えていた実在の教師たちや、イザベラがノートやペンを買ったサドーワヤ通りのヨシフ・ポコルヌィ文房具店で働いていた売り子や、『ホルストメール』[*1]を読んで自分が死んだら骨を解剖室に寄贈すると申し出た中学校の玄関番を、私のイザベラに取り返してやること。

私は具体的な細かい描写をすることで、消えて無くなった過去を彼女に取り戻してやった。

イザベラは歌うこと以外まったく何もしなかった——まるで寓話に出てくるトンボのように。[*2]ただ現実の社会を考えると、バビロンの塔のように雑多なものを天まで積みあげながら収容所の塵《ちり》と化したアリたちにとって、トンボの歌は冬用の蓄えに負けず劣らず、生き延びるのに大切なものだったろうと思う。トンボはまさしく、たとえほんのわずかでもアリたちの闇を照らしたあの蠟燭だった。トンボは奴隷たちのために愛の歌を歌い、彼らが人間としての尊厳を保てるようにしたのだ。書物の中でもいいから、彼女に本物の生を取り戻したいと強く願った——書物にする以外に方法などあるはずもない。

イザベラ・ユーリエワの実生活の多くは、もちろん私の書いたイザベラ像とは違っているだろう。でも、わかるのだ。もしどこかで会うようなことがあったら、イザベラは私を赦《ゆる》してくれ、きっとこう言うだろう。

「気にしないで！　これでいいんだから。ありがとう！」

さてヴォルガ川の休息の家に話を戻そう。森にはそこらじゅうにオランダイチゴがなり、まだみんな生きていたころの話だ。

写真を見てみる。

食堂に通じるレンガの道。両側にモミの木が植わっている。

近くの森はゴミで汚れていて、いたるところに紙くず、空き瓶、油の染みついた新聞紙が散乱している。

土砂降りになると、ヴォルガは洗濯をするときのように泡のしぶきで白くなる。

私たちは遠くの森でキノコ狩りをして、でこぼこ道を帰ってくるが、目はまだ休むことなく道ばたにキノコが生えていないかきょろきょろ探している。

＊1　レフ・トルストイの小説『ホルストメール（ある馬の物語）』では、殺されて狼に食われたあと馬ホルストメールの骨は、農民に道具として使われたが、公爵は死んでもだれの役にも立たなかった。

＊2　イワン・クルィロフの寓話『トンボとアリ』より。夏じゅう歌ってばかりいたトンボは冬に食べるものがなくなってしまう。

母さんと私は、朝からヴォルガに泳ぎに行っては宿舎に戻ってくる。湿った苔《こけ》を裸足で踏みしめると、指の間に露が染みこんでくる。玄関ポーチの階段をのぼると、階段がもうお日様で温められていて、私たちの足跡がすぐにも消えていくと母さんが教えてくれる。

「見て、母さんったら扁平足ね！」

暑い日射しの差しこむ私たちの部屋。湿ったキノコ、ピンで留めたブラインド、ところどころめくれたり膨れあがったりしている壁紙。タンスのぎいぎいなる扉がひとりでに開いてしまわないよう母さんが隙間にボール紙を差しこんでいたっけ。

次に、近くの町にあったビアガーデンが目に浮かぶ。ヴィーチャおじさんがすぐ戻ると言ってこのビアガーデンに飛びこんだので、母さんとふたりで暑いさなか三十分も待っているのに、おじさんはなかなか出てこない。

私はおじさんが父さんのことを聞いてくるのをずっと待っていたが、とうとう最後の最後まで聞かれなかった。

最後の夜もうすぐ出発というころ、いつか母さんは死ぬんだという思いに捕われて、はっと目が覚めた。暗い中で横になったまま母さんの寝息を聞いていた。軽いいびきをかいて目を覚まし、それから長いこと寝返りを打ってまた寝息をたてる。今でも覚えているのは、どうしようもなくかわいそうだと痛切に感じたことで、そのため寝入ることができなくなった。なんだか奇妙な話だけれど、母さんは隣のベッドでちゃんと生きて眠っているだけなのにもう死んでいるような気がしたのだ。それに便所に行きたかった。宿泊施設にトイレはなかった。日中は、クロル石灰の嫌な臭いがするお世辞にも気持ちいいとは言えない小屋に駆けこむことになっていたが、夜間は、玄関近くのどこか適当な場所に落ちつきさえすればよかった。

私はそっと起きあがり、部屋を出て用心深くドアを閉めた。

湿り気、霧、夜の冷え冷えした空気。今にも夜が明けそうだ。

いちばん手前の茂みのそばで立ち止まった。細い流れから湯気が立つ。

すると突然、私の身に何かが起こった。あたかも本物でない空間から本物の空間に入りこみ、あたかもあらゆる感情がレンズのピントを合わせて、あたかも八月早朝の寒さに凍えた私の肌が全世界を覆っているような気がした。

振り返ったが何が起きたのかわからなかった。そこは何度となく歩きまわった場所だったのに前には気づかず、そのスイカズラの茂みも、ナナカマドも、張ったロープにかけられたまま忘れられたタオルもまるで今初めて見るかのように目に入ってきたのである。

あたりは静かで、霧の中からいろいろな音が聞こえてくる。はるか遠くで川を走るモーターボートの唸る音、川岸にある村で犬の吠える声、夜の鳥が不安げに叫ぶ声、駅に止まっている列車の汽笛。街道からは、だれかがみだらな言葉で罵るしゃがれ声と酔った女の笑い声が聞こえてくる。

そのうえ自分自身の息遣い、自分の肺が生を捉えるところも耳にした。

ふいに自分がいるのは、霧の真《ま》っ只中《ただなか》でも茂みのそばでもなく、宇宙の真っ只中だと感じた。それに私自身が世界だった。あのとき私は初めてそういう驚くべき感覚を抱いた。それは、その後生きていく未来の先取りというだけではなかった。あのときすべてがつながってひとつの総体となったのである。目に見えない焚き火からあがる煙、足元の草が濡れてかさかさいう音。死ななかった父さんと何も尋ねようとしなかったヴィーチャおじさん。過去にあったこととこれから起こること。

すべてまだ名づけられておらず、言葉を越えている。そういう言葉はないからだ。

ヴォルガがどこかそのへんにあり、せせらぎの音をたてながら霧の中を流れているが、けっしてカスピ海に流れこんだりはしない。

母さんも亡くなったことは亡くなったけれど、同時に生きてもいる。額に正教の紙片栄冠を載せて棺に横たわり、同時にあの休息の家で寝息をたてているのだ。

すべてが溶けあってひとつの総体になる。バックベルトの付いたコートも、ボビー・クラークの歯のない笑顔も、ロベルト・ヴァルザー[*1]の雪だまりも、七七番の壊れたバスも。あのバスはいつのまにかドロゴミロフスカヤ通りまで行かないようになり、水たまりを踏んで歩かなければならなくなった。そして、自分のパソコンに今これらの言葉を書いている私も。そして今この行を読んでいる男か女も。

そう、唯一死ぬ可能性があるとしたら、それは幸せのあまり息絶えることだろう。

＊1　ロベルト・ヴァルザー（一八七八―一九五六）。スイスのドイツ語作家。カフカに高く評価された。晩年長く精神病院で過ごし、一九五六年のクリスマスに雪山で急死した。この短編の冒頭にある「その作家」とはヴァルザーのことを指している。

ミハイル・シーシキン Михаил Шишкин

一九六一年モスクワに生まれ、一九九五年よりチューリヒ在住。スイスの多言語的な環境に身を置くことで、言語の新たな可能性を探りながら次々に小説を発表しており、現在最も活躍している実力派ロシア語作家のひとりと見なされている。

『イズマイル攻略』（一九九九）は、三つの時空が絡《から》みあい、それぞれが途切れたり再開したりしながら進み、作家自身の体験も織りこまれた複雑な構造をしている。さまざまなレベルの文体が交錯す

Photo by NumaNuma

るのが特徴のポストモダン小説だ。

　続く『ホウライシダ』（二〇〇五）もやはり重層的な構成をしており、難民の物語や実在の歌手イザベラ・ユーリエワの人生に、スイスの入国管理局で通訳を務めているという主人公の物語が絡められている。難民とのやりとりが質疑応答式、歌手の部分が日記形式で書かれているのも興味深い。『手紙』（二〇一〇、邦訳は奈倉有里訳、新潮社、二〇一二）は、一組の男女がラブレターを交わしあう書簡体小説のように見えるが、やがて男は一九〇〇年の義和団事件の鎮圧のために出征して死んでしまい、女はソ連時代に生きていることがわかる。ここでも時間が錯綜しているのである。

　このように、三部作と呼ぶことができるこれらの作品には、いくつかの時間層が同時に存在しており、「言葉によって生を取り戻し、死を超克する」というシーシキンのテーマが一貫して響いている。これらの長編によりシーシキンは、ロシア・ブッカー賞、ボリシャヤ・クニーガ賞、ナショナルベストセラー賞というロシアの三大文学賞をすべて受賞した。ドイツ語による著作もある。

　本編「バックベルトの付いたコート」（二〇一〇）はほぼ自伝的事実にもとづいた抒情的短編だが、語り手の「私」が書いた長編として上記『イズマイル攻略』と『ホウライシダ』に言及されている。

庭の経験

マリーナ・ヴィシネヴェツカヤ

沼野恭子 訳

従姉妹《いとこ》の家の近所に住んでいる夫婦は、今のところまだ「新ロシア人」と呼ばれる新興富裕層ではないけれど、それをめざして一生懸命、大変な思いをして働いているどう見てもその予備軍といった人たちだった。私はその夫婦に「ちょっと留守番をしていただけませんかと頼まれた」と昔流儀に言いたいところだが……そうではなく、夏の三か月、娘の子守として、多少は家庭教師の役割も期待されて雇われた。謝礼は、私の見るところ、かなり高額といってよかった。このとき研究所の仕事で残っていたのは通信教育の学生の面倒を見ることくらいだったので、夏はめいっぱい私の思いどおりにできた。

　ダーシャと私が自由にしていいことになったのは、一戸建ての平屋の半分、つまり三部屋とキッチン、それに石膏《せっこう》ボードを敷き詰めたすばらしいベランダだった。入り口は独立していて、正面玄関の前には花壇、家のまわりには庭があった。

　この庭で、私は生まれて初めてケシの花が咲くところを見た。かっきり二十分間の出来事だった。蕾《つぼみ》がはじけ、それも下からはじけると、しわくちゃになったシガレットペーパーの塊《かたまり》のようなものが姿を現す。そして、みるみるうちにこの塊が少しずつ起きあがり、しわを伸ばしていき、最後にとうとう、開花の邪魔をしている黄緑色のちくちくした苞葉《ほうよう》を振り落とす。生まれたばかりのケシの花はまだしっとり濡れている。何の変哲もないケシなのに、生後一日しか経っていない牛の赤ちゃんのように、すっくと立って体を軽く揺らしている。生まれたてなのだ。こんな様子を目にしたら、ケシを摘《つ》もうなどとはぜったいに思えなくなるだろう。

　日が沈むところを見たくなったら――それも、ときに幾重にもかさなる多彩な空の深みを思うぞんぶん満喫したくなったら――菜園に行くだけでよかった。私のダーシャが億劫《おつくう》がったり、駄々《だだ》をこねたり、昼間ちょっとしたことで私に「いけません」と言われた仕返しをしてやろうなどと思わなければの話だが、ふたりで山腹に出向いた。そこに立つと、まるでマメだらけのだれかの手のひらにいるような気がした。下には小さな村があり、村の終わるあたりから、天まで届けとばかりに森が斜面をのぼっていく。森は、いろいろな種類の木が生いしげり入りまじっていたが、この時刻になるともうタールのようにまっ黒に見え、モミの木影が雲にまで映っていた。八月になると、重労働でマメのできたこの手のひらに、別の自由な手が無造作に投げつけたかのような霧雲がかかる。煙のような靄《もや》があちこち森の上空にたなびく。私の子供のころは、クリスマスツリーを飾るものとて何ということもない綿くらいしかなかったけれど、それでも綿をあしらうと、これと同じくらい神秘的な雰囲気のツリーができあがったものだ。

　お日様が沈んでしまいそうになると、というか、ときおり、伸ばした枝をハサミで切られたようなモミの木々のむこうに太陽がすとんと落ちていき、最後の光をむりやり連れていこうとしているように見えることがあって――もっとも光のほうはぐずぐずしていて行きたがらず、連れ去られまいとするのだが――そんなときダーシャは腹を立て、本気で怒ったものだ。わざとらしく眉をひそめ、すさまじい勢いで足を踏みならしながら、「もうおしまい、お日様は行っちゃった！　おしまい、おしまい、帰ろう！」とどなるのである。まるで自分だって本当に悲しくなることがあるんだから、とでも言わんばかりに。悲しくて、やりきれなくなるときもあり、やがて寂しくなり、その一瞬後には呆然となり……、そしてなぜだか不意に楽しくなる。言葉で言いあらわすことはできない。かなり年配の女と四歳ちょっとの女の子。互いにたまたまいっしょにいるだけの、言ってみれば「赤の他人」のふたりが、この言葉にできない感覚にとらわれて立ちつくしているのだった。鳥たちは日没のときしばらく鳴きやむというが、もしそれが本当だとしたら、それはまったく同じ理由からだと思う。しばらくすると、ダーシャも私もなんだか急に寒くなってくる。ダーシャはぐずりだし、上着が着たいと言い、抱っこしておうちまで連れてって、とせがむ。そして、私が右に左によろけながら歩いているうちに、よくダーシャはちぢれた髪を私の濡れた首に押しあてて眠ってしまうのだった。庭に着くころには、もう本格的な黄昏《たそがれ》になっていて、シジュウカラだけが、その日互いに話し足りなかったことを伝えあっている。

夜中には、リンゴが文字どおり庭を歩く――リズミカルに、大またで。隣のベッドで寝息もたてずに寝ている大人しくいたいけなダーシャと私自身を区別することは、もはやできなかった。頼りがいのある立派な巨人が庭じゅうを歩きまわっている。どうやら息を吸いこみ、ふうっと吹いて、ゆりかごを揺らしてやろうというつもりらしい。夜中はだれもが胚《エンブリオ》の格好で眠っているのだから……。きっと、それだから年齢などというものはどこか地下深くに沈んでいってしまうのだろう。横になったまま耳をすましていると、ネズミたちが年齢を嚙《か》みくだいてぼろぼろにしている音が聞こえるはずだ。

あるいは、とんでもなく激しい雨の音が聞こえることもある。

土砂降りの雨が庭でのたうちまわり、荒れ狂っている。それに応えて、木の葉や土や花や頭上の屋根がぶるぶる震え、音をたて、喚《わめ》きちらす。しばらくすると風はおさまるものの、雨はますます強まっていく――これは、持ちあげた刃を絶えずきらめかせてはいつまでも作業をやめようとしないギロチンではないか。ギロチンは、私たちと大地をつなぐあらゆる絆《きずな》を断ち切ってしまう。レインコート、傘、食べ物のたくさん詰まっている冷蔵庫、ダーシャの両親が置いていってくれた携帯——どれも慰めにはならない。というのも、こんな体験はどこか神秘的なものなのだから。町のブロック建築の高層アパートにいたら、豪雨の晩には、土の中にいる人たちのことを思い、かわいそうな夫や母親は土中でいったいどうしているだろうと考えるにちがいない。あるいは、することもなく父親が遅くまで店にぐずぐずいたあと、どれほど重たい足どりで歩くか、痩《や》せこけた体にシャツやズボンが貼りつき芯までずぶ濡れになった父がどれほど大儀そうに足を引きずって玄関口まで行くかを目にするだろう。あるいは、たまたま通りかかった人が、屋根からざあざあ落ちてくる雨水と、自動車のタイヤがはね飛ばす避けようのない泥水のあいだで右往左往するさまを見かけることになるかもしれない……。

別荘《ダーチャ》生活では何もかもが違っている。別荘《ダーチャ》に来たら、赤ん坊に逆戻りだ。恐ろしい予言がなされ、それを信じた両親に、ベビーバスケットに入れられ、荒れ狂い泡立つ川にバスケットごと投げこまれてしまう。すべてわかっていても、赤ん坊のか弱い力では、何事も変えることはできない。

雷が拳固《げんこ》で私たちの屋根を直撃してくると——一度など、寝ぼけていた私は、熟していないスイカが自分の頭の上に落ちてきて、粉々になった白い破片が四方八方に飛び散ったのかと思った！——ダーシャは怖がって私のベッドにもぐりこんできて、がたがた震え、パジャマを通して感じる私の温かさ——ひょっとするとむしろ「熱さ」だったかもしれないが——に冷たく震える小さな体を押しつけてくる。家は方舟となり、運を天にまかせてあてずっぽうに放たれたハトは、もう二度も戻ってきていた。ハトが三度目も無事に戻れるかどうかはだれにもわからない——「書物のなかの書物」はまだ書かれていないからだ。そして、すぐそばで縮こまってすすり泣いている小さきものに、私は囁いた。待ちに待った水を今、地の精や小妖精《エルフ》たちが土のなかで飲んでいるのよ、虫たちも、モグラたちも、ネズミたちも、木の根っこたちも、みんな飲んでいるの、家の精のやんちゃ坊主たちはお風呂の水を貯めているところだし、心やさしい女妖怪《キキモラ》たちは沼で自分のちっちゃな子供たちの体を洗ってあげているの（聞こえるでしょ、水の撥《は》ねる音？）。こうした言葉は私の中にあったものではない。いったいどこから湧いて出た言葉なのか私にはわからない――子供時代だろうか？　でも私の子供時代ではない。きっと、祖母のそのまた祖母の子供時代だろう。

　翌朝目を覚ますと、私はふたたび大人になっていた、というよりもっと正確に言うなら、年寄りに戻っていた。錠剤を一握り、泉の水で流しこむ。ベランダのドアの手前でぶらさがっているクモに挨拶《あいさつ》をする。いつもちょうど私の目の高さにいるのだ。カニにそっくりで、とても込み入った縞模様をしている。それにソバカスのようなものまであるみたいなので、充分お近づきになるためには十倍のルーペが欲しいところだけれど、私はまたルーペをモスクワに置いてきてしまった！　クモを爪の先でちょいと突《つつ》いてやると、クモはハープの名演奏家の手の甲さながら、たいへんな勢いでのぼっていったので、私はドアを開けた。これから自分がどんな光景を目にするのか、ちゃんとわかっていた。それなのに、またしても意表をつかれてしまった。露をたっぷり含んだ草が一面まっ白に見え、太陽はまだ昇っていないのに、ところどころ草の上に落ちているリンゴが光り輝いている。どれほどどんより曇った朝でもそうだった。リンゴは内なる光で輝いているのだ。ダーシャと私の白リンゴ「ベールィ・ナリーフ」は、地面に落ちてぶつかったあたりがかならず黒っぽい跡になっていた。私はリンゴを籠《かご》に集めた。地面に当たって脆《もろ》くなったところはカットし、リンゴのピューレを作った。

　小さな「少女」だったダーシャの中には、不思議なことに、取りすまして気まぐれで、ときにいやらしい小さな「女」が同居していた。ダーシャがちょうど人生のそういう節目にいるとき、私はダーシャを預かったのだ。

「私のことなんか嫌いなんでしょ。だれのことも好きじゃないんでしょ！　だから子供がいないんだ！　私のママが来たら、大好きなママが来たら、おばちゃんなんか、うんと遠いとこへ追いだしちゃうから！」

　ほんの些細なことでも、いけないと言われると、ダーシャはいきなりこう叫びだす。そして草地でも、床でも、一度などぬかるみの中ということもあったが、どこだろうと構わず、かっとなるとその場で転げまわるのだった。私がケシの花が咲くところを一部始終観察していて、ケシを大事に思っていることをダーシャは知っていた。花が咲いたのはダーシャが寝ているときだったが、私は見たことをすべて話して聞かせたので、ダーシャは一日に何度もケシに駆け寄り、おかしな具合に両手を背中にまわして、そっと息を吸いこんで観察するのだった。それなのに、しばらく経ったある日、ケシを引っこ抜いてしまった――いったいどこにそんな力があったのだろう？――根こそぎにしたのだ。それというのも、ダーシャが何十回も見ているお気に入りの映画『ラビリンス』を私が見せなかったから――長いこと散歩をしていて、フランス語のレッスンに間に合わなかったのだ。

「こうすれば、おばちゃんにだって、ぜったい、ぜったい、ぜったいどんな楽しみももうやってこないから！」そう言いながら両足でケシを踏みつけた。

　そんなことをした当の本人が、ほんの一時間もすると、私の腕や膝《ひざ》に頭を載せたり手にキスしたりしてくるとは。それも何らまやかしではなく、マルハナバチと花のあいだにしかあり得ないようなやさしさで、「おばちゃんのこと、まだぜんぜん嫌じゃないよ。これからも、ずっとずっと私たちといっしょにいてね」と言うのだ。感情がこもって膨らんだダーシャの潤んだ目がまっすぐこちらに向けられ、瞳孔を刺し貫き、私の心を見すえる。すると、驚きのあまり縮んでいた私の心は、俄然《がぜん》ダーシャに向かって突き進むのだった。

　シジュウカラが私たちの庭に姿を見せたのは、七月の半ばのこと。とても暑かった。二羽の小鳥が、玄関先の庇《ひさし》の下に小さな長方形のへこみがあるのを見つけ、その中に飛びこもうと挑戦を始めた。空気を切り裂くように飛び、さっと身をかわし、行ったり来たりして飛びまわり、熱心に励んだ。でも、すぐに楽々とできるようになったわけではない。上手になったのは、ようやく最初の日の夜も近づくころだった。小鳥たちにそばにいてほしかったので、私たちは種で餌付《えづ》けをすることにした。気前よく、手摺《てすり》にも軒先にも種を蒔《ま》いた。何日かすると、六羽の「空飛ぶリンゴちゃん」がもう私たちのところで餌を食べるようになっていた。シジュウカラにこういうあだ名をつけたのはダーシャだ。

　数週間もすると、すっかり私たちに慣れた小鳥たちは、贈り物の餌をほとんど直接手からついばむようになった。私たちが何かの拍子で忘れていたりすると、小鳥たちがこれ見よがしにすぐ目の前を飛びまわるので、ダーシャはわあっとのんきな歓声をあげた。

　一羽のシジュウカラが種をくわえてリンゴの木に飛んでいき、両足で種をおさえて嘴《くちばし》で突いた。すると突然、カリッというやさしい音がした――ヒマワリの種を歯で噛んだときと同じような音だ。この瞬間、何かがはっきりした。自分のこと、シジュウカラのこと……もしかすると、私たちを隔てている深淵はそれほど大きくはない、ということかもしれない。

　やがてシジュウカラたちが鳴きはじめる。種をカリカリいわせたり、ぴいぴい鳴いたりしているうちはまだただの「鳥」にすぎないけれど、甲高く鳴き交わす声が、あるときクリスタルガラスのような透明感を帯びると、鳥たちは何か別の本質を持った存在になった……機械のようなといったらいいのか、天使のようなといったらいいのかわからないが、この世ならぬ存在であることだけはたしかだ。私は涙もろいし、私の涙などたいした価値があるわけではない。でも、シジュウカラの鳴き声を聞いて思わず涙ぐみ、喉《のど》を詰まらせてその声に聞き入ってしまうなんて、そんなことがあるだろうか……。だからこそ、どんな庭も特別な意味のある太字の「庭」なのではないか？

庭に雲がかかると——雲は、堂々たる凝りに凝った形をしていて、神の御業か、光も影も用いて念入りに捏《こ》ねあげられ、どこまでも果てしない時間と運命を暗示するものであり、じっと見ていてもほんのわずかに姿を変化させるばかりで、ある瞬間にだけ存在し浮かび漂うものであり、人にもテントウムシにも木にも不釣り合いだが、それでもひとつのまとまった塊として捉えることができ、それだけの理由で生きとし生けるものすべてを平等にするものである——すると庭もまた変身して島になり、雲になり、小惑星になり、地上では二度と会えない人たちとの出会いを約束するものになった。庭は刹那《せつな》的《てき》でとても生命力がある。雪のように白いジャスミンでそこいらじゅうが覆われたかと思うと、厳《おごそ》かなボルドーワインの色をしたヘビノボラズが光を放ち、そうかと思うと、キンレンカやキイチゴが垣のそばで急に炎のように燃えあがり、摘んでも摘んでも日ごとに繁茂していく、といった具合に、庭は一瞬ごとに人を驚かせる。八月の終わりになり、別れが迫っているときだけに起きる現象だが、私の中でまるで庭が動きを止めたようになり、やがて石みたいにじっと固まってしまった。何百万回と触れられて擦《す》り減《へ》った石碑になったように感じられたが、目を閉じて「ものの見える」指に探らせると、指の下に思いがけない文字がきれぎれに浮かびあがってきた。それらの文字は言葉をなしてはいなかった。私に想像力が欠けているだけなのだと思う。いや、ひょっとすると、欠けているのは記憶なのかもしれない。

ダーシャの行動が予想を裏切るものばかりなので、記憶はその意外性に呑まれてしまったらしい。たとえばダーシャは、ゆうに十四以上もいて身を丸めている虫たちを、ベランダから箒《ほうき》で追い払ってしまう。ミツバチの集団の中から指で一匹つまんで手の平に載せ、「ミツバチちゃん、ねえミツバチちゃん！　ねえ飛んでってば！」と涙ながらにつぶやきながら放り投げる。死などというものはないと固く信じて。またこんなこともあった。別荘の大家さんが「温室を見にいらっしゃい、面白いから」と初めて私たちを呼んでくれたとき、私のダーシャは注意深くちょこちょこと小股で温室に歩いていった。見るもの聞くものどれもが珍しくて、思わず前かがみになり忍び足になり、顔にはぎょっとしたような表情があらわれ、目には驚きの色がにじんでいる。それもそのはず、実際にピーマンやキュウリやトマトが木になっているのだし、トマトは黄色いのもあれば、濃い茶褐色のもあれば、黒いのまであって、「牛の心臓《ブイチエ・セルツエ》」という種類のトマトは――ダーシャが髪にしているハート型のヘアピンとまったく同じような形だけれど、ただものすごく大きかった――ダーシャの目の前で切り取られプレゼントされたのだから。ダーシャはヒヨコを抱きかかえるように、大事そうにそのトマトを胸に押しつける。私たちは、じめじめして生暖かいセロファンの温室から外に出る。私は、ダーシャが今にも泣きだすのではないかという気がする。そうでもしなければ、今目にしたことをうまく乗り越えられないのではないかしら。ダーシャは口をつぐんだまま、ときどき鼻をすすりながら小道を歩いていく。私たちの玄関口に着いてようやく恐る恐る尋ねる。

「これ食べたらどうなるの？　私の心臓もあんなになるの？　ものすごく大きく大きくなって、どきどきいわなくなる？」

「そんなことないわよ、心配しないで！　あんなふうにはならないから！」

「ううん、なる！　食べたらすぐああなる！　おばちゃんもだよ。おばちゃん、食べてよ！」

「私は心臓がどきどきいわなくなったらいやだな」

「どきどきいわないほうがいいよ！　おばちゃんにはそのほうがいい！　だっておばちゃんの心臓、またこなごななんだもん！」

　母親と同じように鼻孔がふくらみ、父親譲りの大きな瞳に嘲《あざけ》りの色が浮かぶが、しばらくすると急に当惑したようになり、そしてやさしさがやってくる。その瞳は、ちくちく尖ったイガから取り出したばかりの栗のように潤んでいるが光沢はない。ダーシャは玄関の登り口にトマトを置き、体をぴったり寄せてきて私の膝を抱える。八月が終わろうとしていた。もうすぐお別れだ。

ダーシャの母親が、定期的に別荘《ダーチャ》にやってきては一日半の休日を過ごしていったが――おかげで私はちょっとした息抜きができたし、とりわけ町に住んでいる父のところに行けるのがありがたかった――もうすぐ私と会えなくなると言い聞かせて、どうやら少しずつダーシャに心の準備をさせていたようだ。私はといえば、モスクワでもせめて一週間に一度くらいは会って、フランス語や本読みや計算のレッスンが続けられるだろうと長いこと考えていた。というのも、夏の間に私たちの勉強は驚くほど成果をあげていたから。でも、若くてきぱきしていて実利的なダーシャの母親は、違う決断をくだした。ダーシャがだれか特定の人に愛着を抱くのが嫌だったのだ。娘の愛情を他人と分かちあおうなどという殊勝なことは思いもよらなかったのだろう。

　そうはいっても、ダーシャと私にはこの庭があった。思うに、この「あった」という言葉の中に「ある」という意味を聞きとることができるのは、年取った女と幼い少女だけなのではないだろうか。他のだれにとっても、生活とは流れの速い荒れ狂った川のようなもので、川岸がひっきりなしに姿を変え、左から右から絶えず新しい光景が現れる……。この川が庭から流れ出てまた同じ庭に戻ってくるということを、人々はわかっていない、というより覚えていないのである。そういう私も、この夏がなければ、きっとこのことを思いだしはしなかったかもしれない。

　八月分の謝礼をダーシャの父親が持ってきたのは、やっと十月に入ってからだった。ドアの前に立ったまま気のない様子で謝ると、うちのアパートのしけた玄関ホールに素早く目を走らせた。前の年、近所の人がこの辺を水浸しにしたのだが、いまだに修理をしていなかった……。封筒をこちらに差しだすと、父親はもう帰ろうという素振りを始めたが、そのとき突如こう言った。「娘が昨日どんなことを口にしたかわかりますか？　もうベッドに入って寝るばかりというときですが！」私は肩をすくめた。「こうですよ。パパ、おばちゃんはどうしてあんなに綺麗《きれい》な顔してるの？　おばちゃんの頭や目が見たい！ってね」それから父親は、まるで自分の言ったことを悔やむかのように片手を振ったが……あるいは、それが別れの挨拶だったのかもしれず、足早にエレベーターのほうに向かった。

マリーナ・ヴィシネヴェツカヤ Марина Вишневецкая

Photo by NumaNuma

一九五五年ハリコフ生まれ。

作家としてのデビューは一九九一年だが、その前からアニメやドキュメンタリー映画のシナリオを書いている。

ロシアの文壇で一躍注目を浴びるようになったのは、中編『愛の経験』（二〇〇二）でアポロン・グリゴーリエフ賞と創設まもないベールキン賞を同時受賞してからである。この作品は、末期《まつき》癌《がん》患者である女性アーラの一人称の語りで成っている。彼女は高等教育を受け、結婚もし、建設会社の法律顧問としてばりばり仕事をしていたが、不倫の恋をして破れ、病に倒れる。四十歳を過ぎて癌に冒されるまで神のことを思うこともなかったが、ホスピスで暮らすうち信仰に至り、それまでの生の軌跡をたどって録音機に吹きこむことにした。自らの生に向きあい、愛の意味を問い直そうとする女の真摯《しんし》な思いが胸に迫る佳品である。

この作品に「庭の経験」「還の経験」「解釈の経験」などの短編を加え、『経験』（二〇〇四）として一冊にまとめられている。さまざまな境遇の男女がそれぞれ自分の体験を語るモノローグで、いずれも「〜の経験」という題になっている。

本編「庭の経験」（二〇〇二）は、作者自身がこの作品集の中でもとくに気に入っているという。かけがえのない一夏の体験が、語り手の繊細な感性によって永遠の輝きを与えられている。舞台になっている郊外の別荘《ダーチャ》が、都会と大自然の中間にあって日常から切り離された特別な時空間であることが、いっそうの魅力を付け加えているように思う。少女と語り手の心の交歓は別荘《ダーチャ》の庭が放つオーラに包まれて、はかなくも美しい余韻《よいん》を残すことだろう。

聖夜のサイバーパンク、
あるいは「クリスマスの夜-117.DIR」

ヴィクトル・ペレーヴィン

沼野充義 訳

いわゆる文化の専門家でなくとも、世界中のほとんどすべての国々で詩への関心が低下していることくらい、すぐに目につく。ひょっとしたら、これはこの数十年の間に世界で起こった政治的変動と関係があるかもしれない。詩というものは、古代の呪《まじな》いの魔術の遠い末裔であり、専制政治とか全体主義体制などとは、ある種の共鳴が生ずるためか、どうも相性がいいようだ。そういった体制はふつう、みずからも魔術的な天性を持っていて、そのため自然に、詩という魔術のもう一つの分派を養うことになる。しかし、冷静に物事を計算する市場という怪蛇《ヒドラ》の顔に直面したとき――いや、ヒドラの頭は九つもあるのだから、どの顔に直面しているのかよくわからないけれども――詩などというものは所詮無力な、言わば無用の長物と化してしまう。

　しかし、幸いに、だからといって詩が死に絶えるわけではない。単に社会的関心の焦点から、遥かな周縁に転げ落ちるだけのこと。周縁とはつまり、大学のキャンパスや、地域新聞や、壁新聞、アマチュア演芸や文化の夕べの領分である。そのうえ、詩が社会的関心の焦点と完全に無縁になってしまうと言い切ることだって、本当はできない。詩はそれでもやはり、人類のきょろきょろと落ちつかない、ぼんやりとした眼差しが向けられるあの灼熱《しゃくねつ》の領域においても、自分の地位を保持することに成功しているのだから。そう、詩はいまだに生きつづけている。自動車や、ホテルや、チョコレートの名前の中に。そして船や、生理用品や、コンピュータ・ウィルスに与えられる名前の中に。

　おそらく、最後に挙げたコンピュータ・ウィルスが、なによりも一番驚くべきものだろう。その本性からいって、コンピュータ・ウィルスとは、マイクロアセンブラーの魂のない一連のコマンドに過ぎないのだから。それが知らぬ間に他のプログラムにへばりつき、ある日突然、コンピュータを無意味な金属とプラスチックの塊に変えてしまう。そしてまさにこの殺し屋プログラムたちに与えられる名前が、たとえば「レオナルド」とか、「滝《カスケード》」とか、「黄色い薔薇《ばら》」といった具合なのだ。ひょっとしたら、こういった名前の詩的な趣こそは、先に述べた「呪いの魔術」への回帰に他ならないのかもしれない。命を持たない半導体の、全能の世界。そこを駆け抜ける電気パルスが人間の運命を決定してしまうのだから。その半導体の世界をどうにかして人間的なものにし、そこに魂を吹き込み、慈悲心を起こさせようという試みが、ここでは行なわれているのではないだろうか。なにしろ、人間が一生にわたって手に入れようとあくせく努力している富でさえも、現代では地下室に敷きのべられた金の延べ棒という形をとるわけではなく、その道に通じていない素人にはまったく意味をなさない、ゼロと1の連鎖にすぎないのだから。この連鎖が保存されているのは、銀行のコンピュータの記憶の中だ。そして、最高に運のいい企業家が、心筋梗塞《しんきんこうそく》か銃弾のせいで職種を変えることを余儀なくされる前に、長年の労苦と努力の結果獲得できるものとは、いったいなにか。それはせいぜい、あまりに小さくて顕微鏡でなければ見分けることもできないチップでできた、三二エミッター・トランジスターか何かにおける、電荷の列の変化にすぎない。

　だから、ロシアの大都市ペトロプラホフスクを数日にわたって完全に麻痺させたコンピュータ・ウィルスに「クリスマスの夜」という名が付いていたからといって、驚くことなどなにもない。

（反コンピュータ・ウィルスのプログラムや、コンピュータ関係の文献では、それは普通、「PH–117.DIR」と表記されている。もっとも、このローマ字と数字が何を意味しているのかは、不詳である。）しかし、「クリスマスの夜」という名前は詩への純粋な貢《みつ》ぎ物《もの》だろう、などと考えてすますわけにはいかない。ウィルスの中には、一定の時間や一定の日に作動するようにできているものがあるからだ。たとえば「レオナルド」というウィルスは、レオナルド・ダ・ヴィンチの誕生日に悪事をはたらくはずだった。まったく同じように、「クリスマスの夜」というウィルスは、クリスマス前夜に休眠から覚めることになっていた。さて、それがどんな作用をするかについてだが、ここでは技術的なディテールには深入りせずに、できるだけ単純に説明を試みてみよう。結局のところ、「PH–117.DIR」がどんなクラスターに自分の体を書き込み、いかにしてファイルの配置表を変更したかなどということに興味を持つのは、専門家だけだろうから。われわれにとって大事なのは、このウィルスがコンピュータの中に保存されているデータベースを破壊したということ、しかもかなり変わった方法で破壊を行なったということだけである。このウィルスにかかると、情報は単に壊されるとか、消されるのではなく、まるで混ぜ合わされたような具合になったのだ。しかもそれは、とてもきちょうめんな混ぜ合わせ方だった。

　たとえば市庁舎のどこかに据えられた、市の生活に関するすべての情報を集めたコンピュータを考えてみよう（そういえば、ちょうどペトロプラホフスクの場合がそうだった）。コンピュータが正常に動いているかぎり、その記憶はきちんと組み合わされたルービック・キューブに似ている。たとえば、青い側面には公共サーヴィスに関する情報か何かが保存され、赤い側面には市の予算に関するデータ、黄色い側面には市長個人のデータ・バンク、緑の側面には市長のメモ帳、といった具合だ。ところが「PH–117.DIR」は、いったん活性化すると、このルービック・キューブの側面を、狂ったような、予期できないやりかたで回転させ始める。しかし、その際にすべてのマス目も、キューブ自体もきちんと保存されているのだ。この譬えをさらに続けるならば、アンチウィルス・プログラムというものはウィルスの存在を点検する際に、言わばこのキューブの側面を測るわけだから、もしも側面そのものの全体としての形が変わっていなければ、コンピュータ内にウィルスは存在しない、という結論が出てしまう。そんなわけで、どんなディスク検査プログラムであれ、さらには最新の異常発見分析プログラムであっても、「PH-117.DIR」に対しては無力だった。世に知られないプログラマーが、不可解な理由で抽象的な悪の道に足を踏み入れ、この小さな真の傑作をつくり出したのだ。そしてこの傑作は、コンピュータ悪魔学の分野の最高権威である、かのロジンスキー博士その人から、控えめで、さげすんだような称賛を与えられたのだった。

　このウィルスの作者については、何も知られていない。流布していた噂《うわさ》によれば、ゲラーシモフという人物が作者ではないか、とのことだった。ゲラーシモフとは誰か。それは頭のおかしな技師で、彼の事件に関して、ペトロプラホフスクの市裁判所で初めて実際に動物保護法が適用されたのである。世を騒がせたこの事件についてはよく知られているところだから、ここではそのほんのあらましだけをざっと振り返っておくことにしよう。ゲラーシモフは生まれたときから精神が不安定な男で、そのうえ改革を理解することも受け入れることもできない、わが国の社会の少数派に属していた。われわれの悲しい生活を覆う、いくつもの層からなるアスファルトを突き抜けて太陽のほうに伸びていこうとする未来の萌芽があったとしても、ゲラーシモフはそういったものの一切を憎む男だった。その結果、彼は被害妄想を嵩《こう》じさせていった。この男にとって、国内で生じた変化を主に象徴していたのは、なぜかブルテリアである。ひょっとしたらそれは、彼が住んでいる十六階建てのアパートで多くの住人たちがこの人気の高い種類の犬をすでに手に入れていたからかもしれない。だからエレベーターで下におりるときなど、ゲラーシモフは三匹、四匹、ときにはいっぺんに五匹ものブルテリアといっしょになることも、しばしばだった。その結果どうなったかと言えば、結局、ゲラーシモフは乏しい家財道具を売り払い、彼程度の財力の人間にとっては笑い事ではない借金を背負い込み、やはりブルテリアを一匹自分のために入手したのである。

近所の人たちは初め、ゲラーシモフの身に起こったそのような変化をたいへん喜んで迎えた。一見したところでは、それは変化した境遇に適応し、時代に遅れずについていこうと彼が真面目に望んでいることを示しているように思えたからだ。しかし、ゲラーシモフが自分の犬にどんな名前を与えたか明らかになると、同じ建物に住む動物愛好家たちはただただ当惑した。なにしろ、彼は自分のブルテリアを「ムムー」と呼ぶことにしたのである。[*1]毎日夕方にゲラーシモフは近くの川に散歩に出かけるようになった。そして、長いこと川岸に立ち、川の流れの真ん中をみつめ、なにやら一心に考え込んだものだ。ムムーはそばではしゃぎ回り、ときどき主人のほうに駆け寄ってきては、彼の足に身をこすりつけたり、信頼の念に満ちた赤い小さな目で彼の顔を覗き込むのだった。

ゲラーシモフと同じ建物に住む愛犬家たちは、彼のこういった散歩が明らかに思わせぶりの危険な性格のものだと判断した。そして周知のように、この一件は最後には裁判沙汰になってしまったのだ。熱烈なブルテリア愛好家であるペトロプラホフスク市の市長がみずから介入し、ゲラーシモフは動物を飼う権利を剥奪《はくだつ》された。

「ゲラーシモフには、犬のムムーが体現しているものすべてが憎いのであります」と、裁判で検事が述べたてた。「いや、より正確に言えば、ムムーはゲラーシモフにとって憎らしいものすべてを体現しているのです。なにしろ、何万、何十万のロシア人にとって、いまやブルテリアは人生の成功、新しいロシアの再生への信念を意味するようになっているんですよ！　ゲラーシモフが自分の邪悪な手をムムーに差し向けているのは、彼の手が短すぎて、この犬の背後にいる人々のところまで届かないからにすぎません。このようにわれわれは確信しているのですが、それにどう対処するかは別として、われわれが動物を飼う権利を彼から剥奪するように要求しているのは、こういった確信のせいではありません。われわれがそれを要求しているのは、かわいそうな犬に危険が迫っているからなのであります！」

ゲラーシモフは裁判に負けた。ムムーは法の保護の下に置かれ、犬のための養護施設に送られることになった。それは、ビジネスの難破船の船長たちに飼われていたブルテリアや、ピットブルマスチーフや、狼狩りに使う猟犬などが余生を送る、高級な特別施設である。ムムーの飼育費と特別な檻《おり》（犬をその檻の中に入れて、郵送しなければならなかったのだ）の代金は、市長が個人的に負担した。

だからこそ、ゲラーシモフが市長に復讐《ふくしゅう》するために「PH-117.DIR」を作ったのだ、という噂がたったのかもしれない。しかし、われわれにはこの説はきわめて信憑性に乏しいように思われる。まず第一に、「クリスマスの夜」のレベルのウィルスを作れるプログラマーが、他人の豊かな暮らしに対する妬みや悪意を、まったく何の罪もないブルテリアにぶつけて腹いせするなどとは、ちょっと考えられない。それほどの能力を持ったプログラマーならば、きっと相当の収入を得ているはずであって、ブルテリアなら自分で十四だって飼えるくらいだろう。第二に、ゲラーシモフは市庁舎には一度も姿を現したことがないのだが、それではインターネットを通じてコンピュータをこの種のウィルスに感染させられるかと言えば、その可能性は、ほとんどないのではないか。そして第三に――これが一番肝心なことだが――ゲラーシモフを作者とする説には、論理というものがまったく欠けている。裁判で検察官が述べたように、ゲラーシモフが自分の邪悪な手をムムーに差し向けたのは、彼の手がまさに短すぎて、その手をしかるべくぴしゃりと叩き返せるような誰かに届か

＊1　「ムムー」は、ツルゲーネフの同名の有名な短編に登場する子犬の名前。聾唖者の門番ゲラーシモフが、拾った子犬ムムーを可愛がるが、最後には専横な女主人の命令でこの犬を川に沈めてしまう。

なかったからである。ゲラーシモフは小心者であって、実際の権力を持っているような誰かに触れるなどという度胸はなかった。しかるに、ペトロプラホフスクの市長アレクサンドル・ヴァニュコフは――いや、この男、市内ではシューリク・スピノザのあだ名のほうが通りがよかったが――そういった権力を、疑いもなく持っていたのだ。ところで、どうしてこんなあだ名がついたかだが、それは彼が哲学に熱中したせいではまったくなく、立身出世の道のりの一番初めに彼が人を何人か編み棒《スピッツァ》で殺したからだった。

　ヴァニュコフはペトロプラホフスクを支える三人のうちの一人だった（そんな風に言うと、三人の筋骨隆々たる巨人《アトラス》が、通りや家々に覆われた大地の一区画を背負っているところを思い描く向きもあるだろう。しかし、ここでは話をヴァニュコフに限定しよう。神話の巨人など、われわれの物語には何の関係もないのである）。ヴァニュコフは主として、売春と商業と麻薬ビジネスを取り仕切っていた。いったいどうして、それらの仕事に加えて市長の職務を背負いこむ必要があったのかは、誰にもよくわからない。しかし、市長になりたいなどという気持ちがどのように生じえたか、ということならば、想像することはできる。きっと、公衆浴場からオフィスへもどる途中、彼は自分が生まれた町の灰褐色の家並みを、リムジンの窓にはめられた色ガラスを透かしてじっと眺めていたに違いない。と、たまたま、市長選で投票するようにすべての市民に呼びかけたポスターが目に入った。ヴァニュコフは、金をいじくり回すのが癖だったという話だ。そんなわけで、彼はきっとそのときも、ズボンかジャケットのポケットで金をもてあそんでいたことだろう。そしてふと思ったのではないか。賄賂をどうせつかませるにしても、どこかの市長によりは、自分で自分につかませたほうがよっぽどいい、と。

　後はもう技術の問題だった。市長選に立候補することにすると、ヴァニュコフはまず何はさておき、自分の「虎の子《バルシク》」どもを集めて会議を開いた（市街区域での売春を取り仕切る男はそう呼ばれていたのだ。これはほぼ警察の巡査部長に相当する）。彼は虎の子たちにこう説明した。自分の監督下にある「玉《おんな》」は一人残らず宣伝活動に駆り出すこと。もしそうしない奴が一人でもいたら、そんな野郎の股ぐらの「玉」は、俺さまが編み棒で直々にえぐりだし、「虎の子」をニャンコちゃんに変えてやると。その先はヴァニュコフの秘書が説明した。宣伝活動に参加する女たちは、純潔で無邪気に見えなければならない。ジーパンをはいては絶対にいけない。そんなことをしたら、年配の人たちだけでなく、有権者のなかの保守的な層全般の反発を買うことになるかもしれないから。

　そして高額の謝礼を払って、選挙キャンペーンの演出に関する「裏の」専門家をモスクワから呼び寄せた。この専門家は国会議員選挙の際に、隣町のエカテリノドゥイビンスクで「町のおっかさん」と呼ばれる地元のダリヤ・セルジュクのために選挙キャンペーンを組織していて、そのときの話をヴァニュコフはたくさん聞かされていたのだ。その選挙戦でとくに重点が置かれたのは、組織犯罪との戦いであり、何万枚ものビラで広められた主要なスローガンは、こんなものだった。

「猛々しい盗人《ぬすっと》どもに効く唯一の薬、その名はセルジュク・ダリヤ！」

　ヴァニュコフはおなじようなキャンペーンを自分のために組織してくれと、専門家に依頼した。専門家は一週間をかけて状況を研究し、週の終わりには町の心理状態の詳細な分析を提出した。それは分裂したグラフやら、表や、いくつもの扇形に分かれた円などがちりばめられた、ずっしりとしたファイルだった。市内での世論調査の結果明らかになったのは、有権者の間でマフィアに対する憎しみが実際に非常に強かったエカテリノドゥイビンスクとは違って、多くの収入を観光客に負っているペトロプラホフスクでは、住民の間にむしろある種の漠然としたショーヴィニズムが認められたということだ。住民たちの憎しみの的となっていたのは、人に「寄生」して、「やり切れない思い」をさせている、ある種の抽象的な悪党やろくでなしである。ところが、いったいその悪党とは誰かと聞かれると、住民たちは普通、肩をすくめて、こう言うだけだった。「誰だって知ってるじゃないですか。誰だなんて、言うまでもありませんよ」。そんなわけで、選挙キャンペーンを進めるにあたっては、新しい市長候補がこういった「悪党」どもに対抗するのに意欲的だという点を打ち出したらどうか、という提案が出された。ただし、その際——専門家の表現を借りれば——「有権者層の分化」が生じないように、「悪党」というのが誰かについては、あまり具体的には言わないようにする、というのである。選挙運動用のスローガンとして提示されたのは、つぎのようなものだった。「悪党とごろつきからの唯一の救い、その名はヴァニュコフ！」

　この調子のいいスローガンに対しては、表が満載されたファイルと合わせてだが、なんと十八万ドルが支払われていたのだ。それほど高くついたスローガンを見せられたとき、ヴァニュコフは自分が現実にどうも間違ったことをやっていると考えた。どうやら羨望《せんぼう》のあまり、彼はシューリク・スピノザとしての本性を現したのだろう。モスクワからやって来た専門家はほうほうの体《てい》で、ペトロプラホフスクから命からがら退散した。スローガンの言葉も、もちろん、変更しなければならなくなった。しかも、それは後回しにできるようなことではなかった。というのも、選挙キャンペーンに引き込まれたすべての人たちがうすうす感じていたことだが、もしもペトロプラホフスクに「悪党とごろつき」がいるとすれば、それはヴァニュコフその人に他ならなかったからだ。そのため、スローガンは最終的な形では、こんなものになった。「独裁と抑圧からの救いは、ヴァニュコフだけ！」まさにこのスローガンを掲げてヴァニュコフは選挙戦に勝利した。しかも、ぶっちぎりの当選だった。

　市長としてヴァニュコフは、自分の名前以外は何も人民に知られることがないのが最良の統治者だ、とする古代中国の遺訓に従うかのように、特に目立つようなことは何もしなかった。二度ほど「ヴィヴァ、ペトロプラホフスク！」という祭典を催したが、それについてはまったくなにも言うことはない。それから一度、自分の執務室で、地元紙の編集者たちと会ったことがある。懇談のときに彼はできるだけ柔らかく穏やかな形で、編集者たちに説明しようとした。「ギャング」とか「泥棒」といった表現がマスコミで濫用《らんよう》されているけれども、これはだいぶ前からもう「政治的に正しい」ものとは言えなくなっているのではないか、と（「政治的に正しい」という表現は、秘書の準備した文書に従ってヴァニュコフが読んだだけだ。どうやら、これはアメリカで言うＰＣ、すなわち politically correct を借用して翻訳したもののようだ）。「そのうえ」――と、ヴァニュコフは続けた――「こういった言葉は、人を惑わすものですよ。『泥棒』なんて言葉を使うと、そう呼ばれる人間は、まるで自分の『リンカーン』から下りて、どこかの家に小窓から忍び込み、シチュー鍋から肉の一切れを失敬するような感じがしてしまう」（ここで速記録は、編集者たちの間にどっとわき起こった笑いを記録している）、「それから『ギャング』という用語ですがね、これは警察がその種の人間を捜し求めているというだけのことでしょう」（速記録には、ここでまたしても笑いが記録された）。それでは、いま言及された種類の市民たちを表すためにはどんな用語を使えばいいのか、という質問に対して、ヴァニュコフは、自分としては「特別経済犯罪者」、あるいは略して「トッケイハン」という表現が気に入っている、と答えた。そして、凝《こ》った比喩的な表現がお好きなジャーナリストの方々は、「超新ロシア人」という言い方をしてもいいでしょうな、と付け加えた。この表現はもうだいぶ前から月並みなものになっていて、誰も驚いたりはしないが、面白いのは、その本当の創案者を知っている者があまりいないということだ。それはヴァニュコフの秘書だったのである。

　これが、ヴァニュコフの残したほとんど唯一の、多少とも目につく足跡だった。さらに付け加えられるとすれば、ヴァニュコフが統治した短い期間にペトロプラホフスクの新聞が彼を「メセナ」とか「慈善家」と呼んだということだろう。この二つの形容はどちらも――本当に適切で相応しいものとは言えないにしても――彼がブルテリアの「ムムー」の運命に介入したことに対する褒賞《ほうしょう》だった。一言で言えば、市庁舎のコンピュータの損傷がもたらした、あのとてつもない事件がなかったならば、ヴァニュコフの物語には珍しいことも、注目に値することも、まったく何もなかっただろう。

　若いテクノクラートなら誰でもそうであるように、ヴァニュコフもまたコンピュータには深い尊敬の念をもって接し、コンピュータの助けを借りて自分の生活を最大限楽にしようとしていた。彼の多面的な活動に関わるすべての情報は、いくつかの別々のデータベースに記録されており、その中にはパスワードを知らないとアクセスできないものも少なからずあった。一連の計画遂行プログラムと、内蔵されたカレンダーが事実上ヴァニュコフのかわりに、毎日の決まりきった仕事をすべて実行してくれる。ヴァニュコフ本人がオフィスにいることは必ずしも必要ではなく、それゆえ稀《まれ》だった。緊急の用件があれば、ベルトにかかったいくつかのポケット・ベルに連絡が直《ただ》ちにはいった（そのうちの一つ、白地に金色の双頭の鷲《わし》を描いたポケベルは、ヴァニュコフの全統治期間を通してわずかに二、三回鳴っただけだった）。その他の仕事については、女性の秘書がうまく処理してくれた。市庁舎での仕事の一日は、普通、秘書がコンピュータのスイッチを入れ、その日の仕事のリストをプリントアウトすることから始まる。たとえば、暖房シーズンに向けての準備の進みぐあいを監督し、グルジア・レストランから上納金を受け取り、花に水をやる、といったことがプリントアウトされたリストに出ていれば、秘書は慌《あわ》てずにまず最初の二つについてはしかるべき部署に指示を下ろし、窓敷居から瓶を取って、水を入れるために水道の蛇口に向かうのだった。

　コンピュータのプラスチック製の頭蓋《ずがい》の内側で、広範囲にわたる電脳卒中がすでに何度も起こっていたあの不幸な日も、すべてはほとんど同じように進行していった。ヴァニュコフはまだ新年の酒びたりから抜け出しておらず、オフィスでの仕事は秘書が取り仕切っていた。窓の外の街は、銀色の粉をまぶされて、静かで、明るく、謎めいて見えた。

発端は、建築労働者の作業班が市長の公用箋《こうようせん》に書かれた非常に奇妙な指令を受け取ったということだった（ただし、あっさり言ってしまえば、この作業班というのはオレンジ色の袖無《そでな》しの作業衣を着た三人の女にすぎず、しょっちゅう道端でかなてこで氷か何かに穴をうがっているような、そういった類の労働者である）。この公用箋には、「キシュケロフを殺《や》れ」という、見紛《みまが》いようもなくはっきりとした指示があったのだ。その指令には「シューリク・スピノザ」という署名もあった。

ここで指摘しておかねばならないのは、この女たちだけでなく、その他の誰もが、市長のヴァニュコフがどんな人物か知っていたということだ。彼に関係のあるものは何でも、催眠作用を持った暗い後光に包まれていた。そして市の職員の非常に多くが心中密かに、ヴァニュコフに認められることを期待していた。もしもある種のテストに合格すれば、やがてヴァニュコフに目をかけられ、食うや食わずの灰色の日常生活から、謎めいた「魅惑」に満ちた、魔法のような恐るべき世界に連れ出してもらえるのではないか。後で明らかになったように、およそこういった期待を——それが極端に馬鹿馬鹿しいものであるだけに、いっそう胸をうつものがある——メキシコで制作されたくだらない連続テレビドラマ[*1]や放射能まみれのアカカブに毒された、この三人の哀れな女たちも抱いていたのである。キシュケロフが何者か、女たちはよく知っていた。キシュケロフとはペトロプラホフスクのもっとも立派な人間の一人であり、それはたとえば、彼が市当局とあえて衝突するという挙に出たこと一つをとっても明らかだろう。断っておくが、その彼を「殺《や》る」のはなまやさしいことではなかった。彼の領地は厳重に警備されていたからだ。かなてこで身体中をめった刺しにされたキシュケロフの死体は、庭仕事の備品をしまった物置で発見された。しかし、死体を発見した

＊1　ペレストロイカ後のロシアでは、メキシコで作られたメロドラマ『金持ちだって涙を流す』がテレビで放送され、空前の大ヒットとなった。

当のボディガードたちも、その後長い間、どうしてそんなことが起きたのか見当がつかなかった。庭の小道を掃除に来た三人の陰気な女たちがこの事件に何らかの関わりを持っていようとは、誰一人として、夢にも思わなかったのだ。そう言えば、ちょうどたったいま頭に浮かんだ考えだが、ひょっとしたらこの女たちを動かしていたのは、新しい生活に対する、ロマンチックな見果てぬ夢などではなく、単にソヴィエト時代から身につけていた、労働の規律だったのかもしれない。

　時を同じくして、ヴァニュコフのために働いていた四人のプロの殺し屋が、郊外のペンションのビリヤード室でコカ・コーラを飲み、「極秘」というゴシップ紙を読みながら時間を潰していたとき、傲慢そうに「市長ヴァニュコフ」と署名された通達を受け取った。その文書には、夜までに中央の通りに「**顔役は一人も残らない**」ようにしろ、とかなり乱暴な調子で指令が書かれていた。そして、経験を積んだ殺し屋である彼らでさえも、当惑した表情でうなじを掻《か》くことになった。中央の通りで（ちなみに、それはまさにそのまま「中央通り」と公式にも名付けられていたが）オフィスを構えているか、あるいは何らかの仕事をしている「顔役」となると、その一覧表だけでも二頁におよぶほどなのだ。そんなわけで、殺し屋たちは友好関係にある別の「組」にただちに援軍を頼まなければならなかった。その日、中央通りで起こったあのすさまじい流血の惨事については、いまさら描写を繰り返すことはやめておこう。他人の苦しみを見世物にすることが大好きなテレビは、殺し屋を乗せたジープの集団が中央通りを通りすぎた後、通りがどんな風に変貌したか、何度も何度も放送した。テレビ局の若いレポーターが熱狂的に説明を加えていく。どの建物が立体的な爆発力を持った「マルハナバチ」という擲弾筒によって破壊され、どの建物の正面《ファサード》が「ハエ」に穴をあけられたのか。秘密兵器「看板倒れ」は、建物の内部をすべて破壊してしまうのに、どうして外壁だけは無傷で残すのか。たしかに、このレポーターの熱狂ぶりには、なにやら恥知らずなものが感じられた。

このおぞましい殺戮《さつりく》を背景にしたとき、同じ日のその他の出来事など、なんだか取るに足らないものに思える。たとえば、ヴァニュコフ配下の「ゆすり屋」集団が――これはちょっと愚鈍な、しかしなかなかよく仕事をする男たちだが――ファックスで、市長の署名のついた照会状を受け取った。その内容は、「いったいいつになったら、ゴミを燃やすんだ？」というものだ。そのとき、一定の率のしょば代を収めなかったため人質に取られていたコズリン警部の運命は、数分の間、風前の灯となった。彼はすでに灯油をかけられていた。その彼が救われたのは、ひとえに、中央通りで猛烈な銃撃が始まったという事情のおかげである。銃撃が始まると、彼のことなど、たちまち忘れられてしまったのだ。

驚くべきことだが、街の住人の中には、市長の狂ったコンピュータのおかげでいい思いをさせられた者もいる。たとえば、「セックス・エレガント」という店の主人、エクレジアスト・コルパコフは自分の庇護者をヴァニュコフから、市のもう一人の権威グリーシャ・スコルピオンに変えるという、きわめて危険な試みを企てたため、もう長い間、震《ふる》え戦《おのの》きながら報復を待っていた。だから、「シューリク・スピノザ」という署名の入った、優雅で丁寧なクリスマスの祝いの挨拶《あいさつ》をファックスで受け取ったときは、嬉《うれ》しい驚きにうたれたのだった。そのかわり、ペトロプラホフスクの近隣の、五十にも及ぶ都市の市長たちは、次のような内容の文書を受け取って、戸惑わざるをえなかった。

「ＸＸ市のＹＹ市長へ（文頭にはこのように、市の名称も、市長の名前も、コンピュータによって自動的に挿入されていた。またこのコンピュータが秘書の指令に従って、これをファックスで周囲に扇状に広がるあちこちの都市に送りつけたのだった）。お前はおれに金を払うか、そうでなかったら誰にも払わないかの、どちらかだ。わかったか、このまぬけ野郎め？　二月までに半年分の上納金を納めること。さもなければ、お前の足を一本おれが引っこ抜いてやる。もう一本はグリーシャ・スコルピオンが引っこ抜いてくれるだろうよ。そうしたら、お前には何が残るかね、このろくでなしめ。考えてもみろ。敬具。ペトロプラホフスク市長A・ヴァニュコフ拝」

もちろん、巨大都市《メガロポリス》ではこの種の厚かましい要求は一笑に付されるだけのことだろう。しかし、手紙を受け取った市長たちの中には、これに真面目に応対した人たちもいた。それは、いままで述べてきた一連の事件の一か月ほど後に、グリーシャ・スコルピオンが死んだことからも分かるだろう。彼は、自宅のお抱え劇団がベケットの戯曲『ゴドーを待ちながら』の本稽古《ドレス・リハーサル》をやっている最中に、見知らぬ男たちに射殺されたのだった。

ヴァニュコフ自身はもちろん、街で何が起こっているかについて、情報を受け取っていた。しばらくの間彼は、まるでタルコフスキーの『アンドレイによる受難』[*1]のような具合に、ペトロプラホフスクに近隣のどこかの町の市長が来襲したのではないか、と考えていた。しかし、かなりすぐに明らかになったのだが、ここで繰り広げられている醜悪な出来事に加わっている者たちは全員、自分は他ならぬヴァニュコフの命令を遂行していると確信していたのである。そしてようやく最終的にはっきりしたのは、町をこれほどまでに荒廃させた指令のすべては、市庁舎のコンピュータから発せられていたということだ。秘書を疑うのは問題外だったから、明らかに、これはすべてコンピュータそのものの仕業である。コンピュータ・ウィルスなるものが存在する、ということをヴァニュコフが知っていたかどうか、わからない。ひょっとしたら、彼はこの出来事を、コンピュータから自分に加えられた個人的な侮辱として受けとめたのかもしれない。彼はコンピュータを、命のある生き物のように見なしていたのだ。こういった推測を裏付けるのは、ヴァニュコフのひときわ感情的な反応である。彼は自分のオフィスに飛び込むや、肩に下げた拳銃サックからニッケル色に光る「ベレット」をさっと抜き、恐ろしい金切り声をあげ始めた秘書を突き飛ばし、九ミリの銃弾を十五発打ち込んで、本物のインテル社製のCPUである「ペンティアム一〇〇」をこっぱみじんにしてしまった。床には、ひび割れたプラスチックや、ガラスの破片、色とりどりの電線の断片、そして死んだゴキブリに似た大量のマイクロ回路が、飛び散った。

　すべての災いの張本人がこうして滅ぼされた後でさえも、その破壊活動の余韻は響き続けた。たとえば、中央通りの流血の惨事の三日後に、町中の売春婦がすべて郊外のスポーツ・センターに集められ、恥ずかしさと当惑のあまり真っ赤になった社会交流担当の助役が、彼女たちに挨拶の文面を読み上げた。その挨拶の中で売春婦たちはなぜか、ツバメちゃんとか、あまっ子たちとか、ロシアのスキー競技の期待の星とか呼ばれていたのだ。似た例はさらにいくつか引くこともできるが、さほど面白いものではない――ただし、一つの例外をのぞけば。その例外とは、ヴァニュコフ個人に関するものである。

　これらの出来事の後、ヴァニュコフは重い鬱《うつ》状態に陥り、家というよりはむしろ城のような、郊外の自宅に逃げ帰った。彼を慰めるために、仲間や友人たちが次々とやってきた。そして彼もしだいに落ち着いていった。結局のところ、人生は人生、というわけだ。組織犯罪との戦いの責任者がヴァニュコフに、非常に上質のモロッコ産ハシシをふるまってくれたので、ヴァニュコフは側近の者たちに席をはずすように命じ、平安と忘却を見いだすことを期待して、すでにボードレールによって讃《たた》えられている人工の楽園に数日の間耽った。彼がそれに成功したかどうかは、もはや誰にも確かにはわからない。彼の命は悲劇的な事件によって、突然断ち切られてしまったからだ。その事件はあまりに幻想的で、『夕刊ペトロプラホフスク』紙に犯罪日録を連載しているジャーナリストさえ驚くほどだった。

＊1　タルコフスキーの映画『アンドレイ・ルブリョフ』の最初のタイトル。タタール人のロシア来襲が描かれている。

警察による事件の再構成を利用させてもらおう。晩の八時頃、ヴァニュコフのもとに奇妙な小包が届けられた。布でぴったり覆われた相当大きなサイズの箱である。ヴァニュコフはそのときちょうど麻薬入りのタバコを一本吸い終えようとしていたときで（それは後に、彼の死体のすぐそばに発見された）、無造作に箱を開けた。すると、彼が事態を呑み込む暇もないうちに、胸に何かが飛び掛かってきたのだ。それは、腹をすかせ、窒息《ちつそく》しかけたムムーだった。

幾重にもなった包装用の布地で隠された檻《おり》が開け放たれ、そこから鄧小平《とうしようへい》のような眼をした、足の短い白い怪物が、声もたてずにさっと、自分の胸めがけて突進してくる――そのとき、あわれな市長はいったい何を感じたのだろうか。私はハシシなど一度も吸ったことがないので、そんなことはわからない。ただ、実存主義的な視点からすれば、それは彼の人生の中でももっとも強烈な体験の一つだったのではないか、と推定できるだけだ。一方、この事件の原因はどうかと言えば、それは街で起こった他のすべての災難の原因と同じだった。つまり、ブルテリアが特別養護施設に送られたのは、ウィルスがコンピュータ内に保存されているすべてのデータをかき混ぜたのと、ちょうど同じ日だったのである。そして、犬の神秘的な天国に行く代わりに、たけり狂ったムムーは操車場に止まった寒い車両の中で数日を過ごした後、市長の自宅に配達されたのだ。これが偶然の一致だったなどとは、確かにちょっと信じにくい。しかし、それ以外の説明はもっと信じがたいのである。

奇妙なことだが、ヴァニュコフ家の警備員たちは、喉を喰いちぎられ、こわばった顔に表現しがたい恐怖の表情を浮かべた主人の死体を見つけた後も、犬はそのまま生かしておいた。その理由はありふれた人間的ショーヴィニズムだった。つまり、警備員は動物をそれほどまでに低いものと見ていたので、人の死の責任を取らせるために犬に復讐するなどというのは、馬鹿げたことだと考えたのだ。どうやら彼らの見方では、それは、屋根から誰かの頭の上に落ちてきたレンガを銃殺刑に処すのと同じようなことだったらしい。ムムーは物置に閉じ込められ、それから葬式をめぐる慌だしさが終わると、迎えにきたゲラーシモフ技師に返された。そして技師はすぐに、どこへともなく消えてしまった。

　彼の姿がその後目撃されたのは、二回だけである。一度は「太公望《たいこうぼう》」という店で。彼は凍結した湖面の氷に穴をあけるための大きな錐を買おうとしていた。そしてもう一度は、その翌朝、街からはるかに離れた野原で。そのとき彼は、古い綿の毛布を縫《ぬ》い合わせて作った不格好なだぶだぶの服を着、汚れた防寒帽をかぶり、肩にはズックの鞄《かばん》をさげていた。そして鞄の中には、フロッピー・ディスク。曲がった木の杖を握っていたので、その姿は老いさらばえた巡礼のようだ。ゲラーシモフは体の何箇所かに包帯を巻いていたけれども、晴々した、勝ち誇った様子をしていた。そして、目は二つのトンネルに似ていた。そのトンネルの果てで震えていたのは、まだぼんやりとした、頼りない——しかし、それでも確かに存在している——光だった。

ヴィクトル・ペレーヴィン Виктор Пелевин

一九六二年モスクワ生まれ。モスクワ在住。SFに近い「風刺的・哲学的幻想小説」とでも呼ぶべきジャンルの書き手である。既成「純文学」文壇の狭い枠組みをはるかに越え、広範な読者の間で圧倒的な人気を誇る。その意味では日本の村上春樹にも多少似た存在と言えるだろう。マスコミ嫌いとして知られ、写真もインタビューも拒否している。東洋思想に興味を持ち、韓国の禅寺で修行を積んだこともある。

Photo by NumaNuma

彼の持ち味は、つねにロシアの混沌とした現実に根ざしながらも、現実の不条理をさらに加速させるような奔放《ほんぽう》な想像力、旧ソ連的なキッチュと一種の神秘的傾向の奇妙な組み合わせ、抜群の着想と見事な語りのテクニック、といった点にある。そのため、現代ロシアのポストモダン的な新しい感性を代表する作家として国際的にも注目され、世界の多くの言語に翻訳されている。

　時代の最も先鋭的なイメージを抉り取る才能にひいでたペレーヴィンの小説は、しばしばその時代の象徴的な作品となってきた。長編『チャパーエフと空虚』は〈空虚〉という主題によって世紀末ロシアの兆候そのものとなった。長編『ジェネレーション〈P〉』は、あたかも死後の生を生きるようなポスト共産主義のロシアと戯れる作品である。

　ここに訳出したのは、ペレーヴィンが本格的に日本に紹介され始める前の作品で、初出は『アガニョーク』誌一九九六年第1号。いまでは日常茶飯事となったコンピュータ・ウィルスを扱った作品だが、当時としては非常に先駆的であったうえ、今読んでもアイデア自体は古びていない。その後日本で出た翻訳（単行本）は数多く、『虫の生活』『チャパーエフと空虚』『宇宙飛行士オモン・ラー』（以上群像社）、『ジェネレーション〈P〉』『汝はTなり――トルストイ異聞』『iPhuck10』（以上河出書房新社）などがある。

超特急「ロシアの弾丸」

オリガ・スラヴニコワ

沼野恭子 訳

カザン駅の長距離列車の改札口はどこも塞《ふさ》がっていた。ゴルベフは黄色い口ひげの生えた赤ら顔の警官にパスポートを差しだしたが、警官は、まるで行商人が籠をぶらさげるように、開いたノートパソコンを胸にぶらさげている。相棒の腹のあたりでは、いかがわしい鉄の昆虫に似た自動小銃「ヴェレスク」が頭をもたげている。

黄色い口ひげのほうが、ゴルベフの苗字を探しながら然《しか》るべき場所までファイルをめくると、黒手袋をはめたやけに大きな手で書類を返し、「プレス関係者は一号車」とぼそぼそつぶやいた。

目の前に現れたのはジェットエンジン搭載の超特急「ロシア号」だった。三十分後にはモスクワからイルクーツクに向けて史上初の運転を開始することになっている。この超特急、ニュースでは必ず「ロシアの弾丸」と呼ばれている。ゴルベフは、以前一度「弾丸」列車を目にする機会があった。それは日本の山梨県でのこと。超電導磁石によるリニアモーターカーだったが、針のような姿をしていて、耳を思わせる窓がいくつもあった。リニアモーターカーは音も立てず、切り裂かれた空間のかすかな振動と余韻だけを残して、あっというまに視界から消えた。日本と違ってロシアの超特急は、ガタがきている地元のシベリア横断鉄道で記録を打ちたてる予定だ。異様なほど短く流線型で背中の盛りあがった車体は、列車というより潜水艦、いや今にも発射しようとしている弾道ロケットのように見える。それというのも、頭の部分にある金属の角に、まだ冷たい二本のジェットエンジンが黒ずんだ葉巻のように載っているからだ。

　これはなかなかの壮観で、陸生オウムガイが体の大部分を地中に残して頭をもたげている姿のように思えた。本来ならロシアという厚い地層の中にいて氷河に削りとられた岩の破片を蹴散らしながら動きまわっているはずのオウムガイが、上に這いのぼってきたかのように。列車はまるで焦げた岩のかたまりにおおわれているみたいだ。ハイテクらしく光り輝いているところや装いを凝《こ》らしたところはどこにもない。「ロシア号」がまとっているのは黒っぽい粒状の重合体《ポリマー》で、これによって驀進《ばくしん》する車体のまわりに薄くて真空に近いシールドを張りめぐらすことができるという。この重合体こそが超特急の主たるノウハウなのだと鉄道運輸研究所の所長が記者会見で言っていた。この所長は大柄で堂々とした押しだしで、ブルドッグの優良犬チャンピオンではないかと見紛うような男だったが、どこかの秘密軍事実験施設からもたらされた技術開発のことなどてんでわかっていないことは目に見えていた。それに重合体のことを言われたからといって、モスクワ・イルクーツク間の「鉄道」距離五一九二キロを、超特急が六時間半かそこらで走れるなどというのをにわかに信じる気にはなれない。

「速い乗り物の嫌いなロシア人なんているだろうか！」ゴルベフの耳元で、豊かな低い声が響いた。

　振りむくと、宿命のライバル、ゴーシャ・ブーヒンだった。でっぷり太ったゴーシャはヒゲを剃《そ》らない主義で、いつものことながら皺《しわ》くちゃの迷彩服を着て、房のついたビロードのトルコ帽をかぶっている。トルコ人の父を持つこの男は、まもなく始まる快適な旅にわくわくし、表情豊かで端整な顔を輝かせている。ゴーシャがどのマスコミを代表して「ロシア号」に乗ってきたのかはまるきり見当もつかない。なにしろ精力的な創造活動を生かすべくめまぐるしいスピードで居場所を変えるので、他の人間がゴーシャの立場だったら、あちらへこちらへと漂流するメディアの間でとっくに深淵に落ちこんでしまうところなのに、ゴーシャはけっして落ちたりしないのだった。

「やっぱり乗りこんできやがる、疫病神《やくびょうがみ》め」ゴルベフは内心いまいましかった。

「やっぱり便乗するのか、聞屋《ぶんや》さん！」ゴーシャはそう叫んで、ゴルベフの前屈みの背中を勢いよく叩いた。「イルクーツクまでご一緒にさせてもらいましょうかね？　あっちじゃすごいパーティを準備してるそうだぜ！　知事主催のな……」ゴーシャは、チャーミングな美しい目を潤ませ夢見るように細めたが、白目に瘤《こぶ》があり充血し痙攣《けいれん》していて年来のアルコール中毒を物語っている。

　ゴルベフは肩をすくめた。プラットホームは、到着する人たちがいるにもかかわらず、がらんとした感じだ。あまりにがらんとしているので叫びだしたいほどだった。まわりをボディガードでしっかり守られた国会議員たちが、消えたランプのように青い顔をしてひそひそ話しこんでいる。その中で紅一点わざと明るくふるまい、トルコ石のようなブルーのスーツを着て目立っているのは、モスクワ政府の代表者らしい。重要人物たちの中に紛れこんでしまった鉄道運輸研究所の所長は途方にくれているようで、のっぺりした広い頬《ほお》が震え、両手は放りだされた舟のオールのようにぶらぶら揺れている。

「やあダーシャもいるぞ、かわい子ちゃん！」ゴーシャは大声でそういいながら、プラットホームいっぱいに迷彩服の両腕を大きく広げた。「ダーシャちゃん、いい子だ、早くここにおいで！」

「サーニャ、こんにちは」ダーシャ・ピロゴーワがゴルベフに挨拶《あいさつ》してきた。『テレグラフ』誌の解説委員だ。

　ついこの間まで実習生だったダーシャは、丸顔で額の秀《ひい》でたモスクワ近郊出身の女の子で、とても頑張り屋だ。だらしないゴルベフは、立食パーティでグラスを二杯、三杯とひっかけているうちに情報を取りこぼし、何度かダーシャに頼んで教えてもらったことがあるが、ダーシャはそのつど親切に書きとらせてくれた。だから、ゴーシャが上司面《じょうしづら》をしてダーシャの肩を引き寄せ、ヒゲもじゃの口をすぼめてキスするところを見るのは、ゴルベフにとって不愉快だった。ダーシャは両足をぎゅっと閉じて作り笑いしている。

「こいつ、またキーラのときみたいに振舞う気か」ゴルベフはそう思ってかっとなり、力が抜けた。キーラとゴルベフは恋愛関係にあったわけではないが、そんな雰囲気が芽生えかけていて、キーラのお茶目な切れ長の瞳が放つ若々しい輝きや、小さな鈴のような音を今にもたてそうな楽しげなちぢれ毛にゴルベフは夢中になっていた。ところが、ゴーシャが割りこんできて、やはり上司面でキーラを抱いたのだ。キーラが譲歩したのはただお行儀がよかったからで、そのおかげで俗悪な事態を埋めあわせることになったとゴルベフは考えていた。でも、その後キーラは姿を消してしまい、今ではモスクワ建設銀行で世論との交渉を扱う専門家として働いているという。何があったというのだ？　いや別に何も。ゴルベフが馬鹿だったというだけ。うまいこと女をたらしこむからと言って、ゴーシャやぴちぴちした若い女性ジャーナリストにいちいち嫉妬《しっと》するなんて滑稽《こっけい》ではないか。ゴーシャは女の子を味見すると、どこかの壁際に丁重に置き去りにして、陽気なマルハナバチよろしく次の花めがけて飛んでいくのだ。

「なんだか出発が遅れてるみたいね」ダーシャが不自然なほど高い声で言った。

「いや、見てごらん、何をしてるんだか！」獲物を脇の下に抱えたままゴーシャはあちこち見まわして叫んだ。「列車の表面を剝《は》がしてやがる！　土産にでもしようっていうんだな。ご覧よ！」

たしかに、プラットホームに立っている人の中のだれかしらが、しょっちゅう人目を盗んで「ロシア号」のざらざらした表面に触っている。見かけは脆《もろ》そうなので、たしかにちょっとほじくってみたいという気になるのはわかるが、厚かましくそんなことをした人の多くは、傷ついた指をそっとしゃぶることになった。ひとり年寄りが、まるで病人の腹を触診するかのように、骨ばった手のひらで車体を撫《な》でている。ひどく痩せていて色褪《いろあ》せたコートを着ているので、畑に立っている案山《かか》子《し》みたいだ。

「あいつら、どうせ何も取れやしないよ」ゴルベフは慰めるように言った。

「あいつら？　いや、そんなことないぜ！」ゴーシャが神経質そうに高笑いした。「それがロシアなんじゃないか！　この比喩、通じるかい、同業者さんたち？　自分で皮を剝がしておいて、どれほどスピードが出るか予想もつかない当の列車に自分が乗りこもうっていうんだからな！　おれたち悪魔に食われて砕け散るのがオチだぜ！　まったく、なんて奴ら、なんて国なんだ！」

　車体を撫でていた老人が、獣《けもの》の吠えるようなゴーシャの笑い声に気づいて振りむいた。その冷たく精彩のない瞳をとらえたゴルベフは、この案山子を怖がるのはカラスだけじゃないなと思った。古びた衣服を着こんでいるのは人間の骨ではなく、案山子の十字なのではないかという気がした。

「それにしても、この列車、どうしてこんな変な鼻をしてるのかしら？」獰猛《どうもう》なナイフスイッチを水平にしたような列車の鼻先を指して、ダーシャがうっとりしたように言った。機関室の斜めのガラス窓から先端まで七メートルほどもある。

「ダーシャちゃん、これは正真正銘のシベリア鉄道なんだよ」ゴーシャが保護者然として言った。「同じ線をトロッコが通る。牛が追われて線路を渡る。貨物列車がのろのろ走る。今日のところはもちろん貨車も客車も待避線でひかえてるだろうがね。でも、五〇〇〇キロ以上もの距離をいったいだれが監視してられる？　時速五〇〇キロのスピードを出したら、そう簡単にブレーキかけられないだろ？　線路に飛びだしてくるものは何でもかんでも景気よく蹴っちらかしちまうわけだ！そうだろ？」

「まあ」ダーシャは片方の手のひらで頰を抑えた。指の下で、文字どおりみるみるうちにビロードのような濃い赤みがさしてきた。

そのときシューと音がして、まるでキチン質でできた翼のように列車の扉が跳ねあがった。カメラがカシャカシャ、パチパチいい、ひとかたまりになっている青ざめた政治家たちとなぜか自分の頭を撫でまわしている研究所所長に、四方八方から冷たいフラッシュが浴びせかけられる。カザン駅の丸天井いっぱいにとつぜんマーチが鳴りだし、ゆらゆら揺らいでいるハトの一群を驚かせた。

*

ゴルベフは昔から「弾丸」列車のことが気になっていた。あるとき出張の気楽さで暢気《のんき》に酔っ払っていたとき幻を見て以来ずっと気になっているのである。

それはトヴェーリ近郊のドロシハ駅でのことだった。まだソビエト時代のしこりが残っている大きな車両製造工場が融資を受け、地元や首都のマスコミ関係者を招いて訳のわからないプロジェクトのプレゼンテーションをすることになった。何ひとつはっきりしたことは提示されなかったが、そのかわり食べ物や飲み物は大盤振る舞いだった。ゴルベフは、べたつく前菜の入った袋と手をつけたウォッカ壜《びん》をカバンにしまい、賑やかな宴席を離れた。最高の気分でひとり春の草むらにでもすわって、ぼんやり虹色の夢想にひたりたいと思ったのだ。五月の太陽がアイロンのようにじりじり照りつけていたが、ほろ酔い機嫌のゴルベフは、適当な丘でもないものかと探してどんどん歩き、熱くなった線路を何本も渡った。線路の占める空間は、かなり広い川の川幅と同じくらいだった。靴底の下で、油にまみれて熱くなったポップコーンのような鉱滓《スラグ》がきゅっきゅっと音をたて、羽の擦《す》りきれたチョウが舞い、枕木の間では細かくてふんわりした黄色い花が咲いている。うっかりゴルベフはつまずき、目を上げた。

一見したところ何の変哲もない車両に見えた。というより鉄屑《てつくず》、郊外電車の残骸に見えた。表面が波状になっていて洗濯板《せんたくいた》のように見える粗末な車体の側面には、錆《さ》びた吹き出物がある。扉と窓には鉄の薄板が打ちつけられ、ところどころ奇跡的に残っているガラスは干上がって灰色になり、古いカーボン紙のようだ。上のほう、列車の頭の上には、ターボジェットの航空エンジンの残骸が載っている。

　ゴルベフは幻の列車のまわりを何度か歩きまわった。ターボジェットエンジンは壊れた双眼鏡さながら、見えないくせに遠くを見つめている。超高速用に作られた流線型の鼻は、まるで梅毒患者の鼻のようにもげている。鉄は自らの身に起こった悲劇について押し黙ったまま叫んでいるし、錆の流れたような跡は乾いた血のように見える。いつまでも線路にへばりついて微動だにしないこの飛行機＝列車には、何とも言えず奇妙なところ、何とも言えず不自然なところがあった。ゴルベフは中に入ろうとあれこれやってみて、跳びはねたりよじ登ったりしているうちにウォッカを飲み終えてしまった。この飛行機＝列車の中は真っ暗で、中の空気はゴルベフが吸っている外の空気より十年くらい古かった。密閉された廃墟の中に忍びこむことはできなかったが、中からどよめきのようなもの、不安げな人間の声がはっきり聞こえたような気がした。

　モスクワに戻ったゴルベフは、幻が現れたのではなかったことを突きとめた。彼が見たのは、いわゆる「ＬＥＴ」と呼ばれるLaboratory Express Train（実験室超特急）で、一九七〇年にカリーニン車両工場で作られたものだった。今となっては、どうしてこんな奇妙な代物が工場近くの遠距離用線路で錆びついているのか、工場の管理者だれひとりとしてはっきり説明できる者はいない。七〇年代初め、航空機Yak-40のターボジェットエンジンを搭載したＬＥＴは、ノヴォモスコフスク・ドニエプロゼルジンスク間の走行テストをおこなった。時速二五〇キロ近くまでスピードが出たのに、その後どういうわけか、この「テクノロジーの奇跡」は車両製造工場わきの人目につかないところに放置されそのままになってしまったのである。

ゴルベフはすっかり超特急に夢中になり、超特急のことにばかり空想をめぐらすようになった。地面に貼りついている超特急列車は、だらだらと続いていく日常生活の真《ま》っ直中《ただなか》を走ることによって、民間航空に比べ、いや宇宙飛行に比べても、ひときわ鮮やかに社会常識を覆すものなのではないかという気がした。宇宙という織物からぐいと引き抜かれた一本の糸のようなものなのではないか。「弾丸」列車はそうとう常軌を逸したものと言っていいんじゃないかとゴルベフは思った。というのは、人間の理性でもって制御できるとは考えにくいからだ。もちろん電子自動操縦装置で列車を制御することはできるだろう。でも、どれほど性能のいいコンピュータでも、地上にあるものの動きをすべて管理するわけにはいかない。地上にあるものにとっては、しょせん「弾丸」の軌道など線路と枕木の列、ありふれた物質、馴染《なじ》んだ風景の見慣れた一部にすぎないのだ。

ゴルベフは、一九六六年におこなわれた東オハイオのターボジェット機関車試運転をめぐる威勢のいい話がなぜかとても気に入っている。パイロットのドン・ウェッツェルがのちに回想しているところでは、機関車はまるで生きた人間のように、ひっきりなしに許容範囲を超えたスピードを出そうとしたという——そのとき機関車は耳をつんざくような轟音《ごうおん》をたてて、ごくふつうの線路を疾駆していた。おおいに起こり得る事故を未然に防ごうと飛行機が飛ばされることになったのだが、スピードの出ないプロペラ機だったので、ひとりよがりな機関車のあとを遅れずについていくのが精一杯だったという。上空からだと、機関車はマッチ箱で擦っているマッチ棒のように見えた。飛行機から見ていたドン・ウェッツェルは突然、何か余計なものが線路の上にあることに気づいた。それがいったい何なのかを見極めることはできなかった。数秒後——おそらく彼にとっては生涯の何年分もの重みがあったにちがいない——車輪の下のほうでバリっという音がして、木片が跳ね飛んだ。あとになって、子供たちが遊びで化粧板のかけらを線路に置いたということがわかった。子供たちがもっと硬くて重いものを持ってこなかったのは幸いだった。

結局のところ、「弾丸」列車の制御というからには、あらゆる現実を管理しなくてはならない。数えきれないほどのさまざまな軌道も、原因と結果の関係も。例えばオハイオ州や、北アメリカの他の州や、フランス製TGVが今のところ圧倒的な速さで走っているヨーロッパの国々——これらの地域は神の手中にあり、いっさいを見通す神の意志によって制御されているというのがせめてもの救いだ。ところがロシアはどうかと言えば、ゴルベフはいつも思うのだが、ロシアはもうひとつ「深み」という次元を持つ土壌なのである。ロシアは巨大な陸地のかたまり、何世紀も前に沈んだアトランティス大陸のようなものではないだろうか。超特急「ロシア号」がイルクーツクに着くまでの四分の一日、ロシアの半分を手ずから制御できる者などだれもいないのだ。

ゴルベフは溜め息をついて十字を切り、防臭剤の臭いでちょっと息苦しい車内に足を踏み入れた。

*

列車の中は飛行機の客室を思わせ、エコノミークラスとビジネスクラスの中間くらいだった。マスコミ関係者はそれぞれ賑やかに、真新しいふかふかの椅子にすわったり、扉の開いている頭上の手荷物用の棚に機材を入れたりしている。ゴーシャはダーシャを手放さず窓際に押しやると、自分は隣にどしんと腰をおろし、息遣《いきづか》いも荒く、へこんだプラスチックのコップがぺこんというまでミネラルウォーターを飲み干した。ゴルベフはふたりのうしろにおとなしくすわり、隣の席が空いたままでありますように、だれにも邪魔されずに今日これから起きることを楽しめますようにと心の底で願った。

「ジャーナリストの皆様、なるべく詰めておすわりください。セールスマンの方が数名こちらの車両に移ってこられます」完璧な仕立ての紺《こん》の制服を着た背の高い客室乗務員の女性がアナウンスした。

　ゴルベフは嫌な予感がしてぼうっとなった。

「よろしいですか？」頭の上でひび割れたような生気のない声がした。さっき車体を触っていた老人が、キノコのようにつるんと禿げた頭で自分自身に頷き、前をかきあわせたコートの上でシミだらけの指を組んで、何度かむりやり体を動かしながら席におさまった。

「ロシア号」の切符が一部オークションで売りに出され、四三万ルーブルにも跳ねあがったことをゴルベフは知っている。衣装ダンスのナフタリンの臭いをさせている老人は、どう見ても、特権的な冒険旅行に大金を注ぎこめるような金持ちの冒険家には見えない。しかし、それでなくとも小さな車窓は今やゴルベフひとりのものではなくなってしまった。老人はしばらくの間もぞもぞしていたが、やがてぎこちなく骨を伸ばし、二重ガラスの密封した丸窓をじっと見つめだした。窓の外には今のところ、プラットホームに生えている灌木《かんぼく》とつぶれた吸《す》い殻《がら》以外何もない。

「安全ベルトをお締めください」乗務員の声は、とっくにベルトを締めていたゴルベフの脳の中にまで入りこんでくるようだった。「この列車はまもなく出発いたします。走行時間は六時間二十分です。完全にスピードを出すまで席をお立ちにならないようお願いいたします。到着まで禁煙とさせていただきます。ありがとうございました」

　滑りだしは緩やかだった。車窓から見えるモスクワは、ニュース映画を逆再生しているかのように遠くで走っている。しばらくすると、風景は濡れたブラシで塗りたくったようになり、ゴルベフは重苦しさを感じた。大柄でしつこくて貪婪《どんらん》な女が自分にのしかかっているように思える。思わずズボンの中で勃起《ぼっき》したが、表示パネルに目をやると、ピンクの光を発する数字がゆっくりしだいに大きくなっていく。時速二五〇キロ、時速四一〇キロ、時速五九〇キロ……。

「六九五キロ！」押し殺したようなしゃがれ声で老人が言った。

するとたちまち、朝一番の雄鶏が鳴いて魔物たちの恐ろしい重圧が消えるように、すっと楽になった。ゴルベフは、さっきまで痺《しび》れて針が何本も刺さった綿の枕のようになっていた頭をヘッドパッドから離した。まわりではジャーナリストたちが立ちあがったりよろめいたりし、濡れた目を拭っている者も多かった。真ん中の通路にはトイレを待つ行列ができている。ゴーシャは安全ベルトと皺くちゃな迷彩服のいちばん下のボタンをはずし、タマネギ味のポテトチップスを美味しそうにむしゃむしゃ食べ、引き破った紙袋を気の弱いダーシャに押しつけている。トルコ人の息子ゴーシャの折り曲げたたくましい膝には、真っ赤なトルコ帽が誇らしげに載っており、ヒゲを剃っていない二重顎はうずくまったハリネズミのように見えた。

　地上で時速七〇〇キロものスピードを出していると、いろいろ奇妙なことがある。物理学の法則からすれば、加速していなければ何も特別なことは起こらないはずだが、物理学の法則がいつも有効とは限らない。背の高い乗務員が配ってまわるノンアルコール飲料がまばたきし、ゼリーのように見えてくる。タバコの煙が（ジャーナリストどもは、言うまでもなく、指示器にコンドームをかぶせてトイレでタバコを吸っていた）異様なほど長く空中に留まり、三次元のコンピュータグラフィクスのように、何層も重なる風変わりな模様をゆっくりと描いている。どの顔も蒼白く、裏と表がひっくり返っているみたいだ。車内を行き来する者はなぜかすぐにいなくなった。前の席からダーシャの無理強いされたくすくす笑い、ゴーシャのささやく声、また別の食べ物が入っている紙袋をびりっと破る音が聞こえてくる。隣の老人が文字どおり硬い顎をゴルベフの肩に押しつけてくるので鬱陶《うつとう》しい。

　老人もゴルベフと同じく丸窓を覗きたいのだ。窓外では、まるでホースから水がほとばしるように、緑の、灰色の、茶色の光り輝くロシアが、固体だか液体だか気体だかわからないような状態になって流れていく。太さの均等でない帯がどんどん走っていき、まったく何も見分けることはできない。ときおり凝った書体が現れて、その帯に勢いよく一行殴り書きをするかと思えば（きっと人の住んでいる地区だろう）、細くて尖った釘のようなものが跳びはねていくこともあったが、いったい何なのかさっぱり見当もつかない。ただ水平線がときとして数分間動かずに見えていることがあったが、水平線は、遠くに浮かんでいる雲の端のように、霧の中に姿を消す蒸気のように、頼りなかった。快晴だというのに（気象観測所はご親切にも「ロシア号」が通過する地点はどこも絶好のお天気だという予報を出していた）、外は夜になりかけているのではないかという気がした。

「自己紹介させてください」不意にゴルベフのすぐ耳元で、しつこい老人のしゃがれ声がした。

「キリル・ビビコフです」まつ毛のない、凍りついたようなうつろな目をしばたかせ、骨張った手のひらをゴルベフの脇の下に押しつけてきた。

「アレクサンドル・ゴルベフです」ゴルベフはしぶしぶ答えて相手の生気のない指を握ったが、熱が三九度六分あるときに体温計を脇に入れたみたいにひんやり冷たく感じた。

「生きた年寄りというより幻影だ」ゴルベフは内心そう思った。自分には周囲の人たちをひどく不愉快にする資質があることを知っている。いつでもひとりになりたがり自分の殻にこもろうとすると、なぜかまわりの人は緊張し、何でもいいからくだらない会話に引き入れよう、引きこもうとする。だから、この、なんという名前だったっけ、そうビビコフもたぶんこれから終点のイルクーツクまでしゃがれ声でこっちの気を引こうとするにちがいない。

「きっとこう思っていなさるんでしょう」老人は、乾いた皮膚を目のまわりに寄せて目を細めた。

「どうしてこんな高い切符を買う金が、よぼよぼのおいぼれにあるんだろうって」

「まさか、何をおっしゃるんです」よりによってそのことを考えていたゴルベフはうろたえた。

「家内のアンナがアクセサリーを残してくれましてな」老人の話には謎《なぞ》めいたところがある。「古い細工の施されたもので、かなりの純度の宝石が嵌めこまれていました。そういうものを私は売ったんです。処分したんですよ！」甲高い声で嬉しそうに老人は言い、ごつごつした大きな手を振りあげたので、もう少しでゴルベフのこめかみにぶつかるところだった。

「でも、それにしてもどうしてなんですか？　金があったら何か他のことに役立ったでしょうに。そうではありませんか？」好奇心をそそられたゴルベフは、思いもよらず会話に引きこまれた。

「話せば長くなります。とても古い話なんですよ」ビビコフがそう言って、席で反《そ》り返《かえ》ったのでコートの前がはだけ、古ぼけた黒いタキシードが見えた。返し襟《えり》のところにアイロンをあてた跡が痣のように残っている。「一九三三年のことです。ゴーリキー公園で航空列車の運行が始まりました。プロペラ付きの二重無蓋貨車《ゴンドラ》で、信じられないほどのスピードで陸橋を飛ぶように走りました！　セヴァスチャン・ワリドネルという人の発明したものです。当時これに匹敵するような発明は、世界広しといえどこにもありませんでしたよ……」

「ワリドネルの安定性の三角形だ」驚いたゴルベフがつぶやいた。

「聞いたことがあるんですね！」老人は喜んだ。「私はその当時十五歳でしたが、何もかもはっきり覚えています。父が私をその無蓋貨車に乗せてくれたんです。もっとも、ただの模型でしたけれどね。父は交通人民委員部所属の専門家グループで働いていたんです。ワリドネルに買われていました。アンドレイ・トゥポレフもそこで仕事をしていましたよ。『ワリドネル航空列車局』と呼ばれていましてね。トゥルケスタンで時速五〇〇キロ用の路線の設計を始めたんです……」

「それからどうなったんですか？」老人の口調が遅くなってきたので、やきもきしながらゴルベフは急《せ》きたてるように言った。あの伝説の航空列車に乗ったという人にめぐり会うなんて、恐竜に出会うのと同じくらい稀なことだ。

「それから、その部局は何の理由も説明されないまま閉鎖されてしまいました」老人が声を曇《くも》らせ頭を下げたので、まるで穴に落ちるように自分自身の中へ、自分の大きな骨もろとも落ちこんだように思えた。「もっとも、理由は後になってわかりました。父は、文通の自由もない二十五年の刑を食らい、私も父と同じ条項で裁かれ服役させられました。たしかに父よりは刑期が短かったですけれどね。まあ、父が二十五年のうち何年間生きのびられたのかはだれにもわかりません。御霊《みたま》を安んぜしめ給え」ビビコフは不器用に十字を切ると、急に明るくなった。「ああ、一九三三年のモスクワにはなんて素晴らしい雪が降りしきっていたことでしょう！　一面雪に埋もれて、路面電車が立ち往生しました。それなのに我らが航空列車は、プロペラで綿毛みたいに雪をかき散らしたものです。この列車モデルは空飛ぶ種のようなものだ、このモデルには未来の種が宿っているんだと父は言っていました」

　ふたりとも口をつぐんだ。老人はほほえみ、人形のプラスチックでできているかのような、ピンクがかった白い入れ歯を見せた。ゴルベフは思った。なんて不思議なんだろう、あなたのような秘かな夢を持つ人と出会えたなんて。それも自分自身がこんなに年をとって、ふいに人生が凝り固まったようになり、ほとんど終わってしまったのではないかというときになって。

「なんでそんなことに？」ゴルベフはまったく子供っぽい尋ねかたをしたが、年齢からして祖父といってもいいようなこの老人ならわかってくれるのではないかと思った。

「私にわかるのは、別なふうになることもあり得たということだけです。あり得たんですよ」老いたビビコフは確信ありげに言った。「なんでそうなったのかはわかりません。私にはいつまでもわからないでしょう。私はとても長生きしましたよ、あなた。あんまり長くて、もう五回くらい死んだんじゃないかと思うほどです。ときどきガラス越しに何かを見るように、人生を通してものを見ることがあります。そうすると見えてくるものがあります、ほら、ここに分岐点がある、ほら、ここだ、とね……。戦争などしないですませることだってあり得たんです……。特急列車はとっくの昔に日常生活に溶けこんでいるはずでした。ロシアではすこぶる奇跡を頼りにしてしまいます。起ころうが、起こるまいがね……。奇跡はすぐそのあたりを動きまわっていて、通常の生活のあまりに近く、わが国の、言ってみれば、貯水池に棲《す》みついているんですよ。これはもうどうしようもありません」

ここでゴルベフは、「ロシア号」がカザン駅を出発したそもそもの時点からひっかかっていたことを聞いてみた。

「どう思われますか、私たちは今日イルクーツクに行きつくでしょうか？」

「何とも申しあげられませんね」ビビコフはとても真面目に恭しくそう言い、まつ毛のない、凍りついたような青い目でゴルベフの顔を見た。「でも私には、行きつかないような気がします」

老人がこう言い終わるやいなや最初の一撃があり、大きな音が響きわたった。

＊

その衝撃は鈍く病的で、砂袋を蹴ったときのような感じだった。手荷物の棚がぱっくり口を開け、ジャンパーが落ちてきた。

「何だ？　何だったんだ？」ジャーナリストたちが席から腰を浮かして騒ぎだした。

「だから言ったろ、牛が線路にいるんだよ！」まわりの騒がしさに負けない声でゴーシャが叫んだ。

「ダーシャ、どうしたんだよ？　くつろごうぜ、どうってことないさ……」

「でも、牛じゃないとしたら？」ダーシャが急に自棄《やけ》気味の憎々しげな調子で叫びだした。「私にかまわないでよ、触らないで、つきまとわないで！」

「乗客の皆様、落ちついてください」スピーカーから客室乗務員の声が優しい波のように寄せてきて、騒ぎをおおった。「私どもは、人工衛星から路線に関するデータを絶えず入手しております。

この列車はきちんと予定通り運行しております。今から三十分ほどしましたら、温かいランチをお持ちいたします」

　しかし三十分後には、だれひとりランチどころではなくなった。シベリア鉄道全線のうち超特急の運行のために線路を整え磨きあげていた区間は一部だけだったらしく、どうやらそこは通過してしまったようだ。衝撃は次から次へと続き、脊髄《せきずい》のあたりに気味の悪い振動が響く。今では、斧が肉を叩き切るように、超特急はロシアを切り裂いている。窓のむこうでは――あるいは、窓のむこうだと思いこんでいるだけなのか？――濡れたようなぐちゃぐちゃのかたまりが飛んでいく。ジャーナリストたちはもう隠そうともせず、おおっぴらにタバコを吸っているので、妙な具合によどんでいる車内の空気は、タバコの煙が青い糸を幾重にも織りなし、まるで移ろいやすいレースのようだ。多くの人が携帯をいじっているが、どれも通じない。列車はかなり揺れ、天井に施されている青い装飾が、雷雨のときの稲妻のようにぼうっと光っている。斧＝列車はもう今にも骨にまで突き刺さりそうだ。

「こんな猛スピードで走っていたら、外で何が起こっているのか見当もつきませんね」老人がそうつぶやいて、鳥の足のような筋ばった両手で肘掛けにしがみついた。

「まったくだ」ゴルベフはシャツの下に心臓を感じながら思った。「本当に弾丸だ。弾丸《プーリャ》＝馬鹿《ドゥーラ》。おれたちは放たれた弾丸の中の詰め物で、もうどうあがいても現実とは無縁になったんだ。弾丸がだれに命中するのか、おれたちが無事でいられるかどうか――もうおれたちの思いどおりになるものは何もないんだ……」

「やめてよ、うんざりする。言っときますけど、私には夫がいるんですからね！」前の席からヒステリックなダーシャの声が聞こえてきた。

「ああ、おーっとっと」ゴーシャが腹立たしそうに「夫」という言葉をわざと引きのばしてそう言うと、背もたれが膨れてぎいぎい軋《きし》みだした。「その夫とやら、前はいったいどこにいたんですかね？　夫が舞台に登場するのは、女が人をたぶらかそうってときに決まってる。おれをその気にさせておいて知らんぷりすることにしたのか？　この跳ねっかえりめ」

　ダーシャはすすり泣いている。ゴルベフは顔をしかめて立ちあがった。ビビコフ老人は、訳知り顔でウィンクし、ゴルベフが通れるようがりがりの膝を脇へ寄せた。そのとき背の高い例の客室乗務員が、だれの顔も見ようとせずせかせかした足取りで機関室に入っていった。すぐに彼女と、もうひとり少し年上で甘いドライフルーツのような顔をした女性乗務員が、通路に出ようとしていたゴルベフのかたわらを、ほとんど駆け抜けるように急いで二号車に向かった。二号車には、孤立し隔離されたように政治家たちが乗っている。

「マスコミ同業者の皆さん、われわれは一号車ですから」後ろのほうで、だれもが抱いている思いを口にする者がいる。「何かあったら、真っ先に半熟卵みたいになって……」

　ゴーシャがきわめて深刻な事態に見舞われたのは、上気した無邪気な顔をゴルベフのほうにあげたまさにその瞬間だった。たちどころにそのチャーミングな美しい目は、真昼に目を覚ましたフクロウの目のようになった。また衝撃が走り、列車の表面が激しい寒気に襲われたようになった。ゴルベフは腹のあたりがどくどくいうのを感じた。上の手荷物の棚からゴルベフやゴーシャの頭に電池やらパンフレットやらがばらばらと降ってきて、垂れさがっていた巻きコードが落ちてきた。

「みなさん、ゴーシャ・ブーヒンの容態が変です！」ゴルベフのうしろで女性が叫んだ。『モスクワ・ニュース』の記者らしい。

　すると本当に――だれかが水彩画の筆でゴーシャのむくんだ面《つら》に手を加えたみたいに、頬の赤みがまたたくまに消えていった。ゴーシャは気を失い、体は力なくぐったりしたりし、新しいジョギングシューズを履いた大きな足がずるずると伸びていった。一部始終を見ていたゴルベフ自身も声をかぎりに叫びだした。

「病人だ！」

取り乱した車両のぼんやりした薄暗がりのなか、ジャーナリストたちは我先にと集まり、伸びきっているゴーシャをびっしり取り囲んだ。

「通してください、私は医師です！」ジャーナリストたちの背後から、老人の鋭いしゃがれ声が聞こえてきた。

＊

「どいて！　どいて！　自分の席に戻ってください！」ゴルベフは、押しあっているジャーナリストたちを思いきり押し返し、ビビコフ老人が病人のところにたどり着けるようにしてやった。

　畑の案山子がまとっているようなコートを脱いでスモーキング姿になると、ひょろっとして骸骨のように痩せた老人は病人の上に屈《かが》みこんだ。老人の生命の一しずくが、ぼろきれのような血管をさまよい、かろうじて燃えつづけている。ゴーシャの額には、冷たい汗が噴きだし、軽いちぢれ毛が貼りついている。ビビコフはプロの医者らしい動作で、ゴーシャの太い手首で脈打っている血管を探りあて、片方のまぶたを持ちあげた。赤茶けた目が剝《む》きだしになると、ガラス玉のような光沢を放っており、そこには朗らかな恐怖があらわれている。

「救急箱を！　何でもいいから、あるったけの薬《レカアルストヴァ》を！」ビビコフは、あやうく通路のほうに倒れこみそうになりながら、カアカア言った。

　石灰のように真っ青な顔をした客室乗務員から、赤十字マークのついた箱が人々の頭上で手渡しされ、すぐに老人のほうに送られてきた。ビビコフは、キャンディーの包み紙のような派手な包装紙を投げ散らすと、何の変哲もない紙を剝いて小さな錠剤を取りだし、人差し指でその錠剤をヒゲにおおわれた柔らかい口の中に押しこんだ。

「列車を最寄りの町に止めてください」しわがれ声で命じ、注射器からプラスチックのカバーをはずした。「病人はショック状態です。十中八九、心筋梗塞《しんきんこうそく》でしょう。地元の病院に連絡して、救急車を駅に呼んでください！」

「でも……。あの、そんなことできません……」乗務員は後ずさりして暗がりに姿を消してしまおうとしている。

「上司を呼んでこい、馬鹿野郎!!!」さっきとは見違えるほど変わったゴルベフは、地団駄を踏みながら怒鳴りつけた。

乗務員は髪に手をやり駆けていった。ビビコフは気を集中させ、なかなか動こうとしないゼリー状の薬をアンプルから注射器へと移している。涙の跡が消えないダーシャは、キツネザルのような目をして、穴のあいた袖口から出ているゴーシャの萎えた手を肘掛けに押しつけている。文字どおりついさっきまでは列車の揺れで骨が一本一本ばらばらになってしまうのではないかと思われたビビコフは、突如スズメバチのように獰猛《どうもう》かつ几帳面《きちようめん》になり、病人のわずかに青く浮き出ている静脈に注意深く針を刺した。薬が効き、病人のまぶたが震えだし、湿り気を帯びてきた。

「よお、どうしたんだ？」

ビビコフを上から見おろしているのは、一分の隙もないスーツを着た肩幅の広い男で、鋼鉄のように冷ややかな目をしているため、深くきつくねじこんだけれどネジ山がいかれてしまった木ネジを思わせた。スーツと、頭蓋骨をびっしりおおっている丸刈りの髪から判断すると、男はカザン駅のプラットホームで国会議員たちの警護をしていたボディガードのひとりだろう。

「ああ、酔っぱらいが乗ってたってことか」男は、足を動かしはじめたゴーシャを、間違った方法でねじこんだ木ネジのような目で見ると、そう結論づけた。

「狭心症から移行した心筋梗塞で、原因はたぶん糖尿病でしょう」ビビコフ老人はしゃがれ声で言い、苦労して体をまっすぐに伸ばした。「どうかご心配なく。私は優秀な診断専門医です」

「あんたが医者の免状をもらったのは大昔だろ」男は何か口のなかでころがしながら、穏やかに言った。「心配するな、三時間もしたらもうイルクーツクだ。着いたら病人を診てもらって、しらふにしてもらおう。必要となったら調書を作ることになる……」

「終点まで行くわけにはいきません、上官殿！」老人は声がかすれてきて、どことなく収容所ふうに、犬のように、大柄なボディガードを下から見あげている。「私は発作を止めることはできません！」

「面倒を起こすんじゃない！」男は厳しい口調になった。「イルクーツクまでおとなしくすわってろ。みんな、あんたにそうお願いしてる。この超特急の試運転に目を光らせているのがいったいだれだか、あんたには想像もつかないだろ。わかったな？　そういうことだ」これだけ言うと、男はくるりとうしろを向き、偉そうな歩き方で議員たちのいる車両のほうに歩いていった。

「そっちじゃ、スターリン同志と電話でもつながってるって言うんですか?!!」老人は、屈強なボディガードの背中に向かって吐き捨てるように言い、使い捨ての注射器を握りしめ節くれだった拳固を振った。

　返事をするかわりに、ボディガードは振り向きもせず、いかつい肩を片方ちょっと動かしただけだった。ドアがばたんと閉まった。消え入りそうな斑点のような顔をしたジャーナリストたちは黙ってビビコフ老人を見つめていたが、老人の禿げた頭にはまるで今生えたばかりのような透明なうぶ毛が怒りであちこち逆立っている。車内のあらゆるものが揺れ、ダーシャの背後にある丸窓では、猛スピードのために荒れ狂ったシミのようなものがガラスに貼りついてぶるぶる震えては後ろに流れていく。そのときビビコフが、半ば死にかけたような顔をあげ、稲妻のように電気がぼうっと光っている天井に向かって、心をかきむしるような甲高い声で叫んだ。押すとぴいぴいいうゴム人形のような声だった。

「奇跡を！　神よ、どうか奇跡を！」

　急激な動き。前に投げだされそうになる。表示パネルには、しぶしぶといった感じで「時速六五〇キロ」の数字が現れ、その後すぐに「六〇〇」と続いた。

　列車がブレーキをかけているのだ。強く激しくブレーキをかけているのだった。まるで沈んでいくかのよう、石でできた潜水艦が分厚い地殻に突入するかのようだ。何トンもの重圧のある軋みで耳が詰まりそうだ。ジャーナリストたちは互いにつかまりあい、散乱しているものにつまずきながら、自分たちの席に戻っていく。ダーシャは、泣いたり吠えるような声を出したりしながら、床にずり落ちそうになっているずっしり重たいゴーシャにベルトを締めてやっている。ゴルベフが、なかなか退却しようとしないビビコフを席にひっぱっていこうとすると、ビビコフは大きく口を開けて人工入れ歯をおぼつかない両手ではめていた。

　もしも、当のゴルベフでも構わないが、だれかが小型飛行機に乗って、列車がブレーキをかける様子を高みから観察できたとしたら、だんだん近づいて大きくなってくる機関車「ロシア号」が、水の中にいきなり突っこまれもやもやしたガスを出している燃えさしのように見えるはずだが、その行く手に、飛行機のタービンの残骸を頭に載せたまま錆びついている短い車両の列車が「ロシア号」の真正面で向きあって止っているのに気づいただろう。その列車は生命のかけらもなければ何の音も発しておらず、ただ左側のタービンに巣をかけたらしいはしこい小鳥たちがぴいぴい鳴いているだけだった。いったいどうしてここに止まっているのかわからないが、この列車のほうが、鏡に向かっていくようにそちらに近づいていく「ロシア号」よりもよほど現実味があった。なにしろ

「ロシア号」は、温められた空気の蜃気楼《しんきろう》で幾層にも重なって見えるし、シューシュー音をたて、粒状の表皮を燃えるように熱くしているのだ。このマンモス列車は、すんでのところで青虫のごとく弓なりに体をしならせそうになりながらスピードの余波を抑え、恐ろしい鼻先に台所の食器に残ったカスのようなものを貼りつけて、まさしく双子の列車のへこんだ鼻に突っこもうとしていた。ふたつの奇跡＝プロジェクトを分けた「時間」は、最後のぎりぎりのところでぎゅうっと圧縮され、空気でできた頼りなげな積層レンズのせいで反り返り、そしてゆっくりと消えていった。燃えたぎっていた「ロシア号」は、大惨事の四十センチ手前で止まった。

すぐさま――機関士が命じたからなのか、ひとりでになのかわからないが――焦げた「お焼き《レピヨーシカ》」のように熱くて分厚い扉が跳ねあがった。ゴルベフは、歯を剝きだしプラスチックの皮肉な笑いを浮かべているビビコフの肩に触れてから、足を引きずって外の様子を見にいった。明るく晴れた外の世界から、針葉樹に浸され樹脂の香りがする生き生きとした空気や鳥たちのさえずりがどっと押し寄せた。車両から飛びおりるにはけっこう高い。足元では、おびただしい陽光がそのまま凍りついたかのように青く輝いている砂利が氷の斑点におおわれている――たぶん、光を眩《まぶ》しく感じるゴルベフの目のなかでその斑点が戯れているのだろう。

ゴルベフは目をしばたかせ、まわりを見まわした。ちょうど正面に岩山がそびえ、岩の積み重なりが複雑な層をなして、塩を振りかけたようにきらきら光っている。もくもくとまるで大砲を撃った後にあがる煙のような積雲のあいまに、ところどころ穴のあいた帽子さながら松林が濃く茂って揺れている。岩山の向こうには、生命力あふれる銀の帯を真ん中で締めた湖の姿が見える。

「ウラルだ」ゴルベフの後ろでだれかがうっとりしたように言った。

ゴルベフは頷き、飛びおりて白っぽい石の埃《ほこり》をあげた。熱を帯びた「ロシア号」の車両づたいに、上等なグレイのスーツを着た背の低い男が、靴の先を砂糖のような砂利にざくざく食いこませながら急いで歩いてきたが、その丸顔には汗が噴きだし、疑い深そうな表情が浮かんでいる。

「医者が乗ってるのはこの車両か？」その男が上を向いて大きな声で聞いた。

　目を細めたビビコフが、腕を取られ連れてこられた。

「医療ヘリコプターとつながっています、話してください！」男が、一本ヒゲの生えたような無線機を太い腕に取りあげて叫んだ。

　ビビコフは黒い箱形のものをひっつかみ、片方の苔むした耳を、鉛筆のようにまっすぐな人差し指で塞ぐと、ゴルベフに背を向けてカアカア言いはじめたが、何を言っているのか聞き取れなかった。ゴルベフは深い溜め息をついた。彼は、列車の行く手に、急停止した原因となった錆だらけの残骸があるのにまだ気づいていなかったが、すばしこいジャーナリストたちはもう全力をあげて取材したり写真を撮ったりしていた。ヘリコプターのプロペラ音がそこら一帯に響きわたり、濃い青色の空でしだいに大きくなっていく。

オリガ・スラヴニコワ Ольга Славникова
　一九五七年スヴェルドロフスク（現在のエカテリンブルグ）生まれ。
　文芸評論家として活躍していたが、『犬の大きさになったトンボ』（一九九六）、『鏡の中でひとり』（一九九九）、『不死の人』（二〇〇一）などの長編を発表してしだいに作家として認められるようになり、『二〇一七』（二〇〇六）でロシア・ブッカー賞を受賞した。『二〇一七』は、ロシア革命百周年にあたる二〇一七年を舞台にし

Photo by NumaNuma

た近未来小説。ウラル地方のフォークロアを下敷きにしたバジョフの創作民話『石の花』をパロディにした部分もあり、宝探しに行く男たちのロマンを描きミステリアスな要素も併せ持つといったジャンル横断的な力作である。

スラヴニコワの作品は考え抜かれた構成と個性的な文体が特徴で、難解な文章とメタファーの頻《ひん》出《しゅつ》により「ナボコフを思わせる」と評されることが多い。そのことは本編「超特急『ロシアの弾丸』」（二〇〇八）からもおわかりいただけるのではなかろうか。「ロシア号」が地層の中でうごめく陸生オウムガイに喩《たと》えられ、謎《なぞ》めいた老人が案山子になぞらえられ、ゴーシャの二重顎がハリネズミに比されるといった強烈なメタファーもさることながら、コンピュータグラフィクスのようなタバコの煙、体温計のような冷たい指、スズメバチのような注射などというディテールをあらわす比喩も物語の生地に織りこまれ、鮮やかなイメージを喚起している。

しかし、何といっても最も重要なメタファーは、「ロシア号」「ロシアの弾丸」と呼ばれる超特急がロシアそのものを暗示していることだろう。どこに向かっているのかも、一瞬先に何が起きるのかもわからないまま疾走しつづける列車が、奇跡をあてにして闇雲《やみくも》に先へ進もうとする国に重ねあわせられている。

ロザンナ

エドワルド・リモーノフ
沼野充義 訳

〔物語〕主人公のエドワルド（愛称エージチカ）は、ソ連の詩人。亡命してニューヨークにやってきたが、美しい最愛の妻エレーナに逃げられ、生活保護を受けながら安ホテルの一室でわびしい一人暮らしを続けている。

ロザンナはぼくがファックした最初のアメリカ人の女だった。嘘《うそ》みたいな話だけど、ファックしたのはちょうど一九七六年七月四日、つまりアメリカ建国二百年祭の日だ。諸君、この象徴的な事件を記憶にとどめてくれたまえ。それから、肝心のロザンナの話に移ることにしよう。ことの発端はまたしても友達のキリル。ひとえにキリルだ。彼はぼくやアレクサンドルの通訳をすることに、うんざりしていた。ぼくたちは『ヴィレッジ・ヴォイス』の編集部に行く必要があった。そこに『ニューヨーク・タイムズ』編集長あての公開状を持ち込むことにしたのだ。その手紙は、ぼくたちが『ニューヨーク・タイムズ』に抗議して行なったにもかかわらず、黙殺されてしまったデモ行進について書いたものだった。キリルは言った。

「おれは行けないから、自分たちだけで行ってくれよ。お前たちだけで行ったって、いいじゃないか」

「いいか、キリル」と、ぼくが言う。「重大でデリケートな問題なんだ。ぼくたちの野蛮な英語じゃ、自分たちだけで行くなんて馬鹿げてる。何もかもぶちこわしてしまうだろう」

「でも、おれは行けないんだ」と、キリル。「忙しくてね。他の誰かを連れて行けよ」

「誰がいる？」

「まあ例えば、ロザンナとか。覚えてるだろ、ロシア・ギャラリーの展覧会で見かけた女。あれがロザンナだって、教えてやったじゃないか。三十過ぎの、ちょっといかれた女だがね」

「わかったよ」と、ぼく。「じゃあ彼女に電話して、いっしょに『ヴィレッジ・ヴォイス』に行ってくれるよう頼んでくれないか」

「そうはいかない」と、キリル。「おれは彼女が恐いんだ。どうもおれをファックしたがってるようなんでね。自分で電話してくれよ、電話番号を教えるから」

「いいだろう、教えてくれ」

　電話が通じたのは、翌日のことだ。すぐその日の晩に家に来るように言ってくれた。ロザンナのところには、彼女の友達で失業中の歴史教師だという男と、その妻が来ていた。ぼくは意気揚々とそこにはいって行った。どんな形でもいいから、ぼくは人間関係を必要としていた。どんな関係でも嬉《うれ》しかったのだ。ロザンナが住んでいたのは――そして、今でも住んでいるのだが――ビルのてっぺんに作られたすばらしい屋上住宅《ペントハウス》だった。長い廊下と居間《リヴィング》の窓はすべて、ハドソン川に面している。居間の反対側には、テラスへの出口がある。テラスと言っても実際は、屋根の上の大きな区画を柵で囲んだものだけれど。その上さらに、寝室と書斎がついている。また隣には、一回り小さいアパートが別にあって、これもロザンナのものだという。それを彼女は人に貸していた。家じゅう風通しがよくて、まるで帆船のようだ。明るくて、白くて、中を風がそよぎ、窓の外にはハドソン川が見え、本当に帆船のような感じがする。このアパートでは息をするのも楽で、気持ちがいい。ここには重苦しいものはあまりないが、一つだけあるとすれば、それはロザンナ自身だった。

　その一日か二日後くらいに、ぼくはもう一度ロザンナと会い、彼女が自分流に書き直した手紙を持っていっしょに『ヴィレッジ・ヴォイス』に行ったのだった。ロザンナはぼくたちのあまりに左翼的な政治上の言い回しを取り払って、手紙をアメリカっぽいものにしてくれた。ぼくとアレクサンドルは、この修正に同意した。

ぼくはその時すでに、ロザンナが苛々《いらいら》していることに気づいていた。仕事をし、タイプを打ち、ものを考えなければならないことに、苛立っているといった様子なのだ。でも、彼女はまだ、自分を抑えていた。手紙はまったく短いもので、全部で一ページにも満たなかったが、ロザンナはひどく頭を悩ませた。一方ぼくはそんな姿の後ろで、彼女の書斎に積み上げられた本の山をじっと眺めていたというわけだ。そのくせ、後になって手紙をタイプし終えたとき、ロザンナはとても自慢たらしい態度をとった。彼女の微笑みにはちょっと白痴《はくち》的《てき》なところがあって（本当ですよ、皆さん）、微笑むと顔が歪《ゆが》んで見えた。ロザンナの顔立ちは確かに整ったものだったが、こんな風に顔を歪めたとき、心に、その精神に欠陥があることが暴かれるのだった。ロザンナの顔を観察していて、ぼくは不意に思い当たった。「これは『シザ』だ」

この言葉の歴史は古く、頭のおかしかったぼくの二番目の妻アンナや、ハリコフ「ウクライナの都市」での作家や画家とのボヘミアン生活や、異常なことや病的な状態に熱中していた時期にまでさかのぼる。

ぼくは狂気を崇拝する雰囲気のなかで育った。「シザ」とか「シズ」というのは「精神分裂症患者《シゾフレニク》」を縮めたもので、変人のことをぼくたちはそう呼んだものだった。これは褒《ほ》め言葉《ことば》であり、人間に対する最高の評価と見なされた。変になることが奨励されていたのだ。人のことを正常だと言えば、侮辱になった。ぼくたちは「正常」な人々の群からはっきり一線を画していた。この超現実的な狂気の崇拝はいったいどこから、ロシアの田舎の青年男女のもとにやって来たのだろうか。もちろん、芸術を通じてだ。過去に精神病院にはいった体験のない者は、立派な人間とは見なされなかった。過去の――しかもほとんど子供の頃の――自殺未遂。この資格証明書を持って、たとえばぼくは、この仲間に加わったのだ。最高の推薦状だった。

　ぼくの友人の多くは――ハリコフでの友人も、後のモスクワ時代の友人も――ソ連で「グループ年金」と呼ばれる年金をもらっていた。第一グループは、最高の栄誉であると見なされた。第一グループの「シザ」は、これ以上行けないという連中だ。この遊びのために行き過ぎてしまった者も多い。それほど危険な遊びだったのだ。詩人のアルカジー・ベセージンは自殺した。痛ましく、おぞましい死に方だった。詩人のヴィトチェンコは首をつった。しかし、ぼくたちは自分のことを誇りに思っていたのだ。町全体で、ぼくたちのような者は、何百人もいた。ぼくたちは普通の人々とは、何の関係もなかった。退屈、倦怠《けんたい》、そして結局のところはわびしい死。普通のロシア人からは、そういった匂いが漂ってきたものだ。そしていまや、同じ匂いがアメリカ人から漂ってくる。

　ロザンナも自分の同類だということが、ぼくにはわかった。とは言うものの、同類でありながら、同類でない面もあった。彼女は第一グループにぴったり当てはまりそうな人間だったが、何やら異様な側面を持っていたのだ。ユダヤの血筋。両親はヒトラーのドイツを逃れて来た。少女時代はピアニストになることを夢見て、十一歳から十三歳にかけてプロとして演奏した。しかし、アメリカの田舎で暮らし、アメリカのハイスクールに通ううちに（ハイスクールではユダヤ人だということで時々殴られた。最後に殴られたのは、十八歳の時だった）、芸術の修行に嫌気がさしたのだという。芸術家になるための修行は、このアメリカ生活には複雑すぎたのだ。彼女はピアノからも、バイオリン奏者だった母からも離れていった（ついでながら母だけでなく、祖母もバイオリニストだった）。こうして、ロザンナの人生はすっかり変わってしまった。自分のヨーロッパ式の教養を恥ずかしがるようになり、ピアノを弾くことをやめ、別の道を歩み始めた。その結果、ロシア語とロシア文学を専攻し、ニューヨーク市のある区のカレッジで教えながら、ベトナム反戦運動に積極的に参加する、ということになった。それから、ある事件が起こったせいで、ロザンナは第一グループの「シザ」になってしまった。つまり、失業したのだ。

「あたしはほとんどロシア人みたいなものよ」と、彼女は時々言うことがある。でもロシア人がシザる場合、その原因は何だって構わないが、失業のためにシザるようなことだけはないだろう。そうぼくは考える。ところが、ロザンナはシザってしまった。ほとんど二年もの間、鬱《うつ》状態が続いたという。いまでも、気分が浮き沈みを繰り返しているような状態だ。不当にも自分を解雇した（そう自分で言っているわけだが）人物を告発しようと思ったが、『ニューヨーク・タイムズ』はその人物に関する彼女の論文を掲載することを拒否した。そこで、ロザンナはますますひどくシザってしまったのだ。こと『ニューヨーク・タイムズ』に関する限り、ぼくとロザンナは一つの心で結ばれていた。

「あたしは学生に、とても人気があったのよ」と言っては、彼女は溜め息をつく。そうだったのかも知れない。でも、いまは失業中の教師だ。どうやらこの何年もの間、ロザンナの豪華な住まいの代金の一部は親が払ってきたらしい。父親は既製服の卸し売りを商売にしていた。しかし、自分の父親のことを彼女は金持ちとは思っていない。金持ちなのは叔父と叔母だが、彼らと会うとロザンナはいつも口喧嘩《くちげんか》をするのだった。叔父と叔母はきっぱりと言ったものだ。あんたの両親は生き方ってものを知らないねえ。

ロザンナ……いつだったか、アレン・ギンズバーグあての手紙をチェックしてくれと頼んだことがある。そう、ぼくは手紙を英語で書いたのだが、それはもちろんひどい間違いだらけのしろものだった。友達を見つけよう、文学的環境を見つけようという、いま一度の試み。ぼくはロシアの詩人と会ってくれるよう、アメリカの詩人に頼んだ。そして、『われら民族の英雄』という、英訳されたぼくの作品を送った。ところが、今日にいたるまで返事はない。こんなやつはクソ食らえだ。いま一つの可能性が駄目になった、せいぜいそれだけのことじゃないか。結局、ローザン「ロザンナの英語読み」のほうが正しかったということだ。詩人であろうと、自分の国の人間のことは、ぼくよりよく知っているのだから。彼女はぼくの手紙を読み終えたとたんに、こきおろし始めた。「この手紙の書き方って、自分の問題を相手に押しつけようとしているみたいね」またしても自分の問題か。いつだって連中はひどく他人の問題を恐がっている。アレン・ギンズバーグも恐がっている。そういう彼らがここでは——自分の国アメリカでは——強い人々なのだ。他人の問題がないからと言って、自分の幸せが増えるというわけでもないだろうに……。

ぼくはそれでも手紙の間違いを直してくれと、ロザンナに頼んだ。彼女は直し始めたが、タイプライターに向かっているうちに、突然大変な剣幕で怒り始めた。

「こんなことで、まるまる一晩無駄にするなんて、まっぴらよ。あたしは一日じゅう書いていたんですからね。働いていたのよ」と、ロザンナは息まいた。

そこで、ぼくも堪《こら》えきれなくなった。「もうきみには決して、何にも頼まないよ」と彼女に言い、心の中ではこんな風に罵った。「不愉快な気ちがい女め。おれがどんなにお前を手伝ってやったか忘れたのか。ほら、お前が論文のテーマにしてる哲学者で法学者のBの件だ。あいつの書いたうんざりするようなしろものを、幾晩もぶっつづけでウクライナ語からロシア語に訳してやっただろう。一つ一つの言葉について三回も四回も噛んで含めるように説明を繰り返し、そのうえ十八ページも残った部分は、おれが家で翻訳して、タイプしてやったじゃないか。恩知らずの売女《ばいた》、いつだって自分の利益しか考えないあさましい女め」そう考えながら、ぼくは彼女の背を眺めていた。もっとも、こんな騒動が起きたのは、ぼくがすでにロザンナをファックした後のことだったけれど。

七月四日はぼくたちが『ヴィレッジ・ヴォイス』に遠征してから、ちょうど一週間後だった。その頃ぼくは毎晩のようにロザンナのアパートに通って、口頭でBをロシア語に翻訳してやっていた。それを彼女がすぐに英語に訳すという手順だ。抗鬱剤のようなものを服用していたため、ロザンナは始終眠気を覚え、時には実際に眠りこんでしまうこともあった。

共同の翻訳を始めた最初の晩からもう、ぼくたちの接近が始まった。それはまず、ソファーにいっしょに坐ることから始まり、それから体に触れたり撫《な》でたりすることに移り、最後には抱きあうにまで至った。ロザンナは、ぼくたちがどんな関係を持つべきか議論するのが好きだった。いっしょに寝るべきかどうか、とか。

「あたしたち、友達のままでいたほうがいいんじゃないかしら」と、身を振りほどきながら言ったものだ。

「いいかい」と、ぼくが言う。「起こるべきことは、起こればいい。あれこれ考えて、問題を複雑にする必要はないさ」

ロザンナの誕生日は、七月五日だった。いや、ひょっとすると七月三日だったかも知れない。ともかく、彼女は七月四日にパーティを開くことにした。

「人をうちに呼ぶのはずいぶん久しぶりよ。でも、あたしはお金がないの。貧乏人ですからね。飲むものを持ってくるように、みんなに言わなくちゃ。みんなのためにワインやウォッカなんか、買ってられないわよ。友達の一人が、串焼き《シャシリク》用の肉を持ってきてくれるって」

七月三日に、ぼくはロザンナと買い物に出かけた。彼女が身にまとっていたのは、エプロンとも、袖無し《サラファン》服ともつかないものだった。アメリカの女たちが近所に買い物に行くとき、いつも着ているような服だ。とても暑い晴れた日だった。酒屋でぼくたちはワインを買い、それからぼく一人の金でウォッカを一本買い足した。白い服を着ていたせいで、ぼくは店員にロシアの船乗りだと思われた。アメリカ建国二百年祭を祝うために帆船がたくさんニューヨークにやって来て、ハドソン川に停泊していたから、そのうちの一隻の乗組員だろう、というわけだ。それから、ロザンナは果物を選んでもらった。選んでくれたのは、長年の知り合いのラテンアメリカ人だ。彼女は親しげにその男と悪口をかわし合った。どうやら、喫煙《きつえん》が話題になっていたようだ。二人ともいっしょに禁煙したとか、あるいは男のほうが我慢できなくなってまた吸い始めたとか、それとも吸い始めたのは彼女のほうだとか、ともかくその手の話だった。

突然、ニューヨークのこの一角が気持ちよく感じられた。日の光を一杯に浴びて、目の前を流れてゆくブロードウェイ。果物屋はちょうどブロードウェイにあった。何年も、何十年も前から店員と客が互いを知っている小さな世界。ぼくにはこういった世界が気持ちのいいものに思われると同時に、ロザンナのことが少し羨《うらや》ましくなった。それから、ぼくたちはぶらぶらと帰途についた。彼女は隣人たちと挨拶《あいさつ》をかわす。ぼくは気持ちがよかった。自分がこんなにも健康で、日に焼けて、シャツをはだけ、剝《は》げかかったエナメル細工のほどこされた銀の十字架を胸に、明るい緑の目をしていると思うと、気持ちよかったのだ。そして心の内でぼくは、ローザンがいっしょに街を歩く身内としてぼくをこの世界に導き入れてくれたことに対して、感謝していた。ぼくはブロードウェイのちょうどこの場所でさえ、以前に何度も通ったことがあるけれど、この通りがこれほど身近な自分のもののように感じられたことは、一度もなかった。というのも、この日、ぼくはブロードウェイの単なる通行人ではなかったからだ。

その同じ日にぼくは、ロザンナのテラスをきれいに掃除してやったのだが、それはとても大変な仕事だった。合成繊維でできた芝のカーペットには、風に運ばれた砂埃《すなぼこり》がたくさん積もっていたからだ。それから、串焼き《シャシリク》用の肉を切り分けてマリネードにつけこみ、窓を拭いた。彼女のアパートを出たのは、夜遅くなってからだ。

ぼくはロザンナに感謝していた。そして、ロザンナはぼくに。ぼくたちは白痴的な色の電球をペントハウスじゅうの窓につるし、その後でウイスキーを飲み、もう少しでファックし合いそうなところまで行った。ぼくが思いとどまったのは、ほんの悪戯心《いたずらごころ》からだ。彼女をファックするのはちょうど七月四日にしようと、決心したのだ。ぼくは象徴的な意味が欲しくなったのだった。ロザンナはかわいそうに、とてもしたがっていて、ぼくが撫《な》でて抱き締めてやるとあわれっぽい呻《うめ》き声《ごえ》を上げた。これは後でロザンナが自分でも告白したことだが、彼女は唇にキスをされてもほとんど何も感じないのに、触られることに対しては過剰なくらい敏感だった。この点に関して、ぼくたちは似ていた。ぼくの場合も、唇は体のうちで一番鈍感な部分なのだ。その晩はロザンナにはつらいことになってしまったが、ぼくは我慢して、どうにか別れの挨拶をした。そして、メイク・ラヴは明日、七月四日にしようと挑発的に言って、立ち去った。彼女は笑うだけだった。

　あの七月四日に起こったことなんて、オマエノカアチャンマンコサレタだ！　集合は午後一時ということになっていたが、ぼくはもうアメリカの流儀がわかっていたので、二時頃行くことにした。赤いバラを十本買って持ってゆくと、ロザンナは本当に心から喜んでくれた。もうすでに人は非常にたくさん来ていて、その中にはロシア人も何人か混じっていた。読者はもうご存じの、物書き兼教師。ぼくをトロツキストの女キャロルに引き合わせてくれた男だ。その妻のマーシャ。写真家セーヴァ夫妻。セーヴァはもう一年か一年半くらい、クストーという有名なフランス人のダイバーのところで働いていた。この日彼はカメラを持ってきて、三脚を使って窓の真下を通る船を撮影していた。ソ連の「クルゼンシュテルン丸」が公式的には一番大きかった。現代最大の帆船というわけだ。「おれたちのが一番大きいんだってね！」ぼくは笑いながらそう言って、物書き兼教師をつついた。

　人だかりの中を一回りし、大急ぎでワインをグラスで何杯か飲みほしてから、ぼくはカールというひげ面の男と串焼き肉《シャシリク》を作り始めた。カールは蓋《ふた》をした鍋に自分の肉を入れて持ってきていた。植物油のマリネードにつけこんだ、ギリシャ風に調味したシャシリク用の肉だ。カールは大変な勢いで仕事を進めた。トマトと玉ねぎを切り、それを全部金串に突き刺したのだ。この男はロシア語の単語をいくつか知っていた。
人間というものは他人が働いているのを見るのが、ことのほか好きだ。すぐさま、ジャマイカから来た黒人の女の子が、にこにこしながら近寄ってきた。この子の父親は郷里で牧師をしているという。彼女は英語がとてもうまかった。アメリカ人よりも、よっぽどうまいくらいだ。物見高い人たちや、目の前をちらちら動き回る人たちがたくさんいた。そうして、ぼくはカールといっしょに腰をおろし、あらかじめ芯を抜いておいたピーマンを切っていたのだ。と、そのとき、ショート・パンツをはいたおそろしく背の高い太った男が現れた。彼をぼくの前に連れてきたのは、ロザンナだった。

「この人は、あなたが住んでるホテルの支配人さんよ」と、彼女が言った。

男は笑い出し、ぼくも笑い出した。しかし、ぼくはロザンナがこの男について以前話していたことを心の中で思い出し、こう考えた。「おれの住んでる陰気なホテル・ウィンスロウの他に、この男はマンハッタンに四十五もビルを持っている。百万長者なんてもんじゃない。もっとすごい金持ちだ。おれの住んでるホテル、つまりこれも彼の持ち物だが、その二階にこの男は弁護士事務所を開いている。ところが、弁護士の仕事などまるっきりしていないという話だ。事務所なんてこの男には、クソほども必要じゃないんだ……」

ショート・パンツの男は人だかりの中に消えた。「象」――心の中でぼくはあだなをつけ、こう考えた。いまおれが住んでいるホテルで、同じ百三十ドルの月額で、この男がほんの少しでも大きい部屋におれを入れてくれたらなあ。いま入れられているあの独房のような部屋より、ほんの少しでも広い部屋だったら、生きるのも楽になるだろう。しかし、どうして彼がおれのためにそんなことをしなければいけないんだ――と、ぼくは結論を下した。おれなんか、この男にとって何者でもないじゃないか。

ローザンに言わせると、象は一時彼女と寝たがっていたのだという。もっとも、彼女は誰のことでもそんな風に言う癖がある。『ヴィレッジ・ヴォイス』編集部で仕事に打ちひしがれていたチャールズについてでさえ、ロザンナはそう言った。チャールズというのは、ロシアのオペレッタか何かの登場人物よろしくルバシカを着こんだ小男だ。知り合いの男たちについて、こんなことばかり言っているのは、あまり正常ではない。ひょっとすると、ロザンナにそんな気がしただけのことかも知れない。それとも象が寝たがっていただけではなくて、彼女は実際に象のやつと寝たのかも知れない。いずれにせよ、どうでもいいことだ。ぼくはローザンを愛していないのだから、そんなことはどうだっていい。

ぼくはローザンを愛していない。首をもたげた彼女のヒステリックな身構えを何回か目撃しただけで――あれは追い詰められたネズミの目つきだ――ぼくはたちまち悟ってしまったのだ。ぼくは彼女を愛していない、なぜなら彼女はぼくを愛していないから。いや、ロザンナはそもそも誰も愛していないのだ……ぼくにははっきりわかっていた。男でも女でも構わない、ただ愛してくれる人間がぼくには必要なのだ。ぼくは以前よりは分別のある、正常な人間になっていたので、その頃までにもうはっきりわかっていたことがある。それは、ぼくの人生が常に愛の探求だったということだ。その探求は無意識的だったこともあれば、意識的なこともあったけれど。

ぼくも一度は愛を見つけたことがある。その名はエレーナ。ところが彼女は持ち前の荒々しい破壊への意思によって――だから彼女には罪がないとも言えるし、あるとも言える――ぼくが作ったものをすべて破壊してしまったのだ。それだけがエレーナのすべきことだった――破壊することだけが。彼女は決して何も作らなかった。ただひたすら破壊するだけだった。いまエレーナは破壊すべき対象が他になくなってしまったので、自分自身を破壊している。一方、ぼくはいまになって、またもや愛を捜しているのだ。なんて奇妙なことだろうか。しかし、ぼくにはいま一度愛を試みるだけの力が残っているのかも知れない。

ふと気が付くとぼくはいつの間にか、そんな興味を持って、パーティに集まった男女の群を視線で探っていた。ちょっと不思議な感覚だった。ぼくはローザンの柔らかい――柔らか過ぎるほどの――ビニール張りのソファーに腰を下ろし、ローザンの観葉植物に取り囲まれ、ローザンの客たちと会話しながら、同時に自分のことを考え、自分のための人間を捜している。でも、人間はいなかった。

いたのは、すっかりひからびたアメリカのインテリ女たちだ。こういう女たちのことは、何もかも見え見えだった。ぼくは彼女らに興味がなかったし、彼女らもぼくに興味がなかった。笑うと大きな顔の黄色い皮膚が張り詰める、あの頭のおかしいローザンのほうがずっとましなくらいだ。ローザンは少なくとも、人間に興味を持っていた。愛はなかったけれど、興味はあったのだ。彼女は自分の回りにでき損いをたくさん集めていて、その一人がぼくだった。ぼくは空想にのぼせあがったりしていない。もちろん、ぼくはでき損いだ。齢三十ほどのひからびたアメリカのご婦人がたは、ぼく向きではなかった。そんなことは彼女らにもよくわかっていたはずだ。こんな女たちとファックしても退屈なだけだったろうと思う。彼女らは幻想を抱かず、もはやこの人生に何も期待せず、自分の面白くない道をきっぱりと、そっけない様子で進んでいた。でも、どこへ？　どこにも。その道はもちろん死に通じているだけのこと。人がみな向かうところだ。その道中に時々、インテリらしい会話――と言うか、アメリカ流のインテリらしい会話――をさしはさみながら。彼女らのうちせめて一人の目にでも抗議《プロテスト》が読み取れたら――抗議と苦悩が読み取れたら、ぼくはその女に歩み寄ったことだろう。しかし、そういったことはまったくなかった。

アメリカの男たち――少なくとも三世代くらい前からの栄養の良さが現れている、たくましく頑丈そうな男たち――に対しても、興味が持てなかった。そんなわけでぼくは退屈し、ロシア人たちと冗談を二つ三つ飛ばしあってから、席をはずしてテラスに、つまり大空の下に出た。そして、カールとともに、串焼き肉《シャシリク》のバーベキューに取りかかった。その時ついでにウォッカの瓶を持って出た。こういった瓶を一本、手元に置いておくのがぼくは好きだ。ありがたいことに人がたくさんいたので、こんな混雑のなかではさすがのロザンナも、うんざりするようなドイツ＝ユダヤ＝アメリカ流の秩序を持ち込むわけにはいかなかった。つまり、ウォッカを「ちゃんとした」分量ずつ注いで、瓶をまるごとつかむような真似を人にさせない、といった秩序のことだ。その秩序のせいで、ぼくはいつも腹を立て、不愉快な思いをさせられていた。

　ぼくはシャシリクの鍋の陰に瓶を置き、バーベキューの仕事を続けながら、カール夫婦や、テーブルに近寄ってくるその他の人たちと言葉を交わしていた。その間にも、気が向いたときには好きなだけウォッカをひっかけた。シャシリクは焼き上がり次第、皆に配られたが、ぼくはもちろんコックとして、その前に味見をしていた。そうして、肉を食べては例のウォッカを流し込んでいると、突然……

　突然、ロザンナがぼくのところに女を連れてきたのだ。どうか頭に入れておいてほしいのだが、ぼくがその女を見たのはその時が最初にして最後だった。彼女は……その女は中国人だった。後でわかったことだが、父親が中国人で、母親はロシア人だったのだ。彼女の顔色はなみはずれて明るく、後になってつくづく眺めたときも、ぼくの目に飛び込んできたのは、その顔の色だけだった。美人だ。中国の古典文学の書き方にならって、決まり文句を少しも恐れずに言えば――というのも、ぼくは少なからず中国の古典を翻訳で読破していたからだが――「彼女は蓮《はす》の花のようだった」。唇に柔らかい東洋的な微笑みを浮かべた、快活で可愛らしい女。全世界に向かって、そしてぼくに対しても開かれた女だった。「あたしの親友なの」と、ロザンナが言った。「以前のルームメイトよ」

ルームメイトの微笑みを目にしたとたんに、ぼくは彼女を抱き締めたくなった。キスをして、手を触れ、体をこすり合わせたくなった。要するに、いきなりその場で彼女と寝て愛撫してやりたくなったのだ。そして実際にそういったことを、ぼくはほぼ一時間後にやったのだった。ぼくはいつでも、ひたむきな反応をしてしまう。そのせいで損をすることもしょっちゅうだ。こんな風になったのは、ニューヨーク滞在中もう二度目のことだった。最初は、マルゴという大変美しい女優と会ったときのこと。パーティの席上で、しかも夫の目の前で（そう言えば、偶然の一致だが、夫は中国人だった）、ぼくはいきなり彼女にキスをし、抱き締め、もう少しで彼女と寝そうになったのだ。彼女はぼくを茫然とさせるようなものを身につけていた。羽飾りのついた帽子だ。帽子にはいつも参ってしまう。ぼくはマルゴに、ロシア語以外のどんな言葉にもない、荒々しい愛称語や指小語を囁きかけた。彼女はきまり悪がり、微笑みを浮かべて、顔をそむけ、途方にくれてこう言った——「スキャンダルよ、こんなことをして」。そのくせ、内心では喜んでいることがありありとわかった。マルゴには見えていたのだ——彼女のせいでぼくの何が興奮していたのか。ぼくはペニスを勃起させただけの平凡な女たらし《ファッカー》のようには、まったく見えなかったはずだ……。

その時は、妻のエレーナともう一人誰かがぼくをむりやり引き離した。エレーナは当時互いの自由な生活を認めるという取り決めをぼくと結んでいたのだが、ぼくの振る舞いを見て喜ぶどころの話ではなかった。もっともエレーナは、ぼくが下品に振る舞ったのが気にいらなかっただけだと説明した。エレーナといえば、もちろん、上品さの極致だった。しかし、羽飾りのついた帽子をかぶり、蜜色《みついろ》の目をした妙《たえ》なる生き物がぼくの気にいったからと言って、そしてぼくがそれを態度に示したからと言って、どうして下品だということになるのだろうか。

魅力的な中国女は、稲妻のような作用を及ぼした。その晩から翌朝に至るまで、その先のぼくの行動はすべて非合理的で、もっぱら潜在意識に従ったものだった。しかし自分自身に関してぼくが行なった数々の研究が示しているように、ぼくの潜在意識は意識と同一行動をとるのである。ロザンナは他の人たちに紹介するため中国女を目の前から連れ去ったが、いまやぼくには何をすべきかわかっていた。しかし、まず始めたのは酒を飲むことだった。もちろん、恐ろしい興奮のあまりのことだ。「彼女がここにいる！　彼女が来たんだ！　捜していた女がついに見つかったんだ！」そして、あっという間に膨大な量のウォッカを飲んでしまった。二本目のウォッカを持ってきて、それに取りかかったところまでは覚えている。その先は全部、人に聞かせてもらったことだ。話してくれたのはローザンと、写真家のセーヴァ。彼らの話を伝えるのは後回しにして、ともかくあの夜は——あの時ぼくが中にはまりこんだ夜は——突然断ち切られ、気がつくとぼくはびしょ濡れになって、ローザンの寝室のベッドに坐っていた。

「何時？」と、ぼくは聞いた。

「夜中」と、ロザンナ。

「みんなはどこ？」と、ぼく。

「みんなとっくに帰ったわよ。あんたはあんまり酔っぱらって、何にも覚えていないのね。シャワーを浴びせてあげたのよ、カールが酔いをさましてやろうって。あんたがシャワーを浴びたのは、そう、三時頃だったかしら。でも無駄だった。よくもそんなに酔っぱらえたもんね?!　とっても恥ずかしかったわ。泣いちゃったくらい。そりゃ確かに、あの黒人、ほら、お守りとかネックレスを作ってるあの黒人だって酔ったわよ。それから、あんたの友達の作家も。あの男とマーシャの二人もひどく酔っぱらっていた。あたしたちがあんたをバスルームに引きずって行こうとしたら、マーシャなんてわめき出したくらいよ。『この人に手を出さないで！　この人は偉大な詩人なんだから！　あんたたちみんなが寄ってたかっても、彼の爪の垢にも値しないわ。この人をそっとしておいてちょうだい！　彼は自分に必要なことをしているだけよ。この人を放しなさい、人でなし！』

だなんて……酔っぱらいの気ちがい女ね、まったく」と、ロザンナは意地悪く話を終えた。

　ぼくはほくそ笑んだ。マーシャはぼくの同類だった。モスクワの芸術的ボヘミアンに囲まれて、その最良の伝統のなかで育った女だ。さすがに、何をわめいたらいいかわかっている。マーシャは洗礼を受けてキリスト教徒に改宗したウズベク人だった。ここニューヨークでは熱心に教会に通い、聖歌隊で歌っていたが、モスクワの自由なボヘミアンの最良の伝統は心の中にしっかりと根を下ろしていた。彼女は知っていたのだ。もしも友達がどこかに引きずられていきそうになったら、自分が酔っぱらっていようといまいと、その友達を救い出さなければならない。たとえ金切り声を張り上げてでも。マーシャは次々とモスクワの二人の有名人、彫刻家のエラスト・プロヴォズヴェスヌイと詩人のゲンリフ・サプギールの愛人になったが、それももっともなことだ。この二人はともに、酔ってスキャンダルを引き起こし、殴り合いにまで及ぶことで有名だった。あの世界――ニューヨークにやって来る前はぼくも属していたあの世界――では、それが当り前だった。あそこではこんなことは、恥とは見なされなかったのだ。誰だってくつろぐ権利を持っていた。もしもくつろぐことができて、くつろぎたいと思ったならば。

　今日は七月四日だということを、ぼくは思い出した。今日はローザンをファックしなければならない。頭が痛んだ。こんなに何時間も自分の時間がどこに消えてしまったのか、おぼろげながらわかってきた。こうしてきれいさっぱり消えてしまった時間の跡には、暗い穴のようなものさえ残ってはいない。しかし、ぼくはあれこれ推理することを打ち切った。ロザンナをファックしなければ。そうしなければ、ぼくは自分に対する誇りを失ってしまうだろう。この失われた時間に自分が何をしていたかは、後からでも復元を試みることができるだろう。いまはともかく、自分にした約束を果たさなければならない。

「寝よう」と、ぼくは言った。「きみとやりたい」

これは嘘だった。確かに、それ以前にもそれ以後にも、彼女をファックしたいと思うことは時々あったけれど、この時だけは違った。ぼくは疲れ果て酔っぱらっていて、まるっきりやりたくなかったのだ。それでもぼくは、むりやりそんな状態から自分を引きずり出し、彼女の体に専念し、取り組んだのだった。

　ロザンナの元気のない、何の役にも立たない抵抗を抑えつけて、ぼくは丁寧に服を脱がせ、キスとペッティングを始めた。ぼくはいつも通り、これまで女たちにしてきたのと同じように振る舞った。彼女の体をさすり、愛撫し、乳房にキスをした。立派な乳房だったことは、きちんと認めてやらないといけない。美しく、小ぶりだが、年を感じさせないほど悠然と胸に載っていた。なにしろ、この新しい女友達は三十過ぎなのだ。それなのに、とてもきれいな乳房をしていた……どうです、ぼくは彼女が所有しているものを勝手に剝ぎ取ったりはしないのだ。こうしてすべての手順をきちんと踏んでから、ぼくはロザンナの体の上にまたがった。片足を上げてやり、もう一方の足も上げ、それから体を重ねた。ぼくは女の頸筋や顎や胸を手で撫でるのが大好きだ。今回もそれを全部試みたが、ロザンナの体ではこういった前戯はかすかに疲れの色を見せるものになった。彼女の体は秋だった。そう、秋。

　暴飲の後でペニスはあまり言うことをきかず、立つかと思えば立たず、傾いたり、倒れたりしていたが、ぼくはそのペニスをつかむと、ロザンナのプッシーに押し当てた。ここでぼくはもう一度、きちんと認めなければならないことがある。彼女のプッシーは素晴らしかったということだ。甘く、みずみずしく、熟したプッシー。どうです、この形容の数々は。彼女のプッシーの上でペニスをあちこち動かすと、プッシーは接触のためにますます熱くなり、ぼくのペニスもぼく自身も、そうして熱くなったプッシーが気にいった。そして、ぼくは柔らかく、流れるような、みずみずしい所にペニスを突き刺した。ペニスはその神秘的な場所に押し入った。苦い経験からさんざん学んできたとはいえ、ぼくはやっぱりその場所を神秘的だと思う。

くっつきあった運河の入口をペニスで興奮させ、押し開きながら、ぼくはしばらくの間ロザンナをファックした。そうしていると気持ちがよかった。しかし、ぼくのペニスは、無意識のうちに過ごしたと思われる六、七時間のせいで、依然として力がみなぎってこなかった。ぼくの哀れな花よりも、想像力や頭のほうが、はるかによく働いていたのだ。

ぼくがしばらくファックしているうちに、ロザンナは行ってしまった。だが、ぼくは本当の興奮さえ感じなかった。一方、プッシーがどうなっていたかと言えば、それは全面的に粘液におおわれ、柔らかく、ぼくのペニスを吸い込んでいたのだ。プッシーはローザンのようにヒステリックではなかった。プッシーは腹を立てたり、叫んだりしなかった。三十三、四歳の女のプッシー。いいプッシー。穏やかに教え諭し、心に安らぎを与えてくれる——そんな感じのプッシーだ。「あたしたちはみんなしぬのよ。ここにきて。ここはあたたかくてしめっている。ここだけよ。にんげんがほんとうのじぶんのばしょにいるってかんじられるのは」こんな風に彼女《プッシー》は言っていた。そしてぼくも彼女に同感だった——こんなにも柔らかく、むっちりとして、か弱い彼女に。ただ、まずいのは、ローザン本人の言うことだった。英語だったらよかったのだろうが、ローザンはロシア語を話したのだ。そのロシア語には何度もソ連を旅行した経験や、ロシア人の恋人などの影響がまぎれもなく感じられた。

「まだ行っちゃだめよ」と彼女はファックしながら、そしてファックのリズムのために少し喘ぐように言った。「神経質になり過ぎて、慌ててるのよ。そんなに慌てないで、慌てないで、ダーリン！」

ぼくはロザンナをぶん殴ってやりたいところだった。でもそうしたところで彼女は、何のために殴られたのかわからなかっただろう。彼女の英語なまりのロシア語がどんなにひどい影響をぼくに与えているか、説明のしようがなかった。そのロシア語を聞いていると、ぼくは自分がベッドにいるのではなくて、亡命ロシア新聞のみすぼらしくもおぞましい編集室にいるような気分にさせられたのだ。壁は穴だらけ、埃が積もり、ごみが散らかり、悪臭が漂う――そんな部屋にいるような感じを、どうして説明できただろうか。「トゥイ・コンチール」[*1]――「行っちゃったのね」とロザンナはロシア語のアクセントを間違えて言い、最後のかん高い母音の「イー」とともに目に見えない氷のような手がぼくのペニスを締めつけ、ペニスはうなだれ、萎れてゆく。そう、ぼくの情熱的な花が哀れにも萎れてゆくのだ、かつてのぼくの誇り、そしてしばしば災いのもととなったこの花が。いや、ぼくはできない、何にもできない、まったくできないんだ……それに、やりたくない……

　でも仕方ない。ぼくはむりやり自分をいきり立たせた。必要なときにはそうすることもできるのだ。ロザンナが呻き、泣き叫ぶところを聞きたくなった。無用の長物をロザンナの体から抜くと、ぼくは下に這《は》い降り、彼女の両足を左右に開き、いまやなくてはならないものとなった自分の舌を突き出した。そして、その舌をまず自分の唇に這わせて、唇をなめ回し、それから彼女の陰唇に這わせた。ああ、ロザンナの肉体はその喜びを確かに受け止めた。彼女の肉体はぴくっと震えたかと思うと、そのまま動かなくなってしまったのだ。それからぼくは、まず最初にプッシーのすべての曲がり角と袋小路を点検した。それはどうしても必要なことだった。ぼくは自分の仕事をよくわきまえていた。まず、どこに何があるか点検しておく必要がある。それから初めて、行動に取りかかれるのだ。

　ぼくは点検した。点検しながら、ゆっくりと進んでいった。ぼくはプッシーの匂いと味が好きだ。プッシーには嫌悪感など抱かない。彼女《プッシー》には愛情を持っている。しかしロザンナ本人に対しては、愛情はなかった。ロザンナのプッシーを喜ばせながら、ぼくはロザンナを拒否していたのだ。胎内へと通じる柔らかな通路の中に自分の舌を夢中になって熱く入れながら、そして、自分とは別の動物がそっとすすり泣くのを喜んで聞きながら（ぼくはそれが好きだ）、ぼくは考えていた――どこかがまるっきり間違っている。

　ぼくはロザンナとでは幸せになれなかった。でも、幸せであることが習慣になってしまったので――というのも、この四年の間、ぼくは妻のエレーナといっしょにいて幸せそのものだったから――ぼくはつい習慣で幸せを捜してしまい、世の中の人々の大部分が幸福を知らないままで生きていることを、忘れてしまうのだ。いや、忘れてしまうのは、それだけではない。男と女が互いに娼婦と客の関係を結んでいることも、すべてが退屈で耐え難いということも忘れ、ひょっとしたら――恐ろしいことに――自分がもうこのままエレーナの再来を見つけられないかも知れない、ということも考えなくなってしまうのだ。エレーナの再来――とはいっても、彼女と瓜二つの女を見つけようとしているわけではない。ぼくが求めているのは、再び幸せになることだ。

　もっとも、舌を使ってロザンナをファックしていたとき、ぼくはこんなことはまったく考えずに、当然しかるべき振る舞いをしていただけだ。つまり、自分のすべき仕事に没頭し、彼女のプッシーに没頭したのだ。ぼくの口と鼻、そして顔の半分がねばねばする粘液におおわれていた。この粘液こそは、滑りをよくして、男のペニスが入るようにするために分泌される女の成分だ。人間はそんな風に自然に作られている。ロザンナのプッシーの回り、その周辺の柔らかく絹のような秘所のすべてを撫でながら、同時にぼくは舌で通路を刺激し続けて強い感覚を与え、そうして甘い喜びの雰囲気をいっそう強いものにした。

　さあ、みんな聞いてくれ。ロザンナは行ってしまった。その時彼女があげた呻き声や喘ぎは、あ

＊1　正しくは「トゥイ・コーンチル」となるべきところ。ロシア語ではアクセントのある母音を長く発音するのだが、外国人はしばしばアクセントの位置をまちがえる。

まり表情の豊かなものではなかったけれど、ぼくをある程度満足させた。でもどうだ、愛していない女をファックするのと、愛している女をファックするのでは、何という大きな違いだろうか！天と地だ。確かに、ロザンナのプッシーは素晴らしいものだ。すべて素晴らしい。足だって素晴らしく、ひょっとしたらエレーナの足よりもいいくらいだったし、髪の毛も素晴らしかった。こんな風にロザンナの長所を捜すと、それは確かにあった。しかし、これはどんなに少なく見積っても三十三歳の、ヒステリックでクレージーな女なのだ。しかも、彼女はユダヤ民族の永遠の悲しみの他に、個人的で異常な悲しみを背負っていた。もっとも、だからと言って非難しているわけではない。ぼく自身もたいして正常な人間ではないから。それは認める。しかし、問題はぼくがロザンナを愛していなかったということだ。さあみんな、いったいぼくに何ができたって言うんだ？

　結局のところ、愛のためにぼくは堕落してしまったのだ。愛なんて、性的倒錯の一種ではないだろうか。そう思わないか？　これは珍しい異常で、ことによったら、医学の教科書でサディズムとマゾヒズムの前あたりに掲載されるべきものなのかも知れない。こんな倒錯を抱えこんで、ぼくはとても孤独だ。愛の相手《パートナー》を見つけるのはとても難しい。

　ロザンナは行った。それからはぼくはペニスを使って彼女をファックし、それからファックをやめ、それからまたファックした。その夜のすべてからは、肉と肉が絡み合ったという感覚しか残っていない。まあ、人は様々だから、こういうのが好きな人だっているかも知れない。ぼくと知り合う前にも後にも、つきあっている最中でも、ローザンに言い寄る連中は何人もいた。見たところはなかなか立派な男たちばかりだ。きっとぼくは愛のせいで、頭がひどくおかしく《オマンコに》なっていたんだろう。なにしろローザンの取り巻き連のうちぼくがわりとよく知っていた何人かは、実際に彼女の体を求めてしつこくつきまとっていたくらいなのだ。

　とうとうぼくたちは動きを止め、ロザンナの黄色いシーツの上に手足を伸ばし、重苦しく短い朝の眠りに就いた。ところが、ロザンナはいったい何時に目を覚ましたと思う？　どうか当ててみて欲しい！　朝の六時だ。あぜんとするよ。彼女は目を覚まし、なんだか腹を立てた様子でそのまま横になっていたが、やがて起き上がった。

「きのう自分が何をやったか、わかってるの？」と、彼女は聞いた。一方、そんな質問を受けたぼくのもとには、眠りたいという我慢できない程の欲求とともに、なぜかユーモアの感覚がもどってきた。ユーモアと眠気。こんな組み合わせがありうるなんて、夢にも思わなかった。

「何にも覚えていない」とぼくは、赤い花柄の黄色いシーツに身をくるみながら言った。身をくるんだといってもほんのわずかな部分で、実を言うとペニスだけだった。相手がたとえ彼女であっても、ぼくは自分の美しい体を美しいポーズでもう一度見せることにやぶさかではなかった。ぼくは自分の体が好きだ。しかたないじゃないか。

「リーリャに抱きついたこと、覚えてないのね」と、ロザンナは情熱をこめて語った。つまり、あの中国女はリーリャという名前だったのだ。彼女は本当に百合《リリャ》のようだった。

「リーリャに抱きついたって！」と、ぼくはびっくりしたような声で言った。「なんだって、ローザン、それは本当かい？　ああ、なんてことだ、それ程酔っぱらっちまうなんて、どうしてそんなことが！　そういえば、ぼくは前にも時々、ひどく病的なくらい酔っぱらうことがあってね。何度も。一度は、友達のオレーグ・チコヴァニがソ連を出るって言うんで、送別会をやったときのことだ。ぼくはドライ・ワインをグラスに二杯飲んだだけなのに、目が覚めたのはなんと翌朝のことだった。みんなはぼくの体を雪でこすってくれたんだけど、ぼくは正気にもどらなかったというんだ。もう一度は酔っぱらったあげくの果てに、なぜだか親友の奥さんにまとわりついて、スカートの中に手を突っ込んだ」ぼくは偉大な殉教者にして受難者のように、残念そうな口振りで話を続けた。

「そうしてぼくは、親友を永遠に失ってしまった」

この話のうち最初のことは本当だったが、二番目のは半分しか本当ではなかった。確かにぼくは、初対面のあるご婦人のスカートに手を突っ込んだことがある。しかし、このご婦人はことのほか詩人が好きという女性で、その夫は誰が自分の妻のスカートに這い込もうとどうでもいいといった男だった。しかも夫はその場には居合わせなかったのだ。いたのは、ぼくの友達のジーマだった。ジーマというのはなかなか美男子の詩人で、当時彼女の愛人だった。彼はぼくに腹を立てたが、それもそんなに長い間ではない。

「腹を立てないでくれよ、ロザンナ」と、ぼくは熱弁を奮《ふる》った。「これはぼくの不幸、ぼくの病気なんだから。我が家はみんな、アル中だったし」と、悪びれた様子も見せずにぼくは話した。「おじさんは医者だったけれど、電車にひかれて死んだ。こんなことはいままで君に話さなかったさ。そりゃ、恥ずかしいからね。でも、こうなったら話さないわけにはいかない。ぼくは何とか頑張って自制しているけど、これは遺伝病なんだ。時々ぼくは、この病気と戦うことができなくなってしまう」その瞬間の荘重さのあまり、そして自分が打ち明けている秘密めいたものに感動して、ぼくは身をもたげ、ベッドのうえに起き直ったほどだ。ぼくの厚顔無恥な嘘は、ロザンナの心を動かしたようだった。彼女はしげしげとぼくを見詰め、溜め息をついてこう言った。

「そうね、なんだか調子がおかしいとは思ったけれど。でも、あたしはこう思ったの。あんたにはちゃんと意識があって、あたしに構ってもらえないもんだから、復讐しようとしてるんじゃないかって。あんたが苛々してるのはわかってたけど、なにしろパーティでしょ。人が沢山いて、誰かが塩はどこだって聞いたかと思えば、もう一人が胡椒《こしょう》はどこだ、それから別の誰かがまだ何かがないって言う。まったく、そんな人たちのせいで疲れちゃった」

「リーリャは帰るべきだったわ」と、ロザンナは続けた。「あなたがリーリャに抱きつくところ、みんなに見られちゃったのよ。よくないわ、ロシア人ってどうしていつもこんなにひどく酔っぱらうのかしら。パーティには面白い人が来てたのよ。ほら、あの詩人のジョージ。みんなで詩をちょっと読むつもりだった。後であなたも読んでくれるだろうって思ってたのに。でも、あなたのお友達はどうして酔っぱらったの？」と、彼女は言った。「あなたたちロシア人って、どうしていつも酔っぱらってばかりいるの？　マーシャも酔っぱらったし。部屋の片隅にはロシアの詩人が酔っぱらって寝っころがり、別の隅にはロシアの小説家が酔っぱらっているなんて」

「もう言ったろう、なんでぼくが酔っぱらったのか」と、ぼくは悲しげに言った。「こんなことはめったにない。すごく苛々したときだけだ。落ち着いた状態では、すべて正常なんだけど。自分の病気と戦えなくなることが、よくあるんだ」と、ぼくは話を締めくくり、いかめしく従順な顔色をした。そして、「許してくれ、ローザン」と付け加えた。

その後で写真家のセーヴァが素面《しらふ》のときに話してくれたところによれば、その中国女は実際ぞっとする《チンポコにビンビンくる》ほどの美人で、ぼくの目に狂いはなかったということだ。セーヴァ自身も妻を連れていたのに、何とか彼女に迫ってみるつもりだったという。ところが、彼がいざそうしようと思ったときには、もうぼくが彼女と寝ている姿が見えたのだった。そう、ぼくは横になり、彼女にキスし、抱き締め、何かを語りかけ、みんなの目の前でほとんどセックスをしたも同然だったのだ。

「で、彼女の反応はどうだった？」と、ぼくはセーヴァに聞いた。

「彼女は横になっていた。もちろん恥ずかしかったに違いない、回りには人が沢山いるんだから。でも、喜んでいたことも確かだね。くすくす笑っていたよ。彼女を追い出したのはローザンだ。ローザンは憎らしさのあまり、泣いていたほどさ。あんなガールフレンドがいるときは、招待しないことだな」と、セーヴァは哲学めいた結論を出した。

セーヴァが一部始終を話してくれたのは、後になってからのことだ。しかし、自分がリーリャに何をしたか、ぼくにはもうその朝、はっきりとわかっていた。自分のことはよく知っていたのだ。

「そうね、確かにあなたは苛々してたわ。あたしに構ってもらえなかったから」と、ローザンは自分を納得させようとした。一方ぼくのほうは、うつらうつらし始め、いまにも甘い眠りに引き込まれそうになった。でも、眠ることができたなんて思ったら、大間違いだ。少しも寝させてもらえなかった。秩序に対する愛はロザンナがドイツから持ち出してきたものだが、その愛ゆえに彼女は部屋を掃除する気になったのだ。ぼくが家にいる以上は、ぼくを使わなければならない。後でぼくは驚かされたものだが、彼女の人使いの荒さはたいしたものだった。彼女にかかるとぼくだけでなく、どうやら、誰でもうまく使われてしまうようだ。たとえセックスのあとでも、夜中の二時のことであっても、ぼくが立ち去るとき、彼女は必ず忘れずにゴミ袋を手渡したものだった。帰りがけにそれをダスト・シュートに放りこんでおけ、というわけだ。体を日に焼くつもりで彼女の屋上住宅《ペントハウス》に行っても、彼女は必ずぼくのための仕事を考えついた。やれ、花の植え替えを手伝えだの、それと同じくらい急を要する何か別の仕事ができただの……。

その朝も、ロザンナはぼくを寝させてくれなかった。ベッドに横になり、眠り、目を覚まし、また愛し合う（とにもかくにも、ぼくたちはその前の晩、恋人どうしになったのだから）――というわけには行かなかったのだ。そのかわり、ぼくは疲労のあまりふらふらしながら、そしていまにもくっつきそうな瞼《まぶた》をほとんど手で押さえるようにしながら、居間に這《は》って行く羽目になった。それからぼくたちは眠たそうな蝿《はえ》のように、ベランダで朝食をとった。ロザンナが腹を立て苛々した蝿だとすれば、ぼくは他人の意思に服従する不幸な蝿だ。

朝食はすべてが少量ずつだったが、きちんと食器に盛り付けられていた。皿なんかなくってもいいから、もうちょっと沢山食べたいものだ。ロザンナは何やらぶつぶつ言い、いまにも泣き出しそうな様子だった。そして、電話と食卓の間を往復しては、何度も長電話をし、きのう自分のところでパーティをやったこと、そしてロシア人がひどく酔っぱらったことを忘れずに電話の相手に伝えるのだった。

ぼくは大瓶からワインを飲んでいた。太陽に照らされて、頭が割れるように痛い。テーブルには鮮やかな赤色のトマトが切り分けられて載り、かすかに風が吹いている。いい気分になり幸せを感ずるためには絶好の条件が揃っているように思えた——ただし、それもロザンナさえいなければ、の話だ。ぼくはワインを飲んだ。みんなが持ってきたワインは山のような量になり、一か月分くらいの貯えが残ったほどだった。なにしろ彼女はワインを持ってくるようにみんなに言ったので、一人残らず律義に持ってきたのだ。

ぼくは一ガロン入りの瓶から、カリフォルニア産白ワイン《シャブリ》をグラスに三杯飲んだ。ひどいしろもの《クソ》だ。はっきり言って、ぼくはボジョレーのほうが好きだ。ローザンのところにいいワインが六、七本残っているのを、ぼくは見ていた。いいワインを飲むこともできるというのに、どうしてひどいしろもの《クソ》を飲む必要があるんだ。しかし、ロザンナはいいワインを出そうとは言ってくれなかったし、ぼくも苛々した彼女を相手にワインの話を始めるのは、気が進まなかった。だいたいそんな話をしても、わかってもらえなかっただろう。その後もロザンナはいつも悪いワインをぼくに出した。すぐそばに、フランスやスペインのいいワインがあったというのに。

もっとも、それは家計の面から見れば、だいたいにおいて正しかったとは言える。悪いワインだって、無駄にはできないというわけ。ロザンナはいつもこう聞いたものだ。「どう、そのワイン、悪いかしら？」しかし、彼女は自分に打ち克《か》つことができず、いつも千篇一律に悪いワインを出すのだった。かわいそうなロザンナ、ぼくのせいでひどい心の苦しみを味わったことだろう。時々ぼくは怒鳴りつけてやりたくなった。「悪いとも！　悪くてクソみたいなワインだ！　あのスペインのを出してくれてもいいじゃないか、ロザンナ！　おれはワインのことはよく知っているんだ。ロザンナ、なんだっていいワインを出し惜しみするんだよ。どっちみち、自分で買っているわけじゃないだろう。みんなが持ってきてくれたもんじゃないか。だから、それを出してくれ。グラスなんかじゃなく、瓶をまるごと持ってこい！」

もっとも、彼女にはそんなことを決して言わなかった。ぼくの両親は——特におやじのほうは共産党員で軍政治委員、内務省の秘密警察《チエーカー》部隊で働いていたという古つわものだったが——ぼくをまだしつけられるうちは、こんな風にしつけようとしたものだ。

「エージチカ、面と向かって人の弱点をあげつらうんじゃないよ。かわいそうに思ってあげなきゃ。人を傷つけるようなことを言うもんじゃない。弱点を持っている人は、それだけでもう傷ついてるんだから」

ぼくはロザンナに悪意を抱いてはいなかった。まあ、ぼくの基準で判断して、彼女がケチだったとしても、それが彼女の罪だろうか。ロザンナが生まれたこの世界では、子供をのんきな遊び人や浪費家には育てないものなのだ。ロシア人やグルジア人といったぼくたち野蛮人に相応しいもの、つまりおおげさな身振りや、これ見よがしの行動や、けたはずれの気前よさなど——あるジョークによれば、グルジア人は、ドアマンの手元にまるでチップを置くような調子で外套《がいとう》を残し、「釣りはいらんよ」と言うかわりに「外套はいらんよ！」と言うのである——こんな習慣は、ドイツからやって来たユダヤ人一家の娘にはほとんど必要ないものではないか。

「他人の国に来た以上は、我慢するんだ。ここじゃ、習慣が違うんだから」とぼくはわびしく自分に言い聞かせ、一口飲むごとにグラスのワインが減っていく様子を眺めていた。ありがたいことに、ロザンナが電話とテーブルの間を往復している間に、ぼくはさらに二回、グラスのワインを空にすることができた。うまい具合に、一ガロン入りの大瓶ではそれはほとんど目につかなかった。

「ロザンナにはわかってるんだろうか。おれがこんな風に、こんなに意外な側面から彼女を見ることができるってことが」と、ぼくは考えた。「そんなことは見越していてもよさそうなもんだ。ロシアに行ったことだってあるんだから」
いやはや、些細なことかも知れない。しかし、こういったことから、ぼくにとってのロザンナ像ができあがるのだ。ぼくは人々に対して、本当に開けっ広げだった。どんな言葉にも、ぼくは路上で足を止めたものだ。ぼくは愛を捜し、愛を望んでいた。自分から人に愛を与えることもできた。ただし、こんな状態では駄目だ。ロザンナの欠点があれこれ目についてしまって、些細な不満をもう振り捨てることができない。ファックしていたときでさえ、ぼくはこの些細なことを忘れられず、ロザンナの甘いプッシーをロザンナの貪欲《どんよく》さと切り離すことができなかった。もっとも、彼女が、「貪欲」だというのは、ぼくの目にはそう見えるというだけのこと。読者の皆さんには、これはごく普通のことかも知れない。

ぼくはロザンナに自分の要求を押しつけたりしなかった。でも、いいワインがあって、ぼくたちが恋人どうしだとしたら、どうしてそのワインを出そうとしないのか、そこがぼくにはどうしても理解できなかった。ぼく自身は何も惜しまなかった。なにしろ、ロシアにいた頃は、貧乏人のくせに、客を呼んでは酒盛りを盛大にやったものだ。たとえば誕生日を祝うために、ぼくは友達と市場《バザール》に出かけて何十キロも肉を買い、四十人も客を呼び、ロシア流の計算で一人一人にきちんと行き渡るだけの酒を買った。つまり、男にはウォッカ一本、女にはワイン一瓶という計算である。ぼくはすべての金を——それこそ最後の一コペイカまで——使い果たし、その上、時には借金をすることさえあった。銀行には預金などまったくなかったけれど、明日がどうなるかなど、ほとんど気にならなかった。「一日を与えてくださるのも、食べ物を与えてくださるのも、すべて神様の思し召しだよ」と、ヴェーラおばあちゃんが言ったものだ。

ぼくのところで客は飲み食いし、酔っぱらってホストのぼくと口喧嘩を始めることもよくあった。いまぼくは異国にいて乞食のような身の上、ごみ屑同然の身の上だけれど、それでもぼくのところではいつも誰かが食べている。しかも、ぼく一人が例外的なお人好しというわけではない。エージク・ブルットだって――これはぼくのホテルの隣の部屋に住んでいる男だが――自分にちょっとでも何かがあれば、みんなにご馳走《ちそう》をしてしまうのだ。まず最初にすべきは、人に飲み食いさせてやること。そうして初めて、友達になれる。

だいたいのところ、ぼくは自分が違う世界の住人だということはわかっていたのだが、自分の気持ちをどうすることもできなかった。ぼくは野蛮人の歓待の風習を実行するよう、ロザンナに要求していたのだ。彼女は文明世界の洗練された女性だったというのに。

その日の朝食の後、ぼくはひどくぐったりとして、椅子の上でけだるそうに手足をだらんと伸ばしていた。当然のことだが、昨晩客たちに踏み荒らされて泥だらけになった床を、何とかいう洗剤で洗う気にはなれなかった。ぼくはただ、瞬きもせずにハドソン川を、その水を見つめていたかった。額でそよ風を受けながら、両手をこの明るいアパートのテーブルの上に置いて眠りに就きたかった。そしてロザンナが、以前の若かった頃のエレーナに変わってくれればいいとぼくは願った。

しかし、眠るどころの話ではなかった。この洗練された女性はヒステリーを起こし、その結果陰気な顔で目にほとんど涙を浮かべるようにして、質問を突きつけたのだ。アパートの掃除をするか、それとも家に帰るか。さらに、もしも寝たいならば寝室に行って寝てもいいと付け加えてくれたのだが、その口調たるや、とても寝に行く気分になれるようなものではなかった。ぼくはロザンナと口論をしたくなかったし、その上、自分に罪があることはやはり感じていた。ぼくの建国二百年祭《バイセンテニアル・セレブレーション》での振る舞いには、ロシア流の醜態が少しは含まれていたと、感じていたのだ。それは自分でも認める。罪があるのなら、それは認めよう。しかし、ぼくは不幸なエージチカだ。ぼくの身にもなってくれ。

ぼくはロザンナのために床を洗い、とても素晴らしく世界で一番明るい廊下や、寝室や、その他のすべての部屋に掃除機をかけた。自分の健康を犠牲にして、すべてをやったのだ。生まれてこのかた、自分の体をこれほど痛めつけたことはなかった。最悪の二日酔いだ。もしも、ロザンナがうんざりするほど長たらしい電話をしている間にぼくが飲んだひどい《クソみたいな》ワインがなかったなら、掃除などとても手に負えず、ぼくは倒れていただろう。まるで自分自身の上を飛び回っているような感じだった。ローザンのおかげでぼくは、自分の二日酔いの上に高く舞い上がった。そして突然わかったのは、力の限界を超えたところにも力があるものだということだ。

　しばらくして、近所の人たちがロザンナを訪ねてきた。二階下に住んでいるカップルで、女性のほうはユダヤ人の母とアメリカン・インディアンの父の混血だ。もっとも、インディアンのどんな種族なのかは、わからない。「あの連中の民族病は、ロシア人の場合と同じで、酒を飲み過ぎること！」と、ロザンナはロシア語でぼくに言葉を投げかけた。「彼女のお父さんもアル中なのよ！」

　ぼくの英雄的な行為のあとで、この搾取者は元気づき、満足そうに見えた。ただ、わからなかったことが一つある。どうして彼女は自分では部屋の掃除をしないで、くだらない《オマンコみたいな》長電話をしたり、手に何かを持ってあちこちふらふら歩いたりしていたのだろう。どうして、酒を飲み過ぎて頭がぼうっとなった《チンポコみたいに》この生活保護《ウエルフエア》受給者、エージチカ《チンポコ》が一人で、彼女のアパートを掃除してやらなければいけないのだろうか。そんなことは誰にもわかるものか。ぼくにはいまでも不可解だ。ぼくとロザンナは、知り合ってからまだせいぜい六日くらいの間柄だった。ひょっとすると、彼女はこんな風に思っていたのかも知れない――ぼくは彼女に対して罪がある。だから労働義務の遂行によって、罪ほろぼしをしなければならないのだ、と。でも、どんな罪があるというのだろうか？　ぼくはロザンナに愛してると言ったことすらないのだ。心にもないそんな言葉を無理に絞り出すことはできなかった。

　ぼくたちはバルコニーに坐っていた。いや、バルコニーではなくて、ロザンナの屋上住宅《ペントハウス》のテラスに坐っていたということだ。彼女はソーセージを食べるかと階下からの訪問客に尋ね、同じことをぼくにも聞いた。ぼくは言った。うん、食べるよ。「何本？」と彼女が聞く。「二本？　三本？」彼女は「四本か、五本か」とは言わなかった。ぼくは三本と答えた。一本も食べないと言うこともできたはずなのだが、人間は弱いものだ。ぼくは腹がすいていて、こらえ切れず、三本と言ってしまったのだ。「彼って、すごい大食漢でしょ！」と、ロザンナはお客さんたちに冗談めかして言った。この一件の後で誇り高く病的なまでに自尊心に満ちたエージチカは、ロザンナのところでは客が集まったときしか食事をしなくなってしまった。ぼくとロザンナと二人だけのとき、ぼくは食べるのを辞退するようになった。ぼくは彼女のせいで決まりが悪かったし、彼女を気まずい状況に追い込みたくもなかったのだ。その上、ロザンナの出す食事ではぼくは腹が一杯にならなかった。しかし、ソーセージの二本や三本くらいでは足りないと言うわけにもいかなかった。これはロザンナの基準ではどうやら大食らいの極致だったらしいのだが、ぼくにとってこの程度の量では食べ物とも言えないくらいなのだ。そんなわけでぼくはロザンナのところでは食事をすることを止め、彼女もそれ以上ぼくに勧めなくなった。

　ロザンナに関するこういった観察はすべて、ぼくには極めて興味深いものだ。彼女のおかげで、西側の女性の性格を――あまり鮮明に表れてはいないにせよ、そのいくつかの特徴を――知ることができたのだ。特別に彼女を研究したというわけではない。最初のうちぼくは、自分に何らかの譲歩をすることによって、ロザンナのことを少しでも好きになることだってできるだろうと考えていた。ぼくはその目的のため、彼女は不幸なのだと想像し、同情することにした。しかし、彼女の不幸に関する幻想は頭の中で長続きしなかった。ロザンナは確かに「シザ」だった。しかし、それは口やかましく、世知辛《せちがら》い「シザ」だったのだ。

　その日、太陽が沈もうとするころ、ロザンナは遊びにきたカップルに、英訳された『われら民族の英雄』というぼくの本を読んで聞かせた。幸いその原稿は短い断片からなっていて、一息で読むこともできるくらいのものだった。その本はロザンナのところには前からあったが、朗読するときに彼女が示した面白そうな顔から判断すると、それを読むのはどうやらこれが初めてだったらしい。ぼくは聞きながら、皮肉そうな何食わぬ顔をしていたが、内心では非常に怒っていた。「どうしてこんなに無関心でいられるんだろう」と、ぼくは考えた。なにしろ、彼女はおれに興味を持っていたはずじゃないか。一日に二度も三度も電話をしてきたことだってあるじゃないか。そうして自分の家に呼んで、結局はファックし、もっとファックしたがっていたが、やがておれにその必要がないのがはっきりして、こちらのほうから止めてしまったわけだ。それなのに、この女は、おれの本を読むだけの時間さえ作らなかった。ここにすべてがある。この点に、この女の謎を心安らかに解くことのできる鍵がある。ロザンナがおれを必要としたのは、この世界の他の男たちと同様に、おれが彼女の役に立つ限りにおいてだったのだ。自分の時間からほんの一部でさえも、ロザンナはおれのために割くことができなかった。おれの本を読むのに必要な、三、四十分でさえも。いま自分をファックしているこのロシア人が（あるいは日本人や、中国人や、インド人が）何を書いているのか、本当に興味を感じないのだろうか。

　いや、彼女は少しも興味を感じなかったのだ。人は誰しも、自分が愛されたいと願うものだ。ベンチで夜を明かす浮浪者から、莫大な財産の持ち主にいたるまで、誰でもだ。誰も自分から人を愛したいなどとは思わない。もっとも、確かにぼくの内にはある女への何の役にも立たない愛がある。それは、ぼくを必要としない女、エレーナへの愛だ。しかし、正直に言えば、ぼくも時には自分に対して疑いを持つことがある。もしもぼくが今、乞食同然の生活保護《ウエルフェア》受給者でなく――たとえば明日、女でも男でもいいから金持ちの恋人が降って湧いたように現れて、突然ぼくを愛してくれるようになったら――どうだろう。そんな風に愛と富を新たに手に入れたとき、ひょっとするとぼくはエレーナのことを忘れてしまうのではないか。すぐにではないにしても、ことによったら徐々に忘れてゆくのではないだろうか。皆さん、どうだろう？　しかし、自分の疑惑が根拠のあるものかどうか確かめる機会はなかったし、これからもないだろう。運命が与えてくれるのは、ただ一つの解決だけだ。

　ロザンナは時々、かなり優しくなることがあった。ドレスか何かを試着しながら、鏡で自分の姿を眺めるときなどは、いつでも優しかった。そういうとき、しかめ面はなかったのだ。それ以外のときはほとんどいつも、彼女の顔は神経質なしかめ面を見せ、痙攣《チック》のような症状を示していた。そんなとき、彼女はまったく醜く見えたものだ。すでに言った通り、ぼくはロザンナの居間で、長いガラス壁のそばのテーブルに向かって坐るのが好きだった。廊下と居間の窓はすべて、ハドソン川に面している。ぼくはそうして坐りながら、じっと黙っているのが好きだった。あたりは暗くなってきて、そよ風が顔に吹きつける。川向こうのニュー・ジャージーで町の灯が点り、あまりの孤独さに心は奇妙な感じを覚える。もっとも、ときおりローザンは、ぼくたちはとてもいい友達だとか、ぼくたちが友達であるのはとてもいいことだとか言ってみたり、あるいは、どうしてぼくが時々彼女の友達であることを忘れるのかと不平をこぼしたりしたものだけれど。しかし、ぼくは彼女の言うことなどにはほとんど耳を傾けず、水を眺め、風と親密な関係を保ち続けた。

　七月四日から、十日も過ぎた頃だろうか、ぼくは再びロザンナをファックした。今度はもっとうまく行ったが、それと同時に、自分が彼女の期待に答えていないのではないか、しかるべくファックしていないのではないか、などと気がねしながらやっているような面もあった。言わば、勤めの義務を果たすようなものだ。ファックした後も、ぼくは当然ロザンナのベッドに横たわっていた。一方、彼女のほうは抗鬱剤などの薬のせいで眠そうだったが、それでも寝返りを打ってばかりいた。

　不意にぼくは、スラヴァ・デヴィドの話を思い出した。燃えるように激しいセックスの後で、あるニューヨークの女の子はヒステリーの発作を起こし、彼を追い出してしまったという。それというのも、この女の子は男と同じベッドで眠ることができないからだった。そんなことには慣れていなかったのだ。セックスはセックスとしても、眠りは衛生的で、深く、安らかなものでなければならないというわけである。

　この話を思い出し、個人の自由を尊重しなければと思って——なんといっても、ソ連にいるわけではなかったのだから——ぼくは、眠りにつこうとしてごそごそやっているローザンに、一人になりたくないかと聞いた。もう遅いけれど、ぼくのことだったら構わない、家に帰るから、と言ってみた。もっとも、ぼくが密かに思っていたのは、ここで朝を迎えるのは避けたいということだった。午前六時にロザンナが跳び起きることも、ヒステリックな朝の雰囲気も、もうこりごりだ。

　しかし、このときロザンナは状況に見合ったしかるべき態度を取った。確かに彼女は誰かと一つのベッドで眠ることには慣れていなかった。生まれてこのかた、彼女は一人で眠ってきたのだ。しかし、もう遅かったので、帰るとしたら地下鉄《サブウェイ》を相当長く待つことになりそうだった。だから、泊まっていくように、と彼女は言ってくれた。

　ぼくは心からロザンナが気の毒になった。彼女は一生をこんな風に、切れ切れにファックしながら過ごしてきたのだ。もっとも、ファックするだけならば、相当沢山やってきたのだろうとは思う。しかし、彼女は愛する人と抱き合い、一つの塊となって眠り、夜中に自分の肩に自分とは別の生き物の寝息を感ずるという、あの信じがたいほどの幸せを一度も味わったことがない。ぼくとエレーナはもうセックスをしない関係になってからでさえも、いっしょに眠ったものだ。時にはエレーナが眠りながら、ぼくを抱き締めることがあった。そういうときぼくは、息を殺し、体をぴくりとでも動かすことを恐れ、眠らないで横になっていた。この小さな手が消えないように、どこかに行ってしまわないようにと念じながら。涙が目から流れた。しかし、それは少《チンポコほど》しも弱さゆえのことではなく、愛ゆえのことだったのだ。かわいそうな気ちがい《クレージー》ロザンナ。ぼくは彼女が気の毒になった。

朝がやってきた。曇った日の青白い夜明けが寝室に忍び込み、気がつくとぼくはロザンナをひざまずかせて、後ろからファックしているところだった。彼女の尻を締めつけながら、ぼくは思った。「やれやれ、なんて退屈なんだ。こんな風に愛なしでやるなんて。退屈な朝、灰色の夜明け。何もかも、まったく面白くないな」そして、ペニスもなえてしまった。

ロザンナのところに集まっていたのは、欠陥人間ばかりだった。いつかなどは、不治の性病にかかった男が来たことがある。その性病はしばらく消えては、また現れるということを繰り返していた。そんなケースは聞いたことがなかったけれど、ぼくの目の前に坐っていたのは、その生きた見本だった。そして、ロザンナはまるで優秀な観光ガイドのように、その性病のことを詳しく話してくれたし、彼が妻に愛想をつかされてしまったことも教えてくれた。ぼくは自分の身の上がかんばしくないことは百も承知だが、それにもかかわらず皮肉の精神がぼくの中に非常に深く根を下ろしていたので、新しい仲間の姿に見とれながら、心の中で哄笑したものだった。その男は音楽批評家で、金髪ののっぽ、おぞましい病気を抱えている。一方、ぼくは愛という病気を抱え、ロザンナもまた自分の病気に苦しんでいる。こうして病人が三人揃って映画を見にでかけ、それからレストランに行った。ぼくは腹がへっていたのだが、食事は遠慮して、ロゼ・ワインをグラスで一杯飲んだだけだった。「性病男」が金を払い、ぼくは彼にお礼を言うはめになった。「どうも」と、ぼくは彼に言った。ぼくには金がなかったのだから、仕方ない。「お礼を言いなさいよ」と、ロザンナが言った。で、ぼくはお礼を言ったというわけ。

ぼくはロザンナをまるっきり必要としていない、という結論に次第に達して行った。それでも彼女との関係を維持していたのは、せめてそんな風にしてアメリカ生活に関わりを持ち、少しでも人に会うためでしかなかったが、そう考えると気が楽になった。ぼくがロザンナに悪い態度を取ったなどというのは、本当ではない。ぼくの態度はよかったはずだ。ただあの日の朝だけは、ぼくも若くて無邪気な女の子が欲しいと思った。こんな風にすっかりできあがってしまった怪物ではなく、美しく感動的な女の子が欲しいと思ったのだ。でも、人生はそんな女の子を提供してはくれなかった。ぼくのために、世界への出口となってくれたのは、せいぜい二、三人だけだった。そういった女や男を見つけるためには（前に言ったことだが、ぼくにはもう、男でも女でもどちらでもよかった）、どこかで出会わなければならない。

でも、どこで？　友人だったグリゲルマン夫妻がぼくに背を向けたのは、どうやらぼくがエレーナを絞め殺そうとしたせいらしい。こんな人間は何をしでかすかわからないぞ。そんな風に彼らは思ったのだろう。春にぼくはタチヤーナに、そう、五回くらいも電話をかけた。彼女に会いたかったのだが、電話をするたびに彼女は、何らかの口実をつけてぼくの訪問を延期させるので、彼女のところには入り込めないことを、結局思い知らされてしまった。そもそも、何のために入り込む必要があっただろう！　ぼくは口下手で、会話で誰かを魅了するなどという芸当はできなかったから、連中のパーティなんかに行っても仕方なかった。生活保護を受ける身のぼくに必要だったのは、ぼくと同じような人たちと付き合うことであって、芸術家の集まりにのこのこ顔を出すことではなかった。グリゲルマン家の居間を自分の体で満たすことも、アヴェドンやダリにまとわりつくことも、ぼくには必要なかったのだ。そんなわけで、ぼくは連中に電話することをやめてしまった。

他の友人たちも、ぼくがエレーナを絞め殺そうとしたせいで、ぼくのことをあまりよく思っていなかったようだ。野蛮人でろくでなしのエージチカは、本当にこの世界にとってはまったく屑のような人間だということが判明した。そんなわけで、ぼくは自分に相応しい友達と知り合う場所もなく、自分が属すべき環境を失って喘いでいた。ロザンナと手を切らなかったのは、そのせいでもあった。ぼくもまた自分の資質に応じて、それなりに打算的に生きていたのだ。

いま「生きていた」と言ったが、これは「生きている」と言い換えても同じことだ。この時期はまだ終わってはいない。ぼくは現在もその中、その時期のさなかにいる。わが人生のこの時期の特徴となっているのは、ある新しい無意識的な癖、あるまったく無意識的な口癖である。自分の部屋にいるときでも、夜中に通りを歩いているときでも、ぼくはふと気が付くとしばしばおなじ一つの文句を憎々しげに繰り返しているのだった。時には声に出し、時には心の中で、あるいは囁き声で。「お前たちみんな、どこかに消え失せろ《キンタマに行ってしまえ》！」なかなかいい響きだろう？「お前たちみんな、どこかに消え失せろ《キンタマに行ってしまえ》！」こいつは結構。たいへん結構。これは全世界に向かって言っているのだ。君たちがぼくの立場だったら何て言うだろうか。さあ？

自分が幸せだったとき、ぼくは世界にこれほど沢山の不幸な人たちがいることに、ほとんど気づかなかった。いまや膨大な数の不幸な人たちが、不意に姿を現したのだ。いつだったか、ぼくはローザンといっしょに、他人の猫に餌《えさ》をやるために他人の空っぽなアパートに行ったことがある。「ここに住んでいるのは、あたしの友達でね。夫に捨てられたのよ」と、ロザンナは言った。「夫だったのは、とても成功した金持ちの弁護士。二人はここで十年くらい暮らしていた。結婚したのは、ほとんど子供の頃だったわ。ところが、いまでは夫が逃げてしまって。彼女は二十九歳。自分の最良の歳月を捧げてしまったのね。いまじゃ、それはひどい鬱状態よ」

そのアパートは広く、素晴らしく、とりたてて変わった点もなく、そこにいる唯一の生き物は猫だった。ところが、調度は何やら悪魔的な様相を呈していた。

金のかかった大きなアパートだった。一方、ぼくのすべての不幸の舞台となったレキシントン・アヴェニューのアパートは、貧弱で汚なく小さいものだった。しかし、それにもかかわらず、両者の間には多くの共通点があった。何やら影のようなものがすべての物体を覆い、空中にさえも影が漂っている。そして、悲劇を半ば感じ取る動物がレキシントンのアパートと同様に、ここにもいたのだった。動物はそういった感覚が発達していて、猫や犬の諸君は悪魔の存在を人間よりも敏感に感じ取る。というのも、悪魔もやはり多分に動物的な存在だからである。動物たちは悪魔がいることを見抜き、隅っこに身を潜め、吠え声を上げ、のたうち回る。ぼくの猫も、エレーナも、そんなとき恐ろしい吠え声を上げたものだ。

捨てられた女とは、ローザンのところでたまたま会う機会があった。アパートを訪ね猫に餌をやってから、一月《ひとつき》か、あるいはそれ以上過ぎた頃のことだ。彼女は体重が九十ポンドしかない痩せこけた背の高い女性で、膝小僧が突き出ていた。ちょうど堕胎手術をしたばかりのところで、ロザンナは人の不幸を喜ぶという、女に特有の感情から「ひどい様子ね」と言ったけれど、それはたわごとだ。ぼくには感じのいい女性に思われたのだから。美人だと言ってもいいくらいだ。ぼくの好きなタイプだ。彼女と恋仲になれば、ローザンなどとつきあうよりもよっぽど大きな満足が得られたかも知れない。だが、そんなことは不可能だった。ローザンが決して許してくれないだろう。それでなくとも、ローザンはぼくが来たとたんにフランシスを（フランシスというのが、このかわいそうな女の名前だった）いびり始め、ぼくに向かってロシア語で厚かましく彼女の悪口を言い立てた。ほんとに疲れるわ。フランシスはうちに来てからもう二時間も、自分の不幸のことばかり話してるんだから。夫の形見に子供を生もうと思ったんだけど、後でやっぱり堕ろすことにして、手術をしてきたとか、まあそんな話ばっかり。ぼくはフランシスをじっと見つめた。エレーナとは同じくらいの背の高さだが、もっと痩せている。腕もほっそりしているし、指も細くて長い。髪はほとんどブロンドだが、ちょっと赤みを帯びている。そして、微笑みがとても愛らしかった。ぼくは彼女がひどくかわいそうになった。キスをし、頭を撫で、世話をし、面倒を見てやりたかった。

本当かどうだかわかったものじゃないが、ローザンが後で言ったところによれば、フランシスはそんな不幸にもめげずに、もう金持ちの男を新たに見つけようとしているのだという。また「金持ち」というわけだ。この点を強調したのはローザンであって、ぼくではない。ローザンは自分が打算的でないと思い込み、その点を非常に誇りにしていた。このフランシスがどんな女なのか、本当のところはわかったものではないけれど、少なくともぼくの好きなタイプではあった。ぼくとの間にロマンスがあっても、おかしくはない。ただ考えられるのは、親しくなってみたら、それほど面白い女性ではなくて、ぼくを苛々させるような面が出てくるかも知れないということだ。しかし、ローザンみたいにやることなすことすべて人を苛々させる、とまでは行かないのではないかと思う。

　ローザンは博士論文に取り組んでいた。テーマは、ウクライナの社会学者で法学者のBについてだ。そういった博士論文なんて誰にもこれっぽっちも必要ないとぼくは思っていたし、今でもそう思っている。こんな論文を必要としているのは、それを書いて学位をもらいたがっている人間だけだ。知り合って間もない頃、ぼくは持ち前の無遠慮さで、ローザンにもそうはっきり言ってやったものだが、彼女はそれに腹を立てた。彼女は自分の博士論文のことで頭が一杯だったが、その進捗ははかばかしくなかった。ぼくの見たところでは、論文を書いているよりも、電話でくだらない《オマンコみたいな》雑談をしていることのほうが多かったくらいだ。それにもかかわらず、ロザンナはいつも自分の仕事のことを話し、何かにつけ自分が仕事をしていると触れて歩いた。彼女を知らない人がそれを聞いたら、大変な仕事人間だと思ったかも知れない。そもそも、アメリカにちょっと住んでみてぼくも確信したことだが、ここの人間がロシア人よりも仕事を沢山するなんてことはなく、ロシア人よりも怠け者であることもしょっちゅうだ。ただ、アメリカ人は自分の仕事の話、自分がいかに沢山働いているかという話をするのが大好きときている。ソ連ではそれが反対だ。国民は自分たちのことを伝統的に実務的でないと思っているが、現実にはアメリカ人の諸君よりもはるかに熱心に仕事に打ち込み、はるかに多くの成果をあげている人間も多いのだ。ひょっとしたら、ぼくの見方は不公平なのかも知れない。いや、もちろんぼくは不公平だし、公平になりたいとも思わない。ぼくは自分の考えを、ロザンナにも言ってやった。きみたちアメリカ人は自分の仕事のことや、自分が忙しいってことを誰にでも吹聴して歩くのが大好きなんだな。ローザンはアメリカ国民と自分の博士論文を侮辱されて腹を立てた。しかし、実際にその通りだったのだ。

　ぼくは朝の八時から十二時か、一時くらいまでに平均して五ページから十ページ書き上げることができた。ところが、ロザンナはいくら頑張っても二ページが精々だと言っていた。ぼくは亡命ロシア語新聞『ロシアの事業』で働いていた頃、二、三時間で記事を書いたものだ。そうして、半年の間に二十本以上の記事を活字にした。一方、ロザンナは——いまはもう秋だというのに——『ヴィレッジ・ヴォイス』の例のチャールズに頼まれた論文一つ、いまだに書き上げることができないでいる。頼まれた論文というのは、『ニューヨーク・タイムズ』の編集長に宛てたぼくとアレクサンドルの公開状を解説するはずのものだった。いい仕事をしなければ、と彼女は言う。慌ててはいけないわ。そう言いながら、ロザンナは何もしない。ぼくだって彼女と同じくらいひどい病気にかかっているのだ。いや、ひょっとしたらぼくの病気のほうが重いくらいなのに。

　ロザンナとのメイク・ラヴは止めてしまった。彼女がどう思ったかはわからない。いずれにせよ、彼女は相変わらず電話をかけてきた。それどころか、相変わらずぼくのことを親友だと思っているようなのだ。そうじゃないとこちらから彼女に言うのも、気がひける。ぼくには他に誰もいないから、背を向けて、見切りをつけて、立ち去るわけにもいかない。その上、ロザンナはなぜかぼくを必要としている唯一の人間ではないか、と思えるようになってきた。ぼく自身が非常に辛い思いをしているときに、彼女が電話をかけてくることが、もう何度もあった。まったく、ぼくを必要とするのは、こんな気ちがい女だけなのだ。ロザンナは自分のことを「あたしって偏執狂《パラノイア》なの」と言う。彼女の書斎の壁には、ロシアのアナキスト、バクーニンの格言が掲げられている。「私はすべてのまともな人間《ポシブル》がまともであるのを止める時まで、とんでもない人間《インポシブルな》であり残るであろう」ポスターに書かれたこの格言は、ロザンナの嵐のような青春の名残だった。ベトナム反戦闘争に参加し、カレッジで教え、学生集会に明け暮れ、小さな左翼系新聞に出入りして過ごした彼女の青春。

偶然の悪戯のせいで、ロザンナは実際にこの世界では「とんでもない人間《インポシブルな》」になってしまったわけだが、そうだとしたら、ぼくなどはどのくらい「とんでもない人間」だというのだろう？　とてつもなく「とんでもない」人物に決まっている。ぼくはかつてバクーニンを生んだ国にいた頃から、「とんでもない」人物だった。アメリカではぼくが世の中の仕組みに収まらないことがより鮮明に、はっきりとし、そういうぼくの姿がいっそう顰蹙を買うものになったというだけのことだ。

やれやれ、オマエノカアチャンマンコサレタ！　いつだったか、ロザンナのところに客が集まったことがある。彼女はぼくに、ちょっと遅れて来て、まるでたまたま立ち寄ったような振りをしてくれと頼んだ。ぼくが飛び込んだとき、もう一同は勢揃いして、テラスに腰を下ろしていた。そこにいたのはロザンナの新しい恋人のジョーと、ジョーの友人の自惚《うぬぼ》れた写真家と、その奥さん、それから何とかいうドイツ人の男だった。最後の男は、ドイツ語を自由に話すローザンが（というのも、ドイツ語は彼女が子供のころから使っていた言葉なのだ）町で拾ってきたのだという。

ジョーは人の好さそうな顔をした若者で、赤いシャツを着ていた。とても早口で、なんだか乱暴な口のきき方をした。この男はたぶん刑務所にはいっていたことがあるな、とぼくは思った。何やらそういった痕跡が残っていたのだ。ソ連でぼくはまったく同じような痕跡をダニエルに認めたことがある。ダニエル＝シニャフスキー裁判のことは、きっときみたちも聞いたことがあると思うけれど、そのダニエルのことだ。[*1]六年間を刑務所で送ったダニエルは酒を沢山飲むと、酔っぱらった犯罪者のように見えた。酒ぐせが悪かったわけではない。彼はただ酔うだけで、人を怒らせたり、からんだりするようなことはなかった。しかし、その顔や、物腰、身振り、体の皺の一本一本のせいで、彼は酔った犯罪者のように見えた。その晩のジョーも、同じようだった。つまり、ぼくの目には酔っぱらった犯罪者のように映ったのだ。そして、実際にその通りだったのである。しばらくしてからロザンナがぼくに電話で教えてくれたのだが、ジョーは「ドラッグ」、つまり麻薬の密売のために刑務所にはいっていたことがあると、ロザンナに白状したという。ぼくは自分の洞察力を誇らしく感じた。もっとも、全世界は同じ法則に従って動いているのだから、もう三十歳にもなるぼくがこの法則を知っているからといって、驚くようなことなど何もない。

　ロザンナはジョーとファックしていた。その事実のせいで、せめてほんのかすかな不満の念でもぼくの心をよぎったならば……いや、そんなことはまるっきりなかった。ぼくは彼女が誰かにファックされていると思うと、嬉しかったくらいだ。ファックされるのはいいことだ。そうじゃないか？《ホワイ・ナット》ところが今ではもうロザンナはジョーにもあきたみたいで、結局彼と別れてしまった。彼女はジョーといっしょにウィークエンドを過ごしに、どこかに行く気分になれなかったのだ。「あの人はね、あたしの心配の種になるだけよ」——と、ロザンナは言った。彼女は心配させられるのが嫌なのだ。他人の問題なんか、クソくらえ。その上、ジョーは四六時中飲んでばかりいる。このジョーという男は彫刻家なのだが、ことによったら、ぼくもそのうち彼の彫刻を見ることがあるかも知れない。彼は相当気ちがいじみた計画を頭に抱いていた。市南部《ダウン・タウン》の世界貿易《ワールド・トレード》センター・ビルの表面に、自分のスライドを映写しようというのだ。もっともそれが貿易センターの第一タワーなのか、第二タワーのつもりなのかは、わからない。

　ぼくは彼らに反発して孤立するような真似はまったくせず、会話をじっと聞いていた。しかし、

＊1　ダニエルとシニャフスキーはともにソ連の作家。反ソ的著作活動のため一九六五年に逮捕され、裁判にかけられた。

この人たちといっしょに坐っていることは退屈だった。連中は何かについて議論するわけでもなく、何かをめぐって鋭い意見を交わすわけでもなく、緊迫した場所を避けて通り、はっきりした理由もないのに笑っていた。要するにその場の会話のすべてを成り立たせていたのは、ちょっとしたジョークや、取るに足らない断片、滑稽な事件や、滑稽な言葉だったのだ。どう言ったものだろうか。ぼくにとって面白くなかったのは彼ら「アメリカ人」だけだったのか、それともぼくには人間全般が面白くなくなってしまったのか。エージチカには、人間全般が面白くなくなったのではないかと思う。自分のため、自分のこと、自分のほうへ――そんな風にばかり考え行動する人たちが、面白くなくなったのだった。だがアメリカ人よりもっと面白くないのは、ロシア人だ。ぼくもキンタマみたいな状態になったものだ。つまり、まずい状態になったという意味である。

　ローザンのことはぼくには、火を見るよりも明らかにわかる。あまりにはっきりとしているので、苛々させられるほどだ。ご覧の通り、ぼくは彼女を女としてファックすることもできない。いくら頑張っても、そうすることさえできない。

　時々ぼくは自分がセックスに飽き飽きして、甘いプッシーを平然と無視できることに誇りを感ずるほどだ。こういった状況は、もちろんぼくの悲劇のせいで生じたものだが、自分のために何でも掻き集め、自分を愛し、自分のために生きている人たちからぼくを引き離すことになる。もしもローザンがぼくを必要としていて、ぼくが彼女を救い、助け、生まれ変わらせることができるとわかっていれば、ぼくは彼女に自分を捧げたことだろう。本当のことを言えば、どこに自分の身を投げ出そうと、いまのぼくには同じことなのだ。ただ、余すところなく自分のすべてを捧げることさえできれば。しかし、ぼくはもうロザンナを助けることができない。いや、助けることなんて、もう誰にもできないだろう。

　ぼくはロザンナからますます離れてゆく。ぼくたちはたまたま知り合って、黄色いシーツの上で何度か出会ったに過ぎない。ハドソン川から吹いてくる軽やかなそよ風。向こう岸に見えるニュー・ジャージーの町の灯。そして、彼女がよく弾いたドビュッシーの小曲。ただこれだけを心に秘めて、エージチカは去って行く。

［長編『ぼくはエージチカ』第九章］

エドワルド・リモーノフ Эдуард Лимонов

一九四三年ジェルジンスク生まれ、二〇二〇年モスクワで没。

リモーノフ（本名サヴェンコ）は現代ロシアでもっともスキャンダラスな人物の一人だろう。ウクライナの地方都市ハリコフで喧嘩《けんか》や犯罪に手を染めながら詩を書き始め、ソ連の「アンダーグラウンド」のスターとなったが、一九七四年にアメリカに亡命。ニューヨークでは生活保護を受ける極貧の生活の中で白人の裕福な女性から黒人男性までを相手に激しい性生活を経験する。ソルジェニーツィンやサハロフといった反体制知識人を平気で罵倒して注目を浴びた。そして大富豪の召使いの仕事を経て、パリに移住。ニューヨークで出版した自伝的小説『ぼくはエージチカ』がヒットして、一躍流行作家としてもてはやされる。ソ連でペレストロイカが起こると帰国し、今度は政治活動を開始する。

折しも内戦が始まったユーゴスラビアに乗り込み、セルビア民族主義者の側に立って義勇兵として戦闘にも参加。その後、共産主義体制崩壊後の大混乱の中、極右民族主義理論家ドゥーギンと組んで「国家ボリシェヴィキ党」を立ち上げ、社会に不満を持つ若者たちを惹きつけるカリスマとなったが、武装蜂起を企てたとして逮捕され、獄中生活を送った。

ここに収録したのは、赤裸々な性描写を含む露悪的自伝的長編『ぼくはエージチカ』（一九七九）の一章である。この作品は「ロシア文学史上もっとも汚い言葉で書かれた小説」として亡命ロシア文壇を騒然とさせた。ペレストロイカ後のロシア国内でも印刷所が印刷を拒否したため、なかなか出版できなかった。この翻訳では原文の表現をあえてできるだけ直訳的に訳した。その結果、多くの読者に不快感を与える差別的な表現や性的罵倒語が頻出することになったが、リモーノフがどんな作家かを伝えるために必要な訳し方と判断してのことである。

おばあさん、スズメバチ、スイカ

ザハール・プリレーピン

沼野恭子 訳

おばあさんがスイカを食べている。

それは八月の素敵な贅沢《ぜいたく》だった。

うちは仲のいい大家族で、みんなでジャガイモの収穫をしていた。今でもあのときの楽しげな音を覚えている。ジャガイモがバケツの底にごろんごろんとぶつかる音。バケツは穴だらけだったのでジャガイモを井戸まで運ぶには役立たずだが、収穫物を畑の端っこに置いてある大きなズダ袋まで持っていくという最後の大事な使命を果たすことはできた。袋に移し替えるときは静かで乾いた音がした。袋からは埃《ほこり》っぽく湿った匂いがする。納屋で丸一年もくしゃくしゃのまま寝かされていたからだろう。

その袋とて切れたところがあるが、穴だらけというほどではない。とはいえ、ときどき横っ腹の小さく裂けたところから、小ぶりの軽はずみなジャガイモが「孵化《ふか》」することもあった。そういうジャガイモは、袋を持ちあげるとき地面に飛びだし一目散に柔らかい黒土にもぐりこんでしまうので、その後はもうだれにも思いだしてももらえない。

晴れていたが、陽の光はもうめいっぱい八月らしくて、蜂蜜のように甘い八月の終わりがゆっくり近づいてくる雰囲気がみなぎっている。

ぼくは、自分が立ちあがって太陽を長いこと見つめたいと考えていることにさっきから気づいていた。これから長く幸せな航海に出かけるから太陽に別れの挨拶《あいさつ》をしておかなくちゃというような感じだ。きっと働くのが嫌なだけだったんだろう。

ちょっと考えてから、ジャガイモ掘りは男の仕事じゃないんじゃないかなと言ってみたが、だれも支持してくれない。ぼくに反対したのは、母さん、おばさん、姉さんたち。手伝いに駆けつけてくれた近所の女の人もだ。

おばあさんだけはぼくの味方をしてくれた。

「男の仕事なもんかね！」とおばあさんが言う。「昔から男たちが土をほじくり返すことなんてなかった。これは女がやることだよ。私たちが集めてるあいだ、あっちで草の上にでも寝てな。あとで重い袋担いだら、へなへなになっちまうからね」

おばあさんはいつもながらの可愛らしい皮肉を込めてこう言ったのだが、それでも女たちは大声でおばあさんに食ってかかり、両手を振りまわし、先を争うようにして「土を掘るのは男だけがやればいい、他にやらせられることなんてないんだから」と言いたてた。

そうこうする間も、他の大人の男たちで働いている者はいなかった。おじいさんは中庭で鎌を研《と》ぐのにかかりきりだ。父さんは市場に行ってしまい、急いで帰ってくる気配もない。父さんのお兄さんでぼくの洗礼式に立ち会ってくれた「代父」でもあるおじさんは、トラクターのそばで寝そべっている。

朝おじさんはトラクターのエンジンをかけようとしたのだが、何か間違った操作をしたらしく、エンジンが止まってしまい手の施しようがなくなった。

その一時間後にたまたま近所のオルハンが通りかかった。南から逃れてきた男で、トラクター運転手だ。

人はいいが、冗談がまったく通じない。

おじさんはオルハンにこの上なくやさしく接していて、オルハンが困ったときはできる限り手を差し伸べている。もっとも、ことあるごとにオルハンをからかってやろうと手ぐすね引いていたのだが。

「オルハン、元気かい」おじさんは通りかかった隣人に挨拶した。

「ああ！」おじさんが何か悪ふざけをしかけてくるのではないかといつも警戒しているオルハンの答えは素気《そっけ》ない。

おじさんは真面目《まじめ》くさった気遣《きづか》わしげな顔をして、いつになく忙しそうな様子を見せる。

「あのな」おじさんは忙《せわ》しなさそうに言った。「女たちが急《せ》かすんだ、豚に餌《えさ》をやってよだと。だから、あんたがトラクターのエンジンをかけといてくれ、オルハン。さあ、かけた、かけた。おれはすぐ戻るから」

オルハンが返事をするまもないうちに、おじさんは呑気《のんき》にぱたぱたサンダルを鳴らして中庭に行ってしまった。オルハン以外はだれもがすぐに気づいたのだが、おじさんは中庭を一周してから、堆肥《たいひ》を投げこんだ納屋の窓にもたれかかっている。

しばらく足踏みしていたオルハンは、じつに馬鹿げた成りゆきであるにもかかわらず——この陽気な隣人が自分でエンジンをかければいいではないか——トラクターに乗りこんだ。数分してトラクターのエンジンが唸りだしたが、くしゃみをするようにがたんといったと思ったら、それきり鳴りを潜めてしまった。

それを見越したおじさんが目を大きく見開き、畑にすっ飛んできた。

「何しでかしやがったんだ。オルハン、え？　おまえ、トラクターの運転手だろう、そうじゃないのか？」

オルハンはもう一度試したが、今度は、トラクターはうんともすんとも言わない。

オルハンは驚いてトラクターを降り、そのまわりを何回かまわった。おじさんはしつこく付きまとい、あれこれ難癖《なんくせ》をつけ、今すぐ壊れたところを直すよう迫った。

「おい、おれは昨日これに乗って仕事したんだ、オルハン！」おじさんが憎まれ口をきいている。

「あんただって見てただろ！　何しでかしてくれたんだ、なんで動かないんだよ！　直せよ！」

「わたしお弁当があります。それからまた仕事です！」オルハンはやっとのことでロシア語の単語を選びだしてそう言い、なんとかして逃れようとしたが、おじさんを追い払うことは無理だった。

「何が仕事だ？　じゃ、おれは何をしろって言うんだ？　壊したんなら直せよ。ご近所付きあいじゃないだろ、そんなふうに振る舞ったら。オルハン、あんたんとこのコーカサスじゃ、隣近所とそんなふうに付きあうのかよ？」

十分ほどしてオルハンはトラクターの下に寝そべり、毛深い足をぶるぶる震わせた。両方の足にハエがとまっている。おじさんは近くに陣取り、片手を頭の後ろにまわしてタバコを吸っている。

「それでもあんた運転手かよ。オルハン」おじさんは小さな声で言った。「何が運転手なもんか。まるっきりダメじゃないか。エンジンかけたと思ったら、すぐ壊れちまって」

「は？」オルハンがトラクターの下から訊いた。

女たちは笑っている。おばあさんだけは、何のことかわからない振りをしていた。

ここで父さんが市場から帰ってきた。どでかいスイカを三つ抱えている。どれも、果肉を食べたら、それに乗って小さな川を渡れそうなくらいの大きさだ。

ああ、スイカの立てるあの音。火照《ほて》っているかのように真っ赤な、冷たい中味。黒い種。父さんがこの豪華な果実を切り分けスイカが啜《すす》り泣《な》くような音をあげる間、だれもが我慢できずにうずうずしていた。

女たちはさっさと仕事を切りあげてスイカを取り巻き、身動きもせず陶然としている。

おばあさんひとりが、力強い手で土を掻《か》き分《わ》けては巧みにジャガイモを集めていた。

母さんは白パンを取りに行った。スイカは柔らかくて香りのいい白パンと食べるに限る。

「ばあちゃん！」姉さんたちがおばあさんを呼んだ。「もう来てったら！」

「行くよ、行く」おばあさんはそう答えたが、結局、自分の引き受けた畝《うね》の収穫を最後までやりとげ、まだいっぱいになっていない袋までバケツを持っていくと、上手にバケツのはじを摑《つか》んでジャガイモを袋に移した。とてもコツの要《い》る作業なので、他の者はみな手助けがないとできない。例えば、ひとりが袋を持って支え、ふたり目がバケツからジャガイモを袋に空ける。それでもときおりジャガイモが転がっていってしまうことがある。ところがおばあさんは違う。何でも自分ひとりでこなすのが習い性となっているのだ。

オルハンもスイカを食べにくるよう誘われたが、ようやくトラクターのエンジンがかかると、家にも寄らず一目散に職場に飛んでいった。母さんがかろうじて追いついて、卵と惜しみなく大きく切ったソーセージとパンを入れた紙包みをミルクの壜と一緒に渡した。母さんがいつのまにこれらを畑に持ってきて、日陰になっている茂みの下に置いておいたのかまったく気づかなかった。

ぼくたちはスイカを食べながら、互いに幸せいっぱいの視線を交わした。スイカはこういうふうに食べなくちゃ！

母さんは赤と黒の綺麗《きれい》な防水布《オイルクロス》を敷き、おばあさんはそばの腰かけにすわり、父さんは立っている。

冷たそうなスイカの匂いにつられてスズメバチが次から次へと飛んできて、ぼくたちの頭の上を飛びまわった。しつこくて危険なやつらだ。

真っ先に音《ね》を上げたのは父さんだった。スズメバチはたぶん、父さんがこの世で恐れるたったひとつのもの。その昔、酔っぱらっていたときスズメバチに刺されたことがあって、身の丈二メートル近い偉丈夫の父さんは意識を失った。夜には頭が膨れあがってピンク色になり、腫れて巨大になった眉で目が隠れてしまった。もう少しで死ぬところだったという。

「あっちに行ってタバコでも吸ってこよう」父さんはそう言うと、トラクターの向こうに行った。スズメバチはあとをついていったが、しばらくすると戻ってきた。鉄の匂いや煙に閉口したのだろう。

「またすぐタバコを吸う、すぐ吸うんだから」父さんの背中に向かって母さんが言った。

楽しそうにスズメバチを追い払いながら、おじさんも父さんのあとを追った。その顔を見て、ぼくは、ははん、トラクターの置いてある鉄臭い片隅のどこかに隠れ処があって男たちはそこに行こうというんだなとピンときた。

おじさんの奥さんは何か感づいてその後ろ姿をじっと見ていたが、自分の顔にスズメバチがとまったので気が逸れ、慌てふためいてスカーフを振りまわし始めた。

姉さんたちはスズメバチに苛立ち、あちこち逃げ惑いながら罵《ののし》り言葉を口にした。母さんはしつこい虫たちを怖がっている。

ぼくは威厳を保とうとしたのだが、やはりそうはいかなかった。スイカにとまったスズメバチを吹き飛ばしたら、ハチたちはほんのしばらくの間は離れていたが、やがて怒ったように旋回し、ぼくの頭めがけてほとんど突進してくるようになった。

おばあさんひとりがじっとすわり、取り分けられた赤い鎌のようなスイカの一切れをゆっくり持ちあげ、水分のたっぷりある割れやすい果肉をにこにこしながらかじった。ハチたちがおばあさんの手を這いのぼって顔に移ったのに、おばあさんは気がつかないらしい。ハチたちはスイカにとまったが、おばあさんが果肉をかじり取ると、さらに進んで、じかにおばあさんの歯と口元にまで移り、もう今にも刺しそうになった。

「おばあちゃん、スズメバチがとまってる！」ぼくはおばあさんの顔をうっとり眺めながら言った。

「え？」

「スズメバチがおばあちゃんにとまってる！」

「そうかい、ハチもうまいんだろ」おばあさんは本当にたった今ハチに気がついて笑った。

「どうして怖くないの？　刺されるかもしれないのに」

「あたしなんか刺すもんかね」

おばあさんが綺麗な手でスイカを一切れ持ちあげると、その手を二、三匹スズメバチが伝って歩き、さらにもう二匹は皮にとまって流れ落ちる甘い汁にありついている。

おばあさんがスイカの身をかじり取ると、頬にとまっていたもう一匹が軽々とおおらかに飛び立ち、旋回して、草の上に落ちている食べ残しの皮めがけて降下した。

みな神経を尖《とが》らせ、早々に解散になった。おばあさんだけが静かにすわっていた。

翌朝、散らかっているスイカの皮は汚らしく見えた。白い内側の部分が灰色になっており、そこに群がっているのはスズメバチではなくハエだった。

昨日のぼくの村はちょうどこんなふうに見えた。つまり、まるでだれかが僕の村から八月の蜂蜜《はちみつ》のように甘い果肉を汲《く》み取《と》ってしまい、残ったのは灰色の皮とそれに群がる最後のハエたちだけといったように。

みな死んでしまった。死ななかった者は殺された。殺されなかった者は自分で自分の息の根を止めた。

姉さんたちは何度か角に打ちつけられ、ばらばらになって遠いところに行ってしまった。

残ったのはおばあさんとオルハンと彼の奥さんだったが、奥さんは酒飲みだったので、そのせいで毎日オルハンに殴られている。

畑は、ついこの間まで土の中が新鮮な野菜汁で沸き立っているように思えたのに、今ではすっかりおとなしくなり、名も知れぬ雑草におおわれてしまった。元気なジャガイモがバケツの底にあたってごろんごろん音を立てることもなくなった。

白い自家用車「ボルガ」で村に乗りつけたぼくたちは、動きまわって自分たちで埃を舞いあがらせていたが、なんとなく村に奇妙な違和感を覚えた。まるで月にいるみたいな感じだ。

ぼくたちを見てもおばあさんは喜んで手を打ち合わせることもせず、疲れた両手を震わせただけで、ぼくたちのほうに向かって立ちあがると、涙を払い落としてにっこり微笑んだ。

おばあさんはぼくの妻と初対面だったが、ふたりはすぐに女同士で打ちとけ、ぼくは黙って壁を触っていた。

「女の仕事は目につかない」おばあさんが妻に言った。

「女の仕事は目につかない」ぼくは繰り返してつぶやき、タバコを持って外に出た。

たしかに、この柵、納屋、ポーチ、家はどれもおじいさんが建てた。

家の中にある数枚の絵は父さんが描いたものだった。そこには、おじいさんと家、草原、庭が描かれている。

おばあさんの心臓はいくつかに割れてしまったけれど、まだ生きている。これぞ農民の粘り強い精進のなせるわざ。

まれに慌てたり動いたりする必要のないときがあれば慌てず動かず、甘いものは少ししか味わわずに長い人生を歩んできたおばあさん。その人生を振り返ると、この世のまなざしをもってしてはいつ最初の曲がり角があったかもわからず、さらにいくつもの曲がり角があったにちがいない。

ぼくたちはそういうふうには生きられない。

「女は尽くすもの、男は不安を抱えて生きるもの。男たちは不安を隠してるだけなんだ」おばあさんの小さな声が、開けっ放しのドアの向こうから聞こえてくる。「女の生活は男にはわからない。私たちのことはだれも憐《あわ》れんでくれないさ。まあ私たちだって男のあたふたがわからないけどね」

「あたふた？」ぼくの妻が訊いている。

「あたふた、気苦労、苦しみのことだよ」おばあさんが説明した。

「女は奉公、男は気苦労……。それとも私んとこがそうだっただけなのかもしれんがね」おばあさんは溜《た》め息《いき》をついて口をつぐんだ。

ぼくは妻と家を出て、川のほうに降りていった。かろうじて使える橋を渡り、丘に登った。丘の上から見ると、何もないだだっ広い空間しかない。

「……太陽までもが痛み、脱臼《だっきゅう》した肩のように斜めに傾く……」

ぼくはこれを声に出して言った。

「何て言ったの？」妻が訊ねた。

ぼくは黙っている。妻がまた聞いた。ぼくはまた黙っている。どうしてくだらない自分の戯言《ざれごと》を繰り返す必要があろう。

じっとすわっている妻は魅力的で、ぼくに死ぬほど愛されている。

待って。ぼくはきみの心まで砕いてしまいそうだ。

暗くなり始めたころ、ぼくたちは家に戻った。ぼくが先を歩き、妻があとから急ぎ足でついてくる。妻が速く歩くのが大変なのだということはわかっているが、ぼくは立ち止まらない。

川のほとりで草の上にすわった。近くに古いボートが泊まっている。乾燥してひびの入った、死んだようなボート。ぼろぼろになったロープに繋《つな》がれ、船着き用の足場にぶつかってはかすかに揺れている。

水の中に片手を浸すと、指の間を水が流れていく。

もう一方の手で草と土を摑んだ。その土の中にはぼくが親しくしていた人たちが眠っている。ついこの間までとても楽しくやさしく幸せに生きていた人たち。すると突然、手のひらに刺すような痛みと火傷のような熱さを感じた。うんと悪態をつき、仰天している手を顔に持っていったが、何が何だか理解できない。振り向いて土を摑んだあたりを覗きこんだら、草の中にスズメバチがいた。ぼくが絞め殺したのだ。

手は膨れあがり、ひりひりしてきた。手のひらにウンザリするような痛みが強まってきて、まるでスズメバチが皮膚の下に棲みつき、必死で這い出たがってブンブンいっているかのようだ。ぼくの皮膚の下で熱く燃えるようなスズメバチの血が流れているかのようなのだ。

生れた家に戻ったぼくは大慌てで、お茶もろくに飲まず、ころげ出るようにして家を飛び出し、エンジンをかけた。おばあさんはまだ妻と話しこんでいる。

痛みのひかない手でハンドルを握り、最悪の気分で運転し、思いきりスピードを上げ、黒い道を走らせる。

夜中に戻り、すぐベッドに倒れこんだ。両手で頭を抱えたらたちまちすべてを忘れたが、不意に自分の心臓の音が聞こえてきた。慌てているような頑固な鼓動だ。ロープに繋がれたボートが夢に出てきて、船着き足場にぶつかる。とんとん、ことこと。

待って、すぐにロープを解くから。すぐに船出をしよう。

ザハール・プリレーピン Захар Прилепин

Photo by Svklimkin

一九七五年モスクワの東南リャザン州イリインカ村生まれ。

二〇〇〇年代になってからデビューしたいわゆる「ゼロ年代作家」たちの中にあって、創作活動においても共産主義を信奉する政治的立場においてもひときわ個性的である。

特別警察（オモン）の隊員としてチェチェン戦争に参加し、その経験をもとに書いた長編『病理学』（二〇〇四）や国家ボリシェヴィキ党員を主人公にした『サニキャ』（二〇〇六）など自伝的な色合いの濃い作品、ソロヴェツキー強制収容所での生を扱った長編『僧院』（二〇一四）その他で、ヤースナヤ・ポリャーナ文学賞、ナショナルベストセラー賞をはじめとする数々の文学賞を受賞している。一方、二〇一二年に「スターリンへの手紙」というエッセイを自身の運営していたネットジャーナルで公開し、スターリン再評価を大胆に打ち出したため、物議をかもしている。また、プリレーピンはリモーノフのことを「師」とも「父」とも呼んで慕っていた。

本編「おばあさん、スズメバチ、スイカ」は、短編集『熱いウォッカに満ちた靴』（二〇〇八）に収められた後、二十一人の作家による『まとまるはずのない作家たちがまとまった本』（二〇〇九）というホスピス支援のための慈善アンソロジーに再録された。「ゴーリキーを思わせるリアリズム」とも評される作風である。失われた過去の牧歌的な農村風景にスズメバチという死をもたらす凶悪な暴力が潜んでいたことを、主人公は今になって思い知らされる。保守的、民族主義的な世界観は、一九六〇年代から七〇年代に盛んだった「農村派」やソルジェニーツィンと通じるところもあるが、新世紀のリアリズムの担い手たちの作品は、より過酷で痛ましい。

霧の中から月が出た

タチヤーナ・トルスタヤ

沼野恭子 訳

生まれたのは五十年くらい前で、ナターシャと名づけられた。そんな名前だったら、大きなグレイの瞳に柔らかい唇、やさしい輪郭、楽しげにきらめく髪の持ち主になってもよさそうなものなのに、ゆくりなくもあばただらけのオカメ顔、ナスみたいなだんごっ鼻、しょぼくれた胸、自転車みたいにこんもり膨らんだ短いふくらはぎだった。

子供のころ、リティヌィ大通りに立ち並ぶ陰鬱《いんうつ》な丸屋根のレニングラードから郊外の別荘《ダーチャ》に連れていかれたことがある。どこだったかは忘れてしまった。地名は色褪《いろあ》せ、ばらばらになって乾いた葉っぱのように風に運ばれていった。暗い夜、時おり窓ガラスにぶつかり、かさこそ音をたてるのはその影、真ん中が間延びした長い長いフィンランド語の地名の影。

名前が失われ、月日は過ぎ、人生の半ばにして巻き毛の小さな女友達が何人も溶けていった——夢の中でただ彼女たちが足音を立てているだけのように思え、おぼろげな遠い笑い声がまるで空中に浮かぶイラストみたいに透けて見えるだけのような気がする。

ひとりぼっちの夜、眠たげなそよ風のように、流れる影のようにナターシャのもとにやってくるのはいろいろな思い出たち。見上げるほどの巨木、はてしなく広い道、天に向かって高くそびえる天井の丸屋根。みな沈みこみ、姿を消し、なくなってしまう。はるか昔のあのとき、ばらばらになった世界の緑の草むらで、少女たちはこの上なく幸せな遊びをしながらも、警鐘が鳴りひびいているかのような怪しくゆるぎないわらべ歌の呪文に恐るべき意味があることを感じとっていた。

霧の中から月が出た
袖《そで》の中から剣が出た
切っちゃえ、ぶっちゃえ、
どうせお前が鬼になる！

　すると人の顔をした黄色い三日月が、青く黒く渦巻く霧の中からのぼっていき、がちゃがちゃ甲《かっ》冑《ちゅう》の鈍い音をたてたかと思うと、その「月」の発する言葉が掟となるのだった。どうせお前が鬼になるんだ！　少女たちは「月」を怖がり、重々しく恐ろしい「月」の思惑に背こうとはしない。だれかが「たんま！」という斑模様《まだらもよう》のすばしこいトカゲみたいな言葉を叫んだりすれば別だけれど。「たんま！」と言われると、途方もない車輪である世界はつかのま凍りついて走るのをやめ、鉄の扉はあっけに取られて開いたまま動かなくなり、箍《たが》ははずれてしまう。そして小さな反徒もわれながら驚いて呆然となり、魔法をかけられた虹色の風船の中で息が止まりそうになる。今にも割れそうな「自由」の風船。

　天国の谷、暖かい風にそよぐバラ色の草、花の息吹きに満ちた丘の起伏。夜になっても黒いトウヒの梢《こずえ》のむこうではいつまでたっても夕焼けが消えることはなく、オレンジ色だったりイチゴ色だったり。夜ごと木々の幹と幹の間に、赤い目をした灰色のオオカミたちがお行儀よく並んで、自分たちのまがまがしい出番を今か今かと待ちかまえているけれど、それは無駄というもの。ベッドでも揺りかごでも、端っこに寝る子なんてひとりもいないもの。[*1]
　そして、だれにも手の届かないはるか高みに広がっているのが大人の世界。空の高いところで騒々しく唸っている大人たち。まるで天気の悪い日のマツの木みたい。大人たちは大きくて暖かい柱。いつも変わらず頼りになる円柱。ミルクの入ったコップを渡してくれたり、十字の切れ目を入れたブルーベリーパイを取ってくれたり、両手をまっすぐ伸ばしてちくちくするウールのカーディガンを持って追いかけてきたり、土埃《つちぼこり》まみれの子供用サンダルのボタンをかけてくれようとしてしゃがみこんだりする。
　ところが、やがてどこかがおかしくなり、何かがうまくいかなくなる。万華鏡が割れてしまったのだ。中に入っていたのは、せいぜいくすんだガラスの破片がほんの少し、ボール紙、それに裏地が火のように赤い鏡のかけらといったところだった。世界はどんどん縮んで萎《しお》れていき、草むらは小さくなり、天井は垂れ下がってきて、境界線が姿を現し、幸せに満ちた遊びはすっかり忘れられてしまった。なんのことはない、夕暮れどきの霧もオオカミも森も、キャンバスに塗りたくられていい加減に木のフレームにはめられ冷たい壁に立てかけられていた絵にすぎなかった。大人たちはありとあらゆる決まりを破って死んでいった。父は軍人名簿の名前に赤いバツ印をつけられ、母はだんだん小さくなって消え入り、ふたりの顔は震える雨のネットに滲《にじ》んで消えた。ひとり生にしがみつき持ちこたえて生き残ったのはおばあさんだけ。やがてナターシャの目の前に、見通しの悪い暗い青春が障害物のように現れ、バーバ・ヤガーの家のまわりにめぐらされた垣根のように立ちはだかった。曲がりくねった袋小路、恥ずかしい目論見《もくろみ》、忌まわしい憶測。
　空は押し黙り、大地は息絶えた。何千年も雨がじとじと降り続いた。ナターシャは大釜のように膨れた身体を引きずり先が枝分かれした足でぎこちなく歩いている。足は五本だったり七本だったりして余分だった。鏡からこちらを見ているのは、ゴムのような鬱陶《うっとう》しい顔の重たげで鈍そうな目。

人々はウエストまでぬかるみにつかって歩いているが、服の下には悪臭と潰瘍《かいよう》を隠し持ち、だれもが同じことを考えている。ナターシャは自分が女という不潔な獣の類《たぐい》だと思うと体がおののき、腹部にむかって、無防備な内奥にむかって、汚れた風がたえまなく吹きつけるのを夜となく昼となく感じるのだった。

やがて物音ひとつしない狭い通路や出入口の塞がれた地下室、ステップの崩れかけた階段を夢に見るようになった。毎晩、冷たいフェルト製のドアを爪が剝《は》がれるほど力を入れてこじ開けようとした。あるときなどドアの向こうに死んだ父がいて、とてつもなく大きな口を開け、灰色の唇でぞっとするような黒いあぶくを吐きだしていたこともある——それは恐ろしい風船だった。

それでナターシャは毛布を頭までかぶって何時間も寝ているようになった。自分の心の中に腐りかけたキノコみたいに身を捩《よじ》らせているどろどろしたゴミ箱があることを、人にも星にも知られたくなかったし、ふつう人が口にしない心の秘密も悟られたくなかった。

この頃コノワーロフが頻繁《ひんぱん》に訪ねてくるようになる。

コノワーロフはひどい寒さの中をやってくると、温まって溶けかけた洟を几帳面《きちょうめん》にハンカチで拭って乾かし、突き刺すような鋭く青い目で眺め、両手をこすりあわせ、おばあさんのチーズケーキに親しんだ。要するにナターシャに惹《ひ》かれたのである。おばあさんにお金の工面をしたり、ナターシャの将来について助言したり、家具を動かして天井近くに青白い電灯を嵌《は》めたり、遠慮しいしい豪勢なプレゼントまでしてくれた。夏中ずっと安く別荘《ダーチャ》を借りてくれたのである。だからナターシャは、共同アパートの廊下に続くドアが軋《きし》み、カーテンについている埃っぽい縁飾りが揺れて、物

＊1　「灰色オオカミ」という子守唄を暗示しているのだろう。「端っこに寝ちゃだめ。落っこちて灰色オオカミに森に連れていかれちゃうよ」といった歌詞。

問いたげな青い炎を目に宿したコノワーロフが入ってくるのはいつなのだろうと心待ちにしていたこともある。

でも、コノワーロフは無垢だけれど我が身は汚れている。そう考えたナターシャは、開いていた蓋《ふた》をすべてぱたんぱたんと閉じ抜け道もぜんぶ塞いで、光の入らない黒い塔のようになってしまった。コノワーロフの青い閃光も彼女の冷たい表皮で消えるしかなかった。

コノワーロフは途方にくれたハヤブサのようにあたりを見回し、輪を描き、くちばしを打ちならすと、やがてしぶしぶ舞いあがり、青い森のかなたに姿を消した。その後ナターシャはだれにも愛されることはなかった。

……でも、あの夏、ダーチャの夏、コノワーロフが別れ際に落としていったのは夢のような羽だった！

きつくなった袖なしワンピースを着て、ワッフルのような碁盤縞《ごばんしま》模様のタオルを首にかけ、ナターシャは六月のポーチに出た。早い時間の太陽は内気で冷たく清らかで、マツの針葉にからまり高いところで震えている。空気は移り変わる朝の色合いを帯びている——それは色とまでは言えない「色の予感」のようなもの。つまりバラ色を予感する溜《た》め息《いき》、透明を思わせる仄《ほの》めかし。土は黒くてずっしり手応えがあり、草は湿って生い茂り、低い木はそれぞれの根元にくっきりと薄紫色の影を落としている。じめじめしていて、草はぼうぼう、影があちこちに差していて、庭は荒れ放題。太陽はというと上へ上へとのぼっていき、マツの梢を弱々しい虹色の編み棒で貫いている。もっと上のほうでは青い鳥たちが軽やかに飛びまわり、緑色の針の傘が耐えられないほどの眩しい太陽の幸せで輝いている。そこでは朝の儀式が執りおこなわれ、祝日が祝われて、喜びにあふれかえっている。喜びというのは六月の若い花嫁！

足元には、ちくちく刺す緑の国、鳩色をしたブラックベリーの茂み、まだ熟していなくて豆のようなイチゴの粒、白とピンクのムギナデシコの草原、輝く森の向こうには太陽の下で光る湖の静かな水面。

それでナターシャは金色に透きとおったシャンパングラスの幸せを胸に秘めるようになった。

秋が近づいてくると気が滅入り、胸がどきどきいうようになり、いろいろな声が聞こえて、ますます夢を見るようになる。眠りを誘う優しい物質で織りあげられた、ロマみたいに派手な色の遅咲きポピーの連なるあたりから風が運んでくるのは、甘い夢、寝屋、一直線にいくつも連なる部屋《アンフィラード》、涼しいねぐら、霧のかかった溝に架けられた青っぽいレースのような橋、纏《もつ》れあいながらも穏やかで茶色くて素直で消え入りそうな「夜の国」へと導いてくれる小道。まどろむような森へと。そこには綺麗な黄色い小道があり、二本足で歩く賢いクマがいて、わざわざ森の奥深くにひとりぼっちで住んでいる愛想のいいおばあさんたちがお菓子でできた家の窓辺でぽっちゃりした手を振っている。もっとどんどん先に進み、地面に埋まっている丸テーブルの横を通り、樹脂の多いモミとモミの間に張られたハンモックの傍らを過ぎて、放っておかれたままの子供用ジョウロの脇を通る。やがて目にするのは、髪に黄色いシルクのリボンをつけてしゃがんでいる自分自身の姿。キクイムシに食われて斑になったベンチにすわって待っている死んだ両親。ほら両親の顔を思い出したでしょ。お母さんは白いテニスシューズを履《は》き、白いベレー帽をかぶっている。お父さんは口髭をたくわえている。黒い傘で砂の上に何か言葉をきざみつけている。変な言葉で、どうしても読めない。もう今にもわかりそうなのだけれど……わからない。両親はナターシャの顔を見て何も言わずに笑っている。どうしたの? ほらってば。わからないの? 父さん、母さん、待って。ちょっと待ってよ。なんだか今にも……もう今すぐにもわかりそう……。でも夢を覆う分厚いラシャのカーテンが揺れてふたりの顔がぼやけ、目の粗いレースがかろうじて光を通すだけになって森もぼんやりかすんでくると、水から引きあげられた魚は息もたえだえで動きが鈍くなっていき、ナターシャはまたしてもそこにいて、たったひとつしか意味のない「今日」という日の重圧の中で夢から覚めてのたうちまわることになる。閉ざされた水は逃げ場がなく、蓋はぱたんと閉じてしまう。白い天井でそそくさと溶けていくのは判読できなかったちんぷんかんぷんの言葉。死んだお父さんが残した意味不明のメッセージだ。

おばあさんに医者に連れていかれ、ナターシャが白い錠剤を呑むと、もうそれ以上夢を見なくなった。立ちこめる黒い空気の波のほかには。

ナターシャは大学を出て、生徒たちに地理を教えるようになった。「地理」という言葉を聞くと、頭の中に広々とした空間が広がる。ポピーの花咲く草原の上空でタカが舞い、夜の海が鈍い音をたて、はるか頭上で毒のあるユリのような花が揺れている、そんな空間だ。丸く重い地球のいちばん下では、子午線が青い買い物網袋《アヴォーシカ》のようにぎゅっと束ねられており、そこではスキーを履き雪にまみれた人が逆立ちして、きゃんきゃん鳴いている犬たちのあとからクイーン・モード・ランドの柔らかい氷の野をゆっくり進んでいく。でも、ナターシャはそんなことを口にできなかったし、だいたいだれにも言ってくれなどと頼まれなかった。それに夜の庭の匂いや海の泡の唸り声、大洋に散らばる真珠の暗い輝き、孤独な心臓の打つ鈍い音を研究する学問などこの世にあるわけがない。彼女は鼻の大きな陰気な先生と思われていたが、とんでもない想像をしていることが子供たちに知れたらどんなに恥ずかしかっただろう。「ボーキサイトの産地」と聞いてナターシャが想像するのは、ボクサー用の丸いグローブをはめた太って赤茶けてつやつやしたボクサー犬たちが次々と飛び出てくる森の中の洞窟だし、「鋳鉄《ちゅうてつ》」と聞くと、なぜか黒い髪をして七色に輝くガウンを着た中国の公を思い浮かべたからだ。そんなことがばれたらどうしようとびくびくし、しどろもどろにつまらない話をして祈るように見つめ、不器用で赤い手をしたサルのような八年生たちを少し怖いと思いながら、自分のほうからこっそり答えを囁き、ほっとして「優」の評点を美しい青い字で書いた。

時は流れ、心臓は高鳴ったけれど、ナターシャを愛してくれる人はひとりも現れなかった。予感がしたではないか。ときおり運命がもたらすあやふやな信号や前兆や幻もあったではないか。青く渦巻く霧の中から剣を持って姿を見せた「黄色い月」が、心臓の止まるほど怖くて巨大で恐ろしい何かを約束していたのではなかったか。でも今では、「黄色い月」は押し黙り、おばあさんの墓の上に黒い彫り物《レリーフ》のような影を投げかけて戯れるばかりだ。


ナターシャの住まいを共同アパートの長い廊下が貫き、うす暗がりの中、頭上を漂っていくのは盥《たらい》のタンバリン、埃っぽい自転車の風鳴琴《エオリアン・ハープ》*1。出口の上のほうには、黒い頭蓋骨《ずがいこつ》のような電力メーターがひとかたまりになって、まるでペスト患者の墓地のように不安げに突っ立ち、夜遅くまで白い歯列が狂ったようにまわり、その中のひとつだけ血まみれの小さな歯が右へ右へと絶えず走っていく。毎晩、よそのドアのむこうではサッカーの試合がホイッスルを吹いて青い光を放ち、よその男らが大声で何か言い交わし、おばあさんたちが高いベッドに腰かけて足を掻《か》いている。共同キッチンでは、陽気な修理工が同じアパートに住む若いバラ色の女に手を伸ばして肘鉄《ひじてつ》を食らい、うっとりして「こっりゃまた、きびきびした意地悪だね！」などと言う。

ナターシャは、タバコの臭いが浸《し》みこんだ黄色いコンコルジヤ・ベネジクトヴナと毎晩ポーカーをし、着こなしのアドバイスを受ける。コンコルジヤ・ベネジクトヴナ自身は黒く輝くブローチを胸にしたり、箱の中から大粒カットビーズのネックレスを取りだしたり、茶碗をひっくり返して青白いありがたそうな刻印がついている陶器の底を爪でこつこつ叩いたりしている。こりゃ古いね、

*1　ギリシャ神話の風神アイオロスに由来する名前を持つ弦楽器。自然に吹く風で音を出す。

そうとう古い！　ナターシャは擦り切れた小さなトランプを眺めて、ダイヤの女王みたいになりたいと思った。優しそうだし、青い目をしてギャザーのある白いスカーフとクロテンのベストを身につけているから。赤いスカーフを巻いたガーギンが部屋を覗く。白っぽいツルみたいな年よりの男やもめだ。毎年、生鮮食料品店のショーウインドーに野獣のような「マロースおじいさん」[*1]とひどく頭のいかれた「雪娘[*2]」を描いている。マロースおじいさんと雪娘は赤ら顔でがっしりしていて、怖いもの知らずで、銀のスパンコールのついた豪勢な農民橇《のうみんそり》に乗って雪の舞う吹雪の中を狂ったように疾走している。

朝、共同トイレに行くと貶《おとし》められたような気分になる。水のしたたるピスタチオ色の壁に囲まれ、几帳面《きちょうめん》に四角く切った新聞紙の『社会主義産業』や『一週間』がトイレットペーパー代わりに置いてあり、犬の鎖の先端で古い洋ナシ型の陶器のレバーが揺れている。その陶器には、「作業」が早くはかどるようにと賢いイギリス人により黒字で「Pull」と書かれ、おまけにどちらの方向に引っぱるべきかを示した小さな手の甲が黒い袖口から出ている。それなのに陽気な修理工がわざとふざけて毎回イギリス人の書いた表示を無視するので、ナターシャがつるつる滑る独房で憤慨していると、病身の老婆モルシャンスカヤがくしゃくしゃの髪にパジャマ姿でドアをどんどん叩き、口髭の生えたような声で叫ぶ。

「老人を敬いなさいよ！　ナターシャ、中にいるの、あんたなの？　腸が出ちゃうよ！」

洗面所の窓が裏口のほうを向いているので、モルシャンスカヤおばあさんは共産少年団《ピオネール》が古新聞を回収しにやってくるのを恐れて桶で窓を塞《ふさ》いだが、これがまさに例の穴の開いた桶、「金の魚」が最後に肩からおろした古着だった。[*3]共同洗面所ではものを洗うだけで、顔や身体を洗うには銭湯に行くことになっていた。ナターシャも銭湯に行くが、そこで女たちの奇妙な裸体を目にした。濡れたハムのようなピンク色をしていて、どの身体にも欠陥がある。一度など、湯気の立ちこめるなか傾いていてつるつる滑る床を、丸々と太った上級生クラス担当の教務主任が真っ裸で歩いていたことがある。成績簿を抱えるようにして片手桶を脇の下に抱え、タオルを頭に巻きつけて額の上に結び目を作っていた。その日の朝、「われわれ教師は全面的にわかっているのであります」などと言っていたばかりだ。だから、その後長らく、整列式のときにくすくす笑っている生徒たちを見咎め顔を真っ赤にしメダルを鳴らして叱りつける教務主任の姿が、ナターシャには、滑りやすいタイルの床をぱたぱたとせわしなく歩いていた赤く膨らんだ恐ろしいものに見えてしかたなかった。

　夏になると並木道には、古き良き時代を知っているおばあさんたちがやってきた。金メッキされた茶碗、裾にほどこされた白いレースの雪の花模様、舶来の香水瓶のアリのように細かい切り子面。それにもしかすると、いやきっと、秘密の恋人だっていたにちがいない。おばあさんたちは足を組んですわり、はるか高いところを見上げている。そこでは、夕刻の空の劇場が燃えるような真紅や金色の財宝を音もたてずに惜しげもなく振りまき、西方のやさしい光がかつて女だった者たちの青い髪にティーローズを飾るのだった。

　ところがその傍らには、むくんだ足を重々しく広げ、両手をだらりと下げ、柄もののスカーフをかぶった頭を垂れ、火という火をすべて消して、死んだ白鳥のようにすわっている人たちがいる。茶色い共同キッチン、くすんだ廊下、鉄製のベッド、深く穿《うが》たれた出窓のそばで長い歳月を過ごした人たちだ。まだらになった青い鍋や漬物のきつい臭いや涙の跡が残るガラスの向こうでは、よそ

＊1　ロシアのサンタクロース。
＊2　マロースおじいさんの孫娘とされ、クリスマスにはふたりで子供たちにプレゼントを配る。
＊3　プーシキンのお伽噺『漁師と魚の物語』より。欲の深いおばあさんが「金の魚」に次々と願いを叶えてもらうが、最後に、海の支配者になりたいという願いを口にしたので、元どおり洗濯樽まで割れたものに戻ってしまったという話。

の家の壁が暗くなっていき、秋の憂愁が膨らんでくる。

　そしてナターシャは夢見るのだった。老いが自分にもやってきたら、小綺麗で白髪の似合うバラ色のおばあさんになろう。善良で笑い上戸でブドウパンみたいな、いつまでも慕われる先生になろう、と。でも、ブドウパンにはなれず、土色の顔と象のような鼻をした少し背の曲がった老人になるにちがいない。

　一度たまたまモスクワに行くことがあり、あまりの寒さにヒュウヒュウ鳴る夜の街をタクシーで走ったが、巨大な建物が立ち並んでいるのに息を呑み、肝をつぶして、きょろきょろ見回した。垂直にそびえ立つ黒い整理ダンス、姿を消した巨人たちの陰鬱な城、血のように赤い警告灯の冠をかぶった壮大な蜂の巣。翌朝ナターシャが、ホテルの窓から顔を出し、鳴りをひそめた雪どけの暖かい陽気、柔らかい灰色の日中、朝の灯火で穴を開けられた二階建ての黄色い家々や翼部分のもつれたあたりを見ていると、やさしげな手が小さな窓でモスリンのカーテンをあけ、ティーポットが歌いだし、長靴をはいたおばあさんが孫に白パンをふるまっている。甘くて柔らかいロシアのモスクワ！

　そうなるとすぐにそこで暮らしたくなる。小さな横丁で凍てつくような白い息を吐きだしたり、雪の吹きだまりで道を掃除したり、だぶだぶのブラウスを上から羽織ったり、小さくて血色のいい金色の出店で買った輪形パンをお茶うけにお茶を飲んだりしたい！

　そして強烈な朝の空気や、だらしないモスクワのよれよれさ加減や、低い小窓でくすぶる、街灯のような形をしたゼラニウムに陶然としながらナターシャは目を覚まし、両手を伸ばして笑いだし恋に落ちた。そそくさと気楽に知りあい恋した相手は、亜麻色の顎鬚《あごひげ》を生やした素晴らしいピョートル・ペトローヴィチ。イジューム市[*1]からモスクワに買い出しにやってきた男だった。ナターシャは嬉しくて、ペリメニ屋のテーブルに胸を押しつけて笑い、ピョートル・ペトローヴィチが熱くて白いぷっくりした水餃子を顎鬚の間から健康的な口に勢いよく放り込むさまを、目を輝かせながら見て、この陽気なイジューム男のあとを犬のようについて店から店へと走りまわり、長い行列の間から手を振り、青い靴箱を持ってあげ、エリセーエフ食料品店のそそり立つカウンターに人を掻き分けて進み、狭苦しいなか、羊皮の匂いがする大好きなハーフコートの背に思わず頬《ほお》を寄せたりした。

　何も気がつかないピョートル・ペトローヴィチも楽しそうに笑い、ナターシャのほうを振り向き、「子供の世界」[*2]デパートのカウンターのそばで押し寄せ唸り声をあげる人々の波にもまれながら、猛り立つ人々の頭越しに「ねえ店員さん！　ねえったら！　卓上輪投げください！」と大声でどなる。そして、両手を頭上で絡ませて振り振り、遠くからナターシャに頷いてみせる。「生きてる、生きてるよ、買えたんだ、君は安全な岸にいて！」とでも言うように。

　やがて、ピョートル・ペトローヴィチは、駅に止まっているイジューム行きの列車のそばでナターシャの手を取って揺すった。ありがとう。あなたは素晴らしい人だ。イジューム市に遊びに来てください。妻をご紹介します。子供たちにも会ってやってください！

　あっというまに陽気なピョートル・ペトローヴィチは姿を消し、ナターシャは緑色の列車を見送りながらオオカミのように吠《ほ》えだした。その吠え声は砲火《ほうか》のようにホームに響き、ごうごう音を立てている線路の上、赤レンガのバラックの上、凍てつく過酷な大地の上を飛んでいった。そのときナターシャの背後から肩をむんずと摑んだのは老いだった。まるで我慢強く厳しい医者のように、使い慣れた診療道具を用意して、ナターシャの肩を摑んだのである。

＊1　ウクライナにある工業都市。「イジューム」には「干しブドウ」という意味もある。
＊2　子供用品専門のデパート。

ナターシャは、グレイの綿毛のスカーフが好きになり、以前より靴の選び方にこだわるようになった。靴型の造りが粗雑なんじゃない？　骨を傷めやしないかしら？　モルシャンスカヤおばあさんの部屋に遊びに行くと、同種療法《ホメオパシー》の薬箱がずらりと並んでいる。スルフリョド、サルヴィヤ、ガマメリス。「名の日」[*1]を祝って、青くて愉快な灌腸器《かんちょうき》をプレゼントした。日の出を背景にスズランの花束がいくつも線画で描かれている灌腸器だ。パリの妹の家に滞在して帰ってきたコンコルジヤ・ベネジクトヴナは、ナターシャにプラスチックでできた赤いスプーンのお土産をくれた。男やもめのガーギンはクロスワードパズルを持ってやってくる。ねえ、ナターシャさん、これ、あなたの専門でしょ。カザフスタンの川で五文字、最後の文字が「シャー」って何でしょう？
大晦日《おおみそか》にガーギンはシャンペンを飲み干してからナターシャに結婚を申し込んだ。ナターシャは笑い、ガーギンも笑った。ほがらかなご老人だこと。ガーギンの描く酔っぱらったマロースおじいさんも純血乳牛のような雪娘も年を追うごとにますます愉快になっていく。

食器戸棚の位置を変えようと動かしているとき、ナターシャはふとコノワーロフのことを思い出した。最初は、暗闇の中の青い点のようにぱっと燃えあがっただけだったが、やがてだんだん頻繁に飛んできて空中に漂うようになり、鼻をすすり、ドアをノックする音が聞こえるとびくっとして消えるようになった。ナターシャは、トマトの塩漬けを作って瓶詰めにし蓋に全体重をかけているときなど、驚いてありがたそうな表情をしたコノワーロフが、汁のしたたる柔らかくて冷たい小球を二本の指でつまみあげ、もっと食べてもいいかと聞くところを思い描いた。

セラフィム墓地に眠るおばあさんはコノワーロフのことが気に入っていたため、彼の住所を墓まで持っていってしまった。ナターシャは電話帳をぱらぱらめくった。コノワーロフという苗字《みょうじ》はトランプの札のようにどんどん増え、アリのようにペテルブルクの街に散らばり黒い数字となってあちこちに浮かんだり消えたりしている。ひとりすぐ近く、リテイヌィ大通りに住んでいるコノワーロフがいる。「コノワーロフを探しだす」と言うのは簡単だが……。青銅製の呼び鈴に丸く「まわしてください」と書いてある。リン、リン、リリーン！ 何の音も聞こえない。シュ、シュ、シュ。足音がする。門ががちゃがちゃ音を立て、鉄の臭いがする五十センチほどのフックがギイギイいって外れ、鎖がヒュウヒュウ鳴る。疑い深そうな老婆が暗がりから、産毛の生えた黄色い鼻をぬっと突きだす。オートミールの匂いがする。「だれに用だね？」「コノワーロフさんなんですが」「留守だよ」。バタン！ 老婆はドアを閉めてしまった。ひょっとすると、新興住宅に住んでいるのかもしれない。ルジェフカ地区か、グラジダンカ地区か、セレブリスティ並木道かも。あの錆びた鉄条網がずっと立ち並んでいる並木道。「どなたですか？」「コノワーロフさん、いらっしゃいますか？」妻は色の黒い痩せた女で、驚いて訝しげな表情を浮かべ、エプロンで手を拭いている。「中へどうぞ。でも……」その向こうにあるのは、未知の、他人の、ひと様の部屋。私のいないところで営まれた生活についての未だ読まれざる物語……。コノワーロフが何か噛みながら出てきて言う。「どなたですか？」人違いだった。もしかすると、そもそも郊外に住んでいるんじゃないかしら。二階建ての木造の家だったりして。雄鶏が庭をうろつき、玄関ポーチのそばにオニユリが咲き、地面が人の足で踏みしめられ固められたところ……。入口のドアはダーチャのトイレでよく見かけるようなドアだけれど、その先は、急に高くなっている――風除《かぜよ》けのための暗い部屋で、馬の頭絡が壁にかけられ、銅葉桶がある。「コノワーロフを訪ねてきたんかい？ 上じゃよ、上。上でノックしてみな」。すると、長靴を履いたままコノワーロフがベッドに横になり巻きたばこを手にしている。窓辺に花、壁の掛け時計がチクタク、チクタク時を刻んでいる。モミのまつかさが下に下がっ

＊1 自分の名前と同じ聖人の日。ロシア革命前は誕生日よりむしろ「名の日」の祝いのほうが重要だった。

ていく——重りなのだ。私はなんて声をかけたらいいんだろう？「まあ、コノワーロフさん！昔は熟していない青い若木がお好きでしたね。でも今度は、秋に枝から落ちて萎んで腐りかけた実を拾ってやってください！」とでも言えばいいの？

　モルシャンスカヤおばあさんが葬られた墓地にも、ひとりコノワーロフが眠っているけれど、四歳の坊やで、しかも十九世紀のこと。それに、墓を飾る小さな天使が緑色になった指を苔むした唇に押し当てて「何も言っちゃいけない」と匂わせている。

　ナターシャはガーギン老人に靴下を編んであげた。老人の部屋が湿っぽいからだ。冬が来る前に忘れずに窓に目張りをしてあげなくちゃ。素晴らしい教え子の優等生たちがナターシャの誕生日に『ヨーロッパのネコたち』という色鮮やかな写真集を贈呈してくれた。エレベーターはちょくちょく壊れるようになった。今ではめったに上等なお茶が買えない。明日は冷えるっていう話よね、聞いた？　ほら、風があんなにひゅうひゅういっているでしょ。それでナターシャは窓に近寄って耳をすませたが、何も聞こえなかった。何も。人生が流れていくざわめきの他には何も聞こえなかった。

タチヤーナ・トルスタヤ Татьяна Толстая

一九五一年レニングラード（現在のサンクト・ペテルブルク）生まれ。
一九八三年にデビューし、短編集『金色の玄関に』（一九八七、邦訳は沼野充義・沼野恭子訳、白水社、一九九五）を刊行するや、華麗な文体を得意とする短編の旗手として国際的な注目を浴びた。
一九九〇年代はアメリカに住んで大学の教壇に立ち、批評活動に従事。二〇〇〇年に満を持して長編『クィシ』を刊行した。「大爆発」後二〇〇年経った未来の独裁都市国家を舞台としたディストピア小説であった。

Photo by NumaNuma

本編「霧の中から月が出た」（一九八七）は、トルスタヤのエッセンスが凝縮《ぎょうしゅく》しているような短編である。わらべ歌や子守唄に想像力をかきたてられ、「地理」という言葉から連想を広げる夢想家の主人公、独創的で鮮やかな比喩の連なり、あたかも細部が肌触りや匂いを得て歌いだすかのような自由闊達《かったつ》な文体。この語りの妙技こそトルスタヤの得意とするところである。

この作品は、映像の詩人ユーリィ・ノルシュテインの傑作『話の話』（一九七九）との親和性がきわめて高い。ノルシュテインのアニメでも、黄金の子供時代がノスタルジックに描かれ、子守唄の歌詞から生まれた丸い目をした灰色オオカミの子が人間の赤ちゃんを森にさらう。郊外の別荘《ダーチャ》の光あふれる情景、回想の霧の中に浮かびあがるテーブルやハンモック、戦争で犠牲になる家族等、ディテールに驚くほど共通点がある。

もうひとつの特徴は、主人公ナターシャが自分自身の肉体を忌避《きひ》する感覚だろう。「(青春が) バーバ・ヤガーの家のまわりにめぐらされた垣根のように立ちはだかった」とあるが、ロシアの昔話に登場する魔女バーバ・ヤガーの垣根に無数のしゃれこうべが突き刺さっていることを思えば、鮮烈な死のイメージが喚起されるはずである。

馬鹿と暮らして

ヴィクトル・エロフェーエフ
沼野充義 訳

友人たちが、「馬鹿おめでとう」と祝ってくれた。そいつは悪くないじゃないか、というわけだ。ぎゅっと抱きしめられ、頬《ほお》にキスをされた。私は途方に暮れたように微笑むばかり。目眩《めまい》がした。友人たちの手や、微笑《ほほえ》みがちらちらあちこちに見えた。私も友人たちの頬にキスをし、彼らをぎゅっと抱きしめる。友情の湯気が立ちのぼった。ぷーんと甘味を帯びた湯気の中で、私の頭は風船になり、胴体と足は背広のボタンに巻き付けられた糸になった。私はぴょんぴょん、飛《と》び跳《は》ねてばかり。いや、本当に、変な感じだ。おぞましき不安定状態。刑罰の日の自分の様子をそんな風に記憶に止めた。

　友人たちは、もっと悪いことがあるんじゃないかと心配していたんだ、と白状した。もっと悪いことがあったとしたってまったくおかしくなかったんだ、ところが蓋《ふた》を開けてみれば、馬鹿と暮らせってことか。刑罰としては軽い、たいして苦にもならないものだ。そもそも刑罰だなんて、全然言えないくらいじゃないか。もちろん、どういう見方をするかにもよるけれども、ほらたとえば、現代という時代のほころびを通して覗《のぞ》いてみれば、その刑罰には、密かな形をとった信頼がこめられているのが感じられる（だって、すべての道が閉ざされてしまったわけじゃないのだから！）、新しい種類の生命力とでもいうか、非難というよりはむしろ任務がそこには感じ取れる。一言で言えば、使命だ。そのうえ——と、友人たちは付け加えた——選択の権利が与えられているんだし。彼らはお前に寛大なところを見せてくれたんだ……。私は警戒した。友人たちのほうが私に寛大なところを見せようとしているんじゃないだろうか？　そうねえ、でも——と私は言った——馬鹿との暮らしだって、ぼくにはちょっとしたプレゼントだからね。そのうえ寛大さだなんて、誰からのものであっても、ご免こうむるよ！

　ここには仄《ほの》めかしがあったことに、お気づきだろうか。私にどうか刑罰を与えてください、ということ。これは私の刑罰なのだ。それについて判断するのはこの私なのだ。君たちはおれをぎゅっと抱きしめてくれればいい、ぼくも君たちをぎゅっと抱きしめてあげるから。

　私はその冬、疑い深かった。疑い深く、不安だった。そして世界はひっくり返って私の疑い深さの中にはまり込み、事物の間の境界が洗い流されてしまった。ぷーんと甘い湯気が立ちこめていた。新たな力を得て友人たちは私にキスをし、私も彼らにキスをした。そんな風に、私たちは互いにキスしあったのだ。

　キスをしながら、友人たちは言ったものだ。なあ、不幸の中にも幸福があるってことさ。じつを言えば、お前さんにはいつも、同情ってものがちょっとばかり足りなかった。この点——と、友人たちは親しげに目を細めた——この方面じゃ、お前さんはちょっと弱いんだな。すると私の不幸な妻もうなずいた。そうなの、ちょっと弱いのよ。やれやれ、おかげさまで、と私はわざとらしく感情をこめて言った。やれやれ、おかげさまで！　やっとわかったよ、いったいどうしてぼくが罰せられたのか、同情の不足のせいだったんだ。

　笑い声がまき起こった。私の気のきいた言葉をみんなで楽しんだ。杯をカチンと合わせて乾杯した。たくさん、美味しいものを食べた。一度などはエゾライチョウのサワークリームかけが出たほどだ。エゾライチョウのサワークリームかけを、私たちが食べてはいけないなんて法がどこにある？　サワークリームの中でエゾライチョウはまるで生きているみたいだった。

　私は友人たちと議論しなかった。議論などしても何の得にもならないと思ったのだ。そして、自分なりの馬鹿の理想像を胸に温めていた。どこかの精神遅滞者を行き当たりばったりに連れてくるなんて、まっぴらごめんだ。むくんだ汗孔《かんこう》だらけの顔、唾液まみれの顎《あご》、ぴくぴくひきつったように動く障害のある両腕、そして濡れたズボン。生活空間が塞《ふさ》がれるだけのことではないか。私が夢見ていたのは、まったく違う病理の持ち主だった。それは形式と内容において民衆的な、聖なる愚者、聖痴愚《ユロージヴィ》のようなタイプだ。私が思い描いていたのは、うやうやしくずる賢い老人だ。色褪《いろあ》せた空のような色をした、鋭い片目の老人。砂糖をかじりながら紅茶を飲み、その顔色は明るく、澄んでいる。時にさっと狂気のさざ波が立つこともあるが、それは他ならぬ悪魔のしわざ。両面価値的《アンビヴァレント》な、そんな老人だ。手が掛かることもほとんどなく、きっとすぐにくたばってくれるだろう。精神遅滞者を相手にしたらこうはいかない。いまいましいことに、発作を起こしてのたうちまわったりされたら……。

　まあ、ことによったら、私の理想といっても完全に私のものではないかもしれない。もちろん、ここには余所《よそ》から借用してきたものも入っている。聖なる教会の階段の光景が目に浮かびもしたし、そもそも私たちは子供のころからおなじ一つの文学のミルクを飲んできたわけだから……。ただ、そのミルクからバターだけは作りたくないものだ！　私は老人を選ぶことにした――選択の権利が与えられたのだから。それも実験のためでもなく、抽象的な研究のためでもなく、私たちに共通の乳母のミルクを化学的に分析するためでもなく。あの忘れがたい冬に、論争を挑むような熱は私からは消え失せていた。要するに、聖なる愚者を引き取ることにしたのは、気晴らしの（パスカル的な意味での）ためではなく、内輪の、生活上の打算ゆえだった。ああ、この世に生きるのはなんと恐ろしいことだろう、皆さん！　さて、そんなわけで――いや、げっぷが出てしまった。どうか寛大に許してください。

　私には新しい、いつもまあまあ満足できる妻がいた。古いほうの妻は死んでしまった。猩紅熱《しょうこうねつ》で。間違った診断を下され、間違った治療を受けたのだ。彼女は死んでしまった。私は男やもめだ。新しい妻も死んでしまった。かわいそうな女！　プルーストがとても好きだったなあ！　幸せな老年までプルーストを好きなだけ読みふけり、私にマッシュルームのジュリエンヌ《スープ》を作ってくれればよかったのに！　ところが酷《むご》たらしく殺されてしまった……。ときどき私は亡くなった妻たちを混同する。ときどきびくっと震えてしまう。ちょっと待てよ、最初の妻はプルーストが好きじゃなかったっけ？　私は恐ろしくなる。二人ともプルーストが好きだったような気がする……。

　レーニンちゃん――いや、レーちゃんと呼ぼう――が部屋に飛び込んできたとき、その手には巨大なキッチン・ナイフが握られていた。それはじつは妻が東ドイツから買ってきて、野鳥などをさばくときに使っていた大型の植木鋏《うえきばさみ》だ。それは彼女のお気に入りの植木鋏で、レーちゃんはそれで自分の足の爪を切る習慣にしていた。そんなことが気に入る主婦が、いったいどこにいるだろうか。さて、そんなわけで、まあなんてことだろう、レーちゃんは植木鋏をがちゃがちゃ鳴らしながら部屋に跳び込んでくる。そのとき私は裸で、やせこけた体を剝《む》き出《だ》しにしながら、子供のようにトマト・ジュースを飲んでいて……。レーちゃんは妻の髪の毛をつかんで、彼女を汚物で汚れた絨毯《じゅうたん》の上に倒し、鋏で髪の毛を切り取りにかかった。そのとき彼の顔は、教《おし》え諭《さと》すような表情を見せていた。私はとても興奮し、とても興奮し、椅子に座ったままぴょんぴょん飛び上がるほどで、体中がトマト・ジュースにまみれてしまった。私は胸を叩き、膨《ふく》れ上《あ》がった性器を切り取ってくれとレーちゃんに叫んだ。レーちゃん、切り取ってくれ、もうだめだ！　レーちゃんは別のことで忙しくて、振り向きさえもしなかった。

「ええい」と最後に彼は叫び、教え諭すような顔をして、戦利品を私に見せてくれた。私はトマトと精液にまみれて座っていた。こうして私はまたもや男やもめになったのだ。

ああ、レーちゃん、レーちゃん！　いま君はどこにいるんだ、レーちゃん！　どこに？　私の疲れた心が、君は生きていると感じている。君は誰よりも長生きすることだろう、私の愛《いと》しいお馬鹿さんよ。君の身はいったいどうなるんだろう。君はいま誰のところで馬鹿のおつとめをしているのか。おつとめはどうだい？　殴られたりはしないかい？　私は殴られるんだ。とんでもない畜生でさ、偉そうに自分の名はクレーグ・ベンソンだとか言っているけど、どうもロマじゃないだろうか。金歯が一本あって。大変なコネを使って私を手に入れたんだ。奴は気が狂っている、レーちゃん。私にはわかっている。でもあんな奴、ただのアマチュアじゃないか、おれたち誇り高きプロの集団とは比べものにならないさ。さよなら、レーちゃん！　そう言うぼくは、君の息子だ。

さて、親愛なるわが読者よ、ここに記述しようとしていた一連のできごとの記述にもどらせていただきたい。私は文学者であり、自分の価値を知っている。自分の読者を馬鹿にしたりはしない。美しい生活について皆さんにお話ししよう。

雪、太陽、ヤマナラシの青い蔭。零下三十五度。凍死した子供たちの小さな死体の数々。静けさ。ときおり、まるでまったく偶然といった風に、方々に分かれて広がったマツの木の枝から——このマツの木はそれは堂々とした立派なもので、モンゴル人がロシアに襲来した時代から生えていた、遥かなご先祖様のマツ、偉大な殉教者にして庇護者、擁護者であり、その根は郷里の土の中に深く永遠に入り込んでいるのだが——このマツの木の枝から松ぼっくりが落ちてくる。その様子は、考え深い自然研究者が指摘するように、どこをどう見ても犬の茶色いころころした糞にそっくりだ。そんな松ぼっくりが雪の中に落ちると、肉眼ではよく見えないほど小さな無数の雪片が舞い上がる。それはまるで、おとぎ話に登場する客人がダイヤモンドの粉をあなたの目の中に振りかけたかのよう。振りかけて、自分は極寒の霧の中に溶け込んで消えてしまうのだ。そして、あなたはすっかり夢中になり、この不思議な現象に魅了され、身じろぐこともできないまま、ずっと立っている。立ったまま、奇跡の続きを待っている。そのとき、雀《すずめ》の仲間のよくさえずる小鳥の群れがすでに、もちろんちょうどいい頃合いにまるで天から降ってきたように姿を現して、さえずり始める。小鳥たちは人間には理解できない、滑稽《こっけい》な自分たちだけの言葉で互いに声を掛けあう。まるですべての小鳥たちにとって非常に重要な何らかの問題をめぐって会議をするために、ここに飛んで来たかのようだ。赤い胸をし、口ひげのようなものを生やしたオスの鳥たちが、互いを遮《さえぎ》るように我がちにさえずっている。すると、そのうちの二羽はまるで言い争いでも始めたかのように、相手を威嚇《いかく》するように互いに羽ばたきをし、他の鳥たちは彼らのことを笑い、そんなにすぐに喧嘩《けんか》をしなくても、とぶつぶつ文句を言うことになる。それと同じように、冶金《やきん》コンビナートの工場長の執務室で会議を開けば、二人の若い職場主任が頭をかっかさせて、まるでオンドリのように、たがいに食ってかかることだろう。一人はこう叫ぶ。「お前のおかげで生産計画がだいなしだ！」するともう一人が応える。「お前のせいで党員証を返上するなんて目にはあいたくないね！」しかし、そういった喧嘩をこれまで何度も見てきた工場長がデスクをこつこつと鉛筆で叩き、端正なスーツを着て窓際に座っていた共産党地区委員会の責任者の女性が、男のような素晴らしい低音の声でげらげら笑いだす。と、驚いたことに、かつての同級生で、企業の誇りでもあり人気者でもあるこの二人は、かっとなったことを後悔し、同僚たちに促されて、互いに駆け寄るのだ。その顔には当惑して恥ずかしそうな表情が浮かび、頬には赤みがさしている。そして彼らはもう固く抱き合っていて、工場長は興奮を抑えきれなくなり、こう言う。「しょうがない連中だよ、まったく！」そして、彼はモスクワに電話をかけるのだ。ところで、もしもあなたが下手なスキーヤーで、道に迷い、体の芯まで凍えきってしまったとしたら、オナニストが膣《ちつ》の姿ばかり夢見るように、ある一つのことばかりを夢見ても無理はない。つまり、一刻も早く、バス停に通じる林道に出て、森の奇跡を離れ、町に帰ることだ。しかし、あなたがその種のスキーヤーなどではなく、観察力の鋭い生物気候学者だったら、ウソの中にもまた工場長のような存在がいて、雀の類の鳥たちに対して絶対的な権威を持っているということに、気づくにちがいない。ウソの工場長が舌をちぇっと鳴らしただけでもう、喧嘩は終わり、それから彼は言わば鳥の生産現場集会を取り仕切るかのように、こんな風に言うことだろう。これこれしかじか、さてさらに飛んでいくことにしよう、諸君！　そして、ウソたちは飛び立ち、活気づいた、ほとんど陽気と言ってもいいほどの表情を顔に浮かべて、あなたを目掛けて滑空してくる。そして、観察力の鋭い生物気候学者のようなあなたの目をつつきだすのだ。

さて、そんなわけで我が老人は――彼をマレイ・マレイッチと呼ぶことにしよう――憂《う》き目《め》を見るべきことになった。馬鹿の午睡の時間は終わった！　私を悩ませ、しつこく苦しめていたのは、チェックの背広のボタンに巻き付けられた糸がついた風船のイメージだった。私は自分を繋《つな》ぐための他の鎖を求めていたのだろうか。

まあ、すべてはそれほど簡単ではない。確かに私は聖なる愚者の老人を、まるで黄金の根のようにすり鉢で挽《ひ》いて、滋養があって元気が出るスープを作るつもりだったが、だからといって、私がいきなり天上のイエルサレムの広場に飛び出てやろうとでも思ったというわけでは全然ない。ところで、天上のイエルサレムについては、教会がらみのソ連の詩人がこんな風に書いている――

そこではロシア精神が神の唇に接吻をする……

まったくなんというおぞましい詩だろう。いや、神のもとでの出会いなどに私は気を引かれなかった。言うなれば、美学が反逆したのだ。針の穴のところに私を送り込んだのは美学だった。しかし、悔しくてどんなに泣いても、私は針の穴を通り抜けられなかった。私は詩人のところに遊びに寄った。どうやって君は針の穴を通り抜けたんだい、と私は言った。なんだって黙っているんだ、友だちなんだから、教えてくれよ、質問に答えてくれ。彼は馬鹿げきった様子で笑うだけだ。そして、こう言った。五ルーブリ貸してくれよ、大好きな飲み物を買うために。そこで私たちは二人で一本飲みほし、口直しにドナウ風サラダを食べた。女房が猩紅熱で死んじゃってね、と私が言った。死んだ女房のマーシャに会うことができるだろうか、と私が聞く。できるとも、と彼が馬鹿げきった笑いで応じる。きっと会えるさ、心配するな……。そのときろくでもないことが始まった！　胃がドナウ風サラダを手なずけようとし、ドナウ風サラダは胃を手なずけようとしたのだ。その結果、不愉快極まりない妥協が生じた。

　そもそも私は気が狂うことについては、まったくやぶさかではなかった。気が狂いたくてしかたなかったと言ってもいいくらいだ。その意味では老人に強い期待を抱いていた。そしてマレイ・マレイッチに賭けたのだ。私は理性の高みから落ちて、狂いたかった――その先は、物事がよく見えるようになるだろう。

　そんなわけで、そもそも、私の望んだ通りになったのだ。私は転落し、ばったり倒れた。それも並大抵《なみたいてい》のことではない。いまだに生きた心地がしないくらいだ！　ハッ、ハッ、ハッ！　でも愛しいクレーグ君には感謝しなければ。彼の教訓はありがたいものだった。彼は厳しいご主人様だ。私は再びペンを自由に操れるようになってきた。真実に近いところまで来た。そして私は自分がばったり倒れたことを、これっぽっちも後悔していない。ばったり倒れたのは、いいことだ、素晴らしいことだ！　私は何も後悔していない。まあ、もちろん、叩き折られた歯のことや、酷たらしい殺され方をしたあの女のことは――名前は覚えていないが――残念だけれども。記憶喪失だ。ものすごい勢いで私はいま真実に近づきつつある。だからこそ、記憶を失った部分がある。しかしあのことは覚えている、覚えているとも。レーちゃんが彼女の頭を植木鋏で切り落としたときのことは。消え去った記憶にとって、これは灯台のようなもの。私とレーちゃんは、灯台の光に照らされて立っている。裸で、興奮し、互いに愛し合っている二人の男。私たちは記念碑である。

私がレーちゃんを選んだことについては、何を隠そう、私の新しい妻自身が悪いのだ。もしも自分がいっしょに行っていたら、誰でもいいけれど、絶対レーちゃんだけは選ばなかっただろう、と彼女は後で言ったもの。ヒステリーに脅かされてレーちゃんを引き取るなんてことは、絶対にしなかっただろうと。でも彼女は行かなかった。北氷洋から吹いてきた風と厳しい寒さのせいで、動こうとしなかったのだ。そんなわけで、私はタクシーに乗り込み、一人で選びに行ったのだった。

出てきた守衛は無愛想で、二日酔いの口汚い罵り言葉を朗々と浴びせた。

「もっと早く来てくれなきゃね。もう鍵をかけちゃったよ」

時計に目をやった。朝の九時半だ。私はびっくりした。

「その反対に、まだ開いていないんじゃないかと思ったくらいですよ」愛想のよい渋面を作って、私は言った。

「思っただって！」と、彼はせせら笑った。「思うんじゃないよ。決められたように何でもすればいいんだ、思ったりしないで！」

そして彼は、馬鹿でかい黒い防寒長靴を雪の上で軋《きし》ませながら、立ち去ってしまった。一番の下っぱか。庶民の出身だろう。どういうわけか、こういった庶民出身者たちはいつも私のことを毛嫌いした。どういうわけか、私の外見は彼らには厄介《やっかい》なものに感じられ、私を見ただけで彼らは——まるでオーデコロンの入ったコップを突きつけられたか、見るからにユダヤ人とわかる顔だちの男を見たかのように——顔を引きつらせ、吐き気を催すのだった。私はもうそんなことにも慣れていたので、悲しんだりはしなかった。そして、以前のように、へつらって機嫌をとろうなどともしなかった。以前だったら、こんな風に言ったものだったが——兄弟、どうしたっていうんだい？　仲間うちじゃないか。私は純血このうえない仲間だよ。貴族のくそったれの血筋なんかじゃないんだ……。私は肩をすくめただけで、庶民出身者の後を追い、ウォッカを一本やろうと言った。彼はちょっとためらうように立ち止まり、私に対する権力とウォッカのどちらがより心地よいか、考えているといった風だった。私は慌《あわ》てて、半リットル瓶をもう一本追加した。彼は目までもきらりと輝かせた。そして私は突然、激しい感情の発作に襲われた。しかし、それは理解とか哀れみといったものではない。その種のことが起こったわけでは全然ないのだ。私を襲ったのは、鋭い、異人種としての敵意だった……。「こいつは何やら新しいことだ」と私は考え、気づまりになった。「マレイ・マレイッチのことでは、本当にもう遅すぎたんだろうか？」

「それじゃ、行くか！」と、庶民出身者が陰気に言った。

「それじゃ、行こう！」と、退化した人間が陰気に答えた。

そして私たちは行った。

それはどんよりと赤い光に照らしだされた、地下の大きな部屋だった。壁沿いのベンチに数えきれないほどの馬鹿たちが腰を下ろしている。むっとするような息苦しく暑い空気を額で押し分けながら、部屋の中をぶらついている者たちもいた。皆それぞれ自分の仕事や、自分の思いに専念していて、私と守衛に対してはまったく関心を示さなかった。全部合わせて、彼らは百人ほどもいただろうか。

「さあ、誰を取るかね？」守衛がじれったそうに尋ねた。

「ちょっと待ってくれ」と私は言って、蒸し暑さと戦いながら、ベンチに沿って歩き始めた。ここには様々な人たちが集められていた。若者も老人も、憔悴《しょうすい》してやつれた男も、がっしりした体格の醜男《ぶおとこ》も、打ちのめされ、無気力でおとなしい連中も、せかせかした短気な連中も、茫然自《ぼうぜんじ》失《しつ》して重々しい彫像のようになってしまった人たちもいた。ぶつぶつ言っている者もいれば、泣きわめいている者もいる。歌っている者も、眠っている者も、深皿にはいったなんだかぬるぬるしたものをがつがつ食う者も、目の前を見て微笑んでいる者も、すすり泣き、気まぐれを起こして唇を裏返している者も、ノミを捕まえている者も、よだれを垂らしながらオナニーをしている者も、縛られて隅に横たわり、罰せられている者もいた。部屋の真ん中には、二人の若い、ずんぐりした体格の職場主任がいた。彼らはなんと、先程長々と繰り広げた比喩《ひゆ》に登場したわが友人たちだった。互いに食い入るように目を見つめあい、限界を超えた快楽の重い感覚を味わいながら、彼らは音もなく静かにワルツを踊っていたのだ。私はこの幻覚に呆然《ぼうぜん》とし、不安になった。一刻も早く、ここから抜け出さなければ！

「こいつはどうかね？」と、守衛が私に追いついて尋ねた。彼は、顔の筋肉が完全に狂ってしまった、落ち着きのないのっぽの手をつかんでいた。その顔には、自己満足と（まるでファシストの独裁者のようだ！）、絶望と、恐怖と、従順と、優しさの光景が、そしてさらに何だかわけのわからない光景がいくつも、倦《う》むことなく入れかわり立ちかわりさっと現れては消えていった。守衛はしわがれ声でげらげら笑いだした。ということは、つまり、冗談だったのだ。

「聖なる愚者《ユロージヴィ》のような人たちはいますかね？」と、私はわかっているよとでも言うように微笑んで彼の冗談を受け止め、尋ねた。

「ここにいるのはみんな頭がおかしい連中《ユロージヴィ》だよ」守衛はびっくりして言った。

「ぼくはその、聖なる愚者みたいなのがいいんだけどな……」

「この野郎、そんなところで小便をしやがって！」守衛ががなりたて、小便をした男に飛び掛かって、げんこつを食らわせた。私は聖なる愚者の探索にとりかかった。しかし、目にしみるような赤みを帯びた照明の下で顔がいっそう醜悪に見えていたせいなのか、馬鹿たちの肉体的な多様さが私の注意をそらしてしまったせいなのか、それとも、蒸し暑さのせいで私の頭がぼうっとなったせいなのか、いずれにせよ私の捜し求めるマレイ・マレイッチはどこにもいなかった……。私の視線は、三十歳ほどの背の高い若者の上に止まった。彼は手を組んでベンチに座り、嘲《あざけ》り笑《わら》うような甲高い裏声《ファルセット》で歌っていた。

　野原に白樺が立っていた
　よく茂った白樺が立っていた
　リュ・リ・リュ・リ、立っていた……

赤い髪の毛が彼の目を覆うほどに垂れ下がっている。なぜか私は、彼は目が見えないのではないかと思った。しかし、彼は私の視線をとらえ、ふんと笑った。

　リュ・リ・リュ・リ、立っていた……

彼は細面《ほそおもて》の、まったく人間的な顔をしていた。ただ、突き出た耳だけが、私の脳裏にできあがっていた肖像をぶちこわしていた。

「そいつは駄目だよ！」と、守衛が遠くから叫んだ。

「どうして？」私は腹を立てて言った。そのときもう、この若者を救い出そうという意図を固めていたのだ。

「嚙《か》みつくんだ」と、守衛が言った。

「だいじょうぶ」と、私は氷のように冷たい調子で反論した。守衛は私にとって敵だった。

「ア、ア、ア！」これは私の叫び声だ。若者がとかげのようにベンチからするっと下りて、私のところまで来ると、ふくらはぎに嚙みついたのだ。

「ア、ア！」と、私は叫ぶ。涙が目からぽろぽろ落ちてくる。私はへなへなと守衛の腕の中に倒れこんだ。守衛は私を抱きとめてから、若者の腹に長靴で強烈な蹴りを入れ、彼をおとなしくさせた。狂人たちが周りに集まってきて、ひどく同情した様子で私のことを見つめた。彼らは明らかに大げさな演技をしていた。なにしろ狂人のことだから、ほどほどというものをまったく知らないのだ。

「みな自分の場所にもどれ！」と守衛が命令すると、彼らは四方に散った。若者は床に横たわり、両手で腹を押さえながら、白樺の歌を歌っている。

「だから言ったろう、嚙みつくって」守衛はぶつぶつ言いながら、私を事件の起きた場所から離れさせた。

「たいへんな仕事だねえ」と、私は嚙みつかれた足が痛くて引きずりながら言った。そして、こんなことを思った。

「おれは罰を受けて、一人の馬鹿といっしょに暮らすことになった。ところがこの男ときたら、百人もの連中と暮らしている……。いったい、どんな罪のせいで？　いったい、どれほどの給料をもらって？」

「連中はおれのことが怖いのさ」と言って、守衛は下っぱ役人の偉そうな微笑みを浮かべた。

若者は――つまり彼がレーちゃんだったわけだが――両手を折り曲げて背中に回し、浮かぬ顔をして、部屋の中を歩き回っていた。五歩前に進むと、急にくるっと回れ右をして五歩もどってくる。そしてまたしても、回れ右。彼はぼろぼろのスリッパをはいていたので、足を引きずるように歩いたが、ネクタイをして、時計もはめ、きちんと手入れした顎ひげと鼻の下にちょびひげをはやしたその様子は、ちょっと前に五十コペイカを両替した田舎の大学教師といった趣《おもむき》だ。理想のためならいつでも首吊り自殺も辞さないといった、自分の空想の密かな受難者――こういったタイプの教師がいるものだ。これはもう死に絶えつつある種族であり、それに取って代わりつつあるのが、無学な者たち、運に見放された失敗者たちだ。この連中は空想の受難者たちを押し退けている。失敗者たちは勝ち誇る。灰と頭のふけ――これが彼らのスローガンだ。そんなわけでレーちゃんは地下に追い込まれ、下っぱの役人の支配下に置かれた。私は好奇心にかられて、彼をじっと見つめた。彼はそれと同じ好奇心で私に応えてはくれなかった。彼は想像上の敵との議論に夢中になっていたのだ。想像上の論敵は俗悪さの馬鹿げきった一式、馬鹿げたことの俗悪きわまりない取り合わせで、彼を苛立《いらだ》たせた。そして論争家レーちゃんの突き出たおでこは、燃え上がる空想の炎に照らしだされていた。

「よくもまあ、こんなのを選ぶなんて。気でもちがったんじゃないの！」私の新しい妻はぞっとして言った。「その頭の恰好を見ただけでも痴呆《ちほう》だってわかるじゃないの」

「彼の頭は空想の力につぶされてしまったんだ」と、私が反論した。「まったくソクラテス的な頭だよ」

「ひょっとして、バシキール人かしら？」妻はいかにも女性的な嫌悪感をこめて聞いた。「いずれにしても、ロシア人じゃないわね」彼女は不快そうに言い放った。

「そんなことを言ったら、聞こえて、気を悪くするよ」と、私は台所のほうを見ながら言った。ガラス戸の向こうでレーちゃんは、ハム・サンドをがつがつ食べている。

「あんなやつ、大っ嫌い」と、妻が言った。「どんなのでもいいから、誰か他の人と替えてきてよ……。お願いだから、替えてきて」

彼女はまるで予感しているかのようだった——最後には結局、レーちゃんが自分の首を植木鋏でちょん切ってしまうことになると。私は困ったように両手を左右に広げて見せただけだった。

「口を開けろ！」と、守衛が命令した。

レーちゃんは立ち止まり、待ってましたとばかり口を開けた。

「協調性がある」守衛が「よしよし」とでも言うようにうなずいた。「協調性があって、呑《の》み込《こ》みが早い」

「どうしてわかるんだい？」と私は質問して、自分もこの夢想家の口の中を覗き込んだ。

「どうしてわかるって？　すごく簡単さ。だって、やつは言われた通り口を開けただろう」

「あなたのお名前は？」と、私は夢想家に丁重に尋ねた。「えい！」夢想家がため息をついた。どんよりと赤い光の下で暮らす辛さをこぼしているかのようだった。彼の頭は魅力的に禿《は》げていた。

「まあ、忘れたってことよ」守衛が弁護を買って出た。「忘れたって、後で思い出すさ。誰だってあるじゃないか、物忘れなんて……」

「えい！」夢想家がもう一度ため息をつく。

「どうやら、口数が少ない人のようだね」と、私は守衛に指摘した。

「そのうち、話し始めるって」と、守衛が請け負った。「こいつがどんなやつか、知ってるんだ。たいそうなスピーチを一席ぶつことだってある。やけに高尚なことについてな。驚き桃の木さ……」

　まったく、とんでもないやつだ、この守衛は！　私をうまく言いくるめてしまったんだから。こすっからいやつだ……。私は目眩のせいで倒れないように、水夫のように大股《おおまた》で歩きながら出口に向かった。やっと娑婆《しゃば》に抜け出してきた。そこで、とても興味深い細部《ディテール》が一つ明らかになった。わが夢想家にわずか残った髪や、口ひげや、顎ひげは、赤毛だったのだ。赤毛！　なんという幸せ！　私たちは新生活をまさにこれから始めようとしていた。私は垢《あか》で汚れた学校用のノートに受領のサインをして、守衛には気前よく勘定を支払った。

「何を食べさせたらいいのかな？」と、心配そうに私は尋ねた。まるで、ペットショップで金魚を買った子供みたいに。

「糞でも食わしてやりな！」守衛がからからと笑った。

　私たちは友人として別れた。私にはわかっていたのだろうか……。いや、黙っていよう、一言も言うまい！　私はあなたたちを愛していました、皆さん。まあ、そんなエピソードもあったってこと。わが愛しのレーちゃん、君はいまどこにいるんだ？　何もかも盗まれ、何もかも売られてしまったよ、レーちゃん。

さて、そんな風にしてレーちゃんは私のものになった。

今度は、親愛なるわが読者よ、私がどのようにして彼のものになったかをお話ししよう。

それはすぐに、突然、起こったことではない。長期間にわたる花攻勢の後に起こったことなのだ。最初のうち、レーちゃんはとても物静かだった。スリッパを引きずって歩き回り、たらふく食べているだけだった。朝食には発酵牛乳《ケフィール》を一本飲み、コテージチーズを召し上がるのが好きだった。控えめに台所に腰を下ろして食事をとり、それからスリッパを引きずって部屋の中を歩き回った。五歩前進、五歩後退。それから、また台所へ。ソーセージをかじったり、ハムに舌鼓《したつづみ》を打ったり。食べているとき、彼は凶悪そうな、猫のような目つきになった。しかし許可なしには何も取らなかったし、冷蔵庫に手を突っ込むこともなかった。私は守衛に一杯食わされた。レーちゃんが話し始めることはなかったのだ。彼はたいへんなだんまり屋で、「えい」の他にはいかなる言葉も使わなかった。私は何度も彼と話をしようとして、あれこれ質問を試みた。あなたは何者で、どこの生まれなのか。どこで何を教えていたのか。というのも、私は彼が大学教授だとすっかり思い込んでいたからだ。ソビエト連邦の地図を目の前に広げて、郷里を指さしてくれと頼んだこともある。でもレーちゃんは地図の上で意味もなく指を動かし、そっとため息をつき、低い声でなにやらむにゃむにゃ言うばかり。絶望して私は彼をもうこれ以上構わなくなった。すると、彼は完全に自分の殻《から》に閉じこもってしまった。しかし、どうやら、何かが彼の内で熟していたようだ。何らかの考えや、夢想が、彼を苦しめていた。彼は毎晩呻《うめ》き声《ごえ》をあげ、しばしば夜中に目覚めては、もともと細い目をさらに狭め、顎ひげに拳《こぶし》をあてがい、何時間も暗闇《くらやみ》の中で長椅子に座っていたものだ。

「どうして寝ないんだい？」私は隣のもう一つの部屋から姿を現して、尋ねた。

「えい！」夢見るようにレーちゃんが答えた。「えい！」

私は彼がどんな夢を抱いているのか、見抜くことを夢見たものだ。毎夕、レーちゃんが不眠に苦しまないようにと、私は彼を連れて雪に覆われた横町を散歩した。レーちゃんは眼光鋭く、通行人たちの姿を見つめた。人々は彼にびっくりし、脇に退いて道を空け、後で振り返って見るのだった。その顔に、当惑し、恐慌に襲われたとでも言えるほどの表情を浮かべて。いったい、どうしたことだろう。レーちゃんの何が、夕方の道を行く無関心な町の人をどぎまぎさせたのだろうか。あれこれ憶測しても、頭は混乱するばかりで、何もわからなかった。そんな風に何週間かが過ぎていった。何もかも、以前と同じだ。警戒の色をあらわにした新しい妻、物静かなレーちゃんに、この私。実際のところ、好青年と言ってもいいこの私……。

あるとき、家に帰ってくると、こんな光景を目撃した。レーちゃんが台所の床で、冷蔵庫から投げ出された色々な食料品に囲まれて、こぼれたミルクの大きな池の中に座り込んでいる。座り込んで、何でも次々に貪《むさぼ》り食《く》っている。チーズを一切れかみちぎったかと思うと、今度は、サラダを入れた容器に手を突っ込む。ばさばさ音を立ててウェハースを食べたかと思えば、ソーセージに手を伸ばし、棒状になった細長いソーセージには、なんと、コケモモのジャムを塗りたくるではないか、愉快そうに、生きることに満足しきった様子で、座っている。私が彼を叱りつけると、彼は顔をしかめ、長椅子に横になり、後悔したようすなどまったく見せないですぐに寝入ってしまった。私の妻はひどく苛立った。

「きっとこんなことだろうって、わかっていたわよ」彼女は人の不幸を陰険に喜ぶといった様子で、涙ながらに言った。「きっとこんなことだろうって！」

私は友人たちに電話した。みんな残念がってくれた。そして憤慨《ふんがい》した。電話を通じて私にキスをして、こういった。「がんばれよ！」彼らはピザの味見をしに来ないか、と誘ってくれた。「おれはさ、キザなことは止めてピザにしたんだ」と、友情あふれる声が低音で響いた。私は笑いこけた。

数日後にレーちゃんは本を引きちぎった。私が愛情をこめて集めた蔵書のゆうに半分は、彼に引きちぎられてしまったのだ。私にとって大事なページの切れ端が、浴槽や便器を詰まらせていた。いや、便器どころの話ではない！　家中がこの冒瀆的な紙吹雪に埋まっていたのだ。

「なんでこんなことをした？」と、私は絶望のあまり怒鳴った。

「えい！」悲しげな声でレーちゃんが言った。しかし、私にはわかった。彼は嬉しいのだ。それは目を見れば、彼の厚かましい赤茶けた目を見ればわかることだった。

「馬鹿……」と、私は呻いた。

彼はよくわかっているよとでも言わんばかりに、痴呆的な頭を振ってうなずいた。

「自分が馬鹿だってわかってるんなら」と、私は憎々しげに言った。「それはつまり、お前は馬鹿じゃなくって、手の付けられない悪党だってことだ」

「縛っちゃいましょうよ」妻が提案した。彼女は慰めようもない悲しみに沈んでいたのだ。なにしろレーちゃんはプルーストを全部引きちぎってしまったのだから。「こんな悪党、縛っちゃいましょう！」

レーちゃんは、びっくりして泣きわめき始めた。

「こんなやつは、殺したほうがいい」冷やかな声で私が提案した。

レーちゃんはもっとびっくりした様子で泣きわめいた。妻も私の提案にはびっくりさせられたようだ。三人が三人ともびっくりしているだけで、どうしたらいいか誰もわからなかった。

私は戒厳令を宣言した。レーちゃんを非常に厳しく監視することにした。彼はいくらかおとなしくなったが、降参はしなかった。こっそりと破壊活動をしていたのだ。どうにも説明のつかない不思議な形で、色々な物が消え失せ始めた。シャツも、靴も、歯ブラシも、台所用品も。そしてある日、突然、彼は部屋の真ん中に大きな大便の山を積み上げ、そのときからすべてが始まったのだ。

彼は大便を壁紙に塗りたくり、壁紙を破り、冷蔵庫の中に小便をし、ナイフで床板や家具を切り刻んだ。おならをし、不作法の限りを尽くした。裸になって、素っ裸で歩き回った。赤毛が生えた股ぐらを輝かせて、五歩前進、五歩後退。そして、何やらまったく想像もつかないようなことが起こったのだ。静脈のような暗い赤色をした巨大なミミズが、秋の芝生の上でうごめくといった風な……。このレーちゃんというやつは、じつは強い男だった。そして自分に対して敷かれた戒厳令など、クソくらえといった調子だったのだ。いや、じつは彼のほうが私たちに戒厳令を宣言したのである。私たちに——つまり私と、私の新しい妻に対してということだ。私と言えば、まったく温和で、徹底した平和主義者で、最後に殴り合いの喧嘩をしたのが小学校五年生のときではないとしても、せいぜい中学一年くらいのときだという人間だ。そして私の新しい妻はプルーストと無邪気な家庭生活の喜びを愛する女性であり、彼女の愛するこういったものを背景として、静脈のような暗い赤色をした幻影がソドムの危機ほどの規模にまで膨れあがって行ったのである。

　レーちゃんは電話を押しつぶした。世界との連絡が絶たれてしまった。私たちは隣のもう一つの部屋にバリケードで立てこもったが、じつは私たちの間に連帯はなかった。私と妻は敵対していたのだ。不幸は私たちを団結させずに、かえってばらばらにしてしまった。妻はますます、耐えがたい女になっていった。私もひどくやつれた。憶測にふけったが、どうにもわからなくて、困った。どうしてレーちゃんはあんなに図々しくなったんだろう。どうして彼は時限爆弾みたいに爆発したのだろうか。それとも、あの地下室では、人の苦しめ方を馬鹿に教え込むのだろうか。あるいは私が不運で、ついていなかったから背負いこんだだけなのだろうか、このレーちゃんという世にも珍しい珍品を。単なる偶然ということなんだろうか？……

「よくもまあ、あんなのを選ぶなんて」と、妻は繰り返してばかりいた。

　壁の向こうではレーちゃんが不作法な振る舞いを繰り広げていた。それにしても、どうして通行人たちのほうが私よりもよくわかっていたのだろうか。どうして彼らは、レーちゃんと会ったとき、まるでその醜い顔に見覚えがあるかのように、まるでその顔とは悪い思い出が結びついているかのように、ぞっと身震いをしたのだろうか。私には何もわからなかった。

轟音《ごうおん》がとどろいた。ガラスの音。シャンデリアが墜落したのだ。

「ああ、わたしはいったい、何のために苦しまなきゃならないの」妻が嘆きの声をあげた。

「ということはつまり、君もぼくが悪いと思ってるんだな」と、私が叫んだ。

「あなたのせいで生活がだいなしよ」腹を立てた様子で彼女が言った。「もういや！　いやだってば！　がまんできない！　あんたなんか、人でなしよ！」

「おれが人でなしだって？　お前こそろくでなしじゃないか。よくもそんなことが言えたもんだ！」

しかし、ときには彼女はこんなことも言った。

「ねえ、何とかしてよ！　お願いだから……」

そして私はとうとう、何とかしてみたのだ。夜中にレーちゃんは私たちの部屋のドアをこつこつと叩きながら、泣きわめき、泣きわめき、泣きわめき続けた。ドアの下の隙間《すきま》からは、大便と精液の匂いがぷーんと漂ってきた（最近彼は、思春期の少年のように、猛烈にマスターベーションをしまくっていたのだ）。彼はぜいぜいしゃがれ声を出しはじめた。私はベッドから跳びおり、ドアをぐいっと引いた。彼は私の目の前に立ち、赤毛の生えた胸ぐらに両手で精液を塗りたくっていた。

「殺してやる、この悪党め！」卑猥《ひわい》な痙攣《けいれん》に歪んだ、ひげも剃《そ》っていない顔に向かって、私は叫んだ。

べとべとした巨大な手が私の肩に下りてきた。レーちゃんは私を室内で飼う小さなプードルのように脇に放り出し、私はドアの枠に頭をぶつけて、しおれた草のように倒れた。彼は器用に私の足をつかんで、寝室から私を引きずり出した。私はなんとかしようと思ったのだが……鍵がかちっと鳴って、ドアが閉まった。

　私は拳でどんどんとドアを叩いた。妻の悲鳴に応えて、私はドアを拳で激しく叩いたのだ。妻の名前は忘れてしまった。どうして名前を忘れるなんてことが？　記憶喪失か……。私は台所にパン切り包丁を取りに走り、それをドアに突き立てた。すると、甲高く荒々しい絶叫が聞こえてきて、その声はますます大きくなっていった。二人とも叫び声をあげていたのだ、妻もレーちゃんも。荒々しく狂ったように叫び声をあげていた。まるで私が包丁を突き刺したのがドアではなく、彼らの肉であるかのように、彼らは二人でいっしょになって泣きわめいていたのだ。と、突然、すべての音がぴたりと止み、何もかもが静まりかえった。人けの感じられない深夜だ。私は包丁を投げ捨て、冷水を浴びようとバスルームに向かった。

　翌朝、台所に妻が入ってきた。フードのついた、長いオレンジ色のタオル地のガウンを身にまとっている。私は彼女の青白く茫然とした顔にちらりと目をやった。

「とてつもないことよ」と言って、彼女は椅子に腰を下ろし、煙草に手を伸ばした。かわいそうに、その手は震えていた。

　私はうなずき、堪えきれなくなって笑いだした。

　レーちゃんは以前よりもずっと清潔好きになり、床にはほとんど排便をしなくなった。もうその必要を感じなくなったのか、裸で歩き回ることも止め、毎朝口笛を吹きながら頬骨の張った頬のひげを剃った。妻は彼にピンクのシャツを買ってやり、自分のベージュ色の絹のハンカチをプレゼントした。妻といっしょの散歩にレーちゃんは、フェルト帽をかぶって出かけた。生活は正常な軌道に乗りはじめた。私は耳に綿を詰めて、長椅子で寝た。朝にはコーヒーの香りで目が覚めた。妻が朝食を作っていたのだ。フード付きのガウンを着て。三人でコーヒーを飲んだ。あるときレーちゃんが私にスミレのちょっとした花束を贈呈してくれた。もう春が来ていた。舗道《ほどう》が日の光を浴びて、輝いていた。影は一月のようにもはや青くはなく、黒々としている。スミレの花束は市場で買ったものだった。

「これはどうもご親切に」私は気配りに気を良くして言った。

「えい！」レーちゃんは喜んで大声を張り上げた。

春用に私はハンガリー製の合着のコートを彼に買ってやった。「ちょっとはお洒落《しゃれ》をしてもらわなくちゃ！」そして、本の闇市のブローカーからはプルーストを買いこんだ。妻は感謝して、ときおり読書にふけった。

それからレーちゃんは私にチューリップをプレゼントしてくれた。

「ほんとに彼ったら、人をほろりとさせるでしょ？」と、妻が聞いた。

それから鳥の頭に似た、なんだか奇妙な花。

それからまたもや、チューリップ、チューリップばかり。藤色のや、赤いのや、黄色いのや。

「どうして彼はあなたに花を贈るのかしら？」

「妬《や》いてるのかい？」私は微笑んだ。

レーちゃんは、私が新しいシャンデリアを吊るすのを手伝ってくれた。彼は呑み込みの早い、役に立つ助手だった。

「でもどうなんだ、レーちゃん」と、私は尋ねた。「やっぱり大学の教授だったのかい、それともそうじゃなかった？」

「傷つけちゃいけないわ」と、妻が言った。「レーちゃんにトラウマを与えないようにね」

レーちゃんは妻のそばに近寄って、彼女の耳をがんと殴った。私は満足だった。そんな風に、私とレーちゃんの男どうしの共謀関係が形成され始めたのだ。もっとも夜になると妻とレーちゃんは二人だけの仲になり、私は耳を綿で塞《ふさ》ぐ羽目になった。

「またチューリップなの！」と、妻が驚いた。

「彼は親切でねえ」と、私。

「何かの拍子に彼にファックされないように、気をつけてね」と、妻が気を悪くして冗談を言った。

「君こそ、彼にファックしてもらえなくなったりしないように、気をつけてくれ」と、私は冗談で応じた。


　窓の外は五月。レーちゃんは私とは花の言葉で話した。

「わたし、妊娠しているの」と、妻が言った。彼女はフードのついたオレンジ色のタオル地のガウンを着て、立っていた。ところが私の頭には、こんな考えが浮かんだのだ。あれは何と言ったかな、バルホトカだっけ、確かそんな花があったかな……。そしてまたもや、煙草が彼女の指で震えていた。


　レーちゃんは幸せな気だるさに浸りながら、寝床に大の字になって眠っていた。

「変なのよ、妊娠したなんて」と、妻は信頼しきって打ち明けるような調子で話した。「だって、レーちゃんには自分の好みってものがあって。私はそれを尊重してね、隠さずに言えば、完全に合わせてあげたの。だから妊娠なんて、絶対にあり得ないの！……」

「馬鹿と暮らしていると、思いがけないことばかりあるね」と、私が優しく言った。

「彼は馬鹿じゃないわよ」と、妻がいきり立った。「馬鹿はあんたでしょ。あんたよ、あんたよ！　馬鹿じゃないの、あんたのその皮肉とか、友だち、冷淡で横柄な態度を見たらわかるわ……。彼のほうが純粋よ！　清らかで、あんたよりも精神的だわ！　彼といるとわたしは自分が女だと感じられる。彼といっしょなら自分が母親だとも感じられるわ。彼の子供が欲しいの！　わたしは彼を愛している。子供は堕《お》ろさないで、生みますからね。それと、彼から花なんて受け取らないで。絶対に！」

彼女はわっと泣きだした。

「うわ言だ」と、私は言った。「支離滅裂な、ヒステリー性のうわ言だよ。途方にくれて、どうしたらいいかわからなくなった馬鹿女のうわ言じゃないか。自分が何を言ったか、わかっているのか……。生みたいんなら、生めばいいさ！　おれが反対だとでも言うのか？」私は叫びだした。「彼に子供を生んでやってくれ、さあどうぞ！」

夜、彼女のお腹《なか》をレーちゃんが優しく撫《な》でるのを、私は見た。二人は甘いささやきを交わしながら、将来の計画を立てていた。それから長いこと、一晩中ぶっ通しにセックスをした。

「えい！」と、威勢よくレーちゃんが叫ぶ。

「えい！」と、威勢よく妻が彼の言ったことを繰り返す。私は興味をかきたてられた。いったいレーちゃんのどんな好みに、妻は合わせているというのだろうか。しかし、それにしても、妻はなんて見事に「えい！」と叫べるようになったものだろう――レーちゃんの好みについて考えながらも、私はこんなことを思った。しかし、インテリなら誰でもそうであるように、私は察しが悪く、うぶだった。そして自分の問いに答えないうちに、まどろんでしまった。

その後、妻は堕胎《だたい》をして、家に帰ってきた。堕胎と言えば文学では急速に日常茶飯事となりつつあるが、この手術を自分とともに受けた女たちの破廉恥《はれんち》さと汚辱に、彼女はショックを受けていた。

「あんたにはとても想像できないくらいよ！」と彼女は言い、それに対して私は、「興味ないね」と答えた。一方、レーちゃんは彼女が子供を堕ろしたということがすぐには理解できず、彼女のお腹を――削られて平らになり、空っぽな、新兵にも似た彼女のお腹を――相変わらず撫でつづけるのだった。それはとても滑稽で、私は笑い転げるばかりだった。それから彼は、自分の赤ん坊に何が起こったのか、どうして生きている兆候を示さないのか、理解した。馬鹿にもやっと、お腹が空だということがわかったのだ。そして彼は激昂して、夜中に彼女をぶん殴った。私は耳に綿を詰めていたのに、目が覚めたほどだ。私は寝たまま、彼が妻を殴る様子を聞いていた。彼は激しく、しっかりと、拳骨で彼女を殴った。妻は時々悲鳴を上げるだけで、殴られるだけの悪いことはしたと自覚している、献身的な雌犬のようだった。私は彼女がかわいそうになった。

　翌朝、レーちゃんは私に一抱えのカーネーションを持ってきた。私はシャンプーの泡をつけたままの頭で浴槽《よくそう》に入り、人生の意味について思いをめぐらしていた。死にたくはなかった。彼はカーネーションをお湯の中に投げ込んだ。膜の張った茎にしっかりとはめこまれた、開きすぎてどっしり重そうな花が、私のまわりをぐるぐる回り始めた。私はどきまぎし、手で顔を隠した。レーちゃんはまるで父親のように、泡まみれの頭を撫で、屈《かが》み込《こ》んで肩に口づけをした。顎ひげがちくちくする。くすぐったくもあり、また予期していないことだった。ばつが悪く不安な気持ちにとらわれ、私は言った。

「さあ、あっちに行ってくれ」

　彼は身じろぎもしなかった。カーネーションがぐるぐる回り、私の心臓を圧迫する。シャンプーを洗い落としてから、私は花をお湯のなかから引き上げにかかった。

「えい！」と、奇妙な口調でレーちゃんは言った。そして、突然、花を透かして、ずっしりと重そうな、静脈のような暗い赤色をした輪郭が見えた。その輪郭は不快なものだった。あまりにも不快で、粗野で、物質的なので、魅力的に見えたほどだ。その輪郭には荒々しい強盗の力の魅惑があり、そこには私たちが自己犠牲的な女性の脆《もろ》さの中に空しく捜し求めるもの、つまり、尊厳の感覚があった。その輪郭を手なづけてやりたかった。不快感はどうにかして鋳《い》直《なお》す必要があった。不快感はそれほど物質的で、ずっしりとしたものだったし、美はそれほど脆く、頼りなく、はかない幻のようなものだった。しかし、美は増大していった——ちょうど、そんな具合に、ごみの山で炎が働くものだ。炎の優しい舌のような先端は、腐って悪臭を放つ古着を舐め、動物の死体を糧にして、風に当たって震える。その炎は美しく、強くなっていく。それは醜悪さよりも強く、醜悪さには属さない。そして炎はごみ箱を貪り食い、夕べの空にはオレンジの松明が燃え、子供たちが駆けだしていく。そうそう、お祭りなのだ。火事だ！　火事だ！　チリ・ボム！　チリ・ボム！　幼年時代の至福のおとぎ話、そこでは美女というものはおっぱいを持ち、蒸し風呂にでも入ったように赤い醜い顔をした愚かなおばさんに他ならない。ああ、失われた、おどおどしたまなざしよ！　しかし、その幼年時代のおとぎ話では、男たちのほうが羨望《せんぼう》を呼び起こすのだ。

しかし、彼は相変わらずぐずぐずしていて、行こうとしなかった。急いで行こうとはせず、相変わらずどこにも行かず、行こうともせず、ぐずぐずしていた。

「さあ、あっちに行ってくれ」

私のレーちゃん！　わが刑罰！

ああ、自分自身の尻の穴よ！　おお、この痛み、ヨーロッパの蝕……

さてここで、ろくでもない読者よ、けっ、あんたが誰であろうとも——親友であろうと、忌まわしい悪党であろうと、耽美《たんび》主義者、スノッブであろうと、あるいは黒く汚れた賤民《せんみん》であろうと、赤く美しい貴人であろうと、どんな生活をこれからすることになろうとも、どんな死が待ち伏せしていようとも、これだけは覚えておくがいい。あんたの考えなんか、おれは屁《へ》とも思わない。おれはキャビア入りのパンケーキをたらふく食った大食漢のように、幸福をいやというほど食ってしまったんだ。そしてあんたの裁きなんて、乞食《こじき》の裁きじゃないか。ところがおれは金持ちの若者だ。おれはレナ川の金の採掘場から来た大金持ちで、おれの毛皮外套《がいとう》はものすごく暑いんだ。

私とレーちゃんは仲良く、優しく、うっとりと暮らし、互いにちょとしたプレゼントを贈りあった。キャンディとか、色とりどりの風船や、花やオレンジ、そして接吻《せっぷん》。天賦《てんぷ》の才能を持った生まれつきの詩人たちが、まるで息子と父親のように暮らしていたのだ。そしてこの世に私たちより幸せな人は誰もいなかった。
私たちは隣のもう一つの部屋に住みつき、妻には広々とした食堂と、長椅子と、プルーストを与えた。それから兄弟のような心配りと、濁ることのない兄弟愛も。はたして私たちは、彼女の前にひざまずき、自分たちの幸福に対する寛大な許しの涙を乞い願わなかっただろうか。はたして私たちは、息子が抱くような尊敬で彼女を包まなかっただろうか。はたして私たちは、彼女を喜ばせるためなら、進んで自分の額を叩き割ることだってしなかっただろうか。

でも、彼女は言った。だめ！

だめ！　だめ！　だめ！

彼女は言った。あんたたちは人間の屑のカップルよ。あんたたちは変質者で、最低のごみで、悪党で、お互いを堕落させあい、法を犯しているだけ。

彼女は私たちを侮辱した。しかし私たちは彼女に一言も悪いことは言わなかった。ただ一列になって――最初に彼が、私がその後に――出ていっただけだ。そして、寝室に二人だけでこもり、ひどくがっかりした気分でベッドに横になった。

「レーちゃん、あんたは特別な悪党よ」ドアの向こうから、彼女が叫ぶ。

「えい」気落ちした様子で、レーちゃんは困ったように両手を左右に広げた。

「えい」と、私も言った。

日々が過ぎていった。彼女は何もかも壊し、引き裂いた。カーテンを引き裂き、プルーストも、彼女にあてて書いた私の古い手紙も、引き裂いた。私たちは肩をすくめるだけだった。彼女はぼけ老人みたいに絨毯のうえに糞をした。しかし、私たちは気がつかない振りをした。私たちはそんなことは超越していて、悪臭などどうでもよかった。しかしいくら神様だって、忍耐には限度というものがある。そんなとき私たちは彼女を殴った。そんなにひどくではなく。気晴らしのために服を脱がせ、殴り、彼女の馬鹿みたいなおっぱいを笑い物にした。おっぱいは、私たちが彼女を殴っている間、元気にぷるんぷるん跳ねていたが、結局それでも彼女は意識を失ってしまった。するとおっぱいはもう完璧に馬鹿げたものになり、私たちはその決定的な愚かさのことを思って泣きだしたほどだ。

彼女は私たちを兵糧攻《ひょうろうぜ》めにした。食べ物のところまで行かせてくれないのだ。私たちは互いに愛し合う仲ゆえに、そして飢《う》えのせいで、やせこけてしまった。飢えのせいで欲望が高まったのだ。私たちは興奮した括約筋《かつやくきん》を支える巨大な女像柱《カリアティード》だった。私たちはえぐられた尻を持った、やせこけて陽気な男たちだった。しかし、神様だって、忍耐には限度というものがある。

「特にあんたが大っ嫌い！」と、妻は目を大きく見開いてレーちゃんに言った。私たちはまたもや彼女を殴った。雌犬！　手負いの獣！　青ざめた面め！……。何の効果もない。しかし甘く幸せだった。私たちは互いに見交わした。抱き締めあった、そして甘く幸せだった。私たちは互いにお腹をつつきあった。

「彼を取るか、私を取るかのどちらかよ」突然、妻がレーちゃんに宣言した。

「そいつはファシスト的な問題の立て方だな」と、私が気難しげに指摘した。

「どうして彼があなたに必要なの？」と、妻はレーちゃんに聞いた。「さんざん遊んだんだから、もうたくさんでしょ！　……どうせ彼はあなたには、何も生んでくれないのよ。そんな男とつきあって、何の得があるの？　わたしならあなたに息子を生んであげる」

「もうお前は一度生んだじゃないか」と、私が言った。

「息子ができるわよ」と、妻が確信をこめて言った。「自慢の息子になるわ」

「ぼくが君の息子だ、レーちゃん」と、私がおずおずと言った。

妻は軽蔑《けいべつ》したように笑いだした。ある一瞬の間、私は自分のことが、そして私とレーちゃんの愛が信じられなくなった……。それは許しがたい弱気の瞬間だった。レーちゃんはそのすべてを見てとり、悲しんだ。妻は成功をさらに大きなものにしていった。彼女からは女の匂いが漂ってくる。レーちゃんは考え込んだ様子で、赤毛の顎ひげをひねくり回している。五歩前進、五歩後退。そうなのか、さもなければ。考えは長くは続かなかった。

彼は部屋に駆け込んだ。植木鋏がちょきんと音を立てる。私はトマト・ジュースのコップを持って、ひじ掛け椅子に座っていた。ごくごくと貪るように飲んだ。彼女は大胆にレーちゃんのほうに向かって行った。その身体が突然煽情的なものに見え、私は喜びの叫び声をあげた。

「ちょっと待ってくれ、おれは彼女が欲しい！」

レーちゃんは私の叫び声に応えて微笑んだ。彼は焼き餅焼きではなかったし、人間の情熱というものを大事に考えていた。しかし、彼は恐ろしい合図をした。後で、という合図だ。私は恐怖に襲われた。だめだ！　しかし妻は大胆に植木鋏に向かって進んでいく。レーちゃんは妻のほうに向かってきた——赤毛の、賢い、愛しい彼。さながら戦車のように。

「私はあなたを愛しているわ」と、妻はこの上なく恍惚《こうこつ》とした状態でレーちゃんに言った。「愛している！　あなたを愛している、レーちゃん！」

レーちゃんは彼女の髪をつかみ——その髪の毛は明るいブロンドで、肩甲骨《けんこうこつ》のあたりまで垂れていた——それを手に巻き取ると、汚物で汚れた絨毯の上に妻を引き倒した。彼は膝を彼女の胸に押しつけた。私たちはみな、子供のように裸だった。

「愛している……」レーちゃんの姿に見とれながら、妻はしわがれ声で言った。

レーちゃんはすばやく、彼女の首を植木鋏でちょん切りにかかった。

「えい！」ついにレーちゃんは叫ぶと、髪の毛をつかんで戦利品を持ち上げた。

私は血とトマトと精液にまみれて、座っていた。ものすごく強烈な性的インプレッション。私は自分が何者か知っている。私はルノアールだ。

さて、そんなわけで、親愛なる読者よ、私はこうして再度、男やもめになったのだった。車輪ががたごと音を立てている。私は列車の狭い廊下を歩いていき、車両間のとても重い扉の、ゆるんでぐらぐらする把手《とって》を相手にてこずる。足下ではレールが銀色の帯のように流れていく。そして鼻孔には鉄道の匂い。私は食堂車に行って、旅のビーフステーキを食べ、それをビールで胃に流し込む。もうすぐ真昼のハリコフだ。私は自由で、悲しい。子供の病気で亡くなった妻の葬式を出してきたところだ。

レーちゃんは死体の足をつかみ、体を引き裂こうとした。彼は確かに力が強かった、私のレーちゃんは。でも引き裂くことはさすがにできなかった。すると彼は死体を自分の体にかぶせたのだった。彼は何やらむにゃむにゃ言った。私は目を閉じた。とても、とても疲れていたのだ。その後で私は頼んだ。

「彼女を片づけてくれ」

彼は疲れたように——彼も疲れていたのだ！——彼女の足首をつかむと、階段の吹き抜けにあるダストシュートのほうに引きずっていった。まるで大きな輸入品の人形か何かのように、彼は妻をダストシュートのほうに引きずっていく。そばかすだらけの広々とした彼の背中が見えた。レーちゃん！……それから二度と彼の姿を見ることはなかった。

記憶喪失！　記憶喪失！　……私はどんよりと赤い光を通り抜けた。守衛は私を身内のように迎え入れてくれた。私は嚙みつき、あざ笑うような調子の裏声《ファルセット》で歌った。

野原に白樺が立っていた
よく茂った白樺が立っていた……

私は毒ヘビのように嚙みついた。沢山の歯を無くしてしまった。そう、突き出た耳とまったく人間的な顔を持っていた、あの背の高い若者とは、私なのだ。私を選んだのは、クレーグ・ベンソン。偽物の外国人だ。外交特権の代わりに、彼は私に鞭《むち》と規律を差し出してくれた。ありがたいことだ！　私は再びペンを自由に操れるようになってきた。私は君のことを書いているんだ、レーちゃん、私のレーちゃん！　わが刑罰！　私の刑罰を私に返してください！　もしも彼が死んでしまったのなら、どこにお墓があるか教えてください。一抱えの春のチューリップを彼に持っていってあげよう。私たちは記念碑なんだ、レーちゃん、敵意に満ちた旋風に破壊された記念碑なんだよ。私の革命の白鳥の歌が聞こえてくる。

ヴィクトル・エロフェーエフ Виктор Ерофеев

一九四七年モスクワ生まれ。父親は外交官。まず批評家としてソ連作家同盟に迎えられるが、自主文集『メトロポリ』（一九七九）に参加したことで迫害され、作家同盟を除名になり、作品の発表の機会を完全に奪われた。しかし、ペレストロイカ後著作を旺盛に発表し、現代ロシアの前衛文学を率いる「総帥」といった立場に立った。批評家としては、サド、カミュ、セリーヌから、ドストエフスキー、ナボコフまで幅広い対象を扱ってきた。英仏語に堪能で、しばしば欧米の大学に講師として招かれた。「悪」という観点から彼が選んだ斬新《ざんしん》な現代ロシア文学アンソロジー（英語版）がペンギン・ブックスから出ている。

Photo by Anton Nosik

一九九〇年にはモスクワの「文学新聞」に「ソビエト文学を弔《とむら》う」という挑発的な論文を発表し、古いモラルの文学を全否定し、文学本来の美的な価値を追求すべきだ、と主張した。彼の作品は、高度に文学的なアリュージョンから粗野で猥褻な街の言葉まで、哲学的考察から荒々しい暴力やセックスといった肉体的素材まで縦横無尽に使いこなす。

「馬鹿と暮らして」は一九八〇年に書かれたが、旧ソ連時代には出版できるわけもなく、活字になったのは一九九一年だった。原題は直訳すれば「白痴との生活」。小説に登場する「馬鹿」役の男は原文では「ヴォーヴァ」と呼ばれているが、これはロシア革命の指導者レーニンの名前ウラジーミルの愛称形であり、ロシアの読者にはこれがレーニンを指しているのは明らかである。翻訳では「ヴォーヴァ」を「レーちゃん」とした。驚くべきことに、この短編を原作として、現代ロシアの作曲家アリフレード・シュニトケがオペラを作曲した（一九九二年）。エロフェーエフ作品の邦訳は、この他に、「ロシアで初めてのポルノ」と評された『モスクワの美しいひと』（千種堅訳、河出書房新社、一九九二）がある。

刺青

エヴゲーニイ・グリシコヴェツ

沼野恭子 訳

いくつの時から自分の手が親父《おやじ》の手そっくりになったのかは覚えてない。まったく瓜二《うりふた》つになったもんだ。ほんと不思議だ！　自分が親父に似てるなんて思ったことは一度もなかった。それどころか似ても似つかない親子だと思う。とはいっても、十六だか十七だかになった頃から親父の声と間違えられるようになったのはたしかだ。つまり家に電話がかかってきて俺《おれ》が受話器を取ると、親父の仕事仲間や友達連中はみんな俺のことを親父だと思って話しだすのさ。でも親父と俺の声が似てるとは思えない。親父の声は生まれた時から知ってて、けっこう気に入ってる。それをだれか他の奴《やつ》の声と間違えるなんてあり得ないし、自分の声ってのは、他の奴らが聞くのと自分の耳で聞くのとじゃまるっきり違うからね。

　だれかの見てくれが俺に似てるとか、俺が何とかっていう芸能人に似てるとか言われたところで、ありがたくも何ともなかった。俺やだれかが他のだれかに似てるなんて話にろくなのはないさ。小さい頃は寝る前に、ああでもないこうでもないって夢みたいなことをつらつら思ったもんだけど、とんでもない考えや思いつきがひょいと頭に浮かぶことがあって、あるとき床に入ってから、どういう風の吹きまわしか、もし俺に双子の兄弟がいたらどんなだろうって考えこんでしまうこともあった。つまりこの世に何から何まで俺に生き写しの奴がいたらってことだ。この思いつきはわれながら気にくわなかったね。考えたら空恐ろしくなってきた。でもある時点から自分の手が親父の手にそっくりになったってことにはっきり気がついて、これは嬉《うれ》しかった。なんでだかわかんないけど。

ついこないだこんな単純なことが頭にひらめいて驚いたんだ……。俺たちが日ごろ何にもまして、ちょくちょく、何よりも長く眺めてるのは何だと思う？　しょっちゅう見てて、いつも目の前にあるものは何かってこと。自分の手さ！　俺たちは自分の手が何をしてるか、ほとんどいつも目で追ってるんだ。だいたいほとんどいつだって目の届くところにあるしね。そう、手なんだ！

手はどんなことだってする！　どんなものにだって触る！　手がどんなに苦労して初めての文字や数字を書き、はたまたどんなにうまい具合に粘土を捏《こ》ねたか！　どうしてもギターが弾けなかったとき、俺はどれほど手を叱りつけて憎んだことか。友達のだれよりもうまくテントを立ててぴんと張って結び目を作ったとき、どれほど自分の手を誇らしいと思ったことか。どうやって生きていったらいいのか、何をしたらいいのか、どうして何かしなくちゃいけないのかわからなくなったとき、どれほど自分の無力な手を眺めるのにうんざりしたことか。でもそのうち俺の手は親父の手そっくりになった。まったくの瓜二つだ。違ってるところと言えば、俺の左手の親指の付け根に小さな彫り物《タトゥ》というか小さな青い錨《いかり》の刺青《いれずみ》があるってことだけさ。今じゃ錨かどうか見分けるのも難しいけどね——二十年経つうちに色褪《いろあ》せて輪郭もちょっとぼやけちまったからなんだが、それでも錨にはちがいない。

これは彫り物《タトゥ》じゃなくて正真正銘の刺青なんだ。タトゥ・スタジオの性能のいい専用機械で彫ってもらったんじゃなくて、ギターの弦《げん》でできた細くて長い針を刺すっていう昔ながらの素朴な方法でやってもらったからね。そう、どこにでもあるような事務用のインクに浸したただけの針さ。深く刺したから一生消えない。

　覚えてるのは、刺青をするのがすごく嫌だったってことだ。どんな図柄にしろ、手に青い刺青があるところを想像しただけで身の毛がよだつ思いだった。どんななりをしていようが、どんな話をしていようが、どんな振舞いをしようが、手に小さな青い刺青があるっていうだけで、どうしたって得体《えたい》の知れないことを匂わせ仄《ほの》めかしちまうんじゃないか。ていうか馬鹿げた過去とか恐ろしい過去を仄めかすことになるんじゃないかって思ってね。何らかの模様が俺の皮膚に焼きつけられ染みついて、どうあがいても消すことができないかと思うと、それだけでぞっとしたよ。それなのに説き伏せられ、その気にさせられ、さあやれよって強く言われて、あげくのはて青い刺青が俺の左手首近くに施されたってわけだ。その時俺は二十歳。水兵だった。

　同じ船にリョーシャ・ミリョフっていう下士官が乗ってた。奴は俺より三つ年上だったんだが、あの年頃で三つっていったら大違いだ。リョーシャはまぎれもない「海の男」だった。それに「ミリョフ」って苗字《みょうじ》に似つかわしくけっこう素敵《ミールィ》な奴だったし。生まれも育ちもナホトカ。そこの専門学校を出て、兵役に就《つ》くまで船舶修理工場で働いてた。奴の生活は一から十まで海に結びついてて、生まれた時から海を見て、海の匂いを嗅《か》いで、海の音を聞きながら育ってるから、海をよく知ってた。楽勝って感じで海軍にもすんなり溶けこんでた。なにしろいい奴でね。生きてくうえで出《で》遭《あ》ういろんな問題のあらかたも、ややこしい人間関係も、そもそも世の中どんなふうに成りたってるかってことも、すごく単純に割り切ってた。でも海や海に生きる男たちや船のことには通じてたし、その方面で知らないことがあっても、何でもちゃんと見当をつけてた。

　だれよりも俺によくしてくれたのがこのリョーシャだった。俺を気の毒に思ってたんだろうな。俺が大学でこんなことをしてたとか文学部であんなことを学んだとかいくら言い聞かせても、なんでそんなつまらなくて七面倒臭《しちめんどうくさ》いことやってられるのかっていうのが奴には通じない。奴がわきまえてる世界とは何の関わりもないからね。俺の言うことをさも可哀想にって顔で聞いてたもんだ。俺が自分の話に満更《まんざら》でもなさそうなのを見て、それでますます同情したんだな。

　わがリョーシャ・ミリョフ下士官には、そんじょそこらの人間には滅多にないじつに見上げたところがあった。自分にとっちゃ船の勤務はらくで案外楽しいくらいだけど、ひょっとするとこれを苦しいとか辛いとか思う奴がいるかもしれないって斟酌《しんしゃく》できたところだ（とりわけ俺なんかがその部類だったわけだが）。こういう思いやりのある奴はほんと珍しい。リョーシャは俺が何を苦労してるのかっていう細かいことには深入りしようとしなかった。ただ助けてくれて気の毒がってくれただけだ。とくに心配してくれたわけじゃない。ただ気の毒がって助けてくれたのさ。

　他でもないそのリョーシャが手に錨を彫れってきかないから俺も折れたんだ。だれか他の奴が言い張ってたんだったら、俺の手に錨なんてぜったい現われなかっただろうな。でも結局リョーシャに説き伏せられちまった。奴自身はどうだったかっていうと、左手首にどでかい錨があった。奴の手は俺の二倍くらい大きくて逞《たくま》しいから、錨もそれ相応に大きいってわけさ。

「おまえも錨の刺青をしなきゃだめだ」リョーシャは物憂《ものう》げに、でも粘り強く毎日そう繰りかえしては、俺の汚れなき左手と目をかわりばんこに見つめるんだ。「海の男はだれでも左手に錨を持ってなきゃいけないんだ。なんで左手かっていうと心臓に近いからな」

「リョーシャ」同じくらい粘り強くうんざりした口調で俺は答える。「俺はやだ。母さんが悲しむし。わかるだろ？」

「おまえが帰ったら母さんは喜ぶに決まってる」リョーシャは続ける。「でも、錨がなきゃ帰れないことだってあるんだぞ」

「どうして？」

「どうしてもこうしてもない！　海は自分が一目置かれるのが好きなんだ。怖がられるのは嫌いで、一目置かれるのが好きなんだよ。錨ってのはな、しきたりだ、わかるか？　海の男たちのしきたりなんだ！　海を尊敬してますって証拠。縁起のいい御守りってとこだ。錨があれば、海の男は生まれ故郷の岸辺に帰れる。でも錨がなきゃ海の男じゃない。海の男じゃないなら、いったいなんで、どこに帰る必要がある？　海の男たちがどれだけ長い年月錨を彫ってきたかわかるか。理由《わけ》もなくただなんとなくやってるんじゃないんだぞ。そういうしきたりなんだ」

「俺が海の男なもんか、リョーシャ」俺は抑揚をつけずに答える。「あんたはそりゃ、れっきとした海の男さ。錨の刺青をして船舶工場に帰っても、錨があればきっと調子よくやっていけるだろう。でも俺が錨を持って大学に戻ったってどうしようもないじゃないか！」

「なんでおまえが海の男じゃないんだよ」リョーシャは海と海の男たちのために本気で怒ってる。

「水兵の制服を着てるんだし、俺たちと同じ船室だろうが……。誇りに思わなくてどうする」

　こんなふうに毎日リョーシャは新しい理屈をこねくりまわしたり古い理屈を持ちだしたりし、俺は俺でしぶってた。ずいぶん長いことこんなふうにやりあったもんだ。そのうち春がめぐってきて、リョーシャはとうとう帰省することになり、俺は残りあと一年になった。

「左手に錨を彫らなきゃだめだ」兵役も残り数日という時になってリョーシャが物憂げに言った。

「なんでかっていったら左手は心臓に近いからな」

「リョーシャ、錨の刺青はお断りだ。母さんには泣かれるだろうし、父さんには叱られる」

「それがどうした」リョーシャはかっとして言い返してきた。「錨が要るのはおまえなんだぞ。生きて帰らなきゃならんのはおまえで、親じゃないんだ！」

「馬鹿なこと言うなよ……」

　いつものように錨をめぐってあれこれ言い合ったけど、いつのまにか話は何か別のことに移ってた。

船で過ごす最後の夜、リョーシャはかなり興奮してた。送別会のための上等なお茶やキャンディやクッキーを自分で用意してみんなに振舞ってくれてね。持ってる物もみんなに分けてくれた。俺がもらったのは、当時俺が使ってたのよりよっぽどいい枕だった。それだけじゃない、奴がわざわざ自分でステンレスから作ったナイフももらうことになった。リョーシャは気が高ぶってて、奴が思う「大事な」戒めをなんか言い忘れてるような気がしてならなかったらしい。どう見ても、船や乗組員全員の先行きが心配でならないようだった。

「錨を彫らなきゃだめだ」リョーシャはほとんどやけっぽちな調子で言った。「すごく大事なんだから」

「ああ」俺は落ちついて答えた。「左手にだろう、なんでなら心臓に近いからだよな。大丈夫、リョーシャ！　心置きなく帰ってくれ……」

「手に錨もなくてこれから女の子たちをどうやってナンパする気なんだ、もう俺は知らんぞ！」奴は叫ばんばかり。どうしようもないといった感じでやけ気味に両手を広げた。

「どういうこと？」俺は心底びっくりした。

何に心底びっくりしたかっていうと、奴の言葉だけじゃなくて、声の上げ下げとかほんとに気遣ってくれてる様子とかに驚いたんだ。いちばん肝心な最後の言い分にその気遣いが感じられた。

「何が、どういうこと、だ？」リョーシャはわざと俺の真似をしてみせる。「錨がなけりゃ海の男じゃない。でもそれだけじゃないぞ、どこの馬の骨でもない！」

「何のことだかはっきり言えよ」俺は奴を遮《さえぎ》った。

「何が、はっきり言えよ、だ?!」俺の頑固さ加減を知り尽くしてるリョーシャには、うまくすれば丸めこめるかもしれないなんていう甘い見通しはこれっぽっちもなかったはずだ。「なんてったって海の男が心臓に近い左手に錨を持たなきゃいけない理由は、女の子をナンパするためなんだぞ」

「……？」

「なんで目ぱちくりさせてるんだよ？　例えばダンスに行くだろ。まわりを見まわしてざっと様子をみきわめたら、今席は目を凝《こ》らす。それから女の子を選んで、近づいていって言うんだ。『ここに錨をおろしてもいいですか？』ってな。そんでもって、その子の手をとるかその子の肩に手を置くかする。ただし、いいか、左手だぞ。左！　なんでかっていったら心臓に近いからな！」奴は熱くなってまくしたて、自分の手を俺の右肩に置いた。置いてすぐに引っこめた。

「リョーシャ！　そいつはすごいや！」それだけ言って俺はしばらく口をつぐみ、それから息を吐いた。「刺青してくれ！」

　俺はそう言って左手を前に突きだした。

　すぐさま針もインクも彫り師も見つかった。

　針にちくちく刺されるというよりむしろ火傷するような感じだったな。初めて針を刺してから五分くらいすると、俺の手にはちょっぴり血の滲《にじ》む黒い錨がくっきり描かれてた。そのうち傷はなんともなくなって錨は青くなるんだろうって思った。

　リョーシャは翌朝早く船を降りた。それ以来、奴には一度も会ってないし、奴の消息もさっぱり耳にしない。

　母さんは俺の手に錨があるのを見てほんとにすごく悲しんだ。父さんは嘲笑《あざわら》って、いまいましそうに刺青のことを罵《ののし》った。俺は女の子たちと知りあうのに自分の錨を利用したことは一度もない。利用したいとは思うけど、そうする資格がまだないような気がして。自分がたいした「海の男」だとは思えないから、それで踏み切れないんだな。ナンパする時は別のやり方にしてるから、リョーシャの言ってたみたいにかっこよくもなければロマンティックでもない。

　でも、ひとつ気に入ってることがある。どこかで上品なイベントがあった時とか、何か文化的な出来事の最中とかの話だけど。何が嬉しいって、だれかの目が、左手首近くにある俺の小さな刺青に釘付けになって、何の図柄なのかもっと注意して見分けようとするうち、俺に対する見方が変わることとなんだ。きっと俺の小さな青い錨を見るとすぐに、わけのわからない馬鹿げた過去か恐ろしい過去の持ち主なんじゃないかってうっすら感づくんだろう。俺はそれを見て秘かにほくそ笑むってわけさ。

　小さな錨は、年が経つにつれていよいよますますただの青いシミみたいになってきたが、俺はもうすっかり慣れっこになってる。この二十年というもの、いつだって俺の目の届くところにあったからね。ときどき錨が俺の皮膚に現われた時のいきさつを思いだしては笑いかけてやることもある。手っ取り早く言えば、そんないきさつを「若気の至り」って言うんじゃないかな。

　とくに面白いと思うのは、なんのかんの言ってこの小さな錨が俺のたったひとつの特別なトレードマークだってこと。言ってみればホクロみたいなもんだな。でもふつうホクロは親から受けつぐものって思われてるけど、俺のは生まれながらにあったんじゃなくて、後天的なものだ。リョーシャ・ミリョフは、俺の左手にできたてのほやほやの刺青があるのを見届けるとすごく嬉しそうにしてた。幸せそうだったと言ってもいいくらいだが、きっと何か大事ないいことをしたって感じてたんだろうと思う。あの頃も今も、奴とは言い争ったりしたくはないもんな。

　自分の手が親父の手そっくりになってよかったよ。まったく瓜二つなんだ。ただ違ってるのは、小さな青い錨の刺青があるってことだけ……。

エヴゲーニイ・グリシコヴェツ Евгений Гришковец

Photo by Dmitry Rozhkov

一九六七年シベリアの工業都市ケメロヴォ生まれ。ケメロヴォ国立大学に在籍しているとき兵役で太平洋艦隊に配属された。一九九八年カリーニングラードに移ると同時にモスクワで『犬を食った話』というユニークな一人芝居を披露し、大変な人気を博す。水兵の格好をしたグリシコヴェツが、子供時代や青春時代の思い出を語り、兵役時代の経験を回想するというものだ。その演劇活動に対して「金の仮面」賞、戯曲に対してアンチブッカー賞とトリウンフ賞が与えられた。自分の体験談と思しき話を脈絡もなく語っていくだけなのだが、脚本も演出も俳優もすべてグリシコヴェツひとりという試みの目新しさ、親密な雰囲気、とぼけたような独特の語り口ですっかりモスクワっ子たちを魅了した。

二〇〇三年から「ビグジ」というグループとのコラボレーションで音楽アルバムを出し始め、長編『ワイシャツ』（二〇〇四）で「今年の本」賞を受賞。その後も、中編『川』（二〇〇五）や短編集『私に残った痕跡』（二〇〇七）などの小説や戯曲を出版し、映画出演、音楽活動にたずさわるなどマルチタレントとして活躍しつづけている。

グリシコヴェツの手がける作品は、どのジャンルであっても一人称による「一人語り」であるところが共通している。音楽活動といっても彼自身は楽器を弾くわけでも歌を歌うわけでもなく、日常のなにげないエピソードをラップのように音楽に乗せてあれこれ話す。あくまでも自分自身が経験した具体的な出来事をもとに、既成のジャンルにとらわれず、さまざまな形式で「グリシコヴェツ話術」を展開していると言えよう。独特の表情やニュアンスを備えたその語りの面白さが、本編「刺青」（二〇〇七）から少しでも伝わるといいのだが。

赤いキャビアのサンドイッチ

アサール・エッペリ
沼野充義 訳

新モスクワ街道をマリヤの森からオスタンキノ公園のほうに向かっていくと、公園の入り口の右手に見えてくるのがプーシキン学生寮、つまりしっくいを塗ったバラックの一群で、広大な敷地を占めているとはいえ、モスクワのもう一つの学生寮よりは小規模なものだった。もう一つとはアレクセーエフ学生寮という名前で、ロストキノの近くにあったやつだ。「学生寮」という言葉が「プーシキン」という具体的な名前なしに使われた場合、人は必ずアレクセーエフ学生寮のことを思い出したものだが、ぼくがその名前をわざわざいま出したのは、そこのバラックの生活が違っていたからだ。とはいえ、それがどんな風に違っていたか、ぼくは正確に言える立場にはない。

　バラックは急場しのぎに大急ぎで作られる。それも、いつだって何らかの断固たる活動のために。バリケードと同様のこと。言わばバリケードはバラックの直接の前任者といったところか。ただし、バリケードは崩れ落ちることもあり、そのときは取り壊されてしまうが、バラックは決して崩れ落ちず、決して取り壊されない。そのことを如実《にょじつ》に物語っているのが、バリケードの後継者、プーシキン学生寮だ。

　かつて慌《あわ》てふためいて使命を遂行し、えたいの知れない労働学部生[*1]の住みかとなったあとで、プーシキン学生寮は勉学を終えた者たちを社会主義の偉業とドゥナエフスキーの楽天的な歌の世界の中に放りだし、崩れ落ちることも取り壊されることもなく残り、今度はそこに、まだ勉学を終えていない者たちや、ありとあらゆるごろつきや、善良な人たちが住みついてしまった。しかも、いったん住みついたらもうずっと、てこでも動かない。

そこには色々な知り合いがいた。分類すれば、第一の種類の知り合い、第二の種類、第三の種類といった具合だ。たとえば第三の種類の知り合いの中には、あの驚くべきサムソン・エセイッチがいる！　でも、この人についてはそのうち折を見て。いまここではなく。そのかわり、彼の世話をしていたドゥーシャおばさんについて話すことにしよう。それから彼女以外のことも。ただし、まずはバラックの賛歌から。しかも、ここで称えられるのはアレクセーエフ学生寮ではなく、プーシキン学生寮のバラックだ。

そのバラックは地面に低くうずくまるような細長い二階建の建物で、表側に入り口が二つあり、二階に通ずる階段も二つついている。白く塗ってあるとはいってもろくな塗り方ではなく、黒いタール紙の屋根に覆われた建物。その中には、歩き回ったり、坐《すわ》ったり、寝たり、外を覗《のぞ》き見《み》したりする人たちがいる。

バラックの奥行きがどのくらいあったか、いまとなってははっきり言うことは難しいけれども、幅を思い出すのは簡単だ。しっくいを塗った壁とは言っても、その中身は丸太を組んだだけのものだったから、バラックの断面はせいぜい七メートルか八メートルというところだろう。いや、より正確に言えば、それがまさにバラックの幅だった、建築用の丸太の長さがそんなものだったから。つまり、その七、八メートルに、二つの部屋の長いほうの壁と廊下の幅が収まっていた、というわ

＊1　中等教育を受けていない労働者のための特別学部の学生。

けだ。廊下の幅が一・五メートルくらいだとすれば、部屋の分として残るのは、二・五メートルずつ。ご明算！　その長さに労働学部生のベッドがすっぽり収まり、これが二メートル。それから、ベッドの枕元だか足元だかに小卓が入る。そこに労働学部生が置いていたのは、たとえば『反デューリング論』であったり、あるいは、ぼろぼろになるまで読まれた小説本だったりした。その本には『ミザクラもなしに[*1]』という、心ときめくような、しかし卑俗で取るにたらないタイトルがつけられていた。

　そんなわけで、各階には一・五メートル幅の廊下があり、その両側には、ベッドに並行して横に伸びる部屋が、廊下に面して並んでいる。そして部屋の中には、人間や、子供たちや、家財道具などがぎっしり詰まっている。

　廊下は、それ自体が台所をかねているのだが、まったく果てしなく続いている。というのも、天井のすぐ下では十ワットの電球が二つだけ石油コンロのように煤《すす》けながら燃え、臭気と洗濯《せんたく》の湯気の中で悪夢のような光と影の移ろいが、様々なものから無数の薄暗い片隅や入り組んだ奥を作りだし、そのすべてが複雑な成分からなる、悪臭を放つよどんだ空気に浸食されているからだ。

　煙と悪臭が全体に広がり、壁に沿って桶《おけ》や、釘に掛けられたぼろぼろの服、細枝を編んで作った籠、破れやすい黄色く埃っぽい新聞紙にくるまれ、紐《ひも》で縛られた両柄ノコギリがあり、床には長持の上に長持が重ねられ、南京錠のついた白塗りの茶卓や、じめじめしてなぜだか石鹸《せっけん》くさい腰掛けが置かれている。そして腰掛けには金だらいが載せられ、その上には手洗い器が吊り下げられている。いたるところでぼんやりとくすんだ姿を見せているバケツやら何やらには脈絡も何もあったものではなく、めちゃくちゃに置かれているだけだ。水の入ったバケツ、ゴミバケツ、子豚のための残飯を入れたバケツ、子豚というのはマルフィノかどこかで誰かの名づけ親が飼っているのだが、それから古い大衆的なモデルの簡易折りたたみ式ベッド、これは十字に組んだ角材の上に麻布を張ったもの、そして橇《そり》や、大きな桶や小さな桶に樽、鉄の部分に黄色い粘土が乾いてこびりついたシャベルや、熊手やまぐわ――というのも、一階の住人の窓辺には菜園があり、ときにはウサギやニワトリまでいるからだ。そこにはさらに、色褪《いろあ》せた子供用のスキー板もある。その板は、ただの板切れのように真っ直ぐで、しかも貧しい時代のことで、長さが不ぞろいだ。そこにはまた、実際、ただの板切れも色々立て掛けてあったが、やはり寸法はまちまちで、製材された表面のほうに茶褐色の釘が折り曲げられていた。かつては支配階級の持ち物だったあれこれの素晴らしい品物も、そこには並んでいる。ただし、バラックの野蛮人たちの日常生活には役に立たないものばかりだ。編み紐をあしらったビロード張りの壊れた椅子、ステッキの台、はたまた前面を壁に向けて置いたソファ。その丸い背は壁とあわせて、ジャガイモをしまっておくのにぴったりの素晴らしい入れ物になる。

　恐ろしい廊下、おぞましい廊下、果てしない廊下！　しかし、その果てしなさといえども、非の打ちどころがないというわけではない。それを遮《さえぎ》り、中断させるものもあるからだ。たとえば、開けられたドア、またはいつも騒々しいどなり合いのような会話、それともアコーディオンのウン・パッ・パッ、ウン・パッ・パッ。ある部屋からは、蓄音機の驚くべき美声が聞こえてくるほどだ。その蓄音機は戦争を生き延びた丸まった鈍い針で〈ごきげんよう、豊かに暮らしなさい〉という素晴らしいレコードを勇猛果敢に演奏してくれた（ただ残念なことに、最近このレコードにはひどいひびが入ってしまった）。

　ドゥーシャおばさんが住んでいるのは、一番隅の一番みすぼらしい部屋。先刻ご承知の二・五メ

＊1　ソ連の作家パンテレイモン・ロマーノフが一九二六年に発表した短編。革命後のソ連の現実を批判した話題作。

ートルの長さに単純に二をかけてやると、五平方メートルになるのだが、そういった部屋に住みついたことがある者ならばよくわかるように、ドアの向かいはもう窓になっていて、部屋の左側で寝たり、長持を引《ひ》っ掻《か》きまわしたりするとすれば、右側では机に向かって坐ったり、箪笥《たんす》の中にシミを飼ったりすることになる。窓辺には足踏みミシンが——もしミシンを持っているとすれば——あってもいいし、ミシンがない場合は、窓の下あたりにたとえば背もたれのない腰掛けを置いてもいい。

　ドゥーシャおばさんのベッドの寝床は、小さな山のようになっている。マットレスの下には、それぞれの季節に使わない衣類やぼろぼろの茶色いストッキングの大量の束がしまってあるからだ。ストッキングは穴のあいた踵《かかと》をかがるための、基本的な材料として使われる。

　ストッキングはたいてい、かつて若かったこともあるドゥーシャおばさんの外皮の破片を中にしまいこんでいる。それはすべて伸縮編みのストッキングだが、たまにはメリヤスのガス糸編みのものや、さらには高級ガス糸編みのものにもお目にかかることがある。

　天井の高さは二メートル十センチ。だからといって、生活に支障が出るほどのことはない。なにしろ、あの頃、人々はトゥルゲーネフの目に映ったオリョール地方の農民のように、背が低く、ごつごつした体つきをしていたから。トゥルゲーネフが描く、すらりとしたカルーガ地方の農民たちはここには住みつかなかったし、そもそもグロホリスキー横丁よりもこちらでは姿を見かけなかった。そして、ここからグロホリスキー横丁まではははるかな道のりがある。

　そんな訳《わけ》で、寝床は小山のように盛り上がり、そのせいでぼくたちは——つまり、死ぬために女友達にすがりついたこのぼくと、ぼくを生きかえらせるためにすがりついてきた彼女、ぼくと違って大きなベッドを色々知っていて、それをとても上手に使いこなすことができた彼女は——古《いにしえ》から伝わる、はっきりした言葉を必要としない抱擁の儀式の妨げになる、あれこれの——とは言え、具体的にどんな、ということまでは踏みこまないことにしよう――不便を味わうことになった。

バラック、その廊下、ドゥーシャおばさん……。目も覚めるほど素晴らしいぼくの女友達、色々と他の――まあ、わたし、また滑り落ちちゃった！――だだっ広いベッドを知っている彼女、そしてぼく、粗末な板張り寝床のベッドを知っているだけでなく――まあ、あなた、また滑り落ちちゃったのね！――自分のところに目も覚めるほど素晴らしい女友達が来てくれて、その女友達が他のだだっ広いベッドを色々知っているということを知っているこのぼく。いったいどうして、このすべてがバラックの一階で、いや、より正確に言えば、バラックを表側から見たときその右奥の隅にあたる場所で、いっしょになり、結び合わされ、触れ合ったのか、と言えば――まあ、わたしたち、また滑り落ちちゃった！――それはこういうわけだ。

もうかなりの年配の、洟をたらした小柄なドゥーシャおばさんは、ぼくの年長の友人、サムソン・エセイッチの面倒を見ていた。彼は独り者の物理教師で、通りの向う側のバラックに住んでいた。でも、彼については、前にも言った通り、いまここではなく、いずれしかるべき折りに。さて、ドゥーシャおばさんは、ぼくと親しくすることが天才的なサムソン・エセイッチの利益になると考えたので（サムソン・エセイッチの天才についても、いまここではなく、いずれしかるべき折りに）、そのため、ぼくに一目置き、サムソン・エセイッチの口添えもあって、自分のちっぽけな部屋の鍵をぼくに渡してくれたのだ。それまでもドゥーシャおばさんは実際のところ――ちょっとした謝礼を受け取ることもあれば、感謝の言葉だけで満足したこともあったけれども――ときどき物理教師の友人たちに部屋の鍵を貸していた。彼女がそんなことをしたのは、きっと、他人の肉の営みに快い考えをあれこれ掻きたてられたからだろう。

記憶力のいい人たちは、あの頃、恋人たちにとって適当な片隅を見つけることがどれほど絶望的に難しかったか、決して忘れないだろう。デートは木の茂みや、建物の玄関口、公園のベンチで、そして同室の友人たちが寝てしまったときには――そりゃ、誰だっていつかは寝るでしょうよ！――寮の中でも企てられたが、それは耐え難く中途半端なところまでしか行かず、行くところまで行くためにはどうしてもどこかに場所を見つける必要があった。そんなわけで、ドゥーシャおばさん本人が雇い主のところに掃除に出かけていったり、あるいはともかくどこかに姿を消しているあいだ、彼女の小山のような寝床を使えるというのは、めったにない、待ちに待った幸運だった。

　今度は、肝心の彼女について。ぼくがドゥーシャおばさんの鍵を持つようになったのも、彼女のためなのだ。

……ぼくたちはもうだいぶ前からいまいましく思いながら、重い足取りで坂を登り続けていた。深い轍《わだち》のあるごつごつした道には海の丸いつるつるした玉石や砂利がたくさん転がっていて、一歩踏み出すごとにその上で足が滑るほどで、こんな道を登ろうなんてことじたい、ぼくのひどい思いつきだった。そしてカリプソ[*1]に似たぼくの新しい恋人は、目に恐怖の色を浮かべていまにも憤慨《ふんがい》して戻りたいと言い出すのではないか、と思えたほどだ。そもそもこんなところに登るための口実じたい、なんだかはっきりしない、説得力に欠けるものだった。たしか、頂上から海を眺めようとか、ミカンの木の実がどんなものか見てみたい、といったことではなかったか。

　でもぼくの道連れは、帰ってしまってもおかしくなかったのに、憤慨もしなかった。ぼくはびくびくして彼女の激しい怒りを待ちうけ、彼女の暗黙の了解にも終わりが来ることを覚悟した。ぼくはそのころとても若く、暗黙の了解がうって変わって激しい怒りになることもある、いやそういう変化はとても起こりやすいものだ、と考えていた。なにしろ彼女はうすうす察していた、いや見ぬいていたのだ、密かなぼくたちの――いや、ぼくたちのではなくて、ぼく一人の――心積もりと、湿った堪え切れない望みを。もちろん、彼女もまたぼくたち双方の暗黙のうちの陰謀に引きこまれていた。しかし、それにしてもあの炎天下の登山にはまいった！　そんなわけで、彼女は最初はミカンの実を見ることに合意したのに、それから考えを変えたというわけだ……。

　ぼくたちはミカンの木の下、乾いた熱い小さな土くれからなる乾いた地面に腰をおろした。そして柔らかく、ほんのちょっとひんやりとした、それでいてほんのちょっとほてった太ももの間にぼくの手はわけ入った。ぼくの五本指の触覚は、頭をくらくらさせるほどの手応えを与えるその二つのお触りできるものの間に閉ざされた待望の世界を探りあてた。何というわけもなく片方の手首が、ミカンの木の根元の耕された地面の乾いた熱い小さな土くれの上を這《は》っていき、もう一方の手の指は開いたり閉じたりする太ももの間を通りぬけ、湿った——太ももの締めつけの後では広々と感じられる——絡みあった茂みにやっと到着し、その中にまるで子犬のようにもぐりこんだ。そして女友達はぼくに触られてびくっと身震いし、なんだかもがくように身動きしながら、こう言った。

「だめ、頭が痛くなって、ずっと長いことひどい頭痛が取れなくなっちゃうわ」ところが彼女は自分で、指輪に飾られた長い指で望むものをぎゅっと締めつけたのだった。「おあずけよ」と、彼女はささやいた。「ここじゃだめ。まる見えだし、日が照っているし……。後にしましょう！」そして身悶《みもだ》えした。その膝はいまや決定的に開いてしまっている。しかし、彼女の言うことは正しかったのだ。道端のミカンの木の下の乾いた坂道そのものが、そうでなくとも暑さにへばり、日に焼かれて死にかけていたのだから……。

　モスクワにもどるまでおあずけ？　二人のうちどちらがその日、モスクワにもどる予定だったのか、いまでは覚えていない……。モスクワにもどるまで！

　暖かい夏の日が終わろうとするとき、ぼくたちはバラックと汚らしいいくつもの庭の前を通って——その庭はありとあらゆるがらくたによって囲われていた、というか、互いから仕切られていた

＊1　ギリシャ神話の海の精。トロイから帰るオデュッセウスを七年間引きとめた。

のだが——ドゥーシャおばさんのところに向かった。低い一階の窓のところには人間たちや、そうでなければ、水気の多い室内用の植物の姿が見えた。植物は缶詰の缶に植えられていたが、その缶というのは、錆《さ》びているか、もともと金色だったのにいまではその色が剝《は》げ落《お》ちてしまった、といった代物だ。

　念のために言っておくと、ロシアの缶詰はいつでも錫色《すずいろ》をしていた。戦争は悪い魔法使いのように色々な奇跡を起こしたものだが、それらの奇跡に加えて、豚肉の缶詰が救いの神のように初めてもたらされた。そして、まさにその豚肉の缶詰とは、黒々とした文字の書かれた、金色のものだったのだ。そして戦争はもう終わっていた、それはもう完全に終わっていて、たとえば占領の際に接収してきたドレスデン美術館のコレクションはなぜだかドイツ人に返還することにまでなっていたけれども——返還の前に見たい者は誰でも見られるように展覧会をしてからの話だが——その金色の缶はプーシキン学生寮の窓辺で、いまだに腐り果てずに残っていたのだ。もっとも、場所によってはそれは美しく切りぬかれた白い紙に覆われており、いまではその紙のほうが窓辺の日の光や錆や水の染みなどのせいでつやを失い、干からびてしまっていたけれども。

　ぼくたちがドゥーシャおばさんのところに向かったとき、前を通りすぎた建物の窓辺に立っていた人たちは、なんだかぼくのことを知らないようだったけれども、その中にぼくの知り合いが混じっていてもおかしくはなかった。うまく道を選べば、望ましくない出会いを避けることはできた。なにしろ、第一にぼくは女連れだったし、第二に連れていたのが、この辺りでは見たことも聞いたこともないような女だったから。

　彼女を見たときの最初の、そしてまったく正しい反応は、スパイか何かではないか、と考えることだった。というのも、彼女のように着飾った身なりをした女性は、それまでのところ、皆が大好きなドイツ映画『わが夢の女』のヒロインくらいしかいなかったからだ。そう言えば、彼女は厚地のカーテンのように重い手触りの、当時としては驚くべき水着を持っていて、ぼくたちが星空の下で夜の海水浴をしたとき、その水着はぼうっと燐光《りんこう》を放って光っていた。あのときすべてが始まり、あのとき彼女はぼくの人生の前にも後にもないようなキスをしてくれたのだった。その水着の感触はぼくの指が覚えていた。というわけで、彼女の衣装箪笥の可能性をぼくはよく知っていたのだが、そのぼくでさえも、自分が目にしたものにはびっくり仰天した。

　前にも言ったように、戦争はもう完全に終わっていたので、戦争というものは飢《う》えは飢えでも、豚肉の缶詰のある飢えというふうに思い描かれ、それと比べたとき、戦後は豚肉の缶詰のない飢えとして受け止められていた。最初は野戦風の粋《いき》さを特徴としていた戦時中の流行は、アメリカ軍の贈り物によって（それを貰《もら》えた人の場合は）多様化したわけだが、そういった流行じたいがすっかり終わり、戦利品の衣類もすでに尽き、着古されてしまった。ちなみに戦利品の衣類は、その洗練ぶりや、ぼうっと輝くような裏地、きちんとした縫い目、女性の下着の破廉恥《はれんち》さ、もしもお望みとあればなんでも裏返しにして着てもいいといったことなど、どの点をとっても思いがけないものだった。そのすべてがいまや誰にとっても終わり、誰もが皆、国産の、自前の、粗末な服を着るようになっていた。ところが彼女、ぼくの恋人は違った。彼女は途方もない姿でぼくのところにやって来たのだ。具体的にそれがどんな姿だったかはもう覚えていないけれども、ぼくの恋人がそんな身なりをしていたことについては特別な、普通ではない理由があった。

　女たちは香水と霧を漂わせて、ブロークのもとにやって来た。[*1] ぼくがそれを知ったのは後になってからだ。ぼくの彼女は指輪や、イアリングや、ネックレスをきらめかせながらやって来た。こういったものはその後「婦人用アクセサリー《ビジュテリア》」などともっともらしく呼ばれるようになり、人々は長

＊1　ブロークはロシア象徴派の詩人。ここでは有名な詩「見知らぬ女」を念頭に置いている。

い歳月の間に、恥ずかしさや偏見を乗り越えて、結局慣れてしまう。女はそれを身につけることに慣れ、ともかくご婦人とよばれるものに変身していった。

しかし、まだそんなものがあり得ないときに、どこからそれが現われたのか。不思議な生地でできたドレス、金色の留め金に覆われ、ガラスのビーズをちりばめた靴。彼女はそんなものをいったいどこから持ってきたのか。どこから？　それはあそこから、つまり、その答はこうだ。彼女は東部地域の占領軍で働いていたのだ。そして長いこと東ドイツに住み、最近帰国したのだった。東ドイツでは参謀部付きの通訳として働き、内務省の特務部員の夫と暮らしていた。

特務部員の夫を彼女は戦々恐々《せんせんきょうきょう》と恐れていた。心の内を隠した生き方と全知の能力によって、夫は妻の心と体を苦しめた。体のほうに対して彼はそもそも、耐え難いほどそっけなかった。彼女の体は暖かい海のそばでも、ミカンの木の下でも、知り合いの誰かに――ひょっとしたら、夫の特務部員に派遣された部下に――見つかるのではないかという危懼のせいで、奔放《ほんぽう》に燃えあがることができなかったのだ。

モスクワでもデートがうまくできなかった。長いことどうにもならなかったのだ。ところがドゥーシャおばさんが鍵を渡してくれ、自分はどこかに行ってしまったので、ぼくはこうして女友達を連れ、彼女のちょっと脇、一歩前を――あるいは一歩後ろと言ってもいいのだが――歩いていく。プーシキン学生寮の小道と背面を通り、大通りに面して立っているドゥーシャおばさんのバラックに向かって。まばゆいばかりの女を連れて、誰にも気づかれないように、大通りに面したバラックのドアの中に入っていく――これは相当な試練で、血が騒ぐ。

いずれにせよどの窓辺にもびっくり仰天《ぎょうてん》した人たちが突っ立っているし、老婆たちは家の前の盛り土に坐って白い髪の房を目の詰まった櫛《くし》で梳《と》かしている。昔の同級生にばったり会うかもしれない。それに、物置小屋のそばでもう何年も自転車の発明に取り組んでいる男だっている。

夏の通りは明るく、日の光りに満ちている。もう一つの物置の後ろでは、男の子たちがウサギを交尾させている。女の子たちはわざと遠くのほうにかたまっているが、それでもやはりきちんと見ているのだ——雄のウサギが雌のウサギの傍らで余念なく草を食んでいるのだが、ある瞬間、雌ウサギの上にそびえ立ち、大きな耳をした二匹の動物たちのうちのどちらかが激しい金切り声をあげる。そして二匹とも鼻をひくひく動かしてから、またすぐに草を食べ始めるのだ。男の子たちは何度も何度も、ウサギが「マンコする」という事実を確認する。遠巻きにして見ている女の子たちは、ウサギが何をしているかはわかっているものの、「マンコする」という言葉は使わない。生意気な男の子たちは、女の子の注目を浴びようと、左手の二本の指で輪を作り、その輪に右手の人差し指を突っ込み、前後に動かして見せる。女の子たちは立ち去ってしまう。

そんな風にしてぼくは女友達を連れて自分の少年時代を通りぬけていく。でも彼女はそんなものを見もしなければ、気づきもしないで、黙ったまま隣を歩いていく。その頭は、ひょっとしたら夫の特務部員に尾行されていやしないだろうか、という考えでいっぱいだ。

彼女の足取りは、見事なほど落ちつき払っている。恐怖のせいで、彼女は茫然となり、目がくらんでしまっただけ。これは彼女の恐怖だ。一方、ぼくの恐怖はぼくを恐ろしく慧眼《けいがん》にしてくれた。そして光の世界からバラックの暗黒の廊下に足を踏み入れるとき、廊下の向うの端のいかにもスラムに相応しい洗濯物《せんたくもの》と、釣りの餌《えさ》にするうじ虫を空き缶の中で選り分けている男の姿をぼくは目ざとく見てとる。

ドゥーシャおばさんの鍵をしばらくがちゃがちゃやった後——ぼくたちは、もう部屋の中にいる。ぼくはサンドイッチを持ってきた。赤いイクラ《キャビア》[*1]のサンドイッチだ。それが五切れ。当時は安いものだった。一方、彼女はワインを手に入れてきたのだ！　なんと、ワインを手に入れられるとは……。そんなこと、生まれてこのかたぼくには夢にも考えられなかった。彼女が手に入れたのはぼくの知らない銘柄のワインで、ぼくが知っている種類と言えば――それも耳学問に過ぎないのだが――カオールという赤ワインと、〈三つの七〉というポートワインだけで、それはぼくの周りの物知りたちがとても高く評価しているものだった。ところが、彼らは何でもよく知っている物知りとはいえ、ワインのことだけはろくに知らない、といった連中だ。

「待って！」ぼくたちがワインをちょっと飲み、サンドイッチを半分食べたとき、彼女が言った。ぼくはもう震えながら彼女を抱きしめ、自由に思う存分柔らかいドレスの温かい生地に触っていて、その感触じたいがすでに甘美なものだった。「待って！」と彼女は言った。「その前にちょっと行ってこないと！」

「行ってくるって？」

「どうしても！　そうじゃないと……」

ぼくは打ちのめされた。プーシキン学生寮で人がどこかに用を足しに「行ってくる」と言ったら、それはこういう場所だ。バラック群の中には、すべての住人のために、田舎《いなか》の納屋《なや》のような外見をした二つの小屋があるだけだ。どちらの小屋も天井が高く、あちこちの割れ目やら一つしかない明り取り窓のおかげで明るかった。木材の上に直《じか》に塗られたしっくいが小屋を白く見せているとはいえ、そのしっくいは古く質の悪い板から垂れ落ちて、手を触れたくもない不潔な感じのユニークな色合いを作り出している。小屋は一枚の壁で仕切られており、普通だったらその壁が上に伸びて天井まで届いていそうなものだが、それは天井があったらの話。ここでは壁の上には何もなく、その先に小屋の中から見えるものと言えば、切妻屋根の棟木《むなぎ》だけ。

壁の両側は男性用と女性用に別れていて、板張りの床には八つの穴が一列にくりぬかれている。誰かがそこにいることは筒抜けになった。まず第一に仕切り壁が低かったし、第二に、板張りの床のちょっと手前に立てば、仕切り壁の向うでなされたことの最終的な結果は穴の中に丸見えだったのだ。
それでもまだ不足だという向きは、壁の色々な高さのところにとても大きな覗《のぞ》き穴《あな》をあけた。こういった穴はところどころ、ありあわせのもので塞《ふさ》がれてはいたものの、それは本当にところどころだけ。ぼくも立派なお屋敷の生まれではないし、場末の便所を訪れたこともあり、また便座には坐るものであって、その上に足を乗せて立つものではない、ということは二十三歳のときに独力で察したものだが、そのぼくにしても学生寮の（ここで言っているのはプーシキン学生寮のことで、アレクセーエフ学生寮ではない）恐るべき便所を覗《のぞ》いて見るなんてことはよっぽど緊急の場合に限られていた。もっとも、炎暑の日々には暖められたうす暗がりの中で悪臭がなぜかけだるくうっとりするようなものになり、仕切りの割れ目からは、意を決して人が便座にしゃがみこむところを観察したり、女たちの面白い会話を聞くこともできたけれども。でもそれは夏のこと。

よく知られているように、わが民衆は便所というものを、稀に見るほどだらしなくぞんざいに取り扱う。民衆にとっては狙いをつけてするという、ごく基本的な能力をないがしろにして、床に開いた口の縁を汚物でよごしたり、床をびしょびしょにしたり、壁に指の跡を残すことなど、朝飯前なのだ。板は何でも吸収し、何でも乾いて板にこびりつき、意図的な不潔さは必要に迫られた不潔さを生み出し、便器の上に陣取ることはますます難しくなっていく。傾斜した灰青色の排水溝に近づくことも、水溜りのせいで容易ではない。とくに履いている靴の底が柔らかい模造皮だったり、サンダルばきだったりするときは。

ところが冬の寒気がやって来ると、吸い取られたものはすべてかちかちに凍り、幾層にも積み重

＊1（259ページ）　ロシア語の「イクラ」は魚卵全般を指す。チョウザメの「キャビア」は「黒いイクラ」、鮭の卵は「赤いイクラ」と言う。

なっていく。十二月も末になると、氷の上を通って便器までたどり着くなどということはもう、まったく考えられない。戦術空間がどんどん縮小していく。通り掛かりの人々は入り口のドアの近くにまで退却するという作戦行動をとり、乱雑に床に排便するようになる。壁には（まだ便所の中の話をしているのだけれども）乳清の色をした背の高い氷の柱が掛かる。それは一・五メートルもの高さに達し、床から石筍のようにそびえ立ち、その間には石のように固まった茶褐色の塊もあちこちに見えている。板の上に降りた霜、氷の中に閉じ込められた黄色い新聞紙、屋根の裏側にまでもうできている黄色い水晶。でも人々の悪い癖はおさまらない。なにしろ、他のどこにも行き場がないのだから。そうしてもう二月も半ばになると、戸口に立ったまま、化石の世界の闇の中に向けて小用を済ますこともできるようになる。

　こういった事情は、プーシキン学生寮の毎日の生活のリズムを決定的に変えてしまう。いまではここに用を足しに人がやって来るのは、夕方から夜中のこと。壁はもう外側も曇った氷に覆われ、壁の内側の空間が――もしも雪に埋もれていないとしての話だが――どんな風になってしまうか、誰でもわかるだろう……。

　でも、それから春がやって来る。誰かが、口汚く罵りながら、掃除をする。それが誰なのか、ぼくにはわからない。三十分もすると、ホースの水に洗われて、小屋はまともな人間らしくなり、それからすべてがまた最初から始まるわけだ。夕方にはオナニストのミトロヒンが入って来て、一番有望な穴に素早い動作で鑿《のみ》を押しあて、壁に裂け目を入れる。それからほんのちょっと待つだけで、仕切りの向うからさらさらという衣ずれの音が聞こえてきて、彼はもう自分の一角で恍惚《こうこつ》に身をわななかせるのだ。

　ぼくの女友達はまさにこの便所に、落ち着き払った様子で行こうとしているのだ。ぼくは大慌《おおあわ》てで彼女になんとか、そこまでの短くない道を説明するのだが、彼女がそこにどうやってたどり着けるものか、まるっきり見当もつかない。それに、もしもうまくたどり着いたとしても、香水と霧を漂わせた彼女はこの恥ずかしい光景をどんな風に受け止めるだろうか。水分を吸って膨《ふく》れ上《あ》がった床の上を、なんとかうまく通り抜けられるだろうか。

　彼女を送っていくことなどぼくにはできない。計らずもたまたま、極秘の生理的必要を打ち明けられ、間の悪さとおとしめられた品位の極致というべきものを知らされてしまったというのに、当のその女性を他ならぬその場所にのこのこ送っていくなんてことが、どうしてできるだろう。

　彼女は出ていった。ぼくは待ちつづける。ぼくは悟った！　バラック街を通りぬけ、ドゥーシャおばさんの部屋への道のすごさに屈辱を受け、ドゥーシャおばさんの五平米の穴ぐらに仰天した彼女は――ぼくはもう慣れていたけれども、なにしろ、彼女はその部屋を見るのが初めてなのだ――そして、ぼくたちがこれからそこでことに及ぶことになる、湿気でむれたこぶのように盛り上がっている寝床や、白と赤に輝くサンドイッチを載せたテーブルや、そのサンドイッチの隣に置かれたカットグラスのコップや、そのコップの中の腐った水につかって膨れ上がり、だらしなく広がりかけたタマネギの玉や、その中からほんのちょっと顔を出したばかりの、青みを帯びたぞっとするようなタマネギの芽――このすべてを見て仰天した彼女は、考えを変えたに違いない。行ってしまったのだ！　いきなり、何も言わずに、逃げ出した！　そう言えばハンドバッグを持っていったじゃないか。たしかにワインは置いていったけれども……。彼女はワインを持ってきてくれた……。ぼくのためにワインを持ってきてくれる人がいるなんて、生まれてこのかた、夢にも思わなかった。それなのに、彼女は逃げてしまった！　逃げたのでなければ、道に迷ったのだろう。道に迷ったのでなければ、誰かにからまれたのだろう。前にも言ったように、ここの住民たちは彼女を見たら、あっさりスパイだと決めつけるだろうから。そう言えば、最近、マリアの森で、祖国の運命に無関心ではいられない人たちがスパイを捕まえた。なんでも、アメリカのスパイらしい、しかも一人ではなく、二人だとか……。
「よお、カリーヌィチ、いい加減にしろよ、なんでおれの薪の前に自転車を置いて塞いでやがるんだ。まだ悪さをするつもりか」窓のむこうから聞こえてくるのは、小屋のそばで威勢よくはじめられた友好的な会話のさわりの部分だ。あまりに突然のことに、ぼくは飛びあがり、一瞬立ちすくんで、窓にそっと近づき、ガーゼのカーテンと表面のはげ落ちた窓枠との隙間《すきま》から外を覗いてみる……。

すぐ目の前を、小さなアリが列をなして、ドゥーシャおばさんの部屋の窓枠に塗られた油性ペンキの石のような瘤《こぶ》をよけて歩いている。小さな穴から這《は》い出《だ》し、三センチほど進んでは別の穴に消えていく……。アリがどうしたっていうんだ！　今のぼくの視力ならアメーバだって見分けられる……。耳は超音波だって捉えられるぞ……。

「カリーヌィチ、くそったれ……」小屋のあたりでいつもの音がして、ぼくの心臓はどきどきいいだし破裂しそうになる。うしろでドアががたがた揺れながら開いたからだ。思いきってぱっと振り向き、あっけにとられながらも、ガールフレンドがドアからこっそり入ってくるのを確かめる。

「わたし」と彼女は言い、ぼくは目を皿のようにして、すぐにじっくりとそのビロードの靴を見た。きれいに黒く染めてあるほっそりした靴底を、とりわけむさぼるように見つめる。

「ねえ、手を洗うところある？」

なんてことだ！　いつまでたっても際限がない！　ドゥーシャおばさんの釣り下げ手洗い器が廊下のどこにあるかなんて、知るわけがない。三十三の棚のどこに置いてあるどの石鹸《せっけん》がおばさんのか、どんな種類の石鹸かも知るわけないじゃないか——もしかしたら量り売りの大理石模様の石鹸で、石鹸製造工ルジャンスキーが作ったものかもしれないけれど、それが何でできているかはそのうち折を見て話そう。それより、ひょっとして洗面台の下に置いてある金だらいがいっぱいになっていて、捨てに行かなければならなかったらどうしよう……。それにしても、いったい何がそんなに入っているんだ？

「考えられない《ウンメークリッヒ》！」ガールフレンドはドイツ語がよくわかるので、ドイツ語でこう言ったのだが、ぼくだって当時はけっこうぺらぺら喋れた。ついでながら、ミカンの木々が実を結ぶ場所で彼女がぼくに好意を持ってくれたのは、ぼくのドイツ語能力が大いにものを言ったのだろう。

「ウンメークリッヒ、ヴァイル・イッヒ・ヴァイス・ニヒト、ヴォー・イスト・デル・ドゥーシャおばさんの手洗い器・ウント・ザイフェ！[*1]」とぼくが馬鹿なことを言いはじめると、彼女はにっこり笑って、ハンドバッグからきらきら光る香水壜《びん》、次にカット綿を取り出し、指を丁寧に拭《ふ》いている。その指には目を見張るほどの指輪をたくさんはめているが、中には、彼女を特務部員につなぎとめている太い指輪もあった——当時そんなものはふだんお目にかからなかったから、やはり思いがけない品物だ。

　彼女は窓に近寄って、カーテン脇の隙間から外を覗き、カーテンをすこし動かした。それから振り向き、ボタンをはずしてドレスを脱ぎ、それから何だかわけのわからない衣類をさらに脱ぎ、それから残りも全部脱いだ。着ているものをぼくのために脱ぐ女性を見るのは初めてだった。

「あなたも全部脱いじゃいなさいよ！」と、この奇跡が言ったとき、ぼくは近づいて彼女を抱き、このやりきれないほど変化に富んだ裸体に、ぼうっとしたまま押し入った。単調で変化の乏しいぼくの体とは、あまりに異なる彼女の裸体。

「待ってよ！　ちょっと待って！　光りものが愛のじゃまになるわ！」そして彼女はきらきら輝く小物を首や手首や指からはずし、耳からひっぱり取って、防水布の上に置いたので、そこにはたち

＊1　不可能です、ぼくはドゥーシャおばさんの手洗い器と石鹸がどこにあるか知らないから。

まち時計、イヤリング、ブレスレット、宝石のついた指輪の山ができた。ところが、ふいに、そのうちのひとつがベッドの下に転がっていった。まるで若者アクタイオーン[*1]のようにぼくは、奇跡的に辺境の犬どもから逃れて、彼女の素晴らしい足のそば、すっかり荒れ果てているベッドの下に、小さくて世にも優美な指輪を見つけたが、ベッドの下から頭を引きぬき、四つん這いのまま見てとったのは、その素晴らしい二本の足が、ぼくの邪魔にならないようにと上に折り曲げられ、床から離れたということ。彼女はこぶのように盛り上がった寝台に腰かけ、そして横になったのだ。ぼくが指輪をそっと防水布の上に置くと、その指輪はすぐさま信頼しきったように他のもののなかに溶け込んだ。ぼくも信頼しきって、よそ者が甘いキスをされたり優しくされたり、迷わされまとわりつかれてどういうわけかすすり泣きされる、そういう国に入っていった。ミカンの実と乾いた熱い大地の国。湿った砂州沿いに、放浪の旅人オデュッセウスが、豊かな髪を乱し気弱になったカリプソのもとへ、いかめしい足取りで出向く、そんな国。

それは自由な愛だった。それまでにぼくが手に入れたのは、性急で、女を捕まえるというだけの、貪欲《どんよく》で惨《みじ》めなものにすぎず、ミカンの太陽が輝くこの国で起こったことと比べたら愛以前と言うべきものだった。外は暗くなり、部屋は闇に包まれてきて、この薄暗がりが、しだいに空間からこの国を押しのけ、追いやるようになってきた。その国へはすでに何度も足を踏み入れていたが、そのたびに静かな笑い声、静かなすすり泣き、静かな言葉が聞こえてきた。そしてぼくの帝王のような手に、なんとなく、恭順にキスしてくる濡れた唇をとつぜん感じることもあった……。

それは、ふたりの人間の出会いだった。それぞれに理由は異なるものの、そのとき互いに互いを必要とし合っていたふたり。ぼくを必要としていた女にとっても出会いだったし、ぼくにとっても、何よりも必要なたったひとりの女との出会いだった。羞恥《しゅうち》のない出会い、いや、羞恥を越えた出会いと言ったほうがいい。ふたりは出会い、静かにすすり泣きながら勝利を祝った。いまわしい辺境とその場末のヒーローである特務部員に対する勝利だ。東ドイツのポメラニアの広いベッドでの体験と、ロシアの郊外の心惹かれるエロスを結び合わせた出会い。ミトロヒンの堪えられない夢をかなえてやった出会い。ウサギの結婚式で男の子たちが女の子たちの前で厚かましくもやって見せた、大昔から存在してきたしぐさを浄《きよ》めるものだった。

　ミカンの太陽が疲れた様子で沈みかけたころ、ドアのむこうから控えめに咳《せき》をする声が聞こえてきた。

「おばちゃんよ！　ずっとあそこにいたんだと思う！」

　ぼくたちは部屋を出るとき、お礼のつもりで、まったく手をつけていないサンドイッチをふたつと、ほとんど手をつけていないのをひとつ、それにワイン半ボトルをドゥーシャおばさんに残していった。そして、人気《ひとけ》のなくなった廊下のドアの前で糠袋《ぬかぶくろ》にすわりこんでいるドゥーシャおばさん自身を目にすることになった。ドゥーシャおばさんはうとうととまどろんでいて、軽くぐうぐう寝息をたてていた。

　ぼくはおばさんの綿入れに触った。鍵を返さなければならなかったのだ。おばさんは飛び起きて、ずるそうににやりと笑うと、スマローコフ[*2]にも匹敵するような驚くべきことを口にした。

「愛は、本来、人間にそなわっているものだね！」

　たそがれた通りに出ると、ぼくと女友達は、すぐに別々の方向に別れた。というのは、路面電車のオスタンキノ停留所のまわりだと会いたくない人に会うかもしれない、と彼女が言ったからだ。

＊1　ギリシャ神話で、月と狩猟の女神アルテミスの水浴姿を見たため彼女に呪われて鹿に変えられ、自分の犬に殺された猟師。

＊2　ロシアの十八世紀の古典主義の劇作家。

乾いて歯にくっついたイクラを一粒とりながら彼女は言った。

　学生寮（アレクセーエフではなく、プーシキンのほう）から離れようと歩きはじめると、最後のバラックの前でナシブリンに会った。内気で目立たない若者で、中学を卒業すると、嬉々《きき》としてどこかの専門学校に入った。

「こんばんは！」彼は礼儀正しく言った。というのも、世間があれこれ配慮してくれるので彼は自分でも一生懸命教養を身につけようとしていて、ぼくの生まれながらの教養になんとか近づきたい、といつも思っているのだ。だから、ぼくの教養にもっと近づこうとして、恥ずかしそうに聞いた。

「ドレスデン美術館展にはもう行った？」

「いいや！」

「行きなよ、見逃しちゃだめだよ！」そして、気を引こうとして、薄暗い通りをあちこち見てから、いやにどぎまぎ、どぎまぎしていたが、やっとこう言った。「ヌードがたくさんあるんだ」

アサール・エッペリ Асар Эппель

一九三五年モスクワ生まれ。二〇一二年モスクワで没。

独自の、彼のものと一目でわかる緻密《ちみつ》な文体を持つことで知られるユダヤ系作家。リュドミラ・ペトルシェフスカヤに「今日の最も優れたロシア作家」とまで絶賛されたが、あまり広く知られることはなく、知る人ぞ知る存在だった。作家デビューは遅く、最初の短編集『草の通り』とそれに続く短編集『わが人生のキノコ』が出たのはそれぞれ一九九四年、一九九六年で、しかも前者はニューヨーク、後者はイェルサレムで出版されている。彼の名前がロシアの読書人の間で知られるようになったのは、この二冊を合わせた著作集がモスクワの大手文芸出版社〈ヴァグリウス〉から二〇〇〇年に出版されてからである。

作家としてデビューするまで、長年にわたってポーランド文学の翻訳に携わってきた。一九九〇年代にはそれまでソ連で完全に無視されていたポーランドのブルーノ・シュルツ作品のロシア語訳を出版している。作風もシュルツにも通底するようなところがあり、シュルツが東欧の辺境の町を舞台に幻想的で官能的な小宇宙を展開したのに対して、エッペリは戦後間もないころのモスクワの町はずれの小さな世界を描き出す。

Photo by Mariusz Kubik

「赤いキャビアのサンドイッチ」（短編集『草の通り』所収）はそんな彼の作風にとって「名刺代わり」とも言われる有名な作品で、すさまじいバラックが立ち並ぶモスクワの町はずれを舞台に、官能的なセックスのときめきから、おぞましい排泄物や汚物にいたるまで、饒舌《じょうぜつ》かつ緻密な語りの文体でタブーを恐れず描き出す。訳者は二〇〇〇年の十一月初旬にモスクワのエッペリの自宅を訪ねたのだが、そのとき彼が、あの戦後まもないころのすさまじい生活はロシア人の遺伝子に組み込まれていまでも受け継がれていると言ったのが印象的だった。

トロヤの空の眺め

アンドレイ・ビートフ
沼野充義 訳

稲妻の閃《ひらめ》きのように
消え行く露の滴《しずく》のように
幻のように
我が身をめぐる思い
（皇子イッキュー）

もしもこの世にウルビノ・ワノスキの謎《なぞ》めいた最期をいくらかでも解明できる人間がいるとすれば、それは僕だけだろう。しかし、残念ながらそれは僕の手にも負えないことだ。伝説というものは、揺らぐことがないからこそ、伝説なのである。結局のところ彼は、まったく無名のまま、自分が名声を得たとは夢にも知らず、教会の鼠《ねずみ》のように貧乏なまま死んでしまった。いや、死んだというよりはむしろ、読者や批評家の意識の中で蘇ったのだと言ったほうがいいだろう（教会の鼠に関して言えば、こんな比喩《ひゆ》はあまり使いたくないところなのだが、実際に文字通りそうだったのである。伝説によれば、晩年の彼は教会の守衛を務め、蠟燭《ろうそく》を売っていたという）。墓も失われてしまった。美しい光景ではないか――生前無名であったからこそ、遅すぎた名声が光り輝き、その光が存在しない墓石を赤々と照らし出している。ある非常に大きな文学賞の授与が決まったとき、彼はすでに亡くなっていて、その賞を永遠に受けることができない身になっていたので、賞金をもとに彼の名を冠した基金が作られた。その金を使って我々ワノスキ研究者は毎年アドリア海沿岸のどこかに集まり、会合の後で討議を一冊にまとめて出版する。出版とは言っても、仲間うちでしか読まれないような本だ。こうして我々は、教会の守衛たちの中に埋もれている天才のためには、何も残してやらないのである。

三〇年代から四〇年代の作家であるワノスキをめぐるブームが起こったのは、六〇年代末のことだった。これもひとえに、ワノスキ基金の終身会長を務めるV・ヴァン・ボオク氏の功績である。もしも、彼が築き上げた神話を少しでも揺るがそうとしたら、僕は同僚たちに汚名を着せられ、固く組まれた隊伍から追放されるに違いない。僕の言うことなど、誰も信じてくれないだろう。説得力のある反駁《はんばく》によって僕の主張が覆され、僕は捏造《ねつぞう》の罪に問われることだろう……そうなってしまったら、僕は毎年の夏の休暇をどこで過ごせばいいのだろう?

実際には、ウルビノ・ワノスキは教会の守衛などではなかった。エレベーター係だったのだ。そして、亡くなったとき(まだ亡くなってなかったのかも知れないのだが……)、彼は突然自分に降って湧いた名声のことも、自分が大きな賞《グランプリ》を取ったことも、知っていた。と言うのも、死の直前に(直前ではなかったかも知れないのだが……)ワノスキを見つけたのは僕だからである。最後に彼に会って、この嬉《うれ》しい知らせを伝えたのは、僕なのだ。そして、最後のインタビューの聞き手となったのも、僕だった。いや、それはインタビューとさえ言えないもので、むしろ告白と呼んだほうがいいかも知れない。ただし、彼の言ったことすべてを信じるわけにもいかない。僕にはワノスキがあの時すでに完全には正気でなかった、と考える根拠があるのだ。しかし、いずれにせよ大変なセンセーションになり得ることだった。僕はまだ若く、名声を夢見ていた。もっとも、分別ある人が、そんなことをしたら職を失う恐れがあると言って、インタビューの公表を思い止まらせてくれたのだった。当時、僕は何者でもなかった。僕のセンセーションなどいずれにせよ、高々と築き上げられた神話の岩にぶつかって砕けるのが落ちだったろう。そう言えば、この哀れなエレベーター係もまた、岩にぶつかって砕けてしまったのではないか。僕は時にそんな気がする。彼の息の根を止めることくらい、簡単だったに違いない……

やっぱり、教会にいるほうがましなのだろうか。何も考えずに、蠟燭を売っていたほうが？……
軽やかで、明るい死……

「ガーデン・パークで見知らぬ男が隣に腰を下ろしたからと言っても、それだけじゃまだ、どうってことはありませんがね。それは禿《は》げている太った男でした。汗をびっしょりかいていて。もっとも本当は隣に腰を下ろしたんじゃなくて、どさっと崩れ落ちてきたんですよ。まるで、『やれやれ、やっと間に合った！』とでも言わんばかりの様子で。ほっとして、汗に濡れた体を四月の太陽の下でちょっと乾かし、荒い息を整えてから、話しかけてきたんです。『まあしかたないよね、ウルビノ君。俺《おれ》にはたいしたことはできない。でも、あんたの写真を見せてあげることくらいならできるから……』しかしですよ、私の身に起こったようなことが、もしもあなたの身にも起こったら、その時は驚いたりためらったりしないで、すぐにこの見知らぬ紳士にとっとと失せろとでも言ってやることです。ついでながら、とっとと失せろというのは、いつだって最高の哲学ですよ、立派な知恵というものだ……ただ、私がそれを悟ったのは、だいぶ後のことでしたがね。それに、悟ってから後も、今日という日に至るまで、この徳がさっぱり身についていないんですよ……」

老いたウルビノ・ワノスキはそんな風に長々と溜め息をつき、美しい目を上げて僕を見た。そんなまなざしをしている人に、僕は会ったことがなかった——あのような率直さと従順さをまなざしの中で一つに溶け合わせている人に。もっとも、彼は困惑して、美しいまなざしをすぐにそらしてしまった。例の哲学が僕にも当てはまると思わないように、といった具合だった。しかし、それはまさに僕に当てはまることだった……

『サーズデイ・イヴニング』と『イェスタデイ・ニューズ』の記者として、僕はワノスキにインタビューをしたのだった。僕たちは彼のちっぽけな部屋に腰を下ろしていた。しかし、その小部屋は非常に清潔でがらんとしていたので、広々し過ぎていると感じられるほどだった。家具と言えば、化粧板張りの箪笥《たんす》が一つ、ただそれだけだ。もしも、家具調度にある種の従順さのようなものがなかったならば、この部屋は正真正銘の牢獄《ろうごく》だっただろう。部屋が彼のまなざしの虜《とりこ》であったとすれば、その一方で彼は部屋の虜だった。部屋が主人の顔を枠のように取り囲み、顔は目の枠となっている。このような包含関係は、言わば可逆的なものだった。つまり、顔がまなざしの中に含まれ、部屋が顔の中に含まれるという関係にもなり得たのである。

　このみすぼらしい部屋は、屋根のすぐ下にあり、脇を向いた小窓からはもう中庭も屋根も見えなかった。見えるのはただ、空の切《き》れ端《はし》と、窓枠の中に流れ込んできた雲だけだ。僕は部屋に一つしかないウィーン風の椅子に腰を下ろしたが、その椅子はぐらぐらして非常に坐りにくかった。一方、ワノスキは折りたたみ式の寝床の上に坐《すわ》っていた。丁寧にひげを剃《そ》り上《あ》げた彼の長い顔はとても清潔で、若々しいと言ってもいいほどの肌を見せていたが、なぜかそのために老《ふ》けていることが目立ち、かえって高齢に深みが感じられるほどだった。何という空虚さ、何という清潔さだろう。いますぐにでも外部の世界との貸し借りをきれいさっぱり清算して、立ち去ろうとしている――そんな様子なのだ。この部屋には何もなかった。ただ僕だけが――肥満した体や、不謹慎なまでの健康さと生きていたいという欲望を抱えたこの僕だけが――ここにいて、自分の体が発散する台所の熱気のようなものや、遺体安置室の冷気のようなものを感じとっていた。この部屋で僕は異なった空間から来た存在だった。いや、それとも異なっていたのはこの空間のほうだったと言うべきだろうか……知覚そのものが、なんだか変わってしまったのだ。僕は事物や現象の外側の表面と内側の表面を絶えず混同し――なんと居心地の悪い感覚だろう！――この気ちがいじみた男を眺める僕のまなざしにはすでに悪意が含まれていた。とは言っても、あの『手紙の最後の事件』という本を書いたのはこの男なのだ。あんな本を書ける人物がいるとすれば、それはこの僕をおいて他にはいないだろう——そんなことを思わせるほどの驚くべき本である……喜びに胸を膨らませて、僕はあの見込みのない仕事に飛びついたのだった。謎の作家ワノスキの墓を捜し出すという仕事だ。それが、どうだろう、もう見つけてしまった！　しかも、墓などではなく、生きているワノスキその人なのだ！　だが、これは本当に生きている人間なのだろうか。見つけた結果僕がどうなったかと言えば——この負《マイナス》人間と隣りあったせいで体を冷やし、このような才能を送ってよこした神の摂理の皮肉に驚いたのだ。いや、これは才能などではない。むしろ可能性と言ったほうがいいだろう。いや、可能性でさえもなく、可能性の一つの実例である。あのような本を創造するという可能性の……すでに生命を失っている男の死んだ体に、あんな力が秘められていたとは……そして、どくどくと脈打つ燃えるような羨望《せんぼう》の思いを抱かされた挙げ句のはてに、いかなる羨望も無益であることを思い知らされ、さらに悩ましいほどのばつの悪さを感じたのだった。ばつが悪いというのは、要するに、誠実さのあまり人生から遠ざかってしまった人間にしつこくつきまとって、最後の、かろうじて生命の名残《なご》りを感じさせるような痛みを彼にもたらす、という役回りを引き受ける羽目になってしまったからである。僕の一挙手一投足が、彼の古ぼけた灰色の繭《まゆ》を引き裂いてゆくことになった。幼年時代の記憶を辿《たど》ってこの繭に似たものを探ったとき、浮かび上がってくるのはなんと、ヤマナラシの木でできた空《から》っぽの巣箱である！　いまとなって思うのだが、初めて僕を一目見て、つまり自分の運転するエレベーターに僕が乗り込んできたときただちに、彼は死神がやってきたことを悟ったのではないだろうか。僕を初めて見た彼のまなざしは、それほどの哀愁をたたえていた。その哀愁は教養と礼儀の許す範囲内のものだったが、しかしその範囲内の小さな空間をなみなみと満たしていたのだ。エレベーターの乗客の一人一人を、あんな風に見ていられるわけがない——つまり、彼はすでに待ち受けていたということだ……しかし、あの時、僕にもはっきりわかっていた——僕が来るのを彼が待っていたなどということは、あり得ない。なにしろ、彼はもはや自分の本からは何も期待していなかったのだから。どんな反響も。つまり、彼が待っていたのは、誰か他の人だった。この「誰か」が結局僕だったという可能性もあり得たわけだが、実際にはそうならなかったのである。それは、彼の様子から判断することができた。僕が自分の来意を説明したとき、恐怖が彼の表情からさっと消えたのだ。しかし、恐怖の色が消えたとき、それは単なる安堵《あんど》ではなく、同時に幻滅でもあった――いや、少なくとも、あの時僕にはそう思われたのだ。ワノスキは極度の退屈と、空しさと、いまいましさを感じた。彼の味わった感覚がどれほどのものであったか、僕には推測はできても、理解はとてもできないだろう。我々に身近なわかりやすい事物を描き出しながらも、結局作家がはまり込んでしまう虚無の深淵のことを、僕は知らなかったのだ……

　当番の時間が終わるまで、お相手はできませんよ。そうワノスキが言ったので、僕はただちにその問題の処理に取り掛かった。彼はびっくりし、おどおどと僕を止めようとした。しかし、そんなことはまったく何の手数にもならない、と僕は言い放った。若い愚か者の例にもれず僕も自信過剰だったので、こんな風に想像した――僕が強力な『イェスタデイ・ニューズ』の記者証を提示しさえすれば、彼の雇い主はすぐさま親切な配慮とおべっかを雨あられのように浴びせ始めるに違いない。赤貧と無名の中に忘れ去られたこの年老いた天才に、それは快く感じられるだろう、と。そして実際に、すべて予想した通りになったのである。社長はせかせかした様子を見せ――いやあ、もちろんですよ、もちろん！――代わりの誰かを難なく見つけてきて、老人をまる一日解放してくれたのだった。しかし、こういった慌《あわ》ただしさや、雇い主の卑屈で好奇心旺盛なまなざしや、無料の奇跡を前にした食人鬼のような舌なめずりのせいで、ワノスキ老人の顔に青ざめた苦悩の色が浮かぶとは、僕も予想できなかった。そして、彼の目があれほどの哀愁をたたえるとは、予想できなかったのだ。あれは、動物が檻《おり》の中から見物人を眺める目付きではないか。僕は老人のエネルギー・バランスをめちゃめちゃにしてしまった。もうそれは起こってしまったこと。彼にもそれは、はっきりとわかっていた。

　ワノスキがはまりこんでしまった筋書《シナリオ》きは、あらかじめ決められていたものだった。存在しないにも等しい赤貧の状態から、突如、偉大な芸術家たちの一員に。新星現れる！——というセンセーション。こうして、芸術家その人も、ひどく貧しい彼の暮らしも、影が薄くなっていった。センセーションこそが、まさに筋書《シナリオ》きの内容だったのだ。そんなわけで、哀れな老人はもはやどんな側面においても、自分自身となることがまったく不可能になり、もっぱら伝説の主人公の、あのワノスキでなければならなかった。つまり、すでに彼とは無関係なところで、伝説が生み出されていたのである。この伝説は時間があるうちは——極めて単純で、あらかじめ決められた筋書《シナリオ》きの法則に従って——展開されていかねばならなかった。赤貧の中で生み出された傑作は、要するに、傑作を生み出した赤貧を意味した。こうして、実証主義が勝利をおさめたのだ。僕は彼に、どうしてこんな作品を書くことができたのかと聞いてみた。すると、彼の返事は——「わからない」。そして、賞金の二万ドルはどうするつもりか、と聞くと、彼は言った。「覚えていないねえ」

　実を言えば、僕はそのまま立ち去ってもよかった。老人はもはや、僕にとって何の役にも立たなかったからだ。彼は何も必要としていなかった。したがって、共通の利益を考慮して彼が僕の芝居に調子を合わせることなど、あり得なかった。ところが新聞はまさにそれを求めていたのであって、それ以外のことはどうでもよかったのである。事の真相に好奇心をそそられていたのは、僕一人だった。しかし、真相まではまだほど遠く、時間もなかったのだ。そして、隅々まできれいに掃除されたこの棺桶《かんおけ》のような部屋には、目を止めるようなものは何もなかった。部屋を飾っているものといえば、ただ一つだけ。注目して見れば、相当奇妙なものだ。それはかなり大きなサイズの写真で、華奢《きやしや》な金属製のフレームにはめられ、ガラスが張られている。ところが、その写真には実は何も写っていなかったのだ。つまり、大部分は空白になっていて、片隅を何やら雲のようなものが占めているだけなのだ。窓と向かいあって、ベッドの上、老人の頭上に掛かったその写真は、まるで装飾か何かのように見えた。言わば、第二の窓のようなものだ。つまり、僕がその窓を見ている間に、向かいに坐っている老人は本物の窓を見ていたという訳である。この写真はまた、天才の気まぐれを示すものと考えてもよかっただろう。ベッドの上に自分の部屋の窓からの眺めを飾っておきながら、その窓からは空の切れ端以外、何も見えないというのだ！　写真の下には、銅板のプレートがあって、扉板などに見られるような凝《こ》った装飾文字が彫り込まれていた。僕は薄笑いを浮かべて、こんなことも考えた。こんな惨《みじ》めな写真にも、虚栄心の強い写真家が名を残したがっているのだろうか。部屋を飾っていたもう一つのものは——もしも、それに対する老人の奇妙な振る舞いがなかったら、僕はそのもの自体にはまるっきり興味を持たなかっただろうが——呼び鈴を思わせる押しボタンのようなものだった。それはやはりベッドの上のほう、「写真」よりは少し下のあたりについていた。その呼び鈴は壁の中に塗りこめられており、押しボタンだけが外に突き出して、丸く、滑らかで、白く、押しボタンにしてはかなり大きい姿を見せている。洋服につけたら、中くらいのボタンにはなりそうだ。どうやら、この仕組みは最近取りつけられたもののようだった。というのも、その回りのセメントの斑点がまだ乾き切ってはいなかったからだ。ワノスキ老人がびっくりしたような表情で時折横目で見ていたのは、まさにこのボタンだった。しかし、彼はすぐさま自分の驚愕《きょうがく》を僕から隠そうと試み、視線をそこに向けたのは偶然に過ぎない、という振りを不器用にした。このボタンの謎ときは簡単だった。これは、老人をエレベーターの仕事に呼び出すために取りつけられたものなのだろう。老人がこのボタンをちらちら横目で見ていたことについても、僕は自分なりの解釈を下した。これは追い詰められ、屈伏させられた不幸な人間の習いなのだ、と。

「今日はもう、社長さんに邪魔されることはないと思いますが」と、僕はできるだけ穏やかに言った。せめてこのボタンに煩わされないで欲しかったのだ。そして僕は、この老人からは自分に役立つことなど何も引き出すことはできない、と悟った。

「ありがとうございます、それは分かっていますとも」と、老人は言った。それにしても、彼の顔の中に嵌《は》め込《こ》まれたあの目付きは、なんという驚くべきものだったろう！

そして、僕は思った。知覚というものが、社会的な要因にこれほど左右されてしまうとは！ ともかく、僕は捜索している間は、自分が誰を捜しているのか、はっきりと知っていた……ところが、見つけたとたんに、忘れてしまったのだ……この惨めな部屋で僕は、老人の頭脳が社会の最下層に相応のものでしかないだろうと、つい見くびってしまった。なんということだ！ 彼があれほどのものを書いた人間である以上、こういったこと全体を、そして僕のことをいったいどう見ていたのだろうか……この間じゅう。その時僕は、自分が尊大に庇護者めいた態度を取っていたことを決まり悪く感じ、困惑のあまり椅子から跳び上がったほどだった。そして、この唐突な動作にもっともらしい理由をどうにかつけようとして、写真の下に彫り込まれた写真家の署名を読むために立ち上がったのだ、という振りをした。僕が読み取ったのは、実際に風変わりなものだった。そこには、「トロヤの空の眺め」と書いてあったのだ。

「トロヤに行かれたことがあるんですか?」と、僕が馬鹿げた質問をすると、

「そんなところに行ったはずがないでしょう」と、老人は弱々しく笑った。「まだ私が生まれてないときですよ」

「もちろん、僕が言おうとしたのは……」僕はまたもや自分の馬鹿さ加減に突き当たって、もぐもぐ言った。「つまり、昔トロヤがあった場所のことですよ。最近発見されたとか、どこかで読みましたが……つまり、現代のトロヤのことを考えていたんです……」

「いや、これはまさにあの頃のトロヤなんです。あの頃の空ですよ」老人は単調に発音した。

背中を寒気が走った。まだ若造だった僕は、狂気との出会いを恐がっていた。当たり前のことで

はないか！　生まれてこのかた、一人の死人すらまだ見たことがなかったのだ。もっとも、不幸な事故の犠牲者は別だが、これはまだ死人とは言えない――つまり自分にとって本物の死人とは言えないということだ。そして、狂人も……僕にとってはまだ、街頭の群衆の中の滑稽《こっけい》な影でしかなかった。しかし、頭が弱いのは、狂気とは違う。そんな訳であの時、僕はワノスキに恐れをなし、視線をそらして、箪笥をじっと見据えたのだった。

　ワノスキの『手紙の最後の事件』には、こんな所がある。なんと素晴らしい部分だろう！　どうして何度読んでもその箇所に感動させられてしまうのか、説明はできないが、ともかく僕はもう何度も何度もそこを読み返したものだ。好きな曲がはいったレコードを何度も聞き返して、擦《す》り減《へ》らしてしまうようなものだろう……そこでは主人公が手紙を待っているのだが、手紙は来ない。そこで彼は、恐怖と情熱に心を千々に乱し、海辺の荒れ地を歩いて行く。と、突然砂丘の上に、穴のあいた化粧板張りの箪笥が現れた。どうやら、波に打ち寄せられたものらしい。主人公が苛立《いらだ》たしそうな様子で、無意識のうちに扉を開けると――中には手紙がはいっているのだ。彼は猛然とその手紙を開封し、食い入るように文面を見つめる。その手紙は「親愛なるウルビノ！……」と始まっているのだが、その先はどうしても読むことができないのだ。どうやら言葉も、文字もきちんと書かれているようだし、筆跡は女のものらしい。それを彼は一気に読み通そうとするのだが、結局またもや何も読まなかったことに気付いて、何度も何度も読み直す。それでもやはり、読み通すことはできないのだ。そこで彼はただちに家に急いで帰り、机に向かって、大変な勢いで返事を走り書きする。だが、その先は――いやはや！　なんという書き方だろう！　言葉が渦を巻き、インクがくすぶり、テキストが進んで行く。情熱に駆られて彼は猛然と書いて行くのだが、しかしそれぞれの行の終わりでテキストは消え失せ、情熱は宙吊りになり、転落することもなくページの余白に消えてゆく。そして、たったいま発音されたばかりの言葉の代わりに、紙の上には結局まったく違う言葉が現れる。それは何やら、クララ叔母さんとその鸚鵡《おうむ》についての言葉だ……哀れなウルビノは力尽きておいおい泣き出し、涙でクララ叔母さんを押し流してしまう。そして、悲しみを静めて、透明で流れる水のような頭を上げるとき、彼は再び力と均衡を獲得し、手紙を書くのだが、今度の書き方はもう落ち着いていて、素早く、てきぱきとしている。もっとも、実際のところは、波のような罫線を引いているだけなのだ。子供の海……その時、彼のところに隣人がやって来て、二人はだいぶ前からいっしょに考えていた仕事を検討し、きちんと話をまとめ、タウナスの町に出かける。その先には、こんなことが書かれている（僕はその変わり目を捉えようと何度努力しても、結局一度も捉えることができなかったのだが）――「もうこの本の中には、この箇所は存在しない。どれほど頁を繰ってみても……」

　さて、そんな訳でいまや僕には、自分がこの老人の狂気の縁に立たされているように思われた。その狂気は非常に滑らかに、精妙に、間断なく絡みついてくるので――それは蟻地獄《ありじごく》のようなもので、砂に吸い込まれるように、意識がその中に流れ落ちてゆく――目が眩《くら》む思いをしているうちに、いつの間にか途方もない数学的カーヴを滑り抜けて、事物の内側の表面に出てしまうのである。そして、人はそこから外を覗《のぞ》いて見ることになるだろう――もう、そこからもとの場所に戻ることはできない……

「ええ、もちろん、わかってます。これは、あの頃の空だということですね……」と答えながらも、僕は言わば視線を後ずさりさせていた。

　老人は薄笑いを浮かべた。

「私にはそう信ずるまったく現実的な根拠があるんですよ。あなたはまだ若い……それに、結局のところ、空に変わりなどないでしょう、あの頃のトロヤも、いまのトロヤも、我々も、我々の後の世代も、すべて同じ一つの空の下にある訳ですから……どうです、せめて比喩的にでも言えばこういうことですが……」

「確かにその通りです！」ワノスキが一般に許容され得る論理の次元に戻ってきたことにほっとして、僕は嬉しそうにうなずいた。

「面白いのは、どうして、抽象的概念や、イメージや、比喩などが真実から遠ざかることによって、かえって真実に近づいているように見えるのかということです。それに対して、人間を取り囲んでいる現実は無意味で、何やら余計なものに汚され、あたかも普遍性や抽象性が不十分なように見える。そして、そのせいで、真実でないように思われてしまう……これじゃ、何もかもがあべこべですよ！　まだ当分、こんなことはわかってもらえないでしょうな……私にできるのは、警告することだけです。それも、どうやら、無駄なようですが……私の個人的な体験など、まずお役には立たんでしょう。そもそも体験なんて、役に立つものじゃない……それに、こんなに開かれた形の運命があなたのものになるとは、とうてい思えませんしね……まあ、いずれにせよ、誘惑的な申し出は決して受けてはいけない――私の助言はこれに尽きます。あなたはお人よしで、欲がない（最初の形容に対して、僕はびくっと震え、侮辱を感じてふくれっ面をした。二番目のに対しては、同意を示すために弱々しくうなずいたように思う）。だから、あなたは勧められたものは何でも、いつでも、贈り物だと思って受け取ってしまうでしょうね。贈り物でなければ、冒険とか、運命だと思って。自分のものがなかなか手に入らない無欲な人間の常で、あなたは差し出されたものにしがみつこうとするでしょう……どんな申し出も退けることです。申し出などをしてくるのは、いつだって悪魔なんだから。だからこそ、これは本物のトロヤの空なんですよ……」

　ちょうどここで、ワノスキはガーデン・パークで会った禿げた太っちょのことを話してくれたのだが、僕はまたしても、彼の言うことが理解できなかった。ちょうどその時、彼は「とっとと失せろというのは最高の哲学だ」と言い、それに相応しい憂いのこもったまなざしを僕に向けたのだった。やれやれ、またしても、とっとと失せろと言えなかった――とでも言いたげなまなざしだ。

「あなたは私から何かを求めようとしていますが、実際のところ私などはあなたにまったく必要ではありません。厳密に言えば、どうしても必要なのは、私が持っているのではないかとあなたが思っている、何か別のものです。いままでは誰も彼もが、現実に対して暴力をふるう、進歩の実践者になってしまった……だから、私などいないものと思ってください。しかし、あなたが私から――本当は私からではないにしても――何かを求めている以上、私は自分の回りの生活を消し去ってしまった訳《わけ》です。それがなぜかと言うと、私はまさに常日頃から、生活の問いかけに対しては答えなければいけないと思っていたからです。生活そのものであるあなたが私を訪ねてやって来た以上は、私もそれに答える義務があるものと思います……しかし、あなたは本当は私に用があるのではなくて、必要だと予想されるものに用があるだけなのだから、私もあなたに対しては、自分の能力が及ぶと思われる範囲のことで答える権利がある。こんな風に重さだけが等しくても、互いにまるっきり嚙《か》み合《あ》っていないというのが、実は問いと答えの本質なのです……この写真のことをお話ししましょう。私にはいまそれを改めて取り上げてみたい理由があります――ここでワノスキはまたもや、押しボタンなど横目で見たりはしなかったという振りをした――つまり、私は寝ても覚めてもその写真のことばかり考えているのです。だからこそ、いまならそのことをある程度は気軽に話せます。こんな話が必要かどうかは、私の知ったことじゃありません。あなたは自分から、一人だけで私のところにやって来た。そういうことなら、あなたにまったく関係のないこの私という人間が目の前に現れたとしても、驚くことはないでしょう……」

「それじゃ、さっきの話の男、あれは悪魔だったんですか？」僕は教訓じみた話に腹を立てて、聞いた。

「角《つの》を生やしている必要なんか、ないでしょ？……」ワノスキが驚いたように答えた。「目の色だってとても青くて、炭のように黒いわけじゃまったくなかった。禿げていたのも、どうもわざとらしい。まるで角がないことを強調しているみたいでね……太っていたことについて言えば、太っちょは疑惑を呼び起こさない。これは、民衆的な感覚です。いやはや、後になってようやく、私にもこの男の優しい心ばえがどれほどのものであったのか、わかりました。彼にはまったく、張り詰めた様子がありませんでした。あの男は私をだましたわけでは全然ない——誘惑というものは、だまされることと何の関係もありません。誘惑に負けるのは、私たちがまったく自分で勝手にすることですよ。多分、彼は実際のところ、ただちょっと腰を下ろして、息を整えたかっただけなんでしょう。あまりにも暑い日でしたからね。

イギリス人というのは、ご存じのように、大変おしゃべりです。ことによったら、この欠点を隠したいがために、我々は自分たちが寡黙で控え目だという神話を流布させたのかも知れません。いずれにせよ、私は『失礼ですが、存じあげませんので……』とか何とか言って、しつこくつきまとう見知らぬ男を即座にたしなめてやりました。

その男の存在そのものが何だか本当に、まるっきり見当はずれなように思われました。私に対しても、その瞬間にとっても。その上、彼は外見までなんだか見当はずれに見えたのです。私はあなたのように若く、自分自身に関する強い思い込みにとらわれていました。思い込みなんて、漠然としたものであればあるほど、いっそう強くなるものです。ポケットに一ペニーもないようなときは、特に。愛だとか、名声だとか……ちょうどその瞬間、私は相当遠くまで思いを馳《は》せていたところでした。それだけにいっそう、物思いに耽《ふけ》っている自分に気付かされるのは不愉快なことです……その瞬間、なぜだかインドの長い布《サリー》を着た、何やらはっきりとしない美しい女性が、紺碧《こんぺき》の海の岸辺で私の薔薇《ばら》を胸に押し当てていました……そんな訳で、私は礼儀正しい英国人の氷のような威厳をもって、見知らぬ男をたしなめたのです。

『じゃあ、いったい、おたくはウルビノ君じゃないんですか？……』太っちょは、腹立たしげに言いました。

その時になってようやく、自分がたったいま偉そうに言ったばかりの言葉が、どれほど馬鹿げていたか、思い知りました。つまり、自分はウルビノなどでは全然ない、と私は言ってしまったのです。一方、見知らぬ男は使い古して形の崩れた書類かばんをすでに開けていて、まるで泥棒のようにその中に自分の手を突っ込みました。いや、突然、そんな感じがしたということです。この男は自分のかばんから何かを盗もうとしているって。

『それじゃあ、これもおたくじゃないわけ？』男はかばんの方には目をやらずに、花壇《かだん》から花を引き抜くように一枚の写真を取り出し、勝ち誇ったようにそれを私の鼻先に突きつけました。

でも、それは実際に、私ではありませんでした！ つまり、他の誰でもあり得たということです。顔の半分は何かの器械のようなものに遮《さえぎ》られていました。その器械は半ば写真機のようでもあるし、半ば小銃に似た幻想的な武器のようでもあり、銃口のようなものも見えている。いずれにせよ、写真に写った男はその器械に狙われていた。そして、器械に隠されていないほうの顔の半分は目を細め、歪《ゆが》んでいる。服装もなんだか外国風で、風変わりだ。という訳で、私はつい今しがたの自分の狼狽《ろうばい》に打《う》ち克《か》って、言ってやったのです。これが私であるものか、と。

『おたくじゃないの？』太っちょはびっくりして、とうとう写真に目を向けました。『やれやれ、俺も馬鹿なおいぼれだなあ！』その男の落胆ぶりは、本当に心からのものでしたよ！ 『これは失礼……』そして、男は身震いし始め、その写真で自分に頬《ほお》打ちを食らわせようとまでしたほどです。

『道化芝居みたいなことは止めてください。不愉快です』と、私は冷たく言い放ちました。

『いやはや、まいりましたね。とんでもないへまをしでかしたもんだ。ただじゃすまないだろうな！』と、男は嘆きました。『生まれてこのかた、こんなことは一度もなかったのに！ 実際、この写真はあんたのじゃないね……これは、あんたの未来の友人の写真なんです……でも、あんたのもありますよ……本当に……確かに……魔がさしたに違いない……』男はもう一度自分の頬を打とうとでもするかのように手を振り上げましたが、何だか今度はもう優しい感じです。『腹を立てないでくださいよ。いますぐ……今度はもう間違えないから……』

　彼は自分の書類かばんの中を長い間かき回し、色々なサイズや年代の写真の分厚い束を取り出しました。まるで、数多くの写真愛好家や家庭のアルバムから盗み出してきたもののようです。浸け方が足りなかったり、浸け過ぎだったり――というのは、現像液のことを言っているんですが――もっそりとした糊《のり》の斑点がついていたり、角がちぎれていたり。

『あれはどこにしまいこんだのかな……』下手《へた》くそな写真の珍しいコレクションが、目の前を次々に通り過ぎて行きました。騎士の鎧をつけた首無しの人物がいるかと思えば、コップを持った手があり、薄汚れた一本の枝が出た木の茂みがある。最後のはまるで、鳥を写そうとしたのに、肝心の鳥が飛び去ってしまった、というような写真です。『なかなか鋭い観察眼ですな』と彼は言って、捜し物を続けました。『実を言えば、だからこそ、あんたの隣に坐ったんですがね……この写真に小鳥を見つける人なんて、めったになかった。そのためには、詩人に生まれつかないとね！　そんなことは、一世紀に三回か四回くらいのものだ……ほら、あんたみたいな人とか、それとも……もっとも、あんたは湖畔派が好きじゃなかったな……ところが、まさにこの鳥に霊感を受けたのが……いや、まあいいや。こんな話をしても、何の役にも立たない……言っておきたいのは、こういうこと。これはみんな、まったく偶然残された痕跡であって、まるっきり何の意味もない……ほら、例えば、これはシェイクスピアですけどね……ところが、これは〈生か死か……〉を書いている瞬間でも全然なければ、黒い婦人《ダーク・レディ》との逢瀬《おうせ》の時でもないし、フランシス・ベーコンとの出会いの時でもない……これは芝居の後の、疲れた彼の姿なんだな……』その写真に写っていたのは、縁の欠けた陶製の洗面器で、実際に古めかしい形のように見えました。しかし、そこから突き出ていたのは、剝《む》き出《だ》しになった二本の普通の足です。その足はちょっと曲がっているように見えましたが、ななめに立っていただけなのかも知れません。指が一本突き出ていましたが、それはちょうど、洗面器の中で足の指を動かしているときのような格好でした。そして、水の細い流れが写真の右の角から洗面器の中に流れ込んでいる――これで全部です。『いや、俺は気ちがいじゃない。写真家でもなければ、空想家でもないんですよ。でも、いまあんたが順番に見ていって、疑惑を抱いたものがどれもこれも、空想力本来の可能性をはるかに下回っているって訳でもない。これはみんな、歴史のオリジナル写真なんだな、信じようと、信じまいとね……いや、早くも素晴らしいことを思いつきましたね。その通り、歴史的事実が、俺の手の内にある事実よりも正確で、魅力的に見えなければならないなんて理屈はありませんよ。歴史は常に我々の見ている前で作られてゆく。その点については、同意しない訳にはいかないねえ……』実際彼は、私の考えをすべて、いとも簡単に見抜いていきました。その上、私がいよいよ彼をたしなめて身の程を知らせてやるか、あるいはいっそのこと立ち上がって、その場を去ってしまおうか、そうすればこの男の耐えがたいしつこさも断ち切ることができる――などと思ったとき、ちょうどその瞬間にも彼は私の考えを見抜いたのでした。しかし、彼の写真に見られた大胆な視点の転換は――それを後にあなたがたはクローズ・アップと呼ぶことになるわけですが――実際、私には詩的な観点から面白いものに思われました。その時、軽やかに、目が眩《くら》むような勢いで、詩の一節が脳裏に浮かび上がってきたのです。マケドニアのアレクサンダー大王の軍隊のひづめに踏まれた泥、〈タイタニック号〉の上で閉じあわされた波、ホメロスの頭上を流れて行った雲……この泥は勝利者のひづめについて何を知っていただろう？　海の水が、スペイン艦隊の財宝にどんな関係があったというのだ？　そして、空にとって、詩とは？　……〈この床の割れ目、ここから世界が脈打っている……〉彼はこの一行を独り言のように、しかし同時に私といっしょになってつぶやきました。それは実は、私の頭の中に浮かんだばかりの詩の一行だったのです。『悪くない、いや、悪くないな……いいですか、俺が完全に信頼することができたのは、他ならぬあんたなんだ。現代では、あんた一人しかいないのかも知れない……いやあ、これはお世辞なんかじゃない。俺は単なる霊媒でもなければ、ペテン師でもない。正直なところ、どんな頭の中にだって、特に変わった考えなんてないんだな。それを見抜いたからって、奇跡と思うほどのことじゃない。それに、考えてもみてよ、何の得になる？　人を惑わすのが好きだからって、ただそれだけの理由で、信じやすい頭を惑わすなんてことが、あるかな？……まあ、そういう考え方もあるかも知れないけどね、俺の虚栄心はそれほどちっぽけなもんじゃありませんよ。こんなとき人は必ずメフィストフェレスやらカリオストロを引き合いに出すものだけど、もっと穏やかな説明だってあるでしょう。あんまりロマンチックなものではないにしても。いまあんたがたの国じゃ、空想小説が流行っているよね。まあ、例えば、ハーバート・ウェルズの〈タイム・マシーン〉とか……いや、あんたはまだ若いから、手厳しいんだな。ウェルズの文体は、まったく悪くありませんよ。あの英国流の持ち味はなかなか快い、と言ってもいいくらいだ。いまどき、こんなことはめったにない。こんな子供のような喜びを味わえるなんて……もちろん、ディケンズじゃない。いや、まあ、いいかな、もちろん失礼とは思うけどね、俺もあんたもディケンズではない。真実が分かっているときに、どうして厚顔無恥《こうがんむち》なことが言えますか……もっとも、真実の中にはいつだって、厚顔無恥さがちょっぴりは感じられるものだ――そういう意見には、同意しない訳にはいかないねえ。なにしろ、誰もが真実を知る権利を持っている訳ではないんだから。とは言っても、他方では、誰もが生まれつき真実を知ることができるようにはなってないけれど……そんなことより、ほら、これを見なさいよ。実に興味津々《きょうみしんしん》の写真でね。メアリー・スチュアートの首が入っている箱ですよ。本物だということは、俺が保証する。箱も、首も、本物。いや違う、これは単に首が入っていた箱じゃあない。写真が撮られたその瞬間に、首はそこに、つまり箱の中に入っていたんですよ。まあいいでしょう、そんなに腹を立てないでよ。せめて、あんたの嫌いなウェルズの貧しい空想の流儀で想像してほしいな。この俺が実はあの種の機械の発明家である、というようなことだってあり得ると……それで、わかりますか、この発明家が何か役に立つものを作り出すまでに、どんな困難にぶつからなければならないか。資材もなければ、資金もない。アパートからは追い出され、最初の時間旅行には、まともな写真機を一つ、せめて小学生の使うようなものでも持って行きたいのに、カメラどころか、サンドイッチを買う金の持ち合わせすらない！……やれやれ、そういうことなんだよね！　ただ、警告しておきたいのは……いや、やっぱりおたくには見せないほうがいいかな。俺が何を言っても無駄だろうな。どっちみち、あんたは何もかも間違って理解するに決まってるんだから……』

　そして、男は私の手から写真をひったくろうとしたのです。しかし、その時すでに私は本気で腹を立てていて、この無礼な紳士をひっぱたいてやりたいと思ったくらいでした。

『いやあ、そんなことは無用と願いたいね、それには及ばないよ、お若い人！　さもないと、見せてあげないかも知れないんだから。いや、まあ、いいでしょう。約束は違《たが》えないよ。ただ、突然、あんたが俺の言うことを最後まで聞いて、しっかり頭に入れる気になったら、の話だけどね。それに、俺の言うことを絶対信じないといけないよ。あんたがそんなに何もかも拒もうとするんなら、俺も誓って言うけどね――いや、何にかけて誓ったらいいのか、分からないくらいだ――本当に、だましたりはしない。いま、俺の手の中にはあんたの写真がある。おたくの未来の写真でね、そんなに遠い未来のではない。いつのことだって？　それは分かっているんだけど、教えるのは止めておこう。さもないと、あんたはそれを待って暮らすことになる。そんな風にして、人の未来を台無しにしたくないな。未来はあんたのものだ。俺は何年の何月何日かということまで知っている。でも、そんなことに何の意味があるかな？　いやあ、あんたら若い人たちってのは、どうしてこんなにせっかちなんだろう。まあ、五年も経たないうちに……あんたはまだ、せいぜい二十一歳だ。愛と名声を夢見ている。もちろん、知っているよ、どの程度のものを夢見ているか！　最高のものに決まってる！　あんたにはそれだけの権利があるから、もっと教えてあげるけどね、その可能性はいまもあるし、将来もきっとありますよ。しかし、まあ十年も経たないうちに……いや、成功のことではなくて、この写真のことを言っているんだけど。つまり、いままで見せてきた他のすべての写真と同様、これも偶然写った、無意味な写真に過ぎない。本物であることに変わりはないんだけど、まったく偶然の写真ですよ。止むに止まれず、あんたの未来の姿に過ぎないものを写真に焼き付けてしまった、と考えてくれても結構……その意味では俺も、詩趣《ポエジー》の崇拝者ということになるかな。いいでしょう、持っていなさい……ただし、よく覚えておいてほしいのは、これは偶然の一瞬に過ぎないのであって、おたくの人生の事実なんかではまったくないってこと。それじゃ、まあ、気晴らしのためにでも……』

　しかし、私はもう、その男の教訓めいた話など聞いていませんでした。私の目は、その写真に釘付けになっていたのです。今回の写真は、シェイクスピアの足や、湖畔派の小鳥の写真などに比べると、はるかにはっきりと写っていました。

　私のほうをじっと見つめていたのは、鏡のようなショー・ウィンドーに映った見知らぬ若い男の顔です。その男は私よりも十歳くらい年上か、あるいはそれほど年上でもなかったのかも知れませんが、私などよりよっぽど男らしく見えました。その顔は魅力的でしたが、たいへんな苦悩と衝撃に歪んでいました。それは、人の顔にはめったに見られないし、まして写真に刻みこまれるのはもっと稀《まれ》――というほどの激しい表情でした。その種の表情は、神話の筋書きの中になら捜し出すことができるかも知れません。主人公が怪物と出会って、石に変えられてしまうときとか。ひょっとすると、あのメドゥサが鏡に映った自分の姿を見たときも、ちょうどこんな表情をしたのかも知れません。ともかく、ガラスに映ったその顔には、ひどく驚かされました。もっとも、それが映っていたのは、既製服を売る何の変哲もない店のショー・ウィンドーだったのですが。ちょうど、二体のマネキン人形の間にはさまれていました。男と女のマネキンが、互いに向かって歩み寄り、ほとんど手を差し延べあうような格好をしています。ところが、彼らの間には何やら恐ろしいものがはさまっていて、ガラスに映った男は実はそれを見てしまったのです。ガラスに映った男が目にしたのが何かというと、それは彼女でした。ところが、彼女はどう見ても、それほどの驚愕を呼び起こすような女ではない。彼女の姿には、そんなに恐ろしいものなど何も認められなかった。そもそも、恐るべきことなどなかったのです。あまりの美しさにぞっとする、ということはあるでしょう。いずれにせよ、本にはそういう話が出てきます。ところが、この場合、そんなことは全然なかった。青白い紙魚《シミ》。即座に私はそう独りごちました。ところが、目をそらすことができないのです。映った男は女の内に何を認めたのでしょう？　ことによったら、人はあんな風に自分の運命を見抜くものなのでしょうか？　運命というものは、あんな外見をしているのか？　彼女の服装も、注意を引くようなものではありませんでした。なんだか女性にしては、自分の身を構わないといった風の、自由な服装。ただ、それだけです。そして、手には買物袋を下げている。灰色の長い髪がくしゃくしゃになり、まるで逆立っているようだ。あばずれ。これは確かにあばずれだ。そう私は独り言をいいました。目を離すことができません。あの目！　私はあの目から、自分の目を離すことができなかった！　大きな額、広くて白っぽい眉。目はやっぱり青と言うよりは、灰色でしたが（その写真は白黒でした）、それはとても大きな目で、なんだか角張っていて、魔法にかけられたかのように互いから離れたところに置かれていました。つまり、その目は二つとも、実際にあり得ないくらい、眉間《みけん》から遠くにあったのです。頬骨もまた信じがたいほど張り出していましたが、この点はちょうど、目と目の間があまりに離れているので、気付きにくくなっています……魚のように別々の方を見ている二つの目。魚だ。そう私は自分に言いました。紙魚《シミ》、あばずれ、そして魚。そう独り言を言ったのです。ところが、服を着た姿を見る限り、彼女ほどすらりとした女性は他に一人もない、というほどでした……

　いやはや、これは人に伝えられることではありませんな。私はもう覚えていません。自分が最初に何を見たのか。後になってから見分けることができたのは何だったのか。どんな順序だったのか……どんな順序だったかということは、とても大事なことです。まず最初に、衝撃を受けた男の顔。それから、女の顔に対する戸惑い。つまり、その顔には、衝撃を感じるようなことが何もなかったということ。それから、ガラスに映った女の顔——いっそう青ざめ、やつれてはいるが、驚きの表情を浮かべていた。それから、もっと大きな恐怖に歪んでしまったかのような、ガラスに映った男の顔。その恐怖は他人からではなくて、自分自身から、つまり自分が衝撃を受けている光景から来ているように見える。ほんの一瞬の間、写真は蘇り、くるりと向きを変えました。別の誰かが店に入ってきたのか、あるいは店から出て行ったのか、ともかくガラスのドアがくるっと回って、揺れたのです……しかし、まず最初に男が女を見つめ、女がショー・ウィンドーを見つめ、それから男がショー・ウィンドーを見つめ、それから女が男を見つめました。その写真は私の脳裏に焼き付いてしまいました。いまでも目の前にありありと見ることができます。なんと、私は一生をかけて、その写真をまるで何か別の物のように研究しつくしたのです！　でもことによると、それは映画のコマのように、三枚の写真が順番になっていたのかも知れません。あるいは、ほんの一瞬だけ、写真が非常に立体的になって、写っている人たちの背後を覗き込むことができるように思われたのでしょうか……『気にしないで……単なる偶然だから……まったく断片的な……何も信じてはいけない……こんなことは無駄だったかな……いや、思いもかけなかったな、あんたが……』

男のつぶやきは不愉快に耳の中に残り、とうとう、私は写真から目を離すことになりました。そこに写っていたのは、実際にはたいしたものではなかったのです。ところが、頭のおかしい男はもう影も形もなくなっていました。彼の背が並木道の果てにちらりと見えたような気もしましたが、それは別人だったのかも知れません……私は彼を追って駆け出したかったのに、なぜだか、そのまま腰を上げなかったのです。彼がさっと消え失せたことで、私は催眠術にかけられたようになり、ただ並木道の果てにじっと見入るばかりでした。どのくらいそうしていたかは、分かりません。ただ、写真が私の手から砂地に落ちたとき、ようやくはっと我に帰ったのです。つまり、写真は実在したのです！　私は身をかがめ、無意識的に拾い上げました……それはあの写真ではありませんでした。しかし、この写真も、男がかばんを掻き回しているとき、ちらりと見えたものでした。雲が写っている……〈トロヤの空の眺め〉……そうです、この壁に掛かっている、まさにその写真ですよ。

〈イリアス〉のプロットは、少々奇妙だとは思いませんか？　こじつけめいているとか？　いや、わかってますよ、もうそんなプロットのことはとやかく言わないという訳ですね。〈オデュッセイア〉のほうがその後に続くプロットとして、我々には分かりやすい。そこに残っているのはただひたすら航海すること、それだけですから。波が次々と打ち寄せ……それから、美女のヘレネがいて……後に幾世紀にもわたって引き継がれたヘレネをめぐる詩的な追憶のほうが、彼女自身よりもはるかに現実的です。いや、つまり、詩人たちを興奮させるのは、筆舌に尽くしがたい彼女の美貌——というか、より正確には、結局絵にも文章にも描かれることのなかったその美貌——ではなくて、彼女が存在したという事実そのものなのです。この事実を証明するものは、トロヤ戦争が彼女のせいで勃発したということ以外には、何もありません。なにしろ、どうして戦争が起こったのか、どうにかして説明しなければならんでしょうが。戦争はあった、と。しかし、ヘレネがその原因だったのか? 詩人たちが愛するのはヘレネではなくて、ヘレネの中にある原因です。際限なく彼女のイメージを呼び出すことができるのも、まさに彼女自身が存在しないからです。私が写真の見知らぬ女にただちにヘレンという名を付けたのも、ごく自然なことでしょう。ただし、初めはこの得体の知れない雲のせいで、その名を思いついたに過ぎなかったんですがね。あの頃は、いまお話ししているようには考えていませんでした。〈イリアス〉のことも、〈オデュッセイア〉のことも。戦争はもう敗北に終わってしまったということも、自分がすでに航海しているのだということも、知りませんでした……奇妙じゃありませんか、ホメロスの見なかった雲をこうして我々が見ているなんて……自分の目が見えなくなったときのことを、想像したことがありますかな?……誰だって、想像くらいするでしょう……盲人は、自分の目の前に何を見るのか? 夜? いや、果てしなく続く波ですよ」

……ワノスキは盲人のような顔つきになった。僕などもはや彼の前には存在しなかった。彼のまなざしの中に波が見えるような気がしたほどだ。だが、実はそれは波ではなくて、恐怖だった。ワノスキの目は、壁に取りつけられたあの馬鹿げたボタンにまたもや釘付けになっていたのだ。彼が恐がっていたのはあのボタンだったのだろうか、それともそのボタンは何のためにあるのかと僕に聞かれることだったのだろうか。いずれにせよ、僕がまさにそのボタンについて質問をしようと思っていたとき、ワノスキはちょうどその質問の腰を折ったのだった。

「その先はどうなったんだ、とお尋ねですか?」僕はそんなことは尋ねなかったし、彼も話を続ける気はまったくなかった。「その先は何もかも、ごく単純で、あまりに正確です。まるで、楽譜に従っているみたいに。いや、私は彼女に一目惚れした訳じゃありません。私は写真に恋をする兵士みたいな人間ではないんです。その上、あの頃私は別の人に恋をしていました。そして、私は薄笑いを浮かべて、自分を嘲《あざけ》りました。いかにも青春らしいあの微笑み。自分の不器用さを人に気付かれそうになったとき、青春というものは、ああいった薄笑いを浮かべて困惑から抜け出すのです。結局、私の場合は誰にも気付かれませんでした。こんなことは自分の軽快で素晴らしい人生には関係のないことだ、だからなかったことにしよう、と私は心に決めました。そうして悪魔の誘惑を払いのけ、例の〈雲〉を講義の要点の抜き書きの中に突っ込んで、元来の目的地へと急ぎました。私があの呪われたベンチに腰を下ろしてしまったのは、あまりに早く家を出て、デートまで時間が余ったからに過ぎません。私は恋人のディーカのところに急ぎました。それはエウリディーカという女性でした。つまり、私がそう呼んでいたということです。いや、実を言うと、彼女はまだ恋人とは言えなかった……あんまりギリシャ趣味が強すぎるとでもお考えですかな？　あの娘《こ》のお父さんは実際にギリシャ人だったんですよ。もっとも、彼女は生まれてからずっと母親とパリで暮らしていたので、父親のことも、祖国も覚えてはいませんでしたがね。私が自分の父親も、祖国のポーランドのことも覚えていないのと、同じことでしょう。その頃の私らは二人とも、イギリス人としては胡散臭《うさんくさ》かったという訳でね。そのおかげで、親しくなったんです。同じ学部に学んでいました。あの娘は年下でしたが、私が詩で自分の才能を試そうとしているうちに、学業で私をはるかに追い越してしまった。そこで、私がなんとか進級できるようにと、自分がよく知っている文学史の要点を泥縄式に教えこもうとしていたんです。ディーカは私に勉強を教えるのが好きだったし、私はあの娘に対して劣等生の役回りを演ずるのが好きだった。私らの学業は遅々として進みませんでした。二人はすでにキスをする仲になっていたんですよ。いや、それにしても、あの頃は時間がなんて沢山あったことだろう！

そして、半世紀過ぎたいま、安らぎ以外は何も必要としない身の上になって思うのですが、いまでも幸福というものはやっぱり存在するんじゃないでしょうか。過去には確かに存在していたんですからね！　エウリディーカの部屋で講義の要点の抜き書きに取り組んでいた、あの無限の時間

——それは確かに存在していました。あの時間は始まりも終わりもなく、日向《ひなた》ぼっこで体を暖めた猫のようにあの部屋に生きていて、どこにも立ち去ろうとはしなかったのです。私は実際、〈湖畔詩人〉たちがあまり好きではありませんでしたね。いまでも覚えていますが、湖畔派のおさらいには苦労して、長い時間をかけたものです……いやあ、なんて甘い唇だったろう！……あんな風に勉強することがどれほど好きだったか、あの頃分かっていたらなあ！　ディーカが借りていたのは、とても小さなアパートでした。あんなに小さいのは見たことがありません。いま私が住んでいるこのみじめな部屋の、半分くらいしかなかったんですよ！　彼女のアパートは、私が学んだ小学校の隣にあったので、自分たちが幼なじみのような気がしたほどです。実際、私はディーカと二人で、小学校の頃の遊びを思い出したものです。○×遊びとか、海戦や空中戦とか……遊びに夢中になって、夜更しをしましたなあ。『寝る時間！　寝る時間！』と、ディーカが可愛がっていた鸚鵡のジャコが叫ぶ。『こんなところにあんな鸚鵡が？』と、私が驚いて言う。『こんな部屋によく入ったなあ！……』彼女の小さな部屋は実際、私には理解しがたい学識の詰まった書物や、信じがたいほど幼稚な土産の品の類が、所狭しと積み上げられていました。しかも、始終崩れ落ちてばかりいて！私は崩れ落ちたものを拾い上げようと飛び出すのですが、ディーカは私を押し退けるんです。あなたって、全部ごちゃまぜにしちゃうんですもの——と言う訳ですよ。二人は四《よ》つん這《ば》いになって、落ちた物を拾い集めようとしました。ところが、這い回る場所なんてありゃしない！　机とソファーの間には、二人で這うような場所は、まったく無かったのです。私たちは額と額をぶつけました。こうして、初めてのキスをすることになったんですよ……」

　ワノスキはすっかり心を動かされていた。僕は気まずい感じを覚えたほどだ。こんな彼の子供っぽい有頂天ぶりを目の当たりにして、自分の若さや、まだ唇に残っている昨日の接吻の新鮮さを感じているなんて……

「読書好きで優しかったな……」と、ワノスキはつぶやいた。

「あの娘は、この世に存在した最も魅力的な青鞜《ブルーストッキング》派の女性でした。もっとも、青いものは彼女の好みじゃなかったな、ディーカが好きなのは赤いものでした。赤いものならなんでも、ゆったりしたカーディガンとか、長いスカートとか……ビーズ玉のネックレス、ブレスレット。家にいるとき、彼女はブレスレットを足にまで付けたものでした……私は這い回って、床から本を拾い集めます。題名を見ただけで頬が引きつるような本で、そういった本は閉じられているときしか好きになれませんでした。私が拾い集める崩れ落ちた品物のなかには、色々なものが混じっています。カスタネット、わらじ、アフリカの仮面、お茶が入っていた小箱、祝うことなど何もないのに送られてくる祝賀の葉書（ディーカはそういった葉書を世界中から受け取るのが好きでした）、自分が写っている無数の写真――ディーカはそれをとても大事にしていました。というのも、彼女は自分の写真うつりがいいと思っていたからで、実物よりも写真のほうがきれいだと考えていたふしがあります……でも、なんという思い違いだったろう！　私は床のものを拾い上げたかと思うと、まるでわざとではないような顔をして本の山から一冊引き抜いて、もう一度倒壊を引き起こし、すべてを再び床に落としたのです……それでもいよいよ最後の瞬間に、ディーカは身を振り離しました。顔を真っ赤にし、当惑しきってとびきり愛くるしい様子です。そして、二人のためにコーヒーの用意にとりかかりました。コーヒーを入れるとき、彼女はアルコール・ランプとなんだか奇妙な小鍋を使ったものです。その鍋はギリシャ製でさえもなく、トルコ製でした。私は後ろからこっそり忍び寄ります――コーヒーが吹きこぼれているのは、もちろんのこと。ディーカはそのことで、私に対してひどく腹を立てます。なにしろ、コーヒーの入れ方の秘訣を特に自慢していたんですから。ところが、実際にはひどい入れ方だったという訳でね。

　ディーカは何度私に会っても堅苦しい態度を保ち、私たちは一定の距離を置いた言葉遣いを続けました。本はきちんと整頓され、天井まで届くいくつもの山となり、次に崩れ落ちるのはいつかと機会をうかがっている。私たちは書き物机に向かって礼儀正しく坐っていました。もっとも、その机は食卓も兼ねていたのですが。

『この石ころはいったい何なのかしら？』ディーカは私のノートを開いて、言いました。

ところが、私は考えることさえ忘れていたのです！

『それは石じゃないんだ。雲なんです……』

私はたったいま起こったばかりの出来事について話そうと思ったのですが、できませんでした……目の前にもう一枚の写真が浮かび上がり、私はまたもや見知らぬ女の顔に見入っていたのです。

『ねえ！』エウリディーカが私に呼びかけました。『どこに行っちゃったの？』

『ああ、そうか、この写真のことだった……』と私は言って、突然、顔を赤らめました。『そう言えば、これは君の故郷なんだ。トロヤの空の眺めです』

『あなたは本当に詩人なのね……』と、エウリディーカは考え込んだ様子で言いました。『それを持ってきて下さったの……私のために？』

『もちろん、君のためです』慌てて僕は同意しました。

そう、彼女があの写真のためにそんなフレームまで注文したんです……

すべてはこんな風に始まりました。いや、より正確に言うと、すべてがもうあの時に終わってしまったのです。

存在し得ないこと。それを我々は実際のところ、何よりも簡単に信じ込んでしまうのです。はったり、不条理、うわごと……そして、蜃気楼《しんきろう》、幻影、誘惑。あの瞬間私は直ちに、公園で起こったこの馬鹿げた出来事を実在しないものとして抹消しました。そして、その同じ瞬間に、自分が見せてもらった写真が本物であることを無条件に信じ込んでしまったのです。雲はあの頃の雲ではなかったかも知れませんが、ショー・ウィンドーに自分の姿を映していたのは私です！　そして、ショー・ウィンドーに映し出された男も、やはり私でした。ということはつまり、ショー・ウィンドーに映っていた女は、私が見た女だったということになります。それは要するに、彼女なのです！　なにしろ、あれは紛《まぎ》れもなく私だったのですから。私がその写真をじっくりと見れば見るほど（それはまるで、私の額の内側のスクリーンに貼りつけられたような具合でした）、疑問の余地は少なくなっていきました。実を言えば、見た瞬間からもう、疑問のかけらさえなかったのですが……それは確かに私でした。七歳ほど歳《とし》をとった。そして私には、誰かの仮想の被写体として現れたその七年後の自分が、なかなか気に入りました。この七年の間に私は、自分にはまだ未知の道を明らかに進み、すでに自分の顔を持っていました。これはもう、自分以外の誰にでも気に入られるような、人好きのする生き生きとした青二才の顔なんてものではありません。私が特に感銘を受けたのは、こけた頬やかすかに認められる白髪《しらが》などといった、自分の顔がその頃までに新たに獲得した特徴です。別に目新しいことではありません。しかし、これは事実です。自分の終わり目掛けてまっしぐらに突き進もうとするのは、何と言ってもやはり青春時代でしょう。その時、人はごく短い時間で死までの距離の大部分を突っ走ってしまいます。そしてその後、死を目の前にした時、あれこれ衰弱の兆候を見せて、足取りを緩めようとするのですが、ひとたび選び取られた青春の惰性に対して、老いぼれのブレーキなど何の役にも立ちません！　そんな訳で、写真に写っていたのは議論の余地なく私でした。そして、自分の未来の顔は私の気に入ったし、私にはぴったりでした。しかしそれでは、その顔はなぜそんなに歪んでいたのでしょう？　いったい私は何に、あれほどの衝撃を受けたのでしょうか？　なにしろ、私のそれまでの実際の体験、および自分の未来として思い描くことのできる体験の内には、あれほどすごい顔の表情は見当たらないのです。他人の顔にだって、あんな表情など一度も見つけたことはありません。せいぜい文学の中だけでしょう。子供の頃の何かの読み物には、こんなのがありました――〈彼の顔は、筆舌に尽くしがたい痛みと、苦悩と、絶望と恐怖のために歪《ゆが》んだ〉。しかし、私は自分の心の中でこの写真をしげしげと見続け、この田舎芝居には――この場合、それは人目につかないだんまり芝居のようなものですが――偽物めいた点は何一つなく、すべてが本物だという確信を深めていきました。もしも、そんなことが人生で起こり得るのだとすると――しかも、他の誰かではなくて、まさに自分の身に起こり得るのだとすると――いったい、それは何なのだろうか？　その時、疑問は残っていませんでした。選択の余地はない。あれは彼女なのだ。何と呼んでも結構です。宿命の女とでも、運命そのものとでも。彼女は私には気に入らなかった。私の好みではなかったのです。しかし、目を離すことができませんでした。〈私の〉ディーカがどれほど美人か、私はきちんと考えたこともありませんでした。そんなことについて、わざわざ自分と話し合う必要などなかったのです。そう、彼女がどれほど美しいか、彼女の持つすべてのものがどれほど美しいか、私は知りませんでした。外見など、重要ではなかった。外見なんてものは、他人のためのものに過ぎません。そして、ディーカが私のために存在している以上、私は比較などしなかったのです。品定めの対象になり得ないということは、愛による祝福と言ってもいいでしょう。私には、ディーカがどんな見てくれをしていようと構わなかった。ところが、どうしたことでしょう。〈私のものでない〉ヘレンがどんな女か、たちまち、気になり出したのです！　でも、もしもヘレンが私のものでないとすると、誰のものだろう？　いま彼女は、私とまだ出会っていないうちからもう、存在しているはずではないのか？……嫉妬《しっと》が持ち前の唐突さを発揮して、私の体を貫きました。私は彼女を知らなかったし、好きでもなかったし、愛してもいなかった。それなのにもう、嫉妬していたのです。私は近日中に彼女に会うことになるだろうと、思い込んでいました。数年後にたまたま店の前で出会ったとき、あれほど私がびっくりするためには、その前に二人でいっしょにどれほどの体験を共有しておかねばならないのでしょうか。いったん見てしまったらもう最後、その後はそれなしでは生きていけなくなってしまうようなもの——それほど想像を絶したものを、彼女が持っているなどということがあり得るのでしょうか。もしそうだとすれば、それは何なのか？……

『それを持ってきて下さったの……私のために？』ディーカは破滅の運命が身に迫っていることも知らないで、〈雲〉をじっと眺めながら、そう聞きました。

そして、ディーカの姿を透かして白っぽく透明なヘレンの姿を思い浮かべていた私は、突然、気付いたのです。自分の目の前にいるのは、自分とは無関係な他人に過ぎない。自分がここに来たのは、この女に会うためではまったくない、ということに。それまで私はいつも、まさにディーカに会うために来ていたし、何度会ってもそれが結局他ならぬディーカであったことに、喜びを感じていました。ところがいまや私は、見知らぬものに変わってしまった彼女の顔をじっと見つめながら、初めてそれを他の顔と比較していました……比較は明らかにディーカに有利でした！　彼女のほうがはるかに感じがよかったのです。写真の幻影とは違って、ディーカは全身が美しく彩られていました。せき止められた光、そして流れ出す光……若々しい夏、芽吹き始めたばかりの幼い葉、澄んだ風、雲の影がか細い草の上を駆けて行き、空が木の葉にこぼれ落ちる——そんな顔なのです。私は初めてその顔に見惚れました。もはや、私のものではないその顔に。見捨てられた楽園を思わせるあの日天気が誰のものでもなかったのと同様に、その顔は誰のものでもありませんでした。悪魔め！　お前は何という似ても似つかない林檎《りんご》を、私につかませたのだ……

私はその林檎をかじったのに、自分ではそのことに気づきませんでした。ディーカを抱き締め、接吻することだってできたのです。彼女は目の前にいて——それを待っている。私の女になりたがっている。ところが、私の女はすでに、あの写真のヘレン、あの実在しない女だったのです。気ちがい！　馬鹿者！　私はあの見知らぬ男を呪ってはみたものの、すぐに悟りました。その呪いの言葉はすべて、むしろ自分自身に向けられるべきものなのだと。あの男にもう一度会えないものか、と私は夢にまで見ました。無理矢理にでも、彼女の名前と住所を絞り出してやる。そうでなければ、嘘《うそ》だったことを白状させるか、狂気の診断を下すか、あるいは彼の秘密、その心の内を明るみに出してやろう。そんな風に私は思ったのですが、彼はもちろん、二度とガーデン・パークには迷い込んできませんでした。

　写真が林檎に似ていたとすれば、同様にあの男は悪魔に似ていました。私はヘレンを捜して際限なく町をさまよい歩き、ありとあらゆる人の顔やショー・ウィンドーを覗いてみましたが、写真と同じショー・ウィンドーすら見つけられませんでした。ただ、ガラスに映った自分の姿が私に似ているために、苛々させられただけです。あれほど頻繁《ひんぱん》に自分の影に出会ったことは、それまで一度もありませんでした！　私は自分の影にうんざりし、その影が自分のものとは認められませんでした。私は自分の目に、特徴のない群衆のように見え始めていたのです。

　周りのものすべてが、何かに似て見えました。私は努力してみたのですが、何に似ているのかは、思い出せませんでした。ありとあらゆる〈何か〉が、何らかの〈何か〉に似始めたのです。全世界が詩の韻律に包まれ、幾重にも重なりあって映し出されました。すべてが〈何か〉に似ていたのですが、すべてが本物ではありませんでした。私は霧と幻影の中を、眼鏡を忘れた近眼の男のように、盲人のようにさまよいました。目の前のアスファルトが広がって滑らかな水面となり、その水面を波が次々と彼方に――私から逃げるように――駆け抜けてゆきます……私が船尾から海を眺めているのだとすると、これはいったい何の船だろうか？　そして、どこを目指して出航したのだろう？　波また波、写真、鏡……私はどんなに目が眩んでいたことか！　盲目の歌人……私は鏡に映った自分自身の影に出くわしては、そこに映っているのが自分ではないように感じて身震いをし、自分の知らない詩に驚嘆したものです。ところが、その詩は自分の手で書いたものだった……

以前、拙《つたな》い詩を書き散らしていた頃には夢としか思われなかったことが、実現したのです。私は詩人になっていたのです！　いや、この点に関しては、思い違いのしようがありません。詩というものは、書けているか、書けてないか、のどちらかです。私は以前からそのことは非難の余地もないほどはっきりと感じており、だからこそ、自分の習作の出来ばえにのぼせ上がることもありませんでした。ところが、ここにきて、疑問はなくなったのです。気がつかないうちに、いつの間にか、それはできていました。まるで、私が書いたのではなかったみたいです。私はそれらの詩を、他人の作品として評価することができました。そして、実際、評価に値するものだったのです。しかし、残念ながら、その程度のことでは、たいした慰めにはなりませんでした！　それがどんなに優れた詩であったとしても、ディーカにも、私にも、そしてヘレンにも相応しいものではなかったのです……

　ヘレンに対する私の嫉妬は、大変なものでした。最初のうちはまだ、このウィルスは軽やかな、プルースト的形態を取っていました。街行く人々のなかに彼女の面影を見つけられず、私は博物館や書店に迷い込み、幾世紀もの時の厚みを通して、肖像画やルネッサンスの埃《ほこり》のなかに彼女の姿の名残《なご》りを捉えようとしたのです。そして、私のわびしい学生用の小部屋には、いまだに会ったことのない私のヘレンの先駆けとなった女性たちの姿が、次々と掛けられていきました。ボッティチェリに代わって、ギルランダイオが現れる、といった具合です。

　かわいそうなディーカ！　彼女はひどい焼《や》き餅《もち》を焼いたものです……その複製画に。そして、恋敵の存在を甘んじて受け入れ、私の趣味の良さを褒めてくれたほどです……しかしその時、その恋敵に代わって、別の恋敵が現れ、突然そちらのほうがもっと似ているように見え始めるのです。そのかわり、ディーカは私の詩を、無条件で受け入れてくれました。

　ディーカは、私の部屋にまっしぐらに入って来ました。見ると、新しいスカートをはいています。

『ねえ、素敵でしょ?』そう言えば、ブレスレットも新しくなっていて……全身がとても軽やかで、晴々した様子です。何事もなかったかのように、大学関係のたわいない話をぺちゃくちゃし、花を持って来てくれ、そのための花瓶を捜し……紙切れを見つけました。『あなたは自分でも分からないのよ、これがどんな奇跡かってこと！　あなたに自分の詩のことがまるっきり分かっていないなんて、まったく驚いちゃうわ……』感涙が彼女の目に浮かび、声が震えています。そして、私は彼女の感激の中に、深い苦悩が秘められていることを見抜いたのです。もしも、この詩の霊感の源が自分ではなくて、他の女だということをディーカが理解したら、彼女はこの苦悩に耐えることはできなかったでしょう。

　しかし、ディーカはそんな素振りは見せませんでした。私にはそれが耐えられなかった。彼女のまなざしも、声も、感激も、屈託のない軽やかさも。ディーカの軽快さは、巧みに保たれれば保たれるほど、ますます堅固で、献身的で、従順な様相を呈するようになったのです。私は彼女の苦しみに耐えられず、乱暴な態度を取りました。彼女の評価も、助力も、秩序も、私には必要なかった。ある状況の下では人間は一人でいる権利を持つものだということが、本当にディーカには分からないのだろうか！……彼女は私の乱暴な態度に気づかなかったので、私のことを許すも許さないもありませんでした。それどころか、彼女のほうが私の許しを乞い、詩を書きつけた紙切れを床からさっと拾い上げると、姿を消したのです。彼女はそういったものをすべて集め、散逸しないように、保存してくれたのでした。私は自分の詩を評価することはできましたが、少しも大事なものとは思わなかったどころか、ほとんど憎んでいたくらいです。憎しみと言えば、とうとうディーカを自分のところから追い払ってしまったとき、私はヘレンに対しても同じような感情を抱いたものです。ディーカの背後で扉が閉まったその瞬間、私はヘレンをどんなに憎んだことでしょう。もしもヘレンに会ったなら、オセロさながら、絞め殺していたことでしょう。私はディーカに与えた苦しみのために、ヘレンを憎みました。その憎しみはことによると、ヘレンが存在しないことに対して生じた憎しみよりも強いくらいでした。

しかし、ディーカは立ち去り、私は直ちに努力して彼女のことを忘れ、存在しないヘレンと再び二人きりになろうとしました。壁から複製画をはぎ取りました。まるっきり似ていない！　いったいどこが似ていると思ったんだろう。そして、またもや街をほっつき歩き、道で出会った女性の一人一人をじっと見つめ、そのうちにとうとう疲労と、詩を書きたいという衝動にうち負かされて、家に戻ったのです。翌朝目覚めたとき、私は悪意をもって自分の詩に当然の評価を与え、投げ捨てました。後でそれを拾い集めてくれたのは、ディーカです。

ヘレンの顔のことなら、手にとるように知っていました！　森の中で道に迷い、何度も同じ所をぐるぐる回った人間は森のことを知っているし、喉《のど》の渇《かわ》きで死にかけた人間は砂漠のことを知っている。私が彼女の顔を知っているというのも、それと同じことですよ。その致命的な魅力を描写することはできません。いまでもできませんが、あの頃だってできなかった。あの頃と言えば、いわく言い難いものがすべて、私の筆の言う通りになったものです。私の詩を読めば、誰でも彼女をそこに感ずることでしょう。ところが、その姿はやはり見えないのです。そこにいたことだけは感じられるけれども、いまはまたしてもいなくなっている――という次第です。あばずれ、魚、紙魚《シミ》……ひどく濃淡の差の少ない、あの白っぽい写真よりも、彼女の顔のほうがさらに青白かった！　これは単に、出来の悪い写真の特性ではありません。むしろ、へたくそな写真だからこそ、彼女だけにそなわっている曖昧《あいまい》さを部分的にせよ、表現することができたのです……滑るようにすうっと消えてゆくあのまなざし、そして顔の輪郭……私の考えでは、ポーランド女性はちょうどあんな風ではないでしょうか。ポーランドに行ったことはありませんかね？　ポーランド女は有名ですからね。特別な美人ぞろいだ、という評判があるんです……まさに、特別なんです。ただその仮説に駆り立てられて、私は即座に、わが祖先の国へと向かいました。それまで私はポーランドに心引かれることもなく、一度も行ったことがなかったんです。まあ、実際の話――と、私は考えました――自分が彼女といっしょに姿を映すはずのショー・ウィンドーが、自分の住んでいる場所にあるに違いないなんて、どうしてそんな風に思い込んだのだろう。あんな写真のショー・ウィンドーなんて、どこにだってあるじゃないか。

　私の意識の中で世界は、絶望だけが到達し得るような規模にまで膨れ上がりました。いくらかでも心を落ち着かせてくれるのは、大洋と砂漠だけでした。こういった空間には、店も、ショー・ウィンドーも、そこに映し出される影もないからです。しかし、私にはわかっていました。七年の歳月が終わるときには、いずれにせよこのショー・ウィンドーは目の前に現れるのだと。シャッターがかしゃりと音を立て、フラッシュが燃え上がり、結局写真の一コマができあがるだろう。もうどんなことがあろうと、自分を止めることはできない、ということも私は知っていました。こうなったら、世界のどの地点で彼女を捜し始めようと、同じことではないか。よく知られているように、ルーレットでは初心者が勝ち、自分の経験から体系を導き出そうとしている熟練した賭事師が負けてしまう、ということがあります。ポーランドじゃまずい、という理屈もないだろう……私はポーランド全土をくまなく訪ねて歩きました。そこには彼女のような女性は、何千、何万といましたね。ポーランド女というのは、こんな風です。つまり、初めてポーランドに行くと、ただちに疑問が生じてくる。あの有名な美女たちは、どこにいるんだろう？　驚くほど表情に乏しく、はっきりしない顔ばかり。あなたはすっかりその気になって、美女たちを一目見てみたいと思い、あちこちに自分の水晶体を向けてみるのだが、結局は洞察力が足りなかった自分を責めながら、幻滅して、立ち去ってゆく。そうして立ち去ったとき初めて、美女たちがやって来て、あなたの夢に姿を現すようになる。独立心が強いのに素直で、従順でありながら近寄りがたい、女らしさの極致のようなポーランド美人たち。彼女らはあなたに身を委ねてくる——いや結局のところ、それはあなたではない。彼女らはあちら側に残り、あなたはいないのだから。奇妙な感覚……私はポーランドで彼女のような女を何万人も見ました。しかし、あの女はいなかったのです。百万人の中からだって、私は彼女を見分けられるでしょう。しかし、何万人かの中に、彼女はいませんでした。もし彼女がいたならば、私は永遠にポーランドにとどまっていたことでしょう。しかし、私が立ち去った以上、そこに彼女はいなかったのです……

　彼女がいるのは、このポーランドではない！　突然、そんな風にはっきりとわかったのでした。すでに帰りの切符をポケットに入れ、最後の一日をどう過ごしたらいいかわからずにぶらぶらしているうちに、私は町の有名な墓地に入り込みました。

　ことによると、私は自分の敗北を正当化したかっただけなのかも知れません。しかし、この墓地に来て、私はこう感じたのです。自分がポーランドに来たのは、祖国を感じとるためであって、それ以外の探索のためではないと。素晴らしい九月の日が、夕暮れに近づいてゆく。そこは墓地というよりは、手入れの行き届いた古い公園で、樹齢二百年の柏《かしわ》や楓《かえで》が葉を国旗のように赤く染めている。木々はそびえ立ち、その下に旗が横たわっている……木の幹の間からは、火がちらちら見えます。それは、黒いショールをかぶった女たちが蠟燭を手に持って、墓に向かうところでした。墓はいまのところ、まだ見あたりません。と、突然、木々が少し両脇に寄って目の前に空間が開け、苔むした古色蒼然《こしよくそうぜん》たる墓石が見えてきました。それは氷河に運ばれてきた堆石《モレーン》のように、延々と一列に並んでいます……それから、木々が再び列を閉ざし、その次はもう少し新しい墓石の前で、また空間を広げます。ここはもう、十八世紀になっているという訳です。あちこちの墓石の上にまばらに見える蠟燭が燃え尽きてゆき、残りの蠟燭は前方でゆらめき続けています。私は自分の手の内が空っぽであることを感じながら、前方を行く蠟燭の後についてゆきました。静寂が深まり、期待が募ってきます。前方から、まるでどよめきが聞こえてくるような気がしました。しかも、そのどよめきはますます大きくなって行きます。そして、私の足下には、波打ち際に打ち寄せる最後の波のように、墓石の次の列が並んでいました。私はもう、十九世紀にいたのです。戦争、蜂起、戦争、蜂起……敗北に続く敗北、また敗北……それでも、またしても戦争と蜂起……それは本当に海でした。ここで歴史の怒濤《どとう》は固まりついて、戦死者たちの共同墓地となったのです。どこか前方では、まだ見えない最大の波がどよめいています……その波がやって来るのは、すでに私の、つまり私たちの世紀のことになるでしょう。墓石の上で燃え尽きてゆく蠟燭、墓石に捧げられた花、あたりにたたずむ悲しみに沈んだ姿。こうしたものが、次第に数を増して行きました。自分でもすぐには気づかなかったのですが、私の手はいつの間にか空っぽではなくなっていました。それは蠟燭でも、花でもなく、小さな旗のように赤く染まった楓の葉でした……林はみるみるうちに若返ってゆき、前方には広々とした空間が開けています。そこはもう、まったくおずおずした、子供っぽい下生え《したば》に過ぎません――しかし、そこではすでに未来が掘り返され、蓄えられているかのようです。私は踵《きびす》を返し、若き曹長や義勇兵たちの名前をあちこちに読みながら戻りました。そして、ある共同墓碑のアルファベット順の名簿に、自分自身の名、つまり私の知らないもう一人の私を見つけたのです。U・ワノスキ。ポーランド軍団の兵士。一九二〇年、戦場に倒れる。そこに私は自分の持っていた楓の葉を捧げました。その時、突然、こんな思いが脳裏をよぎったのです。自分が愛し、求めていたのは女などでは全然なく、女のイメージをとった祖国だったのではないのか。敗北から来る奇妙な喜びの感覚が、私をとらえました。祖国、国民、いまだ滅びず［ポーランド国歌は「ポーランドいまだ滅びず」という言葉で始まる］……誰かに見られている。その気配を私は背中で感じとり、なぜかぎょっとしたのです。『パン・イェスト・ポラーキェム？』［あなたはポーランド人ですか］と、女性の低い声がポーランド語で私に尋ねました。私はポーランド語を知りませんでしたが、その女もポーランド人ではありませんでした。外国人風の訛《なまり》がはっきりと聞き取れたのです。私はついに振り返りました——すると、どうでしょう、それは彼女だったのです！　私たちは死者の供養の日に、私の親戚かも知れない男の墓の前で出会ったのでした。

しかし、それはやはり彼女ではなかったのです。やっと翌朝になってから、他人のベッドの中で、他人の天井を眺めながら、私はそのことを理解したのでした。彼女は肘掛《ひじか》け椅子に腰を下ろし、私を見つめていました。これから旅に出る、とでもいうような服装をしていたので、部屋の隅に身の回りの品を詰めたスーツ・ケースがあるのではないか、と思われたほどです。『ジェーン・ドーブルイ』［おはよう］と、女は訛の強いポーランド語で言いました。『コーヒー?』しかし、それ以上、ポーランド語を一言も知らなかったのです。私がコーヒーを飲んでいるあいだ、女は手巻き煙草を次々に巻いては吸っていました。その女はオランダ人で、オランダ語以外にはドイツ語とフランス語しか知りませんでした。私はと言えば、英語とイタリア語しか知らない。と言うわけで、私たちはすでに何もかもわかっていると言わんばかりの様子で、雄弁に沈黙を守ったのです。そのオランダ女性は私のヘレンよりもずっと美しく、昨日はあれほど明白にヘレンそっくりに見えたのに、今日になって見ると、似ている点を見つけるのは容易ではありませんでした。その女のほうが色黒で、たくましく、何となく華やかで、豊かな感じ、と言ったところでしょうか。そして、その姿や動きには、重々しさや真面目さのようなものがありました。彼女が煙草を吸って沈黙を保っている間、その記念碑のような姿の中では、何かが沸き立ち、何かが起こっていたのです。そのとても大きな目には、色を変える——と言うか、むしろ光を変える——という特性がありました。その目は、この身動きしない巨体の中で、激しく生命を燃やしていました。いや、私は突然気づいたのですが、その女は並外れて大きな体をしていたのです！　そのまま彼女は、重しのようにじっと坐っていました。と、その目が突然、特に深い黒っぽい色を帯びたのです。彼女は私に不器用なキスをして、半分しか英語になっていない言葉で言いました――『私と結婚して』。私はげらげら笑いだし、彼女は腹を立てました。結局、私は結婚に同意し、アムステルダムの彼女のところに行くと約束したのです。

しかし、その時私はもう、はやる心で帰国を急いでいました。さあ、私のディーカのところへ戻ろう！　悪魔の誘惑よ、立ち去れ！

そう、まさにこの点に悪魔の計略があったのです。つまり、私を期待の中に投げ込み、私から現在を奪ってしまうという点に……現在というのは、つまり幸福のことです。現在とは神に私が与えられたもの、私のもの、それ自体――それはディーカのことでした。私が帰ってきた時、ディーカはなんと喜んでくれたことでしょう！　私もとても陽気だった……そして、その時、私たちの頭上に崩れ落ちてくる学問の衝撃の下で、『コーヒーが吹きこぼれる！　コーヒーが吹きこぼれる！』というジャコの叫び声が聞こえるなかで、狂ったように激しい私たちの接吻とともに、あのすべてが起きたのでした。ディーカは急に暗い顔をして、私の抱擁《ほうよう》から身を振りほどき、自分のちっぽけなバス・ルーム兼キッチン兼玄関兼トイレに入り、長いこと猛然と歯を磨いてから、兵士のように足を踏み鳴らしながら部屋に戻ってきて、私を押し退けてカーテンの陰に追いやり、ジャコの籠をスカートで覆い、本の山を復元し、ソファーの背を倒しました。そして、入念に、腹立たしげに、私の見たことのない動作で、器用に、しかし醜い格好で――つまり、中年の女中のように――寝床を準備し、明かりを消して、猛烈な勢いで服を脱ぎにかかりました。ディーカはすべてを断固として自分の体から取り去ったのですが、それを椅子の上に置くときはおずおずした様子でした。まるで、服が自分の体を覆っているときは憎らしかったのに、脱いだ後でかわいそうになったという風です。彼女は、ドイツ語の初等読本に出てくる小学生のように、あるいは兵舎の兵隊のように、ひどく几帳面《きちょうめん》にすべてを椅子の上でたたむと、体をベッドに横たえました。私はその間じゅう、先程押し込まれたところに立っていて、カーテンと一体となり、闇の中に溶け込み、自分のことを忘れていたのです。自分はここにはいない――という、奇妙な感じがしました。ここにはディーカが横たわっている。身動《みじろ》ぎもせず、白いシーツの下に。その傍らには、彼女が脱いだ服の小さな山。もうそれはディーカのものではなく、死んだ女が残した服のようだ。それはこれから、家族に送り返されることになっている。そして、街灯の光がカーテンの隙間から忍び込み、まるで月明かりのように部屋のすべてに降り注いでいる。あたりはしーんと静まり返りました。何も動かず、存在せず、何の感覚もない――そんな状態の中で、いったい、どれほどの時間が経過したのか、分からないほどです。ともかく、数分か、数世紀、あるいは数秒の後に、白い斑点のような所から、よそよそしく生気のない声が聞こえて来ました。

『どこにいるの？』

　翌朝、私たちはコーヒーを飲み、大学へ急ぎました。まるで、もう何年も、毎朝こんな風にしているようでした。そして、私とディーカは今後決して、かつてのように激しいキスをしなくなったのです。

　私は彼女をひどく苦しめました！　それは、言わば創作のための探究、私の心を虜にしてしまった超＝虚構でした。実は私がそれに苦しめられていたのであって、彼女が私に苦しめられていたのではないのです……私はすべてをディーカに話しました。ただし、本当のこととしてではなく、この馬鹿げた雲の写真を偶然見つけたときにすでに生まれていた、小説のアイデアとしてです（その写真はいまでは、私たち二人のベッドの上に掛かっていました）。私の主人公の探索、彼の体験――そういったことを、すべて話したのですが、ただ一つ言わなかったことがあります。つまり、私の主人公には、ディーカのような女性はまるっきりいないことにしてしまったのです。彼はただ一人、自分自身のイメージと向かい合って生きており、そこにはどんな裏切りもありません。これはね、と私はディーカに言ったものです。新しい騎士小説になるんだ。こんな憂《うれ》い顔《がお》の騎士さ。悪魔が騎士にその憂いの表情を吹き込むんだけれど、騎士は忠誠と愛によって悪魔を退治する。そして、誘惑を信ずることによって、まさにその誘惑を克服するんだ。つまり、彼は誘惑を真実だと思い、その実在を信じ、疑いを抱くことがないんだよ。私が何らかの新鮮な細部とか、意表を突く、しかし説得力のあるプロットの転換によって、その筋書きを豊かなものにすると、その度にディーカはとても悲しんだものです。彼女はすぐさま、嫉妬しているのではなく、私の空想の飛翔に感嘆しているのだ、という振りをしました。そして、幅広い文学の知識を生かして、私のために世界の文化から類例を捜し出しました。そうして、私の神話学をより正確で、洗練されたものにしてくれたのです。

　一方、私は相変わらず捜し続けていました。私が捜していたのは、ヘレンに似たもう一人の女性だったのか、それとも、次に生ずるべき小説の筋書きの転換だったのか。どちらが先だったのか、私にも分かりません。小説の構想が事件の雛型《モデル》となったのか、それとも事件が構想を駆り立てたのか。私が何か考えつくやいなや、そのことは現実になり、私が前もってどんな手を打ったとしても、すべて無効になってしまいます。何かが起こったとすれば、それは直ちに幻想的な形でプロットの中に織り込まれ、記憶からは消え失せてしまうのです。そして、何かが起こるのはいつでも、最後の瞬間でした。旅立ちの日に。私はたくさん旅をしたものです。いや、たくさんと言うよりは、頻繁にしたと言うべきでしょう。逃げ出しては、舞い戻り……旅は私の麻薬でした。私はどこかに到着する日々を盗み、コレクションにしました。そういった到着の日々、私は幸せでした。私の存在が誰のためでもなかったからです。自由でいることができるあの最初の日、そして最後の日！　ギリシャにはディーカといっしょに行きました。その時初めて、彼女は自分の祖国の土を踏んだのです。私の場合とは違って、ディーカはすぐに祖国に溶け込みました。私がどんなものを目にしても、彼女はとても誇らしげな態度をとったものです、それはもう！　列車のステップを降り、最初の一歩を踏み出したとたん、ディーカの足取りは別人のようになりました。私たちはすぐさまプラットフォームで互いのためにサンダルを買って、プレゼントしあいました。言わば、指輪の交換といったところです。ディーカは幸せそうでした。そして、ギリシャに来て私は突然、自分があの最初の部屋にいるような気がしたのです。私たちがキスしかしなかったときの、あの部屋にいるような。そう、キスしかしなかった！……私は考えました。ひょっとして、私たちは引っ越してきてもいいんじゃないか……ここに残っても……まだすべてを、元通りにできるのでは……

私たちは現地の大学を訪ねました。ディーカはそこで教職を得る可能性があったし、私もまあ、何か特殊講義みたいなものだったら、どうにかできないこともなかった。ディーカは大学に広告を出してくれ、私はそこで、出発の前日に、詩に通じた人たちのための朗読の夕べを催しました。誰も何も分からなかったように思いますが、なぜだか、その会は成功しました。そして、その時だったのです、私が彼女を見たのは。彼女は黄色い薔薇を手に持って、通路を私のほうに向かって来たのです。驚くほどよく似ている！　あのオランダ女の比ではありません。とはいえ、この時、私にはもうはっきり分かっていたのです。これは似ているだけなのだ、ということが。それにもかかわらず、ギリシャのレストランで行われた歓送会で、私はその女と住所を交換し、再会を約束しました。というのも、彼女はじきにイギリスに来る予定になっていたのです。彼女は〈局留め〉で手紙を書くと約束しました。占師が寄ってきて、小鳥がカードを引き抜きました。私には〈名声〉、ヘレンには〈美〉。しかし、エウリディーカの運勢を占うことは、拒んだのです。まさか、彼女が将来……貝のスープは驚くべきものでしたな。ファンに囲まれて私は上機嫌になり、冗談を連発しました。そして、隣に坐ったフランス人のヘレンと赤葡萄酒《あかぶどうしゅ》のおかげで、普段よりもいくらか余計に酔ってしまったようです。私はオデュッセウスのように、古代のガレー船の先頭に立っているような気分でした。風を受けて、夜の中を私は航海してゆく。行く手には星と、魔女《サイレン》と、波。私は海を進み、歌う——と、突然、暗礁《あんしょう》に乗り上げたらしく、船は真っ二つに割れ、私は船倉に落ちてしまいました。ところが、よく見ると船倉と思ったものは、実は居酒屋でした。私は正確に覚えていたのですが、私たちの一行は大人数でその居酒屋にやって来たのです。ところが、最後に残ったのは、私とディーカの二人だけだった。ディーカは、またしても鼻を膨らませていました。最近、彼女は鼻を膨らませることが多くなっていましたが、これは焼き餅を焼いているという、確かなしるしなのです。今度の場合私は、自分が嫉妬のきっかけを与えなかったとは確信が持てなかっただけに、ことのほか腹を立て、こちらから攻撃に回ったくらいです。

『君が見たっていう、その書き置きには何が書いてあったんだ?!』私は激昂しました。ディーカはいつものように、泣き言一つ言わず、私を落ち着かせようとし、憐れむばかりです。しかし、結局、ヘレンの書き置きは見せてくれませんでした。捨ててしまった、と言うのです。

なんと彼女を苦しめてしまったことか!……私は腹を立てました。なにしろ、ディーカの邪魔だてのせいで、ヘレンと会う約束がきちんとできなくなってしまったのです。私はこっそり郵便局に駆け出していきましたが、もちろん、何も来ていませんでした。パリに情熱的な手紙を何通も書き、それを小説の一節だと言ってディーカに聞かせました。しかし、いくら手紙を書いても、郵便局からは相変わらず手ぶらで戻り、自分の不機嫌なのは創作が行き詰まったからだ、とディーカには説明しました。その間にも小説は、私の頭の中でどんどん展開していたのです。小説のタイトルは〈死者の生〉。魂を失った男が主人公です。この男は自分の魂を破滅させたことに対して、人生そのものを非難します。そして、魂の抜けた無用の肉体を抹消することによって、人生に復讐《ふくしゅう》しようと決心するのです。しかし、抹消するとは言っても、普通の自殺行為ではありません。日本のカミカゼ流に、自分を爆弾のように破裂させるのです。この爆弾人間は自分の行動に向けて、長い時間をかけて準備します。そのため、意味を失った彼の人生は、せめて目的というものを取り戻す訳です。この男の魂がまだ生きていた頃、つまり、幸福とか、名声とか、そういったものすべてをこの男が実際に欲していた頃、彼は何を得ようと努力しても、うまく行きませんでした。ところが、いまの彼はそのすべてをいとも簡単に、迅速に手に入れてしまったのです。もういまさら出世などしたくもないという段になって、彼の出世ぶりはとんとん拍子で目覚ましいものになりました。なぜならば、彼の心を引いていたのは、どうしたら未来の爆死を見栄えのするものにできるか、ということだけだったからです。彼は出世の階段を登りつめたところで、爆死するつもりでした。そうして、世界に君臨する悪をうち負かそうというのです。この男は、魂が生きている間は、弱々しく、無力で、不運だったのに、あの恐るべき目的の達成を目指すようになると、強く、誤りを犯さず、非のうちどころのない人間であることが分かったのです。彼は何も恐れず、何も望みません。無意識的な行動が、どんな障害も克服して行きます。彼は自分の求めていたものを獲得しました。そして、いまや、非常に几帳面なやり方で俗世間の用事にけりをつけ、誰にも借りを残さないようにしてから、ある盛大な国際的パーティに、れっきとした招待客の一人として出かけて行きます。特別なベルトに（この細部《ディテール》はドストエフスキーから借用したものですが）手榴弾《しゅりゅうだん》を二つ、あの罪深い場所のあたりに吊るして。ここで私はつまずき、その先の筋をどう展開させたらいいのか、分からなくなってしまいました。そもそも、どういう大団円になるのか、私にははっきりしませんでした。主人公は、自分の思いつきを実行に移すことを恐れたりしないだろう。それは私にも分かっていました。主人公の計画が、何らかの外的な原因によって駄目になることはないだろう。主人公を捕まえたり、その企みを暴露したり、その意思を挫《くじ》いたりするような人物は現れないだろう。計画を実行するのには、どんな障害もないはずなのに、どういう理由によるものか、彼は実行しないだろう。でも、いったい、どんな理由で？　この続きを考えることは、乗り越えがたい障害のようなものでした。私はそこに突き当たってしまったのです。それは黒い鏡のようなもので、創作の苦しみを、まるで私自身の黒い影のように投げ返してきました。ところが、どうでしょう。そうして、もう希望を失っていたとき、絶望して機械的に自分の前に真っ白な原稿用紙を置き、同様に絶望して機械的に郵便局で局留め便が来ているか尋ねたとき、私は一通の電報を受け取ったのです。それはパリのヘレンからのもので、彼女はこれこれの日の何時に同じ郵便局で会いたいと、指定していました。私は、もちろんご想像がつくと思いますが、指定された時間の一時間も前から待っていました。その時、象徴的に手に持っていたのは、かつて彼女が私に贈ってくれたのと同じような、黄色い薔薇でした。しかし、奇妙なことに、ヘレンはやって来ません。案内所で列車の到着について問い合わせてみると、もうだいぶ前にすべて到着しているとのことです。取消の電報が来るわけでもありません。絶望にうちひしがれ、私は夜遅く帰宅し、ディーカの姿を目の前にして、やっと思い出したのです……自分の手に、あの馬鹿げた薔薇が握られていることを。私はかっとなりました。一瞬の後に、何をしでかしていたかもわからないほど……しかし、ディーカは落ち着いて、疑いなどこれっぽっちも抱いていない様子で、聞いたのです。『その女《ひと》は来たの？』『いや』と、私も突然、同様に落ち着いた様子になって、答えました。『これは君のためだ』
　そして、薔薇を手渡し、口づけをし、抱き締め、喜びに震えたのでした。『分かった！　とうとう分かった！　こうすれば、すべてが終わるんだ！』私は机に突進し、夜を徹して、そして翌日も一日中ものすごい勢いで書きまくりました。私の主人公が結局爆死しなかったのは、なんとなくではなく、きちんとした理由があったのです。つまり、すべての目的は〈続き〉のために達成されるものなのに、彼にはその〈続き〉がなかったからなのです。彼の場合は、すべての勘定がぴったり合ってしまい、それでお終いになってしまった。その先はもう、何もないのです。怖くなったからでもなければ、邪魔されたからでもない。もはや、そうするための理由がなかったからこそ、私の主人公は爆死せずに、ひっそりと宴会の席を立ち去り、夜の中をとぼとぼ歩き、きっぱりと生のあちら側に行ってしまう……このフィナーレの場面は、特にうまく書けました。主人公が海辺に出てくる。星も月もない夜、あたり一面が闇に包まれている。深淵を前にしたように、彼はこの漆黒の夜の前に立ち、ズボンの前を開け、その中から二個の手榴弾を一つずつ取り出し、海の中に投げ捨てる。手榴弾は闇の中で炸裂する——燃え尽きたランプのように。この象徴的な場面は、ひどく私の気に入りました。彼が実際に投げ捨てたのは、何だったのか、ということですよ……

私は服を着たままベッドに転がりこみ、十六時間もぶっ通しに眠りました。美しく、奇妙な夢を見ました。ツーリストの団体に混じって、日本に行ったという夢です。夢というものが素晴らしいのは、とやかく批評されないですむということですな。目の前の入江は、実は私がギリシャで見たものでした。しかし、それにもかかわらず、そこはやっぱり、日本なのです。入江は奇妙な岩壁に囲まれており、私たちは一列になってその岩壁を海に向かって降りて行きます。岩壁の中を通る小道は奇妙きてれつなもので、だからこそ、ここが日本だということがはっきりしたように思えたのです。もっとも、日本が出てきたのは、私の曾祖《そうそ》父《ふ》が日本女性と結婚していたからかも知れませんが……小道は様相を変えてゆき、私たちは次第に石から石へと跳び移るようになりました。そして、自分たちがいる場所は実は、有名な日本の庭園の中でも特別な種類のものだということが、はっきりしました。これらの石は人工的なものであり、歩道の舗《ほ》装《そう》に使うような敷石を、日本的な非論理によって配列したものなのです。敷石から敷石へ、右や左へ、時には後ろにまで——私は足を踏み外さないよう、特に正確に跳ばねばなりませんでした。というのも、敷石の間にあったのは単なる茂みや草ではなく、とても小さな日本式の箱庭や生け花だったので、うっかりそれを踏《ふ》み潰《つぶ》してはならなかったのです。この遊びに熱中しているうちに、私は迷子《まいご》になったことに気づきました。本当のことを言うと、私が迷子になったその場所も、日本式の小庭園の一つでした。なぜならば、ふと足下を見ると、二つの敷石、つまり私が上に立っている石と、これから跳び移ろうとしている石の間に、同じ入江と同じ海があったからです。まさにその海を目指して、私たちは岩壁を降りていたのです……でも〈私たち〉というのは、不正確な言葉でした。すでに旅行者の群はすべて下に降りていて、海辺の細長い一帯に散らばり、どうやら水浴びでもしようという様子です。ところが、私は相変わらず同じ場所、岩壁の上に残っていました。私は一目散に駆け出しました。仲間に追いつこうと、大股でぴょんぴょん跳んで行ったのです。軽やかで楽しく、まるで空を飛んでいるようでした。しかし、奇妙なことに、いくらそうしても、仲間たちに近づくことはできなかったのです。そんな風に降りて行くうちに、私は奇妙な建造物の前に出ました。なんだか鏡を備えつけた反射望遠鏡のようなものですが、それが行く手を塞いでいたのです。私はその骨組みをよじ登り、階段のようなものを滑り降りて、鏡に突き当たりました。その鏡に映っていたのは、やはり先ほどと同じ入江と海岸、そして海です。ところが、私の一行はもう岸辺の彼方に去っていました。本当に急がなくては、と私は思って、鏡に背を向け、通路を捜したのですが、またもや鏡に突き当たってしまいました。駆け回り、出口を捜してみても、至るところ鏡だらけで、どこへ行っても鏡に突き当たってしまう。そんな風に右往左往しているうちに、私はとうとう自分の状況を把握してぞっとしました。私は同じ一つの場所をぐるぐる回っているだけではないか。何枚もの鏡に取り囲まれ、鏡のプリズムの中に閉じ込められて……自分は取り残されてしまって、もう追いつくことができない。この恐怖を抱いたまま、私は目覚め、ディーカの姿を目にしました。彼女は私にキスをし、おめでとうと言ってくれました。でも、何がおめでたいのだろう？　私は何もかも、忘れていたのです。ディーカは私の原稿を読んだのでした。これ、素晴らしいじゃない。やれやれ、俺も間抜けだな！　全部忘れてしまうなんて。私は自分の額をぽんと叩き、自分が服を着たままだと見て取ると、顔も洗わずに、郵便局へ駆け出しました。そこで私を待っていたのは、ヘレンからの電報です。馬鹿みたいに一日中待っていたのに。もう国に帰りました。これ以上、手紙なんて寄越さないで――電報には、そう書いてありました。そして、その前の電報を読み直してみて、私はようやく事情を呑み込みました。私は日付を取り違え、じれったさのあまり、ヘレンの到着の一日前に彼女を待っていた。その後、つまり、翌日のこと、私が小説の結末を書いている間じゅう、ヘレンが私を待っていた――こういうことだったのです。なぜだか私は簡単に諦めてこの喪失を甘受し、自分に言い聞かせました。どうせ、あの女は本物じゃなかったんだ。それに、たいして似ている訳でもないのかも知れない……そして、ふと顎をこすって、驚きました。いや、この三日の間に、髯《ひげ》がおそろしく伸びたこと！　あなたは気づいたことがありますかな、夜通し物を書いていると、髯が二倍も速く伸びるってことに。そんなにもじゃもじゃした顔ではみっともなくて、とても人前に出られたもんじゃありません。郵便局の女性職員があんなにけげんそうな目つきをした訳も、これなら分かります。そこで、私は近所の床屋に出かけたのでした。

　まわりのものは何も目にはいりませんでした。何も見えないまま、私は空いている肘掛け椅子にどさりと腰を下ろし、頭をのけぞらせて目を閉じました。『寝ているんですか？』と、優しい声が私にたずねました。目を開けると――自分がどんな夢の中にいたかは、もう分かりませんでした。目の前には、鏡がありました！　もちろん、鏡が床屋にないはずはありません！……でもこの瞬間、私はとても意識が朦朧《もうろう》としていましたし、鏡など全く予想もしていなかったので、ひどく驚いてしまいました。鏡には、ひげを剃っていない皺だらけの、まるで他人のような顔が映っています。そして、その顔は――まさに他人のその顔は、とても誰かに似ているのです。何かを思い出そうとする時の、この腹立たしいようなくすぐったい感じは、誰にでも覚えがあるでしょう……とは言え、こうした感覚は、一秒の何分の一か続いたにすぎず、次の瞬間にはもう砕かれ――私は、自分の右上にあの女の顔を見たのです！　またもやとか、もう一度とかいうのではありません……それは、もう似ているなどというのではなく、完全に一致していたのです。いや、〈完全な一致〉というのはあり得ませんから――つまりは、彼女そのものだったのです。それが、反駁の余地のない事実であることは、ふたつの事柄から確かめることができました。第一に、それに続いて鏡の中に捉えた私自身の顔です――その表情と言ったらありませんでした！　あの例の写真と瓜ふたつだったのです。第二には、鏡に映った自分の顔から再び彼女の顔へと視線を移した時に私が見たものです。私たちは二人とも、さらに後ろにある反対側の鏡にも映っており、その鏡が目の前の鏡に映っていたのです……それは、朝方見た夢でした！　つまり正夢……予言的な夢だったのです……彼女を見ると、ほとんど笑っていると言っていいほど、楽しそうに優しげに微笑んでいます。頭を右に向けさえすれば、生きた彼女の姿を目にできたはずです！　しかし私は、首が木のように硬くなってしびれてしまい、心臓はどきどき打ち、鏡に映った女の像から視線をそらすことができませんでした。その像がいまにも消えてしまいそうに思えたのです。それは消えはしませんでしたが、微笑んだり、驚いたり、不審げな顔をして、刻々と変化し……要するに生きているのです！　首をぽきっと鳴らして、私は彼女の方を振り返りました――彼女は、姿を消したりはしませんでした。その時私が感じたものが何だったのかは、わかりません。安堵？　空しさ？　喜び？　失望？　自由？……そう、私が感じたものは、まさに自由でした！　私たちは何枚もの鏡に囲まれており、しかもそれらの鏡は互いに互いを幾度となく反映し合っていました。影のそのまた影が、無限の中に溶け込んでいるのです。そして私たちが笑うと、影たちもいっせいに笑うのです。初め、私はこの〈自由〉という言葉のせいで笑ったのですが、彼女はと言うと、なぜだかわかりませんが、とても喜んで私に笑い返してくれました。もしかしたら、彼女もおかしかったのかも知れません。私は自分自身のことを笑い、彼女は私のことを笑い、鏡は私たちのことを笑っていたのです。白い上っぱりをかぶっていて、ちゃんとした洋服を着ていないのは、まあ仕方あるまい――だって床屋なんだから！　店じゃなくて、床屋だというのも仕方ない――床屋だって一種の店だし。ショー・ウィンドーじゃなくて鏡だというのも仕方あるまい――二人が映っているんだから！　こんな風にひとつひとつ論証することに、私は爆笑を繰り返しました。写真が、まるでパロディのように合致していたからです。でも、何が何のパロディになっているのでしょうか？　『そんなことは、もうどうでもいい……』と、私はほっとしながら考えました。『三度目の正直ということもあるじゃないか、彼女は第三の女なんだから』。数字の〈三〉の魔術には、もう証拠など必要ありませんでした。私が最後にもう一度笑うと、彼女は私に、ただ嬉しいというだけでなく、幸福そうな様子で笑い返してくれたように思えました。と言うことは、もう私が自分自身のことを笑ったのでも、彼女が私のことを笑ったのでもなく、私たちが笑ったということなのです！　私たちがいっしょに！

いいえ、彼女の名前はヘレンではありませんでした。それじゃあんまりでしょう。それならカリプソだっていいくらいだ。失礼、何という名前だったかなあ？……自分でも覚えていないなんて……彼女は理髪店の女主人に許可をもらったので、私たちは町向こうに出かけたんです。一言も話をしなかったように思いますが、ふたりとも、子供のように陽気でした。私たちは、泳いだり、裸で追いかけっこをしたりしたんです。まるで天国にいるように、まるでアダムとイヴのようにね。そうだ！　イヴという名前でしたよ。確かです。多分……

私には、これほど気楽にいっしょにいられる人はなかったし、これからもないでしょう（これは今ではわかっています）。私たちは一文なしでした。しかし、何の苦もなく生きてゆくことができたのです。私たちを養ってくれたのは、数多い彼女の崇拝者たちでした。いえいえ、とんでもない！　私は彼女の情夫《ヒモ》なんかにはなりませんでしたよ。必ずしも立派な生き方ではなかったかも知れませんが、全く純粋だったんです、本当ですよ。イタリアには、こういうことを表すための特別な俗語まであります、〈ディナモ〉ですよ。男に〈奢《おご》らせる〉わけです。彼女がデートを承知する、そして言うんです、『喉が渇いたし、ものすごくおなかがすいちゃったわ』すると崇拝者は、車にワインやら食べ物やらを沢山積んで走り回ることになる。彼女は食卓を用意して、蠟燭をつける――と、そこへ私が現れるんです。彼女はひどくうろたえ、私をわきに連れていって、すまなそうな様子でひそひそ囁く（崇拝者には、何を話しているのかわからない）。それから今度は崇拝者をわきに連れていって、秘密めかしてひそひそやるんです（何を話しているのか、私は知っているわけです。まだ青二才の坊やだけど、すごい焼き餅焼きなの――イタリア人の血が混じっているから……一番説得力があったのは、結婚しようって約束してくれたのよ、と言うことでしたね――崇拝者の方はそんな約束をしませんでしたから……）。そして、みんなでいっしょにテーブルについて食事をしたものです。新たな恋人ほど、以前の恋人に対して親切なものはないし、だましていると思っている男ほど、だまされている男に対して親切なものはない――ということを観察するのは、時としてかなり滑稽なことでしたよ。私は最初、ふくれ面をしたり、しかめ面をしたりしていましたが、演技力不足でした。なにしろひもじくて仕方がなかったのです。ご覧に入れたかったですな、私がどれほど懇切丁寧なもてなしを受けたか――幸福な恋敵というのは、この上なく優れた給仕ですよ！　その上、きまり悪さをごまかそうとして、私を相手にあれこれ話をする……私が黙っていればいるほど（というのも私は食べるのに忙しいものですから）、余計にしゃべる、私が寝取られ男ではない、ということを、間接的に何とか納得させようとしましてね。ああ、これほど愉快なボードビルはありませんよ！……言葉を綿密に選んだところで何になりましょう――まさしくナイフとナイフの間で踊っていたんですよ。私が満腹して、陰気な顔をすると、崇拝者たちは最初の適当な機会を捉えて、立ち去ってゆき、だいたいの場合、自分の持ってきた食べ物には手もつけませんでした。私たちは互いに抱き合ったものです。これは言っておかなければならないのですが、そうした崇拝者たちはみな感じのいい人たちでしたし、私は彼女の過去に全く嫉妬を感じませんでした

（私の恋敵たちも、それと同じ理屈で、全く嫉妬していなかったのですから、おかしなことです……）。彼らも、私たち二人をカップルとしてしかるべき扱いをしてくれたように思います。私たちの悪戯《いたずら》を見破った男は、たったひとりしかいませんでした――私たちは彼と友人になったくらいで、それほど三人は、互いに気に入ってしまったのです。太って頭の禿げた、快活な男ですが、大酒飲みで、いつも汗をかいていました。変な仕事をしていましてね――軽演劇の幕間司会者《コンフエランシュ》で……しょっちゅう巡業に出ていました……いつも自慢話ばかりしていたけれど、信じてもらおうなどとはこれっぽっちも思っていない、いい奴でした……ただひとつ、自分がチャーリー・チャップリンの親友だということだけは主張して譲らず、証拠を見せると言って、くしゃくしゃになった領収書や書類の山をひっかきまわしましたが、結局どうしてもチャップリンの名刺を見つけることができなかった。それで、私たちは彼を信じるわけにゆかず、彼は心からがっかりしていました。

　何日が過ぎたものか……いや、崇拝者が何人いたかだったら、確かに分かるのですが。ともかく、あれが始まったのは日曜日でした、それは確かです。崇拝者の数が減り始めたのだったか、一日が長くなったのか。ともかく突然、小説の夢を見たのです。小説の最後の部分の新しいヴァリエーションです。それはこんな風でした。私の主人公は、〈仕事〉に取りかかる前に、借りを返してまわり、証書のかたをつけ、それからごく丹念に体を洗い、ひげを剃り、服を着て、手榴弾を体に結びつける……そこで、例のパーティの直前に、もうひとつ残っていた借りを返すことにします。つまり、この世で自分に関心を抱いてくれるたった一人の人間、つまり彼に惚れ込んでいる女のところに、別れを告げに行くのです（お察しのことと思いますが、復讐心に燃えた私の孤独な主人公は、自ら無情な人間のように思っていましたが、実はたいへん感傷的なのです。ついでながら、これは矛盾することではありません）。彼は、その女性の前で、永遠の別れの場面を演じ、自分は薄情であって、資格がない云々と言う、すると彼女は、その言い分が誠実で正当であることに打ち負かされ、とうとう彼を信じ、これで最後なのだ、もうおしまいなのだ、と考え、かわいそうに、彼を送り出してしまう。そして、自爆をせずに、燃え尽きたランプを大洋の黒々とした穴に投げ込んだ時、彼はいよいよ本当に、天涯孤独になってしまうのです。彼にはどこへも行くところがない。今では家すらない。家は売ってしまったし、金は分けてしまったから、金さえ持っていないのです――だいたい、自爆の後に金などいる訳がないでしょう？　彼には誰もいない。親戚もいないし、彼のことを我慢して受け入れてくれた唯一の女性とは、永久に別れてしまった。主人公は魂を決定的に失うが、肉体は以前と同じように存在している。そして、彼は一晩中外をうろついて、すっかり凍え、腹をすかせてへとへとになったあげくの果てに、いつの間にか、捨てたはずの女の家の前に立っている。呼び鈴を鳴らしたものかどうか、ふんぎりがつかないで……と、その時、扉がひとりでに開く。女は、男が帰ってきたことに、少しも驚いてはいない。彼女は待っていたのだ。夕食はまだ暖かい……

　私には、自分は原稿を取りに帰るだけだという気がしました。どれほどの時間が過ぎたのだろう？　三日？　三年？……私はまるで炎を顔に吹き付けられたようで、全身汗に覆われていました。それは恥ずかしさでもなく、痛みでも、恐怖でも、良心でも、後悔でもありませんでした……それは……もはや取り返しがつかないという感覚は、なんとも言いようのないものですよ。『ディーカ！』と私は叫び、駆け出しました。

　鍵は鍵穴に入らず、ドアは反対側に開きました……ディーカはいませんでした。すべてはきちんと整頓《せいとん》され、空っぽです。単にディーカが留守にしていたとき以上の空虚さです。鸚鵡もいません。籠が空になっています。これはどうしたことだろう？　三日？　三年？……私は机の上に書き置きを探りあてました。カーテンは引き降ろされ、字を見分けることなどとてもできません。電気のスイッチは私の手を見つけてくれない……とうとう、光がともりました。書き置きは私の手とともにひどく揺れ、そこに書かれた文字は私の視線に入ってきません。私はそれを机の上の、正確に同じ場所に戻しました。そして、机の端に両手でつかまり、ようやく書き置きを読むことができたのです。『ジャコが逃げたので、捜しに行きます。オートミールはレンジの上。キスを送ります。E。』私は気が楽になってよさそうなものでしたが、楽にはなりませんでした。三日？　三年？……そんな風にずっと眩きながら、私は部屋の中を歩き回っていたのです。本の山に触ってしまったため、本が私の上に崩れ落ちてきました。それは麦の粒のようにさらさらと、ひっきりなしに落ちてくるのです。オートミールだ！　そう私は思い付き、大喜びで台所のレンジに突進しました。オートミールはまだ温かかった！　三年の間、いや三日の間だって、温かいままなんてことはあり得ない。時間が生き物のように、心臓のように、猛烈な勢いで縮んだのだ。そう考えて、気が楽になってもよさそうなものでした。しかし、やはり楽にはならなかったのです。時間は最終的に圧縮されて、今日まで、この瞬間まで、この一点にまで縮み、心臓のように止まってしまいました。一瞬よりも細い一本の針が、時間を突き刺すように心臓を突き刺したのです。私は目を軽く閉じました。すると、あの時の椅子の姿が幻のように浮かんできました。私たちの最初の夜、たたまれた死人の服を載せているように見えた、あの椅子の姿が。私はぎょっとして、目を開けました。椅子の上には、何も載っていません。そして、心臓は以前のようには脈打たなくなりました。

　止まってしまった心臓を抱えて、私は結局のところ、動物園に駆け込んだのでした。どうして動物園かって？　私にも分からない、どう説明したものでしょうか。ディーカがそこにいるという確信があったんです、ただそれだけのことです。すべてを想像で補うことができたのは、もっと後になってからです。ディーカは私のことをずっと、辛抱強く待っていた……ある時、鳥籠を閉めるのを忘れてしまった……部屋の中が暑苦しくなって、窓を開け放った……そして、彼女は不意に、自分の洞察が決定的でもはや覆せないことを痛いほど感じながら、悟ったのだった。私は立ち去り、もう戻っては来ない、なぜならジャコが飛び去ってしまったから……彼女は私を追いかけるような気になって、ジャコを追って飛び出した……そして、町をあちこち駆け回りながら、『ジャコ！　ジャコ！　ジャコを見ませんでしたか？』と叫び続けた……その先は？　突然、自動車にひかれて？　それとも、電車?!　『いや、そんなことがあってたまるもんか！』――そう私は叫びながら、走り出していました。この推測はあまりに突然浮かび上がってきたので、それだけに私には疑問の余地のないものに思えました。自分の推測に疑問の余地がないと思ったのは、ディーカも同じことでしょう。彼女は落胆の果てに、こう思いついたのです――もちろん、ジャコは自分の仲間のところに逃げて行ったのよ、他に行くところなんてないでしょう？……彼女は駆けて行く。喜び、元気づき、幸福のあまり息を切らせて。そう、ジャコはあそこにいる、動物園に。他の場所にいる訳がない！……彼女は何度も何度も、動物園の中をくまなく捜しました。この人口過密の荒れ地、そこにジャコはいない！『いい子だから、さあ、帰って来てちょうだい！』と、ディーカは呼びました。しかし、ジャコのいそうな気配はますます薄れて行きます。お馬鹿さん！　君はなんて馬鹿なんだ、ディーカ！……ジャコを見つけることなんて、できないさ。彼は一人で戻ってくるだけさ。きっと戻ってくるとも！　もう、家に向かって飛んでいるところだ！……ディーカ！……僕だよ！僕が君のところに帰って……君はどこにいるんだ？　私は何度も何度も動物園の中をくまなく捜しました。しかし、ディーカはどこにもいません。と、突然、人だかりがし始めました。このシャモアのいる区域にしては珍しい、大変な人だかりです。シャモアの向こうには、猿山があって……私はそちらに向かいました。

　きっとディーカは愚かにも、真っ先に鸚鵡の小屋に飛んで行ったのでしょう。そこにはもちろん、ジャコなどいる訳がありませんでした。いや、より正確に言えば、鸚鵡たちは何百羽もいたのですが、彼女の呼びかけに答えてくれるのは一羽もいなかったのです。そうでなければ、すべての鸚鵡がいっせいに答えるか……この時すでに、動物園の職員たちが慌てふためき、手に網や竿を持って、動物園を駆け回っていたのです。まるで火事のような騒ぎでした……私のジャコを捕まえようとしているんだわ、そうに違いない。愚かなディーカはそう思い……そして、彼らの後について……

群衆は、私の前でさっと道をあけました。白衣を着た医師が無関心な顔つきで、煙草をすっています。その隣には灰色の服を着た女性職員が立ち、怯えきって慰めようのない子猿を抱いていました。担架に横たわっていたのは……いや、とんでもない！　そんなことがあってたまるものか！　冗談じゃない！　あんたたち、気でも狂ったのか！……ディーカ！　目を覚ますんだ！　僕だよ！　僕が帰ってきたんだ……

ディーカは、網や竿を持った人たちの後を追って、駆け出していったのです……誰も彼女を止めようとしませんでした。あんな大騒ぎの最中には、それどころではなかったのか。あるいは、どさくさに紛れて、新米職員の一人と思われてしまったのか。要するに、彼女のことが誰にも分からなかったのか。ディーカに向かって、金切り声を上げながら、子猿が疾走して来ました。実はほんの赤ん坊と言ってもいいくらいの、若いチンパンジーです。手に乗せ、愛撫してやりたくなるような……なぜ、その猿はよりによってディーカを選んだのでしょうか?!　彼女はとても子供を欲しがっていました。子猿はなんとか救ってもらおうと必死でした。いったい、彼女以外に救ってくれるような人がいたでしょうか?……誰もかれもが、まるで疫病患者から逃げるように、四方八方にさっと飛び退くばかりでした。皆、何が起こっているのか、知っていたからです。ところが、ディーカは知りませんでした。でも、かりに知っていたとしても……はたして、彼女は脇に飛び退いたりしたでしょうか。もしも、あんな赤ん坊が、あんな金切り声を上げ、恐怖の表情を浮かべ、他ならぬ彼女に向かって、助けを求め疾駆してきたとしたら！……最後の瞬間に、そのチンパンジーの赤ん坊は、ぴょんと跳ねました。そして、記録的なジャンプをし、弾丸のようにディーカを目がけて、宙を飛んだのです。しかし、その後を追って来たものは、彼女には見えませんでした。猿を追って、ぴんと体を長く伸ばし、目に見えない灰色の紐のようになって、何かが、やはり宙を飛んできたのです……ディーカはまるでゴール・キーパーのように、生きたボールを受け止めました。子猿はすすり泣き、唸り声を上げながら、ディーカの首にからまり、彼女の体にしがみつき、信じがたいほど激しく震えていました……一方、灰色の目に見えない紐は飛行が及ばず、ディーカの足下にぴしゃりと落ち、何やら灰色で裸の音を立てました……そして、彼女に巻きついたのです。子猿は相変わらず泣き続け、ディーカにしがみつき、頰ずりをするばかりでした。それは、この地上で最後の愛撫となったのです」

……ワノスキは口をつぐんだ。その顔を涙が流れ落ちてゆく。まさに流れ落ちているのだ。僕はそんな光景をこれまで、一度も見たことがなかった。滑らかに、とぎれることなく。ワノスキはそれを拭おうともしなかった。

僕には分からない。どうしてあれほど、彼に腹を立てていたのだろうか。そんな話はもう読んだことがある、しかもあんたの本の中でだ。僕はそう言ってやろうと思ったほどだ。そうは思ったのだが、結局、言うことはできなかった。

「さて、さっきからもう、あなたは私のことを信じていないようですがね……」ワノスキは溜め息をついた。「私にはどうでもいいんですよ。どっちみち、もうそろそろ行ったほうがいいんだから。彼女《あれ》が向こうで待っていますからな。私はこちらに、ちょっと長居しすぎてしまった。まあ、いいでしょう。こちらにいた頃、彼女は私のことをもっと長い間待っていたんだから。実際にはどんな具合だったのか、知りたいという訳ですか？　私だって、どれが自分の書いたことで、どれが実際の生活だったのか、覚えていませんよ。そもそも、どうしてそれが別々のことなのか、私はまるっきり分かりませんでした。何もかもが実際にまさにあの通りだったんだと、思いますね。なにしろ、今回、私は覚えている通りにお話したまでで、作り事など何もしていないんですから。まあ、ひょっとしたら、あなたが正しいのかも知れないな、私は作家なんでしょう……不幸な生き物ですよ！　一番難しいのは、書くべき内容を考え出すことだ、と皆さんはお考えのようだが……それは違う。一番難しいのは、書く人物を考え出すことです。私たちが愛読するような作家は皆、自分の代わりに書いてくれる人物を、自分の内側から考え出すことができたという訳なんです。しかし、その時、彼ら自身は、書く人間であることのほかに、何者だということになるのでしょうか？　こんな孤独は、想像するだけでも恐ろしいほどです。幸福であるのは、他の人々だけです。働き、愛し、生み、死んでゆく他の人々。ところがこの作家という連中は、死ぬことができない。彼らにはその能力がないのです。彼らは一生の間、俳優のように、ただ一つの役を演じ続けるだけです。つまり、自分自身という役ですよ。他の人々のために。彼らの人生は、彼らのものではありません。彼らは人々の奴《ど》隷《れい》――つまり、自分を愛してくれる人々の奴隷なのです。彼らには愛する能力がありません。それは修道僧に信ずる能力がないのと、同じことでしょう。もしも、愛することや信ずることができるならば、どうして書いたり、祈ったりする必要がありますか？　生身《なまみ》の女を抱き締めてみると、実はそれは単なるイメージだということが分かる。神のもとへ向かってみれば、それは言葉に過ぎないことが分かる。大地に体を押し当ててみれば、それは祖国だということになる。そして大地は自分の胎内から偉大な人間を外に追い出して、記念碑とか、聖者の遺体にしてしまう。だから、偉大な人間は結局埋葬もされないまま、大地の中ではなく、祖国に突っ立っていろ、ということになるのです……私はいつでも、ただ一つのことを夢見ていました。書くことをやめて、生きることを始めるのです。本当に、私はそうすることだってできたのです！　それさえできれば、私はこれ以上一行だって書くことはないでしょう。それは大変嬉しく、非常に幸福なことですよ。私はすでに愛を知っていると言ってもいいくらいでした！　ところが、運命にその愛を取り上げられてしまったのです。私たちはもう、結婚式を終えて出てきたところでした。その時、彼女があの目に見えない、灰色のものを踏んでしまって……雨が降っていた。私たちは手をつないで、笑いながら、市役所から自動車のほうへ走っていました……彼女は自分のウェディング・ドレスの裾につまずいて、靴の片方をなくしてしまいました……そして、裸のかかとで裸の電線をまともに踏んづけて！……いや、あったのです。私にはいつだって、出口があったのです。出口とは、愛することでした。あの書類かばんを持った悪魔の奴にだって、勝つことができたんです。ただし、勝つための手段は、御伽噺の中のように、愛しかありません。いや、もしも、私があいつを即座に追い払っていたらなあ。それとも、あんな偽物の写真など無視していれば……でも、あれは偽物ではなかった！　私があの写真に合わせて、自分の人生を偽造してしまったんです！……いや、自分の人生だけならともかく……もしも、私が卑劣な男で、ディーカを捨てたとしても、その代わりせめて、あのフランス女とか、オランダ女とかを愛していれば……ところが、結局、誰も愛さなかった！　理髪店で働いていたあの女ならば、確かに愛することができたはずなのに……しかし、私はただ一人の女を愛していたのです。それは紙でできたヘレンです。私はこんな夢を見たほどでした。

　ディーカの哀れな死の後、私は自分の小説を焼いてしまい、家から外に出ませんでした。食事は、誰かが持ってきてくれました。それは、ひょっとすると、理髪店の女だったのかも知れません。しかし、女など、一人も覚えていないのです。そして、一年ほど経ってから、こんな夢を見ました——私は絵に描かれた国の上を飛んでいます。その国はギリシャのようでもあるし、古代をテーマにしたピカソの線画のようでもある。ただ、なんだかピカソよりももっと空想的で、パロディのようですが。私の下に広がるその国を支配しているのは、バッカス的な牧歌詩の光景です。羊、山羊、牧童の男や女たち……そして、皆、愛のことだけを考えて暮らしています。彼らもまた、ノートの方眼紙を切り抜いて作られた人形のように、紙でできているのです。まさにその夢は、方眼紙の上のことでした……私は彼らの紙の愛の光景に、初めはまず笑わされ、次に面白がり、それから夢中になってゆきます。私は自分も同様に紙でできていて、彼らと同じ能力を持っていると感じ、空を飛びながら、自分の女友達を捜すのですが、彼らにはみなすでに恋人がいます。私の能力はどんどん発達してゆくのですが、恋人は相変わらず見つかりません。が、最後にようやく見つかりました。私は降りて行く。彼女はすでに私の姿を認め、私に向かって抱擁の手を広げている。私は彼女を目がけて急降下し……そこで、自分自身に戻る――つまり、紙でできた存在ではなく、生きている自分になる。そして、学校用ノートからはぎとられたこの紙切れを突き抜けてしまう。

　その日、私は初めて町に出ました。あてもなく、長いことさまよって、再び人々の顔を眺めましたが、もう神話の女ヘレンを求めてはいませんでした。女と男の区別もせずに――ただただ人々の顔を見ていたのです。いったいこの人たちは、どんな人たちなのか、何者なのか？……私は、あちこちの公園やカフェや店に立ち寄っては――腰も下ろさず、何も口にせず、何も買わずに、出てしまいました。やがて疲れてしまって、家に帰ることにしました。その時ふと気が付くと、私はいつの間にかもう歩くことを止めて、立ち止まっていたのです。私はショー・ウィンドーの前に立って、ぼんやりとマネキンを眺めていたのでした。それは男と女のマネキンで、互いに手を差し延べ合い、いよいよ抱擁しようとして、歩み寄ったような格好をしていました。ところが、何かがこの二人の邪魔をしている。真ん中にある私の影が邪魔しているのだろうか？　その時です。ウィンドー越しに、マネキンの間にはさまれるように、店の中に、彼女が見えたのです。写真のヘレンです。と言うのも、今度という今度は、すべてが写真の通りだったからです。どうして今まで、この店に気づかずにいられたのだろうか？　だって、彼女を捜し求めていたあの時期、何度もこの場所を通ったはずではないか？　実はこの店はまだ新しくて、一年前にできたばかりでした。一年前と言えば、私はこのあたりにいなかった……ざっと計算してみると、ちょうど七年が経過していることが分かりました。私が茫然として、ゆっくり頭の中でこの単純な考えをめぐらしている間に、ヘレンはガラスの扉から出てきました。彼女は写真にあった通りの服装をし、写真にあった通りのハンドバッグを持ち……写真にあった通り私の方を見ましたが、そのまなざしには生気がなく、まるで物を見ているようでした。彼女は私の前を通り過ぎ、私はその場に釘付けにされたように、じっと立ちすくんでいました。すると、ショー・ウィンドーに、写真に写っていた通りの、恐ろしく歪んだ自分の顔が映りました。その時、髪の毛のかわりに蛇が見えたのです。私は叫び声をあげ、彼女目がけて飛びかかりました——殺そうとして。いや、〈殺す〉というのは適当な言葉ではありません。私はその女をきっと写真のようにびりびりに引き裂くだろうと確信していましたし、彼女が紙でできているということにも、同じくらい強い確信がありました。それは、殺人なんてものではないでしょう……何ということはない、アスファルトの上に散った紙切れに過ぎないのですから。いや、彼女はいませんでした。まるで、地面に吸い込まれたかのように。

　引き裂けるものなら、それもいいでしょう。でもまだ、終わったわけではありませんでした。彼女は消えてしまい、私は結局彼女を捕まえることができなかった。そして、その時、初めて悟ったのです——書類かばんを持ったあの悪魔の誘惑に、私はまたしても引っ掛かってしまった。本当は、彼女を摑《つか》んで離してはいけなかったのだ。自分自身に対する判決として彼女を受け入れ、彼女を愛すべきだった——最終的に、死の果てまで。これが運命を甦らせる最後の機会だったのに、私はその機会まで逃してしまった。何ということだろう、こんなに何も分からずに、一生を過ごしてきたなんて。波、鏡、紙、写真ばかりの一生……

　そして、私は再び彼女を捜しに出かけたのです。もっとも、今度は、彼女を捜し求めても、結局は失敗するだろうということをはっきり知っていましたが。私は新しい長編小説を書いていました。『焼かれた小説』という題です。その中では、人々は一言も発することができずに終わります。いや、あなたはこの小説も読むことができなかった訳ですよ、同じ理由で……私の書いたもののうち、何を読まれたのかは知りませんがね、私は生涯、この二つの小説しか書かなかった。その上、両方とも結局のところ、書き上げなかったのです。実際のところ、小説は二つではなくて、一つだったのかも知れません。その主人公は、自分の初恋と、書きかけのまま放ってあった最初の小説に戻ってゆくのです……主人公には息子がいて、成長しても大きな子供のままで、実は、耳が不自由な上に口がきけない。母親は息子に同情して、もう十四年もの間、彼と同様、口をきいていない。主人公は再び彼らのところに住み、全き沈黙のただ中にあって、最初の小説を書きあげるのです。小説の中で彼は……」

……ワノスキは自分の小説について最後まで語ったのだと思う。彼はもう僕を見ていなかった。僕はそっと滑るように彼のみじめな小部屋を出た。ああ！　人生は何て素晴らしいんだろう！　埃まみれの都会のライラックは、とても甘いガソリンの匂いがする……なぜ、彼に成功や金や名声が与えられたのだろう？　なぜ、〈そんなものはもう必要がない〉どころか、〈そもそも必要がない〉というような人たちが、何もかも手に入れてしまうのか？　なぜ、僕には青春だけが与えられて、こういったものが何もないんだろう？

この時僕の心に浮かび上がったのは、ワノスキの言葉だ。それは、僕がワノスキにどうしても好意を持てず、話に耳を傾けることももうやめてしまっていた時に、彼が口にした言葉だった。

「でもどっちみち、あの男は私に勝てなかったのです。今となってみると、確かに分かりますよ。彼はこの世でしか私に勝てなかった。あの世では私を負かすことはできません。あの世では私の方が強いのです。私のディーカがついているから……」

そこで僕は悟った、どうしてワノスキのことが嫌いになったのか。このディーカのせいなのだ。ディーカが彼のものであって、僕のものではないからだ。どうして僕には、ディーカのいない青春が与えられたのだろう?……

アンドレイ・ビートフ Андрей Битов

一九三七年レニングラード（現在のサンクト・ペテルブルク）生まれ、二〇一八年モスクワで没。

一九六〇年代からソ連の新しい青春文学の旗手として活躍。当初から社会主義リアリズムの枠にあてはまらない緻密《ちみつ》な文体と繊細《せんさい》な心理描写で際立っていたが、西側のジャーナリズムが求めたがる話題性には欠け、同時期に活躍を始めたソルジェニーツィン、アクショーノフ、エフトゥシェンコなどのように外国に紹介されてすぐに国際的名声を得ることはなかった。その後、実験的・メタフィクション的な傾向を強め、他の作家の追随を許さないような独得の文学的意匠を凝らした作品を、時に検閲の圧力と闘いながら発表し続けた。代表作は、ナボコフの『賜物』にも匹敵するような長編『プーシキン館』だが、ソ連では出版できず、一九七八年アメリカで国外出版された。その他の作品に『飛び去るモナホフ』『四次元の帝国』『書かれざるものの不可避性』など多数。

Photo by NumaNuma

一九八八年ロシア・ペンクラブの創設に参加、一九九一年よりロシア・ペン会長（二〇一六年まで）。二〇一〇年、国際ペン東京大会に参加するために初来日した（ソ連時代には三度日本に招待されながら、一度も出国を当局に許可されなかったという）。代表作『プーシキン館』を含め、彼の作品は日本語には翻訳されず、現代ロシア文学の知られざる最後の大物の一人だった。「トロヤの空の眺め」は訳者の知る限り、ビートフ唯一の邦訳作品。『対称の教師』（一九八七年）という連作集の一編で、ある架空の作家の作品をビートフが「外国語から」自由に翻訳したという設定になっており、高度に技巧的な仕掛けが縦横にはりめぐらされたメタフィクションである。ここには、ホメロスからイギリスの湖畔詩人、さらにはナボコフに及ぶサブテクストが無数に織り込まれている。

あとがき

このところヌマヌマは年相応のまとめ役とか（うまくまとまらないことも多いが）、事典の編纂《へんさん》とか、教科書の執筆とか、スタニスワフ・レム生誕百年祭とか、大学でのコロナ禍対策とか、テレビでの解説役とかに忙しく、現代ロシア文学の生きのいいところに正面から向き合うことが少なくなってきた。正直なところ、新しく出てきた才能を人よりも早く見つけて「自分の発見だ！」と売り込むようなぎらぎらした欲望ももはやない。

　ところが、このアンソロジーをふと作ろうという気になって（魔が差したというべきか、どうしてそんな気になったのか思い出せない）、これまで文芸誌などに頼まれるままに訳載してきた現代ロシア作家の短編を読み返してみると、驚いたことに全然古びていない。いや、そういう言い方は、すでに古びてしまったものをなんとか救い出そうとするときの常套句《じょうとうく》なのだから、ここでは必要もない。そして今さらながら、痛感したことがある。現代ロシア文学の最前線は、いろんな分野に中途半端に手を出してきた気の多いヌマヌマのすべての仕事の中で、**ど真ん中**にあったということだ。ヌマヌマはこれらの作家に会いにロシアの彼らの自宅まで押しかけていき、あるいははるばる日本にまで招き、人間として正面から向き合い、一緒に酒を飲んだり、寿司を食べたりしながら、それぞれとは人生のひとかけら程度の短い付き合いであったとしても、一緒に生きてきたのだ。つまり命がかかった仕事だったのだ。

いまから一人一人との出会いについて振り返り始めたら別に一冊の本を書かなければならなくなってしまうので、統計的数字で済ますことにするが、本書に収録された十二人の作家たちのうち、ヌマヌマが会って長時間にわたって話をしたことがあるのは九名、来日した折に講演会やトークショーなどの形でイベントを開催したことがあるのは七名にのぼる。本書に収められた作品が日本での初紹介だった作家は六名いるが、そのいずれもその後フォローされることはなく、他の作品が翻訳されることもないままである。

（沼野充義）

*

そんな自慢をしてどうなるの？　とツッコミたいところだ。まあ長い間ヌマヌマはふたりとも、相方《あいかた》がボケで自分はツッコミだと信じてきたのだが、どうやら最近はふたりともボケに転じたような気がする。

思い起こせば、これまでヌマヌマの二人が共同で出した本は、ブラート・オクジャワ『シーポフの冒険――あるいは今は昔のボードビル』（群像社、一九八九）の共訳に始まり、タチヤーナ・トルスタヤ『金色の玄関に』（白水社、一九九五）の共訳、『世界の食文化　⑲ロシア』（農山漁村文化協会、二〇〇六）の共著がある。最近では、もっと若い世代のマツマツと組んで（乗松亨平、平松潤奈のお二人が編者に加わって）四名による共編著『ロシア文化55のキーワード』（ミネルヴァ書房、二〇二一）というのも出した。

雑誌初出の際には、そのときどきの編集者にひとかたならぬお世話になりました。『新潮』の鈴木力、森田裕美子、加藤木礼、『群像』の石坂秀之、須田美音の皆さま、どうもありがとうございました。

最後になりましたが、今回の単行本化にあたっては、「ヌマヌマ」というふざけきったタイトルを（内心呆れただけかもしれませんが）ほとんど即時に受け入れてくださった河出書房新社の島田和俊さんの勇気に感謝します。ちなみに、島田氏のEメールのハンドルネームが「シマシマ」だったのには驚きました。鮮烈でポップな表紙装画を描いてくださった本秀康さん、装幀の森敬太さんにも感謝申し上げます。

（沼野恭子）

なお、本書は未成年者にお勧めできない作品を含んでいますので、保護者の方はご注意ください。

初出一覧

ニーナ・サドゥール「空のかなたの坊や」『新潮』二〇〇九年六月号

ミハイル・シーシキン「バックベルトの付いたコート」『新潮』二〇一一年五月号

マリーナ・ヴィシネヴェツカヤ「庭の経験」『新潮』二〇〇八年十二月号

ヴィクトル・ペレーヴィン「聖夜のサイバーパンク、あるいは『クリスマスの夜-117. DIR』」『新潮』一九九六年九月号

オリガ・スラヴニコワ「超特急『ロシアの弾丸』」『新潮』二〇〇九年十二月号

エドワルド・リモーノフ「ロザンナ」『新潮』一九八九年十一月号（特集・現代ロシア文学の新鋭）

ザハール・プリレーピン「おばあさん、スズメバチ、スイカ」『群像』二〇一二年十二月号

タチヤーナ・トルスタヤ「霧の中から月が出た」『新潮』二〇一三年四月号

ヴィクトル・エロフェーエフ「馬鹿と暮らして」『群像』一九九七年一月号

エヴゲーニイ・グリシコヴェッツ「刺青」『新潮』二〇一〇年四月号

アサール・エッペリ「赤いキャビアのサンドイッチ」『新潮』二〇〇一年一月号（特別企画・二〇〇一年文学の旅）

アンドレイ・ビートフ「トロヤの空の眺め」『新潮』一九八九年十一月号（特集・現代ロシア文学の新鋭）

編訳者略歴

沼野充義（ぬまの・みつよし）

1954年東京生まれ。名古屋外国語大学副学長・教授。東京大学名誉教授。東京大学大学院博士課程単位取得退学、ハーヴァード大学スラヴ文学修士。著書に、『徹夜の塊1　亡命文学論』（作品社、サントリー学芸賞）、『徹夜の塊2　ユートピア文学論』（作品社、読売文学賞）、『徹夜の塊3　世界文学論』、『世界文学から／世界文学へ』（以上作品社）、『チェーホフ　七分の絶望と三分の希望』（講談社）、『W文学の世紀へ』（五柳書院）、『屋根の上のバイリンガル』（白水社）など。訳書に、V・ナボコフ『賜物』（新潮社／河出書房新社）、S・レム『ソラリス』（国書刊行会／早川書房）、S・ドヴラートフ『わが家の人びと』（成文社）、『新訳　チェーホフ短篇集』（集英社）、P・ワイリ＆A・ゲニス『亡命ロシア料理』（共訳、未知谷）など。

沼野恭子（ぬまの・きょうこ）

1957年東京生まれ。東京外国語大学教授。ロシア文学・比較文学・翻訳家。東京大学大学院博士課程単位取得退学。著書に、『ロシア万華鏡』『アヴァンギャルドな女たち』（ともに五柳書院）、『夢のありか　「未来の後」のロシア文学』（作品社）など。訳書に、L・ウリツカヤ『子供時代』『女が嘘をつくとき』『ソーネチカ』（いずれも新潮社）、A・クルコフ『ペンギンの憂鬱』（新潮社）、L・ツィプキン『バーデン・バーデンの夏』（新潮社）、B・アクーニン『リヴァイアサン号殺人事件』（岩波書店）、L・ペトルシェフスカヤ『私のいた場所』（河出書房新社）、A・スタロビネツ『むずかしい年ごろ』（共訳、河出書房新社）、トゥルゲーネフ『初恋』（光文社）など。

ヌマヌマ
はまったら抜けだせない現代ロシア小説傑作選

2021年10月30日　初版発行
2022年 5 月30日　2刷発行

編訳者　沼野充義／沼野恭子
装　画　本秀康
装　丁　森敬太（合同会社飛ぶ教室）
発行者　小野寺優
発行所　株式会社河出書房新社
〒151-0051　東京都渋谷区千駄ヶ谷2-32-2
電話　(03) 3404-1201〔営業〕(03) 3404-8611〔編集〕
https://www.kawade.co.jp/
印刷　株式会社亨有堂印刷所
製本　小泉製本株式会社

Printed in Japan
ISBN978-4-309-20840-4